魅丽文化　　花火工作室

百分百心动 2

战西野 著

百花洲文艺出版社
BAIHUAZHOU LITERATURE AND ART PRESS

图书在版编目（CIP）数据

　　百分百心动．2 / 战西野著．-- 南昌：百花洲文艺
出版社，2022.11
　　ISBN 978-7-5500-4807-2

　　Ⅰ．①百… Ⅱ．①战… Ⅲ．①长篇小说－中国－当代
Ⅳ．① I247.5

中国版本图书馆 CIP 数据核字（2022）第 191404 号

百分百心动．2

Bai Fen Bai Xindong．2

战西野 著

出 版 人	章华荣
出版统筹	曾英姿
责任编辑	蔡央扬
特约编辑	吴小波　艾　晨
封面绘制	小黑牙
封面设计	刘芳英
出版发行	百花洲文艺出版社
社　　址	南昌市红谷滩区世贸路 898 号博能中心 A 座 20 楼
邮　　编	330038
经　　销	全国新华书店
印　　刷	湖南凌宇纸品有限公司
开　　本	880mm×1230mm　1/32　印张 10
版　　次	2022 年 11 月第 1 版第 1 次印刷
字　　数	326 千字
书　　号	ISBN 978-7-5500-4807-2
定　　价	42.80 元

赣版权登字　05-2022-215

网址 http://www.bhzwy.com
图书若有印装错误，影响阅读，可向承印厂联系调换。

目　录

CONTENTS

C O N T E N T S

第 一 章

一 张 书 签

安静的房间内回荡着极具规律的"嘀嗒"声响。

催眠师闻越手中一直拿着怀表，眼神却极认真地注视着眼前的病患。

宁璃安静地躺着，双眼紧闭，她深陷在闻越为她构建的催眠梦境中，梦里，她回到了自己不堪回首的过去，回到了叶家，母亲苏媛不顾她的想法，想要她为继弟叶晟补课。

叶晟从小贪玩，又被家里惯得十分任性，在学习上从来没用过心思，成绩一言难尽。

以前不是没给他请过家教，但老师们都因为各种各样的原因走了，没有一个能坚持一个月以上的。

后来叶瓷亲自帮忙辅导，才算是镇住他。

但叶瓷自从上了高三，就没再辅导他了。

苏媛不同意："你姐姐哪里有时间？"

前段时间叶瓷忙着参加"华清杯"，本以为稳拿金奖，赢了以后就能得到西京大学的保送名额，来年顺利入学。

谁知道竹篮打水一场空。

现在叶瓷想要上西京大学，要么在竞赛上拿奖，要么高考考出一个极好的分数。

这次的月考成绩出来后，苏媛专门打听了一下，以叶瓷目前的分数和排名，想要考西京大学，怕是有些危险。

所以现在她也是全力支持叶瓷，不管是搞竞赛还是走高考，都要争取一个西京大学的名额。

这个阶段，一分一秒都极其珍贵，哪里还能分出时间和精力给叶晟？

叶晟也不高兴："我们那点课程对我姐来说，根本就是小菜一碟啊！要是她很忙就算了，但我也不要什么家教。"

这让苏媛十分头疼。

以叶晟的脾气，是真的能把所有家庭教师全部折腾赶跑的。

好一会儿，她才道："行了，你先回去吧，晚上你姐姐回来我问问她。"

"给小晟补课？"

下了晚课回来的叶瓷听到苏媛的话，脱校服的动作忽然一顿。

"是，小晟最近成绩下滑得厉害，我想给他请家教，他也不愿意，说只愿意跟你学。"苏媛神色为难。

叶瓷把校服脱下，眼睫微垂。

苏媛又道："但你现在上高三了，时间紧张，我看……还是算了。"

叶瓷回头，脸上浮现一抹笑。

"没事，他现在才五年级，学的内容也就那些，我给他补补课，也耽误不了太久。"

苏媛有些心疼："你的课程本来就够紧张了，这样一来岂不是更——"

叶瓷摇摇头道："小晟是我弟弟，这都是我应该做的。您放心，回头我跟他说就行。"

苏媛松了口气："他向来只听你的。"

叶瓷点点头："那您先回去睡吧，昨天您一整晚都没睡好。"

苏媛听到这句，心中更是不平。她为宁璃的事如此费心费力，宁璃没有半点儿表示，甚至连认错的态度都没有。

叶瓷学了一天回来，还要操心这些。

她抱了抱叶瓷："妈妈没事，倒是你，最近都没好好休息。那妈妈不打扰你了？"

"嗯，妈妈晚安。"

"晚安。"

苏媛离开房间，把门轻轻地带上。

叶瓷脸上的笑淡了许多。

她看向书桌。上面摆着这天带回来的教辅资料和试卷，最上面的是物理竞赛班这天的笔记。

这天一部分人退出竞赛班后，周翡讲课的速度明显提升了不少。她只来得及把笔记写完，中间其实有好几个地方都还没来得及搞懂。

而且很快就要期中考试了，各科老师留的作业也在增多。她本来就已经觉得时间不太够用了，谁知道这天苏媛又把叶晟塞给了她。

她本来是不想答应的，可这些年来，她各方面都是最出色的。拒绝的话，她说不出口。

她烦躁地翻开书。

时间转眼到了周六。

从这个星期开始，高三学生周六开始补课，每个星期剩下一天半的假。

中午上完课，何晓晨约着宁璃出去吃饭。

二中后面有条美食街，各种好吃的都有，二中的学生很喜欢来这里。甚至七中的很多学生，也都会跑到这边来吃东西。

中午的时候就格外热闹。

两个人在一家牛肉面馆坐下。

何晓晨显然来了不少次，轻车熟路道："老板！两碗牛肉面！"

"好嘞！"

何晓晨激动地搓手："宁璃，等会儿你一定要尝尝，这家的味道超正宗的！"

宁璃觉得自己跟着何晓晨，最经常做的事不是学习，而是吃饭。

之前她们交集不多，她还不知道何晓晨是个吃货。

"好。"

热腾腾的牛肉面很快被端上来。

何晓晨眼睛晶亮："美人！美食！"

——天不负我！这是什么神仙日子？

几个穿着七中校服的学生进来，在她们旁边坐下。有男有女，聊得热火朝天。

一个女生激动地说道："哎，听说了吗？许旖旎今天要来云州！"

听到这个名字，宁璃一顿。

"真的假的？"

"当然是真的！后援会都发通知了！说今天晚上云州这边有个活动，许旖旎要去站台。我们支援都准备好了！"

说话的女生似乎是许旖旎的"死忠粉"，对这些行程了如指掌。

另一个女生说道："哎？站台？不是说她家庭背景很强的嘛，还接这种活动？"

许旖旎一出道就是爆火，"电影咖"，地位很高，连综艺都很少参加，更不用说这种站台活动。

她刚火的时候，曾经有八卦帖子爆料，说她刚刚出道，就开着上千万的私人座驾，出演大导演的大制作，暗指她有后台。

结果后来才有人扒出，那是她亲爸的车。而她本人，就是个纯粹的"白富美"。这样的人，当然不愁资源。

很多粉丝也很追捧她。

"这次的不一样！这次是她代言的一家珠宝代言联合 HG 共同举办活动，她才来的。"

那女生说起这个，声音里满是骄傲。

"那可是八大高奢之一的 Esya（约夏）啊！唉，可惜我囊中羞涩，买不起我女神同款了。"

"难怪，HG 以前也很少举办这样的活动吧？"

"我许女神当然不一样！HG 隶属于陆氏集团，你们都知道的吧？据可靠传闻，许女神和陆氏集团的二少爷青梅竹马！一般人能比？"

宁璃咬了一口面。

那个女生还在叽叽喳喳地说着，一脸的兴奋。

"反正我今天晚上一定得过去！要是能见到真人，真是死而无憾了！"

一个男生忽然说道："我觉得许旖旎也没那么好看吧？至于这么喜欢？"

这话一出，正在兴奋地说着许旖旎如何的女生顿时炸毛："你说什么？"

那男生似乎是听得不耐烦了，抬了抬下巴："里面那个，不就比许旖旎好看？"

几人齐齐往后面看去。

店面一角，两个女生正侧对他们坐着。

左边那个戴着眼镜，文文静静。右边那个扎着马尾，皮肤白皙，眉眼精致，鼻梁秀挺，睫毛浓密卷翘，轻轻一闪，就像蝴蝶从雪山之下翩跹飞来。

这家店是老店了，装修古旧。她坐在那，却好像瞬间让整个房间都明亮了许多。

虽然只是一个侧脸，也依旧漂亮得不可思议。她的周围好似笼着一层看不见的气韵，干净清冷，让人感觉只能远望，不可触碰。

几个人都安静了一瞬。

好一会儿，那女生才不服气地道："也就那样。"

"你管这叫也就那样？"另一个女生也瞬间倒戈，撞上那女生恼怒的眼神，又压低了声音，"这……这可是纯素颜啊！"

许旖旎是好看，但她是明星，从头发丝到手指甲，都是经过专业包装的。她出道能爆火，就是因为她长得清纯，符合众人对校园初恋女神的想象。

但不得不说，眼前这个，实在是更胜一筹。除了干净，还带点清艳和冷然。这气质真的是一绝。

另一个男生拿出手机，又看了宁璃好几眼。

"这就是二中那个新转来的校花啊！"

宁璃的名气还是挺大的。

转到二中的第一天，校园论坛上就有人上传了她被偷拍的照片。

七中就在他们旁边，多少有所耳闻。

"是吗？我看看。"

最开始说话的男生凑过来看了一眼，确定就是宁璃，忍不住道："她本人这么不上镜？"

本来以为照片已经够好看了，但亲眼见到真人，才发现照片根本拍不出她的气质。

"反正我还是最喜欢许旖旎，家世好又有教养。喜欢一个人，不能光看表面的知道吗？"

喜欢许旖旎的女生嘟囔了一句。

关于宁璃的传闻不少，尤其之前她动手差点把人推下楼，还闹上了热搜那次，几乎是尽人皆知。

这样的人，长得好看又怎么样？

跟许旖旎没法比。

何晓晨听见这话，顿时恼了，起身就要和他们理论。

宁璃忽然问道："够吃吗？"

何晓晨一愣："啊？"

"要不要加份冰激凌？"

何晓晨顿时双眼冒光："好啊！"

宁璃笑了笑："走吧，请你吃。"

"呜！宁璃，你真好！"

有宁璃的冰激凌压阵，何晓晨顿时感觉心情舒畅。

二人结了账，从那几人旁边走过。

最开始说话的女生缩了缩脖子，只顾着低头吃面。

宁璃像是没看到，带着何晓晨出了门。

她们到旁边的甜品店买了两个冰激凌。

何晓晨咬了一口，通体舒畅，这才扭头看宁璃，忍不住问道："宁璃，刚才她那么说你，你不生气啊？"

宁璃淡淡地笑了声。

"不值当。"

既然是许旖旎的粉丝，当然会向着她。只要不是太过分，宁璃其实是懒得理会这些的。

"好吧。但那个许旖旎，就是没你好看啊！"何晓晨眯起眼，"要我是男人，我肯定追你！"

宁璃没说话。

"对了，宁璃，过会儿你是要回家吗？要不要一起去逛逛？"

宁璃摇摇头："我下午有点事。"

"好吧。"

何晓晨有点遗憾，又想起了什么，拿出手机拍冰激凌，一连拍了十几张，又疯狂修图。

"这是你请的冰激凌，我要让那群人羡慕死！哈哈哈！"

宁璃："那你慢慢吃，我先走了？"

何晓晨疯狂地点头："好！"

——冰激凌在手，天下我有！

宁璃先回了一趟租的房子，把睡衣收好，放入袋子里，又打车去了云鼎风华。

"二哥，你现在在家吗？我把书和衣服给你送过去。"

她发了条信息过去。

片刻，陆淮与回了。

"我在 HG，过会儿回，你直接过去就行。书房在二楼。"

宁璃盯着那一行字看了几眼，才回："好的。"

半个小时后，宁璃站在了别墅门前。

陆淮与上次已经告诉了她密码，所以她就直接进去了。别墅里空空荡荡的，没有人。

宁璃去了二楼。

陆淮与的主卧有一个小书房，旁边还有一个大书房。门没有锁，她推门而入。

这书房的空间极大，一排排书架整齐地排列着，中间是一个原木雕刻的书桌，上面的纹理依然清晰可见，书卷气息浓厚。

宁璃走到桌前，把之前从周翡那借来的书放下。她余光一瞥，就看到旁边还放着一本书，是一本《时间简史》。

看起来似乎是刚刚被人翻过。

在这的人，除了陆淮与，再无他人。

宁璃顺手拿了起来。

忽然，一张纸从里面掉了下来，好像是书签。

宁璃正要弯腰去捡，熟悉的声音从门口传来："阿璃。"

宁璃回头。

"二哥？"

怎么回来得这么快？

陆淮与的视线落在她手中的书上，目光下移，就见到那张落在地上的纸。他眸子微眯，走了过来。

"书给我吧，正好看完了，我放回去。"

说着，他弯腰，在宁璃之前捡起了那张纸。修长匀停的手指微拢，便将其收入掌心。

宁璃的视线在他的手上停留了一瞬。陆淮与好像……不想让她看到上面的东西？

但不就是一张纸嘛。

她刚才瞧见一角，似乎是一张手绘。不过具体的没看清。

她把书递过去。

陆淮与把那张纸夹了进去，连同宁璃送还回来的那一本，重新放回了书架的第二层。

宁璃站在后面："二哥，你的衣服我已经洗好，放在楼下了。"

陆淮与"嗯"了声，跟她说："那边两排书架上的你都可以挑着看看。"

宁璃顺着看过去。

这间书房很大，藏书也极多。

"这些书二哥都看过吗？"宁璃问道。

"差不多吧。"

陆淮与在云州待了快一年，推掉了很多工作和应酬，还算比较清闲。睡不着的时候，他都是在这看书打发时间。

宁璃在那两排书架前站定，来回扫了几眼，最后从中间拿了一本下来。

这本是精装版本，厚度大约两厘米，颇为厚重。

陆淮与看了一眼："这本是德文原版，你要想看，旁边有中文译本。"

宁璃手一顿，把书放了回去，拿了旁边的译本。

陆淮与也没在意。

宁璃把书放到包里："谢谢二哥。那我就先走了？"

"等等。"陆淮与喊住了她，"这会儿有空吗？"

宁璃看了一眼时间，下午两点。她说："有啊，怎么了？"

"前几天有朋友送了一套新的咖啡机和一些咖啡豆，有时间的话，帮忙磨一杯？"陆淮与征询道，看宁璃神色犹豫，笑了声，"就当上次借宿这里的报酬。"

听到后半句，宁璃放下了手里的背包。

"好。"

一楼。

宁璃一下楼梯，就看到正摆在中岛台上的那台崭新的咖啡机，以及旁边一字排开的数十种咖啡豆。

"二哥，这咖啡机……挺贵的吧？"

陆淮与看了一眼："不贵。朋友之前开咖啡店，后来没兴趣了，这机子还没拆，就清仓送给我了。"

宁璃沉默了一下。这机器够在云州市中心开一家咖啡馆还不止，真不知道谁这么大方，说清仓就清仓。

她走过去，又看了一眼那些咖啡豆。各个产地的都有，而且都是精挑细选出来的优质咖啡豆。

这样的配备条件，通常只有顶级的咖啡馆才会有，陆淮与居然就这么搬回家了。

"那我看下说明书。"她拿起旁边的使用手册。

"不急，你慢慢看。"

陆淮与说完就在对面的沙发上坐下了。

宁璃抬头看了一眼。

此时外面阳光正好，透过巨大的落地窗照耀进来，落在他清俊的容颜之上。像是有什么情绪充斥她的心底，正在缓缓涌动。

她问道："二哥，你想喝哪种口味的？"

陆淮与想了想："曼特宁吧。"

宁璃有点犹豫："但这个豆子要处理挺久的。"

真正要冲泡完，可能要好几个小时以后了。

"没事，我可以等。"

陆淮与似乎并不介意。

宁璃把那一罐咖啡豆拿出来，准备烘焙。

"二哥，不会耽误你的行程吧？"

陆淮与侧头看过来："我什么行程？"

他下午到晚上的时间，通常是没有安排的。

"我听说今天晚上 HG 有个活动。"

HG 是陆氏集团旗下的，这晚的活动好像规模也搞得挺大，她还以为陆淮与也会出席。

陆淮与眉梢微挑："我看起来有那么闲吗？"

宁璃看着手里的咖啡豆，沉默。所以把她抓过来，花几个小时看她泡咖啡？

"哦。"

HG。

商场大楼正前方中间的巨大显示屏上，已经换上许旖旎的宣传图。

画面中的她面对镜头，妆容精致，笑容清丽，一只手轻抚侧脸，细白如葱的手指之上，一颗红宝石钻戒璀璨明亮，漂亮又贵气。

广场上也挂着不少宣传横幅，气球和鲜花装饰了整个场地，可见这次活动规模之大。

外围已经有不少粉丝在等待。

相较于港城、盛城那样的地方，云州很明显是不够看的。所以许旖旎这次闪现云州，粉丝们都很激动，早早就过来支持。

到了五点的时候，一辆保姆车缓缓驶来。

不知是谁喊了一声："旖旎！"

人群顿时骚动起来，尖叫声不断。

保安迅速控场，让那辆车进入地下车库。

"旖旎姐，外面好多你的粉丝啊！"

坐在一旁的助理忍不住感慨了一句。

许旖旎似乎早已经对这种情况习以为常，一直低着头看手机。

窗户上贴着膜，外面的人也看不到车内的情况。

"好吵。"她不耐烦地道。

助理讪讪地安静了下来。

"旖旎，到了，先上楼准备吧，六点活动才正式开始。"坐在副驾驶座的梅里一边说着，一边推门下车。

这里是 HG 内部专用的停车场，粉丝们进不来。

许旖旎收起手机。

她已经把自己过来的消息发给陆淮与了，可他还是没回。

准确来说，是从上次那一通电话之后，他们之间就变成了她单方面的联系。陆淮与电话不接，消息不回。

陆淮与以前的态度也冷淡，但这次更过分了。

一开始她也生气。不就是被拍了一张嘛。后来她也迅速做出澄清了，至于这样？

但好几天过去了，陆淮与那边还是没有任何动静，她就有些坐不住了。正好代言品牌在这里有个活动，她就答应了，想着借这个机会找陆淮与好好谈谈。

许旖旎下了车，上了电梯。

一上楼，冯遥就已经在等着她们一行人的到来了。

看到许旖旎，冯遥脸上挂上了得体的笑容："许小姐，你好。"

许旖旎认识他，HG 云州的总经理。

"冯总。"许旖旎和他握了手。

以冯遥的身份，其实是不需要过来亲自迎接的。但许旖旎并不是普通的明星，她身后还有一个许家。冯遥是个聪明人，当然不会怠慢。

"许小姐辛苦了，休息室已经安排好了，您看要不要现在过去？"

许旖旎往前走去："暂时不用，我先去看看淮与。"

她来之前已经打听过，这天中午 HG 才开完内部会议，陆淮与应该是在这的。

冯遥一愣："不好意思，许小姐，二少现在并不在这。"

许旖旎脚步一顿："他不在？"

冯遥看她如此反应，也有些惊讶："是啊，二少中午开完会就走了。"

"那么早？"许旖旎心里顿时泄了气，眉头皱了皱。

冯遥也满心茫然："是啊，二少下午很少接工作的。"

不是说许旖旎和二少是青梅竹马的吗？怎么连这个都不知道？

许旖旎抿了抿唇。她从盛城赶来，就是为了见陆淮与，谁知道扑了个空。

"那他现在在哪里？"

冯遥心里掂量了一下，歉意地笑笑："这就是二少的私人行程了，我们并不知晓。"

实际上，HG 这边的几个高管都知道陆淮与这个时间大部分都是待在家里的。但既然许旖旎不清楚，他也就没有告知的必要了。

许旖旎的神色有些冷。

梅里立刻上前打圆场："既然这样，那旖旎先去准备造型吧？"

许旖旎压下心里的情绪，抬脚往前走。

云鼎风华。

宁璃把磨好的咖啡豆进行二次过滤，又放入小锅进行温煮，浓郁的咖啡香气弥漫开来。

陆淮与起身走了过来："看来你在咖啡馆学到不少。"

他对咖啡一向挑剔，说是让宁璃煮咖啡，实际上就是想试试她的手艺，不承想她的水准远高于他之前的预期。

"老板会教一点，而且也不是很难学。"

宁璃说话的时候，微微低着头。陆淮与站在她对面，垂眸就能看到她头顶的小小发旋。

她做事的时候很专注，睫毛轻闪。

他拿起手机发了条消息出去。

"咖啡豆可以。"

程西钺看到这条短信的时候，正在会议室。他缓缓坐直了身子，如临大敌。

正在下面激情讲解的市场部经理抬头看到程西钺的脸色，心里顿时"咯噔"一下。

片刻，他才小心翼翼地问道："程总，这数据有什么问题吗？"

程西钺这才回过神来，把手机放下。

"啊？哦，没事，你继续讲就是。"

市场部经理再三确定和自己无关，这才放心地继续讲下去。

程西钺听了会儿，实在是忍不住，又回了消息。

"陆二，你没睡？"

不对啊，这个时间，他不都是在睡觉的吗？

在云州待了这么长时间都是这样，以至于他从来不敢在这个时候主动联系陆淮与。这天这是怎么了？

"没，在忙。"

程西钺盯着这一行字，陷入了沉思。

忙？

这位爷的字典里，也有这个字吗？

想起之前陆淮与喝酒那次，他心里有些忐忑。

"忙什么呢？"

同时，他把对话截图发给了顾听澜。

这个时间点，陆淮与不睡觉，真的不是出什么事了吗？

等了一会儿，顾听澜那边先回了。

"陆二少今天是和谁一起的？"

程西钺回想了下。

陆淮与在 HG 开完会就回去了，一般这个时候，他就是自己回去休息，还能是和谁？

再说，这不是在聊陆淮与的病情吗，怎么忽然问这个？

忽然，陆淮与的消息跳了出来。

他发过来一张图。

是一杯咖啡。

陆淮与喜欢喝咖啡他知道，但陆二少从来不会发这种东西。

程西钺拧着眉头点开大图，仔细辨认了好一会儿，终于意识到了什么。

这桌面，这杯子……好像是陆淮与家里？

陆淮与搞了套咖啡机，还搜罗了不少种类的咖啡豆。

程西钺本来以为他就是买来收藏的，谁知道居然真的泡咖啡去了？

不，这不像陆淮与会做的事。

程西钺把图转发给顾听澜。

"顾医生，我想问问，陆淮与这情况，是并发症吗？"

过了会儿，顾听澜回："不是，看咖啡勺。"

程西钺放大图片，这次他终于看清了。那勺柄之上，映着一道身影。还很熟悉。

程西钺沉默许久。

他好像被喂了什么东西……

趁着煮咖啡的空闲，宁璃拿出手机，这才看到微信有人在朋友圈提到了她。

她随意点开，看到是何晓晨发了条朋友圈。

"亲亲宁璃请的冰激凌！超好吃！"

配图正是中午的冰激凌，阳光很好，冰激凌看起来很好吃。

"看什么呢？"陆淮与见她盯着手机看了好一会儿，随口问道，余光一扫。

旋即，他目光微凝，眉尾轻轻地挑了挑。

随后，他微微俯身。

二人中间隔着中岛台，但陆淮与比她高出许多。

他一靠近，身上清冷独特的雪松冷香便散了过来。即便是在这飘满咖啡浓郁香气的空间，也显得格外清冽，能轻而易举地辨别。

连带着他身上的热气也散发出来，无须触碰，只要多靠近一分，便是滚烫的温度。

宁璃觉得有点太近了，不动声色地往后退去。

然而刚一动，陆淮与就看着她的手机，照着上面的字，一字一句地轻声念了出来。

"亲亲宁璃……"

男人低沉悦耳的声音落在她耳畔，慵懒散漫，敲打在耳膜上，像是能蛊惑人心。

宁璃的耳朵瞬间烧了起来。

陆淮与声音一顿，旋即直起了身，低笑一声，道："你同学，挺有意思。"

不知为何，他退开些之后，那种莫名的压迫感依旧存在。

宁璃把手机锁屏，垂着眼睛回："晓晨就是比较喜欢吃甜点。"

陆淮与捧着咖啡，散漫地开口："看着是挺好吃的。"

宁璃惊讶地抬头看了他一眼。

陆淮与不是不喜欢吃甜食的吗？何况是这种小店里的冰激凌。

"这一杯味道怎么样？"她问。

陆淮与点点头："挺好。"

或者应该说，非常好。

他对咖啡的甜度、口感都极挑剔，很少有人能真正冲泡出他最中意的咖啡。但宁璃这一杯，各方面都恰到好处。

如果他这不是第一次请宁璃帮忙磨咖啡，怕是要以为她早已经将他的喜好都了解透彻了。

看他神色，宁璃就知道这一关是过了。她松口气，笑了起来，眉眼如弯月。

"二哥喜欢就好。"

陆淮与心中微动，也看着她笑了："夸你一句，就这么高兴？"

"当然了。"宁璃把中岛台上的东西陆续整理好，又去洗了洗手，"上次那么麻烦二哥，我心里很过意不去。这次总算是还了二哥的一个人情。"

她欠陆淮与的很多，能还一点当然是好的。

陆淮与眸子微眯，放下杯子，眼中的笑意淡了几分："哦，是吗？"

小姑娘年纪不大，账算得倒是清清楚楚，明明白白。怕是就差没一条条地列出来了。

他连夜从盛城飞回来，冒着大雨把她领回家，合着就值一杯咖啡？

宁璃拎起背包："二哥，咖啡机我清洗好了，咖啡豆也都放好了，都在中间橱柜最下面的那一层。没事的话，我就先回去了？"

陆淮与应了声："好。"

许旖旎等了很久，也没等来陆淮与的消息。

休息室中，化妆师正在为她打理头发。

许旖旎又给程西钺打了电话。

程西钺那边过了好几声才接。

"哟，旖旎，今天怎么有空给我打电话？"刚从会议室出来的程西钺扯了扯领带，语带调侃。

"西钺哥，我现在在云州，晚上有空一起吃个饭吗？"

程西钺脚步一顿。

许旖旎这天回来的消息他是知道的，毕竟 HG 那边宣传力度不小。

不过……

她这顿饭真正想约的是谁，他又不是不知道。

"这个啊，怕是不太方便，我这边会还没开完，而且晚上七点还有个局。"

许旖旎显然有些失望："那……那你知道淮与现在在哪里吗？"

程西钺心道果然，就知道她是来问这个的。

他耸了耸肩："他这个时间应该在家。"

没等许旖旎高兴，他就继续道："这几天他休息得好像不是很好，顾听澜说最好不要打扰。"

许旖旎深吸口气："好，那我明天再找他吧。"

她挂了电话。

梅里从外面走进来，听到这话摇头："旖旎，我已经让沁沁帮你定了明天上午十点的飞机，怕是没这个时间了。"

许旖旎拧眉，问："不是后天才走吗？怎么忽然改了？"

"G&O的时尚总监今天晚上抵盛，为这次的秋冬发布会做准备。他的行程很紧张，明天的见面还是我好不容易谈下来的，不能不去。"梅里说着，眼中带上了几分兴奋，"他们这场秀的开场模特还没定，现在不少人都在争这个资源呢！要是效果好，或许能有进一步的合作。"

许旖旎愣住："怎么可能？他们家不是向来没有代言人的吗？"

"我没说是代言人，是品牌大使。但这可是他们在整个华圈请的第一位品牌大使，不知道多少人眼红着呢！"

时尚圈层级分明，有着三大蓝血八大高奢之称。但在这些顶级品牌中，也有着一条明确的鄙视链。

G&O就站在这条鄙视链的顶端。

他们家地位极高，起源欧洲，传承超过百年。但这么长的时间里，他们从来没有请过任何一位代言人。

她代言的八大高奢之一的Esya，已经算是非常不错的奢侈品牌了，但比起G&O，还是不够看的。

也正因为不在同一个级别，且这次G&O要请的是成衣系列的品牌大使，并不会和Esya有竞争关系，梅里才会帮她争取。

哪怕只是一个大使的头衔，也比Esya的代言人身份更重。也难怪梅里这么积极了。

"据我所知，圈子里不少人都在暗暗打听那位总监了，试图和他打好关系。这惊天大饼不论落在哪家，都绝对要笑死了。"

许旖旎身份背景是很好，她也的确能靠着这个轻而易举地拿到许多别人争破头都抢不到的资源。可这里面，并不包括G&O。

"我知道了。"她把手机收起来。

助理沁沁提醒道："旖旎姐，时间到了，咱们该下去了。"

许旖旎提起裙子下楼。

周六晚上的 HG 热闹非凡，人头攒动。

许旖旎刚从电梯出来，就听到了外面热烈的欢呼声。

很多人挤在一起，正喊着她的名字。

"旖旎！旖旎！"

许旖旎抬头看去，脸上已经挂上了优雅的笑容。她冲着人群招了招手。

欢呼声更大了，有的粉丝甚至激动得脸颊通红，不断挥舞着印着她名字的横幅，以及香芋紫的荧光棒。

几十位保安保驾护航，为她开路。

主持人请她上场，一同在的，还有 Esya 的华中区老总。

现场气氛热烈。

"旖旎，听说你是为了今天晚上的活动，特地从盛城赶来的。我想代表粉丝们问问，你坚持来这里的原因，是什么呢？"

主持人把话筒递过来。

许旖旎看向镜头，弯唇一笑："因为这里，有我喜欢的人啊。"

她顿了下，才继续笑道："我的'涟漪'们在这等着我，我当然是要来的呀。"

涟漪，是她粉丝的称号。

这话一出，现场的粉丝尖叫得更厉害了。

"啊啊啊！旖旎好美！我不行了！"

"她说什么？是为'涟漪'而来的是不是？呜呜呜！旖旎好好！"

"旖旎！'涟漪'粉你一辈子！"

当晚，许旖旎对着镜头表白的这段视频，就上了热搜。

"许旖旎涟漪""许旖旎云州""许旖旎因为这里有我喜欢的人啊"……热搜榜上挂着好几个这样与她相关的词条。

粉丝们集体过年，在话题广场和"超话"里疯狂地庆祝。

"非云州的'涟漪'羡慕哭了！"

"吃柠檬。"

"啊啊啊！旖旎太宠粉了！她对着镜头说'因为这里有我喜欢的人啊'的时候，真的好认真、好深情！啊啊啊！代入感极强，我已经和旖旎结婚了！"

"话说，我怎么觉得，她真的是在跟谁表白呢？该不会她真的有喜欢的人在云州吧？"

最后这条微博迅速被"涟漪"们攻占，全是在指责博主带节奏。

许旖旎刚否认了恋情，而且每天的行程安排得那么满，怎么可能谈恋爱了？

半个小时后，博主就被骂得删除了微博。

这事很快被揭过。

宁璃也点开那段视频看了。

这番话究竟是对谁说的，懂的人都懂。

不过宁璃并不意外。

在她的记忆碎片里，许旖旎就一直苦追陆淮与，大胆热烈，招摇至极，几乎尽人皆知。不过到最后也没能成。

很多人对此感到不解。

按理说，被这样一个家世容貌都相当的女人追那么多年，是个男人都不会无动于衷。

要说陆淮与是因为心有所属才一直对她无动于衷，也不是没有可能，可也没听说陆淮与喜欢其他女人啊……

这天陆淮与甚至宁可待在云鼎风华，消磨一个下午的时间等一杯咖啡，也不愿去 HG。单单是这一点，就不难看出他的态度。

视频中的许旖旎妆容精致，对着镜头笑得很甜，清纯至极。

不得不说，她长得真的是很容易招人喜欢的那种类型。加上不俗的出身，更是如此。

这样的女人陆淮与都不喜欢，那他喜欢什么样的？

这个念头从心头闪过，顿时让宁璃愣住。

不知怎的，她心底浮现一抹极微妙的烦躁。

但这样的情绪很快被她压下。

她退出微博，给自己订了机票。

临近期中考试，高三的节奏逐渐加快，各班的学习氛围也都紧张起来。

（一）班更是如此，课间连打闹的人都不多了。

一眼望去，都在低头学习。

下午自习，程湘湘对着一道数学函数大题算了好几遍都没写对，就打算去问叶瓷。

"小瓷——"她一扭头，这才看见叶瓷居然又趴在桌上睡着了。

程湘湘轻轻地推了推她："小瓷，小瓷？醒醒？"

叶瓷缓缓睁开眼，脸上还带着困倦。

程湘湘压低了声音："小瓷……你最近怎么总这么困啊？是不是睡眠不太好？"

叶瓷揉了揉眼睛，勉强坐起身。

"没有，就是昨天给小晟补课，睡得晚了点。"

"你给他补课？"程湘湘一脸震惊，"你现在的课程这么紧张，怎么还要做这个？"

叶晟的成绩她知道，哪里值得叶瓷浪费高三的时间和精力来辅导？

"请个家教不就行了？你现在上课不说，还要搞竞赛，哪里有那个空闲？"

"其实耽误不了多少的。"叶瓷叹了口气，"而且，主要是他不喜欢请家教。以前的那些，干不了多久就都辞职了。"

"那……那也不能把担子都压在你身上吧？这是你妈妈的意思？"

叶瓷点点头。

程湘湘撇撇嘴，忽然往后面看了一眼："不是我说，小瓷，他也不是你一个人的弟弟。真需要人辅导的话，不是还有个人更合适吗？"

叶瓷哪能不知道她说的是谁？

一开始她也想过，但也就是想想。

"你说宁璃姐？那恐怕不行。小晟对她比对家教还抵触，肯定是不会愿意的。"

"他说不愿意，你们家就这么纵着他？"程湘湘用手指戳了戳她，"你是不是傻啊？之前的家教，那是因为他们不敢管叶晟，又受不了他的脾气，所以只能辞职。可宁璃呢？

"说起来，她和叶晟是有血缘关系的，就算她真的对叶晟严厉一些，你们也不会把她怎么样的不是吗？再说了，她不是考第一名吗？成绩那么好，却连自己的亲弟弟都不肯教一教，这算哪门子的姐姐？"

一番话说得叶瓷也动摇了。

她最近的确是分身乏术。以前她的成绩一直很好，基本都在年级前二十，偶尔发挥不好，也不会掉出前三十。但现在她被物理竞赛的事情搞得焦头烂额。

她第一次意识到，自己在这上面，天赋的确是不太够的。可一想到宁璃一张张的满分试卷，她就满心不甘。

周翡对宁璃的偏爱，是个人都看得出来。而各科老师，现在偶尔提起宁璃的时候，也都是好声好气，语气赞赏。

要她退出物理竞赛班，她咽不下这口气。

而叶晟……

"我回去和妈妈商量商量吧。"她道。

周五中午，宁璃去了办公室。

"你要请假？"耿海帆有点意外。

宁璃点点头："下午和明天上午的课，我应该都不能上了。"

"原因呢？是不是身体不舒服？"耿海帆关切地问道。

宁璃笑笑："不是。是老家那边有点儿事情要处理，我想回去一趟。"

"哦，哦，原来如此。"

耿海帆知道她的身世，明白宁璃说的老家就是临城。

他干脆地准了假："那你回去尽快把事情处理好，早点儿回来上课，好好准备下周的期中考试。"

"好的，谢谢耿老师。"

宁璃回教室收拾东西。

何晓晨知道她要走，很是舍不得："宁璃，那你早点回来啊。"

这一走，她好几天见不到这张脸了啊！

听到这话，任谦将椅子往后一倒，扭头看过来，一脸好奇："哎，宁璃，你请假啦？"

宁璃点头。

"啧，本来还说做完这张试卷，下午找你问问题的。"

林周扬回头："你旁边就坐着裴颂哥，想问直接问不就行了？！"

任谦耸肩："裴颂哥下午也不在。"

"啊？为什么？"

"哪里那么多为什么？裴颂哥回家还要跟你商量？"

林周扬摸摸头，"嘿"了一声："我这不是觉得太巧了嘛！"

和随性散漫的宁璃不太一样，裴颂是标准的模范生，从不迟到早退，连假也很少请。他的一言一行，都是最严谨规矩的，从无逾矩。

所以他这次突然请假，很让人意外。更不用说，还恰好和宁璃赶在了一起。

也难怪林周扬这么说。

眼看宁璃已经背包准备走人了，林周扬好奇地问道："裴颂哥，你请的几点的假？"

裴颂头也没抬："上完下午第一节课。"

哦，那还是和宁璃不太一样的。

任谦瞟了林周扬一眼："你的单词背完了吗？"

林周扬哭号一声，大声道："abandon（放弃）！a-b-a-n-d-o-n！"

"宁璃怎么请假走了？"程湘湘回头，就只看见宁璃从教室后门离开的背影了。

叶瓷摇头："我也不知道，这些事……宁璃姐不太喜欢和我们说。"

孙慧慧忽然道："上次她都夜不归宿了，请个假算什么？谁知道她整天都在干些什么。"

她把书拍得震桌响，一脸不耐烦。

林周扬那番话说者无心，听者有意。

裴颂难得请一次假，宁璃这就跟他撞上了。要说是巧合……未免也太巧了吧？

程湘湘笑着看了她一眼，小声道："哟，你这是因为班长不高兴呢？"

"我哪里有？"孙慧慧下意识就开口否认，又说，"我就是觉得宁璃……她好像很喜欢和班长凑在一起。"

"之前英语表演就不说了，上次还有人看他们一起在食堂吃饭，现在又一起请假……"孙慧慧越说越生气。

正在背单词的林周扬听见这话，一脸茫然地抬头，而后充满怀疑地开口："其他的也就算了，但是一起吃饭……孙慧慧同学，你是不是把我忽略了？"

到现在为止，他们应该也就一起吃过那一顿，还是五个人一起的！

孙慧慧这么说，把他一次性打了五个人饭的光荣战绩放在哪里了？！

"再说了，裴哥和宁璃平常连话都说不几句，怎么也说不上总凑一起吧？"

孙慧慧翻了个白眼。

那最好。

林周扬觉得有时候女生的思维，他真的理解不了。

宁璃回小区，拿了一部分画稿，就打车去了机场。

魏松哲知道她是这天下午的飞机，本来坚持要来送她，被她拒绝了。

"璃姐，你这是第一次去盛城，还是自己一个人，千万小心啊。要是遇到什么坏人……"魏松哲在电话里千叮咛万嘱咐。

宁璃淡淡地问道："要是遇到什么坏人，怎么样？"

魏松哲一下哑巴了。

片刻，他郑重地开口："那你千万下手轻一点，要是在盛城那地方闹了事，可没人能捞你了啊，璃姐……哎？"

宁璃挂了电话。

她当然不是第一次去盛城。而她这次过去，也不是闹事的。

云州机场。

宁璃下了出租车，就接到了苏媛的短信。

"你请假了？这次又是去哪里？"

经过上次的事，苏媛本来是不想再管宁璃那么多的。

性格如此倔强又放肆，怎么管？

但听叶瓷说了这事，她还是发了条消息过去。

总不能人丢了，她还不知道怎么回事吧？

宁璃打了几个字。

"临城。周日回。"

提到临城，苏媛就没再多说什么了。

宁璃收起手机。

机场人来人往，她取了登机牌，过了安检，找到登机口。

她已经换下了校服，穿上白色的卫衣、牛仔裤。黑发扎成一个马尾，素面朝天，只背着一个单肩包，却还是吸引了不少人的视线。

航班起飞时间是下午六点十五分，还有四十分钟，宁璃就随便找了个位子，准备坐下休息会儿。

顾听澜拎着箱子，一只手拿着电话："知道了，马上到登机口了。"

对方不知说了什么，他笑起来："再催也没用，这已经是最近的一趟航班了。"

这个理由对方嗤之以鼻："我看你纯粹就是找借口！你去年买那架飞机就是买来看的？"

顾听澜不以为意："刚回国，还没来得及申请航线。"

对方爆了句粗口。

顾听澜抬眼，忽然瞧见一道有些熟悉的身影。

他再次确认了一下登机牌上的内容。

嗯，的确是这个登机口。

他笑了笑。

"我找到了，到盛城再说。"

不等对方有什么回应，他便挂了电话，朝前面走去。

宁璃正在看手机，忽然感觉前面似乎站了一个人。

她目光一凝，缓缓地抬头。

顾听澜笑起来，依旧是温润如玉的贵公子模样。

"宁璃，好巧。"

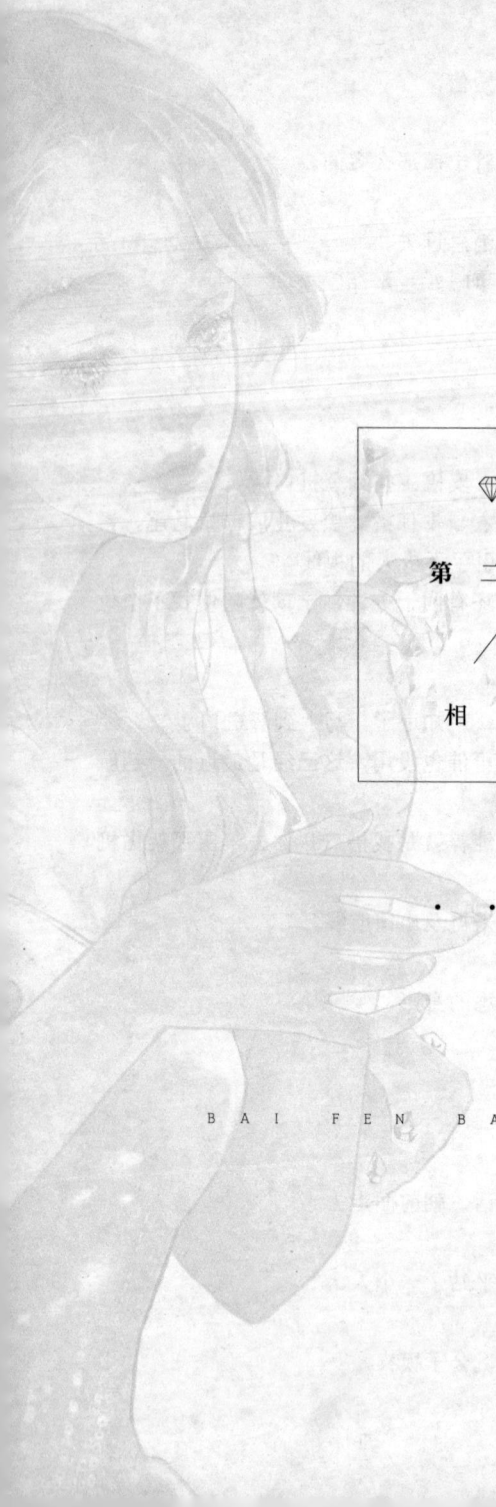

第 二 章

/

相 遇

宁璃迅速地打量了他一眼。

顾听澜穿着白衬衫、西裤，西装外套搭在臂弯，脚边还立了一个箱子。看起来像是要出差。

她站起身："顾医生。"

怎么偏偏在这遇到顾听澜？

顾听澜左右看了看，了然："你是一个人来的？"

宁璃没法否认："嗯。"

"家里人知道吗？"

宁璃笃定上次陆淮与去找她的事他已经知道了。

她点点头："跟学校请了假的。"

顾听澜了然地颔首："哦……陆淮与知道吗？"

宁璃觉得顾听澜这话问得有点莫名其妙。好像她去哪里都要和陆淮与报备一样。

实际上她这次出来，对外统称是回了临城，只有魏松哲一人知道她是去盛城的。

而陆淮与……连她离开云州都不知道。

她轻轻摩挲了一下手里的登机牌。这时候，显然是不可能骗过顾听澜了。

"不知道。"

顾听澜点点头："去几天？"

"两三天吧，周一还要回去上课。"既然撞上了，宁璃也就索性坦诚相告。

顾听澜在她旁边的位子坐下："距离登机还有时间，先等等吧。"

宁璃也坐了下来。

顾听澜若有所思地看她一眼，眼中带着几分探究。

宁璃这年才十八岁，能有什么事要在这个时候去盛城？

而且是独自一人。

看她轻装简行，只背了一个单肩包，不像是要去玩。而且她眉眼沉静，神色清冷，仿佛是早就做好了这计划一般。

不过他这个人一向有分寸，这些事情牵涉到宁璃的隐私，她不主动说，他就不会多问。

"顾医生回盛是出差？"宁璃问道。

"算，也不算。"顾听澜想起刚才那通电话，有些无奈地笑了笑，"有朋友约。"

宁璃颔首。

虽然顾听澜从小在国外长大，顾家的产业也大多都在海外，但顾家念旧，一直和国内这边有着联系。

顾听澜出身世家，自己也出色，人缘极好。这次好不容易回国，有这些社交也很正常。

"在盛城住的地方安排好了吗？没有的话，我倒是能帮这个忙。"

"谢谢顾医生，都订好了。"

宁璃现在其实很希望他们下飞机之后就各走各的。遇到顾听澜已经够意外了，她不想节外生枝。

顾听澜何其聪明，哪里看不出宁璃的意思？

他笑了笑，也不介意，而后递过来一张名片。

"这是我的电话，接下来这一个星期我应该都会待在盛城，有事可以联系我。"

宁璃双手接过，道了谢。

以顾听澜的身份，想攀关系的数不胜数，所以这张名片，还真是挺金贵的。

顾听澜看向窗外的停机坪，忽然问道："宁璃，你之前见过我吗？"

宁璃一顿，不动声色地否认："没有。"

顾听澜这么问，难道是察觉到了什么？

但她一直很谨慎，何况与顾听澜见面的次数并不多，按理说不该有什么不对的……

"是吧，我之前也没见过你，不过，一见如故。"

宁璃心中一动，抬眸看他。

在她的记忆里，顾听澜也曾说过这句话。

一见如故。

明明现实中初次见面的地方和场景都已经和她记忆里完全不同，没想到顾听澜还是会这样说。

迎上她的视线，顾听澜笑着解释："可能是因为你来自临城？"

"临城？"

宁璃想起他前段时间是去临城了，好像是查什么事。

不过具体的她没问过。

"嗯，我之前去了一趟，感觉挺好的。"提起临城，顾听澜的语气温和了许多。显然，这地方对他而言，是不一样的。

"顾医生应该是第一次去吧？"

"嗯。"

宁璃心里其实感觉有些奇怪。

临城不过是个再普通不过的十八线小城市，各方面都没有什么突出的，国内这样的地方不知有多少。

顾听澜这样的出身，怎么偏偏对临城……

"不过上次去，没来得及好好看看。下次要是有机会，不知道能不能请你当导游？"

顾听澜对临城颇为执着。

宁璃一愣，道："这个没问题。不过临城其实也没什么景点……"

"我倒觉得临城挺有人情味的，看看挺好。"

"好。"

顾听澜请她和俞平川去港城看马赛，她带顾听澜逛临城……怎么想，都是顾听澜亏了。

不过既然他自己都这么说了，宁璃当然没有拒绝的理由。

"从云州前往盛城的乘坐 M3692 航班的旅客，请即刻前往登机口……"广播里传来空乘甜美的声音。

顾听澜起身："走吧。"

宁璃松了口气。

等下了飞机，就能和顾听澜告辞了。

宁璃想得很美。

因为上了飞机，她才发现顾听澜居然是经济舱！

撞上宁璃不可思议的眼神，顾听澜把行李箱放上去，淡定地解释："临时订的票，没位子了。"

倒也是个理由。

但当宁璃看到他们是前后排的座位时，她终于开始反思这天是不是出门没看皇历。

好在顾听澜在她后面坐下后，就没问什么了。他闭上了眼睛，似乎打算休息。

宁璃把手机关机。

飞机很快起飞。

大约过了四十分钟，空乘推着餐车过来。

飞机上提供两种午餐，鳗鱼饭和宫保鸡丁。

宁璃选了鳗鱼饭。

很快，后面传来顾听澜的声音："鳗鱼饭，谢谢。"

他从空乘手里接过饭盒，顺口问道："宁璃，你也喜欢鳗鱼饭？"

宁璃摇头："不是，我对花生过敏。"

宫保鸡丁里放了花生，她是不吃的。

顾听澜动作一顿，笑了。

"是吗？我有个朋友也对花生过敏，还挺巧。"

宁璃其实没觉得哪里巧。

对花生过敏的人，她从小到大也见过几个，不算很稀奇。

何况还是朋友。

顾听澜的朋友可是太多了。

他靠在椅背上，想了一会儿，又无声地摇头一笑。

碰上宁璃，巧合还真是挺多的。

盛城。

动星娱乐。

梅里正在催促许旖旎。

"晚上的酒会还有半个小时就开始了，咱们得快点出发才行。上次埃德蒙对你印象很好，说今天晚上要为你引荐 G&O 的'太子爷'，你可千万要抓住这次机会啊！"

埃德蒙就是那位 G&O 的时尚总监。

最近一通忙活还是有效果的，加上许旖旎本身条件也很好，总算在一众女星之中脱颖而出，进入最终的筛选范围。

这次的酒会是私人性质的，国内只有三位女星受邀。

许旖旎是其中之一。

据传 G&O 的"太子爷"也会出席，能否拿下 G&O 的品牌大使头衔，很大程度上，也都决定于这晚。

许旖旎将头发别到耳后："放心，这次我志在必得。"

下了飞机，顾听澜和宁璃一起出了机场。

一辆黑色跑车已经停在外面等候，打着双闪。

顾听澜看向宁璃："你去哪里？我们捎你一程？"

宁璃婉拒："谢谢，我打车就行。"

顾听澜有点犹豫："但这会儿天都黑了……"

"盛城的治安还是很可以的，顾医生不用担心。"

看宁璃坚持，顾听澜也没勉强。他点点头："行，那你到了跟我说一声。"

俨然跟看小孩儿一样。

宁璃有点无奈，但现在她毕竟才刚成年，顾听澜会这样倒是也无可厚非。

她只好点点头："好。"

前方传来鸣笛声。

"顾医生，你朋友在催你了，你先走吧。"宁璃道。

顾听澜和她告辞，拎着箱子往那辆车走去。

"您这可以啊，刚回国，就和小妹妹聊得这么开心？"顾听澜一上车就遭到了顾思洋的无情嘲讽。

顾思洋从窗户往宁璃的方向看了一眼。

夜色浓郁，又隔着一段距离，看不清她的面容，只能瞧见一双腿笔直纤细。即便只是这么粗略地瞧上一眼，也不难看出是个极漂亮的小姑娘。

"这看着……大一？"

顾听澜的表情淡淡的："高三。"

顾思洋一脸震惊，花了好大功夫来消化这两个字。

顾听澜没管他："开你的车。"

顾思洋条件反射地踩了一脚油门，车子瞬间飞速驶出。

顾听澜猝不及防，被巨大的推力死死压在椅背上。他闭了闭眼："难怪你一年开废了三辆车。"

顾思洋听他这么贬低自己的开车技术，瞬间不高兴了："这能怪我吗？还不都是您不当人？需要我提醒一下吗？您今年二十七岁了，小叔。"

最后两个字，顾思洋念得咬牙切齿。

"让爷爷知道这事，您的腿怕是保不住了。"

顾家家族庞大，单单是顾听澜，上面就有三个哥哥。顾思洋是他大哥的儿子，只比他小七岁。

顾听澜想到了什么，嗤笑："不当人的可不是我。"

顾思洋这才听出点意思来。

也是，要真是顾听澜喜欢的类型，都带到这来了，怎么也不可能把她一个人留下。

但听这话，的确是认识的。

"她是自己来的，我们不过是恰好在同一趟航班。"

听到这，顾思洋终于长长地吐出一口气："那就好，那就好，您这腿算是保住了，可喜可贺啊！"

顾听澜懒得理他。

一辆明黄色敞篷超跑忽然从旁边呼啸而过。顾听澜瞥了一眼，就看到一张有些熟悉的侧脸。敢在这地界开出这个速度的……

顾思洋瞄了一眼后视镜，哼了声："真是冤家路窄，在盛城也能碰见。"

顾听澜已经猜到了那人的身份。

"他之前不是一直在国外吗，怎么也忽然来这边了？"

"好像是 G&O 在这有一场发布会要开了吧？"顾思洋耸肩，"他脾气那么怪，谁知道他怎么舍得来这一趟。"

G&O 在全球范围内的市场规模都十分可观，一场发布会，并没有重要到能让他来。

顾听澜又回头看了一眼，那辆明黄色超跑已经消失在了视野之外："那好像是去机场的路。开着车，他是去接人的吧？"

顾思洋嗤了声："我估摸着他就是闲着无聊出来跑圈，什么人能请动他亲自去接？"

顾听澜想想，觉得还真有点道理。

"也是。"

盛城寸土寸金，市中心的位置尤其如此。

能开在这种地方的会所，自然也非同一般。

三楼宴会厅，觥筹交错，衣香鬓影。

许旖旎穿着一袭红色礼服款款步入。

她打造的是清纯初恋女神的人设，大多数情况下，她都只化淡妆。但这天她专门挑了正红色的口红，打定主意要艳压群芳。

G&O 的地位是很高的，气势不够，还真是压不下。

果然，她一进来，立刻就吸引了众人的目光，不少人眼中闪过惊艳之色。

"哇哦。"

一个三十岁左右的男人走了过来。他金发碧眼，身形瘦高，是典型的西方人。

他看着许旖旎，眼神满是赞叹："许小姐，你今天真是漂亮得不得了。"

他说的是德语。

许旖旎笑容优雅："谢谢。"

她说的也是德语，咬字清晰，自然流畅。

也正是这一点，在之前的那一次见面上，为她加分不少。

她环顾一圈，虽然热闹，却并未看到传闻中的那位"太子爷"。

似是看出了她的疑惑，埃德蒙遗憾地摊手："真是不好意思，忘了跟你说了，今天晚上他应该不会来了。"

许旖旎一愣，问："不来了，是有什么事情耽误了吗？"

要是那人不来，那这天晚上的酒会的意义就大打折扣。因为最后的人选，肯定还是他定的。

这意味着后面还要再等。

"这我就不知道了，不过——"埃德蒙眨了眨眼，"我猜他现在心情应当很好。"

机场。

宁璃在路边等了一会儿。夜风拂来，吹起她的额发。

一辆明黄色超跑停在她面前。

一个男人在驾驶座笑得张扬。

"宁？"

这是一个长得极其漂亮的混血男人。

栗色微卷的发，眼瞳是极其纯净的天蓝色，皮肤雪白，五官立体如雕塑。看起来二十三四岁，丝质衬衣被风吹起，紧贴上身，勾勒出完美的肌理线条。

他勾着唇，望向宁璃的眼神张扬至极，带着惊艳。

他推门下车，张开双臂，似是要拥抱："我是乔西。"

宁璃眼中闪过一抹讶异之色。

之前 G&O 那边说会安排人来接，没想到居然是他亲自来了。

她点点头，伸出手："幸会。"

乔西识趣地站定，挑眉一笑，改为握手："埃德蒙说这边的女孩儿都内敛含蓄，还真是啊。"

他说的却是流利的中文。

宁璃与他握手，一触即分："麻烦你了。"

乔西吹了声口哨："不说你那张画稿，就算是只为你，这一趟也值了。"

他见过的美人实在太多，但眼前的宁璃，还是让他眼前一亮。

这样热烈直白的话，一般女孩子听了多少都要害羞欣喜。不过宁璃早知道他的性子，这样的话听听就罢。

乔西是 G&O 集团的"太子爷"，手握顶级时尚资源，资产雄厚，又生了一张"祸水脸"，常年游走于各色佳人之中。

绯闻女友三月一换，媒体的花边新闻他永远占据一席之地。

哄人的漂亮话，没有人比他更擅长。尤其他还总能说得十分真诚，让人深信不疑。

这本就是他的本事。

他扬了扬下巴："上车，送你。"

明黄色超跑向前行驶，两边的景致飞速倒退。

宁璃侧头看着。

盛城繁华热闹，夜景一直是一绝。各色灯光映照，流光溢彩。

而这样的景色……她的确是很久没看过了。

"我之前并未发过我的照片过去，乔西先生是怎么认出我的？"她扭头看向乔西。

乔西笑容得意："不需要照片，我一看就知道是你。"

来之前，他可是拿着她的画稿看了好久。

一个人的模样气质，是能体现在他的作品中的。那种玄妙的感觉，语言无法描述，但他就是知道。

"不过——"他挑眉一笑，冲着宁璃眨眨眼，"你倒是比我想的要小很多。"

说着，他的眼神落在宁璃怀里的背包上："你就带了这点东西？"

宁璃言简意赅："我只会在这待两天。"

乔西惊讶："两天？太短了。发布会下周六才会举行，你不待到那个时候吗？"

宁璃点头："我还有课。"

乔西漂亮的面孔上，表情有一瞬间的僵硬。

G&O 的吸引力，什么时候变得这么弱了？

"到时候还有颁奖，你也不出席吗？"乔西一脸遗憾，"我可是已经想好要把你隆重介绍给大家的。"

"我这次来，目的并非那一场发布会和颁奖礼。"宁璃淡淡地说，"我是来和你谈合作的。"

乔西猛地踩了刹车，侧过身来，一手搭在椅背上，饶有兴致地打量着她。

"合作？你和我？你早知道我要来？"

他的确是为宁璃而来，但这件事其他人并不知道。

但看宁璃现在的意思，似乎早就笃定了这一点。

宁璃点头。

"因为个人原因，我不会正式入职 G&O，G&O 也要保证不会公开任何关于我的个人信息。我不需要工资，所有报酬按一定比例，从所有由我画稿衍生的产品的利润中抽取。另外，我有权在任何时间终止合作。"

乔西盯着她看了会儿，笑了："宁，没有人敢跟 G&O 提这样的条件。"

宁璃也笑了："那些人里面，不包括我。"

她低头看了一眼时间："这些条款，你要是不愿答应，现在我还能赶上回去的一趟航班。"

乔西没说话。

旁边不断有车驶过。

"你总要给我看看你的诚意。"乔西缓缓开口。

宁璃神色淡定："我来，就是最大的诚意。"

良久，乔西忽然笑了起来。

"好。我会让他们重新拟定一份合同，明天给你。到时候，你这背包里的东西，应该就能属于我了吧？"

宁璃伸出手："合作愉快。"

"这还是我第一次在路上谈成的生意。"乔西一边开车，一边道。

赌的成分很大，要不是他实在喜欢，绝不会答允宁璃的条件。

宁璃笑了笑："彼此彼此。"

乔西亲自把宁璃送到了"一水间"。

酒会还在继续，但许旖旎已经没了继续待下去的想法。

乔西不来，那秀场的事就没办法拍板，再留着也是浪费时间。不过，她就这样直接离开也不合适，何况这也是个能继续和埃德蒙打好关系的机会。

埃德蒙在整个 G&O 的话语权都是极高的，能赢得他的青睐，对以后的发展也很有好处。

"我听说许小姐之前一直是在 M 国留学的，没想到德语也说得这么好。"埃德蒙夸赞道。

许旖旎眼波流转："个人喜欢，就辅修了德语。"

埃德蒙却神色暧昧地笑了起来："应该是为了某个人学的吧？"

许旖旎脸上闪过一抹惊讶的神色。

埃德蒙眼神透亮，似是看透了一切。他微微俯身，压低了声音道："许小姐说起这件事的时候，眼里的光彩和上次对着镜头表白的时候一模一样呢。"

她当然知道埃德蒙说的是哪次。

所有人都以为那是她对粉丝的告白，但实际上——

她无奈地一笑，脸上有些泛红："真是什么都瞒不过你。"

这就是承认了。

埃德蒙早有预料，也不意外，只是感慨："倒是不知到底是谁，有这样的运气，能赢得许小姐的倾心。"

许旖旎笑了笑，却没接着说，很快换了话题。

二人相谈甚欢，引得旁边不少人频频往这边看来。

"看来这次最终的人选，是要定下许旖旎了？"

"倒也未必。那位今晚没来，埃德蒙自己可不能完全做主。"

"话是这么说，但埃德蒙的脾气古怪挑剔，能和他聊得这么好，许旖旎也是有本事。再说了，埃德蒙的意见总归还是很重要的。我看其他人是没机会了……"

半个小时后，许旖旎提前告辞。

埃德蒙亲自出门送她离开。

来到走廊，许旖旎余光一瞥，忽然愣住。刚才过去的那道身影，怎么好像有些眼熟？

可惜只是匆匆一瞥，没能看清楚。

埃德蒙顺着她的视线看去："看来是回来了。"

许旖旎心中一动："您是说……"

埃德蒙看了她一眼，笑着举起手。

"许小姐，今天只怕不方便帮你引见。那位是他的贵客，从前段时间就一直在念叨了，就算是我，这会儿也不好打扰。"

话说得非常直白。

许旖旎有些失望，却也只能作罢："没关系，既然今天不方便，那就改日吧。"

埃德蒙绅士地按下电梯："许小姐，请——"

许旖旎收回视线，提起裙子步入电梯。

乔西送宁璃到了房间门口就离开了。

虽然他也很想继续聊聊，最好能看看宁璃带来的画稿，但她坚持先看合同，他只能赶去重新拟定合同。

宁璃回到房间，整理背包的时候，摸到了顾听澜的名片。想起他之前的交代，她还是认命地把手机号码存起来，又发了消息过去。

"顾医生，我已经到酒店了。"

过了几分钟，她收到一个微信好友申请，备注是：顾听澜。

宁璃点了同意。

"那就好，早点休息。"

宁璃客气地回了一句，便退出了对话框。

往下一扫，就看到了陆淮与的微信。

对了，她来盛城的事，还没跟他说。

宁璃按了按眉心。

陆淮与没问，她本来也没打算说的，毕竟也就一个周末，很快就过去了。但顾听澜登机之前问的那句话，总是在她脑海之中徘徊。

想起上次骗陆淮与的后果，宁璃默默地叹了口气，点开对话框，开始打字。

"二哥，我现在在……"

打到一半，她盯着那几个字，总觉得好像哪里不对。

他什么都没问，她就主动交代行程，算怎么回事？

她又把字删除。

"二哥，你睡了吗？"

嗯，好像还是不太行。

宁璃抱着手机纠结，来来回回删除好几次。

云鼎风华。

程西钺拿出一份合同，放在了桌上，大爷似的坐下来："上次说好的，让我一个点，你可不能反悔啊！"

虽然重新走一趟流程很麻烦，但签了就是赚到！

陆淮与半靠在沙发上，正在看手机。不知看到了什么，他眉梢微挑，神色变得玩味起来。

程西钺等了一会儿，没见他有动静，抬头往这边看了一眼："哎，看什么呢，这么入神？你不会不想签了吧？"

这可是他凌晨从被窝爬起来，又经受了好一番精神打击和折磨才换来的！陆淮与要是反悔了，他绝对是要掀桌的！

陆淮与还是没理他。

程西钺忍不住往那边凑了凑，就看陆淮与好像正和谁聊微信。

"对方正在输入……"

备注是——

陆淮与忽然抬眸看了他一眼。

程西钺瞬间感觉后脑勺一凉。他咳嗽一声，讪讪地收回视线："喀，没看见，没看见，你先聊——"

陆淮与看向手机，那边酝酿了许久的消息最终还是没有发来。

他收起手机，拿过合同签了字。

乔西的效率还是很高的，第二天中午就带了新的合同过来。

因为宁璃明确表示不愿公开任何个人信息，乔西就只带了两位律师，其他人一律没带。原本埃德蒙也想过来，被他拒绝了。

宁璃核对完所有条款，确认没有问题后，就签了字。

同时，她将带来的一部分画稿给了乔西。

这趟行程的任务，算是完成了一半。

宁璃拒绝了乔西提出的一起吃饭的邀请，独自离开了。

锦水一号。

这是位于盛城西郊的一片别墅群，顾家在这里也购置了产业。

顾思洋带着顾听澜回来，就暂时住在这。

书房。

顾听风抬起头："这么说，临城那边还是没查到什么有用的线索？"

顾听澜点头："不过上次去得匆忙，我打算等过段时间再去看看。"

顾听风沉思片刻："也好。毕竟过去这么多年了，一时半刻查不到也正常。只是需要你多费心思了。"

"不会。"

一旁的顾思洋听到这儿，忍不住道："爸，就小叔自己去多辛苦啊！要不我跟着一起去吧？"

顾听风冷哼一声，说道："你是想去临城，还是想去云州？当我不知道你那点儿心思？"

顾思洋被当场揭穿心思，也不介意，笑嘻嘻地凑过去："那您都知道了，干脆就放我去呗？盛城这边待着真的没意思啊！"

云州小松山那边最近很热闹，他早就想去试试了，可惜一直没这个机会。

这次顾听澜回来，肯定还是要再去的，他当然不能错过！

"没意思你天天出去跑？"顾听风根本不吃他这套，"再说，你小叔过去是办正事的，你跟着去，帮不上忙不说，万一拖后腿呢？"

顾思洋不服："爸，您这也太瞧不起人了，您怎么知道我帮不上小叔的忙？昨天我还阻止了小叔误入歧途呢！"

顾听澜淡淡地看了他一眼。

顾思洋疯狂地对他使眼色——帮个忙啊，帮个忙！

顾听风听得皱眉："什么乱七八糟的？"

顾听澜笑了笑："没什么，就是有个朋友碰巧和我同一趟航班，一起过来了。思洋误会了。"

顾听风瞬间敏锐地感觉到了什么，不自觉地坐直了："朋友？男的女的？"

顾听澜无奈地扶额。

顾思洋哼了声，吊儿郎当地说："女的，但您别想了，人家才高三。我小叔但凡有点人性，也不能找比自己小这么多的吧？"

顾听风一脸遗憾："还这么小啊。"

顾听澜无言以对。

顾家兄弟四个，他是老幺。上面有两个哥哥已经成家，称得上是人丁兴旺，所以就连老爷子也不怎么催他。只有大哥，对这件事格外操心。

"但你不是才回来没多长时间吗？怎么跟一个小姑娘成了朋友了？"顾听风警觉地盯着他。

能被顾听澜主动承认的朋友其实不多，也难怪他好奇了。

顾听澜笑了起来："没，就是觉得小姑娘挺懂事。而且挺有缘分，她也对花生过敏。"

顾听风闻言一怔。

顾思洋也惊讶地抬头："咦？那不是和……"

说到这儿，他的声音戛然而止，小心地看了顾听风一眼。果然顾听风微微垂着眼，神色有些恍惚，仿佛是陷入到了某种回忆之中。

片刻，顾听风才回神："那是挺巧的。"

顾听澜"嗯"了一声。

房间内的气氛变得有些凝滞，顾思洋默默地缩了缩脖子。

还是顾听澜率先打破了沉默："思洋既然想去，那就跟我一起吧。您总拘着他也不好。"

顾思洋瞬间来了精神。

本来顾听风是不想答应的，但不知想到了什么，最终还是摆了摆手："随你们。"

宁璃只在盛城逗留两天，乔西本来是想约着她一起出去玩的，但几次邀请都被拒绝了，只好作罢。

也不知道宁璃都去做什么了，他本来想问问，最后又打消了念头。

宁璃定了周日晚上的飞机。这次她没让乔西送，自己前往。

晚上八点的航班，她提前到了一会儿，在咖啡店点了杯黑咖啡，独自等着。

玻璃门被人推开，一道有些熟悉的冷清的声音从旁边传来："一杯拿铁，谢谢。"

听到这声音，宁璃扭头。那人似乎也察觉到了什么，侧头看了过来。对视的一瞬，宁璃觉得自己可能得回去撕日历了。

裴颂。

他居然也来了盛城？！

裴颂显然也很意外，愣怔了一瞬。

宁璃点头向他打了个招呼。

裴颂颔首。

他的视线落在宁璃的背包上。

她这是……周五从学校离开，就来了这？

拿铁很快被送上来。

裴颂在她旁边的位子坐下，倒是也没多问。但他记得她请假是说回了临城，没想到会在这碰上。

学校和叶家人估计也不知道。

外面忽然下起雨来。

宁璃往停机坪的方向看了一眼，微微皱眉。这雨下得太大了，也不知道航班会不会延误。

二十分钟后，宁璃的猜测得到了证实。

不只是她这一班飞机，机场里的绝大多数航班都被延误了。

外面的天色彻底黑了下来，只能听到哗哗的雨声。

也是这个时候，她才发现她和裴颂的航班只差了不到一个小时。

当然，大家都延误了，也就没什么区别了。

她捧着咖啡喝了一口。

时间缓缓流逝。

盛城的秋天，夜里本就寒凉，加上这一场雨，温度更是下降得厉害。

宁璃来的时候没带什么东西，依旧是那身白色卫衣、牛仔裤。

已经有人裹着小毯子在椅子上躺着休息了。

宁璃的咖啡也早已经喝完。而航班什么时候能飞，还不知道。

裴颂脱下外套，递了过来："你要睡会儿吗？"

宁璃一愣，摇摇头："不用了，谢谢。"

对她来说，熬夜是常态，尤其是在这地方，她很难入睡。

裴颂把外套放在了她旁边的凳子上，又转身离开。过了一会儿他回来，手里多了两杯热水："给。"

宁璃犹豫片刻，还是接了过来："谢谢。"

凌晨，雨渐渐地停了，机场的航班陆续恢复。

宁璃向裴颂道别："那我先走了。"

裴颂颔首。

宁璃朝着自己的登机口走去。

裴颂的目光落在旁边放着的黑色外套上。

宁璃并未碰过。

他拿起衣服，朝着另外的方向走去。

早上六点，宁璃终于下了飞机。

她先回了小区一趟，简单收拾一番后，才去了学校。

七点半，宁璃踩着铃声走入教室。

然而刚进来，她就发现情况好像有些不对。

所有人都朝着她看了过来，神色怪异。

她的眉头飞快地皱了一下，回到自己的座位坐下。

何晓晨看她的眼神，也是欲言又止。

"怎么了？"宁璃问。

何晓晨捂着嘴，小声地问道："宁璃，你去盛城了？！"

宁璃心中微沉。

看她这个反应，何晓晨知道这八成是默认了，神色更是激动："你……你是和班长一起去的？！"

宁璃皱眉："谁说的？"

何晓晨急得不行："有人在盛城机场碰见你了！还拍了你们的照片，传到校园论坛了！现在大家都知道了！"

宁璃拿出手机。

论坛已经沸腾了。

最上面飘着一条"爆"的帖子。

"惊了！校花、校草一起出现在盛城机场！这是谈恋爱了吗？！"

宁璃眉头微拧，点开帖子。

一张照片跳出。

背景的确是盛城机场，照片中的两个人，也的确是她和裴颂。

这显然是偷拍。虽然隔着一段距离，但认识他们的人，还是能一眼认出。

最关键的是，这张照片上，裴颂正在把外套递向她。

下面的回复已经超过千条，并且还在以惊人的速度上涨。

天橘123："我的天！我看到了什么？！"

龙大王："已鉴定，照片不是合成。看来是真的了！"

暮之枝："据说他们上周五是一起请的假，这是一起去盛城约会了？妈呀，裴颂看着冷淡，实际这么关心人的吗？！慕了！"

宁璃面无表情地看着。

何晓晨急得不行："刚才班长已经被班主任叫走了，你——"

何晓晨话没说完，教室忽然安静下来。

耿海帆正站在门口："宁璃，你来一趟。"

所有人都看向了宁璃。

宁璃的神色平静，起身跟着耿海帆一起离开。

二人的身影刚刚消失，整个（一）班瞬间沸腾起来。

"我就说上周五他们一起请假肯定有猫腻吧！云州还不行，居然一起去盛城？"

"喜欢裴颂的那么多，他从来没理过，现在却直接把外套脱给了宁璃，可真不一样啊……"

"其实我觉得，人家一个校花一个校草，成绩又是年级第一和第二，还真挺般配的？"

"学校禁止早恋，他们这算是顶风作案吧？啧，平时在学校真是半点儿看不出来啊！就是不知道学校会怎么处理？"

二中在这方面一向管得很严，尤其还是这两个尖子生，闹得这么大，学校不可能坐视不理。

众人讨论得热烈，连任谦都被不断追问。

"谦子，这事你是不是早就知道？"

任谦满脸不耐烦："没有的事，别在那乱说。"

"这可不是乱说吧？照片都有了！要是别的地方遇见也就算了，在盛城机场，还是凌晨，那这未免也太巧了吧？！"

任谦一噎。

这还真的不好解释。

裴颂回盛城真的是因为家里临时有事，而宁璃……她之前不是说是回临城了吗？

林周扬拉着椅子坐过来，很难受："谦子，你跟我说实话，裴哥是不是和宁璃在一块儿了？我怎么一点都不知道？"

他是不是被抛弃了？

之前孙慧慧那么说，他还反驳得理直气壮，可难道——他才是那个被蒙蔽了的？

任谦朝着宁璃的座位看了一眼，心中也有了那么一瞬间的动摇。但他很快清醒过来，把书卷起来给了林周扬一下。

"一张照片也说明不了什么，别在那瞎说。"

办公室。

宁璃跟着耿海帆进来的时候，裴颂已经在里面站了一会儿了。

听到脚步声，他抬眸往这边看了一眼，脸上依旧是一贯的清冷疏离。

耿海帆拉开椅子坐下，眼神在二人身上转了好几圈，想说点儿什么，但话到了嘴边，却觉得怎么都不合适。

他搓了搓手，觉得有点头疼。

当了这么多年的班主任，他也算是很有经验的了。

以前也不是没碰到过学生谈恋爱的，但年级第一和第二在一起的，这还是第一次。这两个可是这届高三里面最拔尖的苗子啊！

而且平时看起来，这两个人一个比一个沉迷学习，个性都是沉稳又懂事的。要不是看到了那张照片，他真是打死都不信这两个人之间有什么。

过了好一会儿，他才斟酌着开了口："这件事，你们谁先来解释解释？"

裴颂的神色淡淡的："要说的，我刚才已经跟您说过了，我们的确只是碰巧在机场遇上。"

耿海帆看向宁璃："宁璃，那请假条，你怎么说？"

不是说回临城吗？一转眼出现在了盛城机场，算怎么回事？

宁璃在心中叹了口气。

"这件事，的确是我骗了您。我没有回临城，而是去了盛城。不过，我和裴颂之间，的确没有任何超越同学之外的关系。"

裴颂眼睑微垂，镜片下的眼眸遮掩在一片淡淡的阴影之中。

"那你们这也太巧了。"

耿海帆觉得他们不像是撒谎的样子，可未免太巧了，而且裴颂还把外套脱给了宁璃。

这……这真的只是普通同学？

耿海帆沉思了好一会儿，放缓了声音，试图循循善诱："其实呢，老师也是从你们这个年龄过来的。你们这个岁数，对异性产生好感，本来也很正常，这没什么好责备的。只是你们得清楚，现在不是去想这些的时候，你们目前最要紧的是高考啊！"

眼下这么要紧的时候，心思都跑偏了怎么办？

这就还是认定他们之间有什么了。

宁璃道："耿老师，您说的这些我都懂。只是——没有的事，为什么要承认？"

耿海帆也为难。

"这件事已经传开了，你们最好能有充足的证据证明你们没有谈恋爱，不然就只能请家长了。"

涉及早恋，学校的态度从来是十分严肃的。尤其这次还是宁璃和裴颂。

不只是他，现在其他老师都已经知道这事了。

他想低调处理都不行。

裴颂道："我爸妈现在都在国外，一时半会儿怕是过不来。但我这次回去，是因为我祖母生病了，我临时回去探望。跟其他人、其他事都无关。"

耿海帆又看向宁璃："你呢？"

裴颂的家庭背景他是了解的，这理由也的确可信。

但宁璃是怎么回事？

她莫名其妙跑去盛城，要不是和裴颂约好的，又是做什么去了？

宁璃静默片刻。她要是澄清，就必须交代去盛城的真正目的。

"这是我的私事，希望老师理解。"

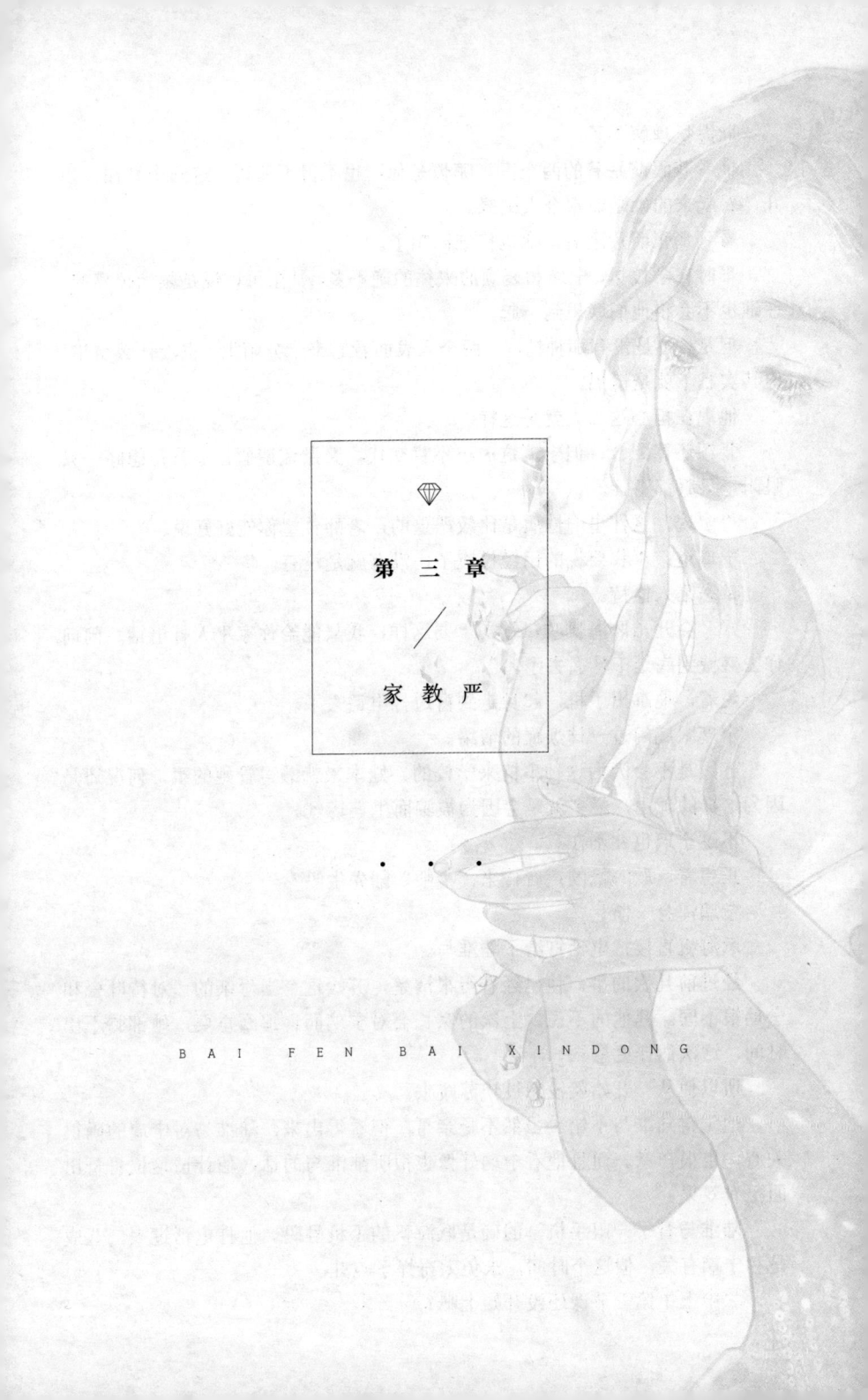

第 三 章

/

家 教 严

. . .

耿海帆理解不了。

他看着眼前站着的两个人。哪怕是他，也不得不承认，这两个站在一块儿，看起来的确是非常合人眼缘。

看到那张照片之后，他也仔细回想了。

平时在学校里，宁璃和裴颂的来往的确不多，甚至可以说是颇为疏离的。任谁也不会将他们联想到一起。

但是，不是没有那种情况。两个人表面看起来十分陌生，也没什么交集，但其实私下就是情侣。

他现在担心这二人就是这样。

裴颂还算配合，但宁璃这……不肯交代，又撒谎请假，他就是想睁一只眼闭一只眼都不行。

"宁璃，这件事的性质是比较严重的，老师希望你能好好说。"

宁璃道："我要说的已经说完了，没有就是没有。"

事态陷入僵持。

好一会儿，耿海帆叹口气："要这样，我只能给你家里人打电话，问问你去盛城到底是干什么去了。"

说着，他拿出手机，起身走到窗边打电话去了。

宁璃眼底闪过一抹烦躁的情绪。

苏媛是不会因为这种事情来学校的。她本来就懒得管她的事，何况还是因为这样的理由，最多就是会因为被骗而生一场气。

不过宁璃也并不在意。

正想着，耿海帆的声音传来："喂？陆先生吗？"

宁璃浑身一僵！

耿海帆直接把电话打给了陆淮与。

经过前几次的事，他已经看得很清楚，苏媛这个当母亲的，对待叶瓷和宁璃很不同。其他的不说，上次的家长会对宁璃而言那么重要，她都腾不出时间，这次估计更悬。

所以他从一开始就没想过让苏媛来。

他觉得陆淮与不错。虽然不是亲哥，但看得出来，陆淮与对宁璃的确很关心，也很在意。而且他看宁璃好像也很听陆淮与的话，估计请这位哥哥出面更有效果。

陆淮与看了一眼手机，的确是耿海帆的手机号码。他打电话过来，八成是和宁璃有关，但这个时间，未免太奇怪了点儿。

二中上午第一节课还没开始上吧？

陆淮与回道："耿老师，有什么事吗？"

耿海帆咳嗽一声，斟酌着开口："是这样，宁璃这边出了点事情，我想如果陆先生有时间，今天最好能来学校一趟。"

陆淮与眉头微皱："她怎么了？"

耿海帆顿了顿："宁璃可能早恋了。"

陆淮与几乎以为自己听错了："什么？"

耿海帆回头看了一眼，道："和裴颂。"

宁璃从听见耿海帆第一句话开始就后悔了。

耿海帆站得比较远，她听不见电话那头的陆淮与都说了些什么，但她莫名觉得危险得很。

尽管她没有早恋，可因为这种事喊陆淮与过来……

她深吸一口气，走了过去。

"耿老师，这件事我可以解释，就不用让我二哥过来了吧？他平常也挺忙的——"

耿海帆把手机挂了："他说他现在就过来。"

宁璃不再说话。

裴颂回头看了她一眼。

虽然很细微，但他还是能感觉得出来，她紧张了。

不是因为这种事被叫家长，而是因为被叫的那个人是……她那位二哥？

耿海帆抬手指了指："你们先在这等着吧。"

上课铃响了。

第一节课开始了，宁璃和裴颂还没回来，整个（一）班都躁动不已。

早恋本来就够引人注意的了，何况还是这两个。加上还有那张照片佐证，让人想不相信都难。

而外班的人显然也都知道了这件事，课间有不少人往这边来，站在走廊里往（一）班的教室里张望。

得知他们被叫去了办公室，许多人又迅速去了办公室，找各种理由进出，眼神不断地在宁璃和裴颂身上转。

他们是分开坐的。但现在这个时候被一起留在了办公室，傻子也知道肯定是有问题。

耿海帆哪能不知道这些学生的心思，干脆把门一关。

直到第二节上课铃响，外面才逐渐安静下来。

宁璃从耿海帆那借了一本古诗词看，但没太看进去。倒不是因为那些围观和打探的目光，而是……

"咚咚"的敲门声传来。

宁璃似有某种直觉般，挺直了肩背。

裴颂往门口看去。

耿海帆过去开了门。

"陆先生，你来了？"

宁璃是背对着门坐的，立刻感觉到一道有如实质的目光落在了自己身上。

陆淮与低沉慵懒的声音传来："耿老师。"

"陆先生请到里面坐吧。"耿海帆请了陆淮与过来。

宁璃站起来，回头。

天气渐凉，陆淮与这天穿了黑色风衣，把本就挺拔的身形衬托得更加完美，清冷矜贵，浑然天成。

他和耿海帆握了手，简单地打了个招呼。

耿海帆走到办公桌后，倒了杯茶："陆先生，先坐吧。"

陆淮与长腿一迈，几步就走到了宁璃身边。

"二哥。"宁璃喊了一声。

上次家长会也就算了，这次因为这种事让陆淮与来，她真的不知道该怎么面对了，喊了一声后就垂下了眼睛。

陆淮与在她身前站定，目光微转，又看向一旁站着的裴颂。

少年身形瘦削挺拔，气质淡漠疏冷。

有印象。

裴颂感觉肩上似是压了一道无形的威压。他下意识地抬眸，就撞上陆淮与望过来的目光。

幽深、散漫，却又透着股让人无法忽视的冷冽。分明陆淮与也没有比他们大几岁，但周身的气势实在是强了太多。

好在陆淮与很快收回了视线，在耿海帆对面坐了下来。

耿海帆双手交握。

"是这样的，陆先生，你也知道，他们现在正是关键的时候，稍有分心，成绩下滑就是分分钟的事。出于对他们负责的想法，我们还是希望能就这件事和你们开诚布公地谈一谈。裴颂的家长目前不在国内，不方便过来，所以只能先请您来一趟了。"

陆淮与轻轻颔首："耿老师说得有理。不过在这之前，我想先问问，关于他们……早恋的传闻，是怎么来的？"

耿海帆反问：“陆先生可知道宁璃这周末去了盛城？”

陆淮与眸子微眯。

看到他这反应，耿海帆就知道，他肯定也是不知情的。

耿海帆把事情简单地说了一遍，又把手机递了过去。

陆淮与看了一眼，正是宁璃和裴颂被拍的那张照片。他目光一凝，周身的温度突然下降了许多。

空气似乎凝滞了。

片刻后，他的手指在桌上轻轻地敲了敲，而后往椅背上一靠，极轻地笑了声，一字一句道：“我们家宁璃，不可能早恋。”

他的声音很轻，却笃定至极。在安静的办公室内，听着更是清晰。

像是有什么从耳畔轻轻地拂过，带起莫名的酥痒。

——我们家宁璃……

宁璃忍不住看了陆淮与一眼。

他侧颜完美，微微抬首，下颌线的线条锋利干净，目光沉静而克制。

不是辩解，是绝对而坚定的澄清。

裴颂闻言，目光微动。这样的措辞……

耿海帆一愣，万万没想到照片都摆在面前了，陆淮与居然会这般直截了当地否认。

“可是，陆先生，宁璃和裴颂的确是一起去了盛城，还是一起回来的——”

“你们是一起去的吗？”陆淮与忽然侧头，看向宁璃，淡淡地问道。

宁璃摇头：“不是。我们不是一趟航班。”

迎上陆淮与的视线，她又补充了一句：“我们在盛城也并没有遇见过，只是因为那天下大雨，机场航班延误，才碰上的。”

陆淮与点头。

“阿璃说的，耿老师也听到了。如果您还是不信，我可以让人调出他们的航班信息，请耿老师亲自核对。”

耿海帆将信将疑。

两个人几乎是同一个时间请的假，又一起出现在机场，实在是让人不得不多想。

但，的确如陆淮与所说，航班信息一查便知，宁璃没必要在这上面撒谎。

要是这两个人真是有什么，怎么也得是同一趟航班的吧？

“至于这张照片……”陆淮与看了一眼手机，淡淡地笑了笑，“昨天盛城大雨，温度骤降，基于同学情分借一件衣服，本也正常，不是吗？”

耿海帆觉得这话是挺有道理，可是……

"陆先生，宁璃和裴颂都是很出色的，学校对他们也都很重视。正因如此，我们才想尽量把事情调查清楚。宁璃周五请假的时候，说是要回临城，结果却是去了盛城，而且到现在为止都不肯说明原因。要不是这样，我也不会请您专门跑这一趟了。您看这……"

陆淮与的目光从宁璃脸上扫过："周五？"

"对。"

宁璃微微偏过头，总觉得陆淮与的眼神，像是已经看透了一切。

片刻后，陆淮与道："我想单独和阿璃聊一聊，不知道耿老师能否行个方便？"

耿海帆觉得这也是个办法。有些话宁璃不肯跟他说，但陆淮与去问，或许能问出点儿什么。

"里面有个放文件用的小隔间办公室，陆先生不嫌弃的话，可以去那边。"耿海帆抬手指了指。

陆淮与起身，朝着那边走去。

宁璃在原地纠结了会儿。

陆淮与在门前站定，侧身回头，淡淡地看了她一眼："阿璃。"

宁璃深吸一口气，硬着头皮过去。

这个房间的确不大，除了一张办公桌和办公椅，三面墙都是文件柜。

地上还堆积着好几个装满试卷和文件的纸箱，整个房间满满当当，几乎站不下人。

陆淮与靠在办公桌上，一条长腿微微屈起，好整以暇地看了过来。

宁璃把门带上，选了个空地站好。

两个人之间不过一步之遥。

"说吧，去盛城做什么了？"陆淮与开门见山，音色疏懒，唯独看过来的目光沉静犀利，让宁璃避无可避。

宁璃抿了抿唇。

耿海帆问她这些的时候，她并不是很在意。但不知道为什么，陆淮与这么问，她就莫名有点儿心虚。

"有点儿事。"她沉默片刻，给了个模糊的答案。

陆淮与看着她，忽然笑了："那天晚上你不是打算跟我说的吗？怎么，现在又不想说了？"

宁璃心脏一跳，猛地抬头，清澈干净的桃花眼微微睁大。那天晚上她的确是想和他说的，但犹豫了很久，最后还是放弃了。

可陆淮与是怎么知道的？

她迅速反应过来："你看到了？"

陆淮与没说话，显然是默认了。

宁璃："……"

早知道她当时就不该反反复复地打字又删除！

就那么一会儿，怎么就被看见了？

她有点儿懊恼，认命地开口："我去盛城见个朋友，顺便散散心。"

说了跟没说一样。

陆淮与漫不经心地问道："那个朋友，是裴颂？"

"当然不是！"宁璃立刻否认，眉头微微拧起，"刚才我说的那些都是真的，我和他之间的确什么关系都没有。我也不知道会在机场碰到他。"

她顿了顿，又道："这些顾医生可以做证。"

顾听澜的话，他总是会信的。

陆淮与恍然，似笑非笑道："哦，原来这里面还有顾听澜的事？"

盛城，锦水一号。

顾听澜正在整理一个老相册。也许因为古旧，又或许是被人摩挲了太多次，相册边缘已经起了毛边。

刚翻开一页，他忽然打了个喷嚏。

他揉了揉鼻子，喃喃："谁在骂我？"

"也是碰巧。"

宁璃说出口才发现，这事好像越解释越麻烦了。

她自己都听烦了"碰巧"这两个字了。但考虑到顾听澜在陆淮与这的信用度还可以，只能把他搬出来了。

陆淮与没回应，像是在思考着什么。

那天晚上的事，现在总算有了解释。不过，小姑娘似乎还是不愿意多说。

"上次是怎么说的？不是还发誓，不会再骗人了？"

宁璃小声："没骗你，你也没问啊。"

陆淮与气笑了。

好端端的，他怎么会想到宁璃会忽然跑去盛城？

还挺理直气壮，这脾气……真不知道是谁惯的。

"我没问，你就不说？"

宁璃心想这还用问吗？她连苏媛都没说，和陆淮与……好像就更没有理由交代自己的行踪了。

但这话她不太敢说出口。

她犹豫了一下，问道："二哥，你可以跟顾医生打个电话，我说的都是真的。"

"不用。"

顾听澜回盛他是知道的，甚至他们昨天还通了电话。但从头到尾，顾听澜没有提过宁璃。

宁璃一时间也不知道该说什么了，乖乖安静了下来。

这房间本就狭小拥挤，现在两个人站在这，陆淮与就那么看着她，她觉得这地方更挤了。

过了会儿，陆淮与放缓了声音："盛城冷吗？"

宁璃诧异："什么？"

陆淮与想起那张照片。

明亮宽敞的候机大厅，雨水落满玻璃，窗外是一片浓郁的黑色。有人穿着大衣，有人裹着毯子，有人行色匆匆地走过。

小姑娘坐在那儿，只穿了一件白色卫衣，背着单肩包，身影纤细单薄。

"机场大雨，冷吗？"

宁璃摇头："还好。"

她停顿片刻，莫名又多加了一句："我也没穿裴颂的衣服。"

陆淮与看着她，胸口那股盘踞多时的烦躁终于消散了些许。

他微微弯起嘴角，极轻地"嗯"了一声。

"走吧。"

宁璃愣住，这就结束了？不问了？

她还以为陆淮与会打破砂锅问到底。

"二哥，你信我没早恋了？"

陆淮与走过来，轻轻在她头上拍了下："谅你也没那个胆。"

耿海帆和裴颂在外面等着，听不到里面都在说什么。

过了不久，房门被打开。

陆淮与和宁璃一前一后地走了出来。

耿海帆迎上前，神色带着点征询的意味。

陆淮与笑笑："耿老师，是这样的。阿璃去盛城，是和家里闹了点儿矛盾，正好有个朋友也要去盛城，她就跟着一起去散心了。因为是家事，就没好跟您说。"

耿海帆神色诧异，但很快想起了叶家的情况，顿时理解了。再看向宁璃，眼神就带上了几分疼惜。

"啊……原来是这样？"

宁璃和她母亲的相处模式明显是有问题的，会闹矛盾也很正常。何况她现在正是叛逆的青春期，一时冲动做出这种事，好像也不是不能理解。

陆淮与点点头："她在那边就是到处看看，还去西京大学转了转。"

耿海帆眼睛一亮："真的？"

宁璃："是。"

耿海帆心情大为宽慰。

原来是这样！

虽说宁璃撒谎请假，偷偷跑去盛城不太好，但目前看来，她的心思还是都放在学习上的嘛。

去了盛城，还不忘去西京大学。那岂不是说明，她将来的志愿院校就是那里？

耿海帆很高兴，觉得自己之前都白担心了："那挺好，挺好！"

其实这也没什么不好说的，但宁璃家里情况特殊，性子执拗一点，也能理解。

"这样的话，那就好说了。回头我跟学校那边解释就是。"

没有比这更好的结果了。

他语重心长地劝道："不过，宁璃啊，心情不好，其实是有很多排解办法的，以后千万不要再这样了。容易引起误会不说，一个人出远门很危险，只会让关心你的人担忧啊。"

"谢谢耿老师，我知道了。"

看宁璃的认错态度诚恳，耿海帆悬着的一颗心总算落下。

"没事、没事，把事情都说开就好了。"

他看了看陆淮与，又看了看宁璃，颇为感慨："幸好请了陆先生过来啊。要不是陆先生一直这么信任宁璃，把这事的来龙去脉问清楚了，可能真要一直误会下去。"

一般家长遇到这种事，多少都会有点儿怀疑。但陆淮与的态度，从一开始就摆得十分清楚。

估计也正因如此，宁璃才会这么听他的吧。

陆淮与轻轻颔首："高三这段时间的确很关键。我之前就已经叮嘱过阿璃，她一向听话。"

耿海帆很高兴："是，是，陆先生一看就是管教严格的人，有您照看，我们当老师的也放心。"

苏媛是指望不上了，他觉得关于宁璃的事，以后还是尽量和陆淮与沟通比较好。

陆淮与眉梢微挑，笑了："您说的是。"

下课铃响起，校园里很快响起一段音乐。这是要出操了。

耿海帆看了看表："耽误了两节课。裴颂、宁璃，你们也都回去吧。"

"等等。"

陆淮与忽然开口，上前几步，在裴颂面前站定。

他伸出手："还没谢谢你帮忙照顾我们家宁璃。"

他的声调一如既往地慵懒闲适，一字一句，清晰至极。

握手，这是颇为正式地道谢。

裴颂伸出手。

两个人交握的一瞬，裴颂抬眸。

二人视线交错。

那是一双极幽深的眼睛，乍看去波澜不惊，然而仔细看去，眼眸深处却似乎有什么情绪在涌动。

有那么一刻，裴颂觉得陆淮与像极了被侵犯了领地的野兽，眼神里带着浓烈的警告。

但这样的感觉只是一闪而过，陆淮与很快松开了手。他从头到尾，都显得矜贵客气。

裴颂开口："不用。"

陆淮与淡淡地笑着："还是要谢的。阿璃脾性倔，不喜欢欠外人人情。"

裴颂嗓子有些发紧，没说话。

耿海帆问道："陆先生，那我送你？"

"不用麻烦，阿璃送就是。"

耿海帆猜测他们可能还有一些话要说，就答应了。

"那陆先生慢走。"

课间操的时间到了，一批又一批的学生从教学楼涌出，往操场走去。

宁璃和陆淮与从办公室出来，并肩而行。

一个宁璃就足够吸引人眼球了，更不用说她旁边还有个陆淮与。

无数双眼睛往这边看来，带着好奇和探究。

"那不是宁璃吗？听说她和裴颂早恋，还一起被叫去办公室了？她旁边那个是谁？好帅！"

"好像是她哥哥吧？之前也来接过宁璃下晚自习的。可惜当时太晚、太远了，没看清，没想到比我想的还要帅啊！我的天！"

"哥哥？她没有哥哥吧？不是只有一个同母异父的弟弟？"

"好像不是亲哥，不过关系应该也挺近的。上次家长会，好像就是他来给宁璃开的。"

"那这就是被叫家长了？岂不是说明传闻是真的？"

"未必。要是真的，学校应该会下发处理公告的吧？我刚才看裴颂自己往教学楼那边走了。这怎么看，也不像是早恋被抓的样子啊……"

众说纷纭。

本来宁璃对这些是不怎么在意的，可跟陆淮与走在一起，不知为何，就觉得窘迫起来。

陆淮与从出了办公室就没说话。

她飞快地抬头看了他一眼。

他清俊矜贵的面容上，神色一片平静，眉眼却又如浮冰碎雪，清冷不可触碰。

她想说点儿什么，却又不知如何开口比较合适。

陆淮与忽然偏了偏头："对盛城印象如何？"

宁璃没想到他会突然这么问，一时愣住。

"什么？"

陆淮与想了想："比起临城，觉得如何？"

这是什么问题？

临城就是个十八线的小县城，盛城又是什么地界？

"二哥，这两个地方好像没有可比性吧？"

"当然有。你喜欢的话，就有。"陆淮与似乎不觉得自己这问题有什么不对。

宁璃想了想，说："其实都差不多。"

如果是以前，她当然会说，更喜欢临城。但对于现在的她而言，已经没有什么区别。

陆淮与嘴角微挑："我一直以为你挺恋家的。"

才十八岁，经历得再多，也还是小孩儿，怎么可能不想家？

宁璃眸子微微眯起，而后忽然笑了。

她的笑容很淡："嗯，以前是。"

在那些关于过去的记忆碎片里，她真的是很恋家的。

甚至为了那个所谓的"家"，付出了一切，最终不过一败涂地。

但最后她才明白，原来并不是有家人在身边，就意味着有家的。

她从很多年前的那个晚上起，就已经没有家了。

陆淮与目光微深。

宁璃早慧，并且总能将自己的情绪遮掩得极好。

可刚才她说那句话的时候，他还是感受到了一股极深的孤独感。

分明她就站在这里，四周一片喧闹，她却似乎与这一切格格不入。这样的她，像是随时都会忽然消失。

这个念头刚刚浮现在脑海，他的心脏便像是被什么尖锐的东西刺了一下，从最深的地方无声地弥漫出一股酸疼来，细微而绵密。

临城，对于宁璃而言，并不是家。她在那里被抛弃，在那里被遗忘。

他不该问那个问题的。

陆淮与轻轻地吐出一口气，认真道："其实盛城很好。下次我带你四处看看，说不定你会喜欢那儿。"

宁璃弯起眼睛笑了起来："好啊。"

送走陆淮与，课间操已经结束，宁璃就径直回了教室。

裴颂已经在自己座位上坐着了。

林周扬正半趴在他的桌上，疯狂地打听情况。

"裴哥，裴哥，咱们班主任都跟你们说了些什么？不是，你们真的谈——"

说到这儿，他捂住嘴，强行把剩下的字咽了下去，又左右看了看，生怕被谁听见一样。

任谦翻白眼："你还可以再大声一点儿，让全年级都来听听。"

林周扬一脸的委屈。他这不也是太好奇了嘛，不只是他，在这的谁不想问个清楚啊？

宁璃和裴哥，到底有没有——

"一场误会，已经跟老师说清楚了。"裴颂淡淡地道。

整个教室的人都已经竖起耳朵，生怕错过一星半点儿的信息。

听到这话，不少人面面相觑，摆明了不怎么相信。

林周扬一直是裴颂说什么，他信什么的。但这次连他也不敢确定了。

毕竟裴颂的性子一直挺冷淡的。

"那，那照片……"

裴颂眉眼冷淡："你冷的话，我的校服现在也能脱给你。"

林周扬惊骇地往后仰，一只手死死地攥住自己的校服领子："裴哥，这不行啊！"

他可是很清白的！

任谦烦死了："你照照镜子吧！就你，也配？"

林周扬冷静了一下。啊，也是，那可以放心了，放心了。

他摸摸头："算了，真真假假，等几天看看学校会不会通报批评不就知道了？"

按照二中的习惯，要是裴颂真的和宁璃有什么，就算是年级第一和第二，也照样严肃处理。在这猜个什么劲？

任谦翻开书，道："别人的八卦和谣言有什么好看的？有这个时间，还是多看看书吧！这次期中考试可是全市联考。"

这话顿时提醒了不少人，众人便纷纷压下心思扭头学习去了。

宁璃进教室的时候，还是有人会看过来，不过没有早上那么张扬了。

她视若无睹，回了自己的位子。

刚坐下，旁边正在题海中奋战的何晓晨立刻脱离苦海，一把拉住她的胳膊，满脸的激动和惊叹："宁璃，宁璃！刚才和你一起的，就是你二哥吧？"

宁璃点头。

何晓晨眼睛里似乎冒出了星星："我的天啊……之前我就知道他帅，今天近距离看，更'神仙'了啊！"

好高！

好帅！

连那身风衣都显得格外好看！

"呜呜呜，谢谢亲亲宁璃，谢谢你被叫家长！要不是这样，我们这等凡人，哪能欣赏到这等绝色？"

宁璃拿书的手顿了一下。

明知道何晓晨这么喊只是习惯性的浮夸表白，但这天听来，却莫名有了些不同。

亲亲宁璃……

陆淮与似是带着笑意和调侃的声音好像就在耳边。

何晓晨咳嗽一声："咯，我不是那意思啊，宁璃，宁璃不要误会！"

"我知道。"宁璃揉了揉眉心。

她也是想不到，自己居然还会有被叫家长的一天。

关键来的人还是陆淮与。

何晓晨看她这样，就知道应该是和裴颂没什么关系了。

本来也是，她天天和他们坐在一块儿，要真有什么苗头，哪能逃得过她这双"钛合金眼"？

所以她根本没问宁璃关于早恋的事。

她现在更好奇其他的。

她压低了声音："话说宁璃，你们家二哥有没有女朋友啊？"

宁璃一顿。

"没有吧。"她道。

她认识陆淮与这么久，都从未听过他有女朋友。

"啊？没有？不可能吧？"何晓晨很惊讶，"就这张脸，随随便便往那儿一站，不知道有多少人争着抢着想当他女朋友吧？"

这倒是实话。

喜欢陆淮与的人实在是太多了，连许旖旎这样的都不能免俗。但他有没有女朋友，不是看那些人，而是要看他自己的。

"嗞！"何晓晨忽然想到了什么，猛地睁大了眼睛，"他没有女朋友，那他该不会是喜欢男人吧？！"

宁璃："……"

这都什么乱七八糟的？

"不是。"她下意识否认。

"啊，为什么？"

何晓晨却是越想越觉得这个猜想很有可能是真的，扳着手指头跟宁璃一条一条地列举："你看，他这样的身材、长相，从学生时代就不缺女孩子喜欢吧？更不用说现在了。而且你想想，他眼光再挑剔，也不能到现在为止，一个喜欢的都没有过吧？如此风华绝代的男人，到现在都没一个女朋友，还能是因为什么？"

她认真回想了一下陆淮与的模样，热泪盈眶："这样的男人，绝对是高岭之花绝色猛——"

"丁零——"上课铃响起。

何晓晨立刻收声，把书立了起来，又微微偏头，一声长叹："唉，这样的绝色，将来也不知道会便宜哪个小妖精！"

宁璃心里居然也产生了那么一秒钟的动摇。

陆淮与现在才二十岁出头，没有女朋友也很正常。

但在她的记忆里，他直到快三十岁，身边也始终没有任何女人的影子。

这……应该不是一句"没碰到喜欢的"就能解释的吧？

不知道为什么，她忽然想起上次在他的书房中，夹在那本《时间简史》中的那张手绘。

陆淮与连别墅的密码都可以毫无保留地告诉她，却似乎不想让她看到那张手绘。如此小心地藏起，想也知道那对他而言，是有着非同一般的意义的东西。

能让他这样珍视的，会是什么？

她的心情变得有些微妙，好像有什么在胸口堵着，闷闷的。

"上课吧。"

过了一会儿，她又拿出手机，点开校园论坛。

那条关于她和裴颂早恋的帖子还飘在最上面，回复依然在快速上涨。

各种猜测层出不穷，说什么的都有。

她把链接发给了魏松哲："这个帖子删干净。"

实际上魏松哲也正在看这个，看热闹看得津津有味。接到宁璃的消息，他感觉"瓜"掉了一地。

宁璃以前也被人传过很多谣言，很多甚至比这个过分得多，但一般她都懒得理会。这次怎么忽然要删帖子？

他把自己的疑问发了过去。

"璃姐，这是假的吧，何必管他们那么多呢？"

宁璃去盛城做什么他是知道的，怎么可能跟裴颂扯上什么关系？

宁璃过了好久才回了一个字："烦。"

魏松哲茫然。

烦？

不就是一个早恋的谣言嘛。有什么可烦的？

难道宁璃重新回归好学生的轨道，连这些也注意起来了？

他感慨，她自打来云州，真是变得和以前不太一样了。

他飞快地回："好的。"

十五分钟后，这条帖子悄无声息地消失了。

无数人在论坛声讨吧主，吧主也很冤枉，直接开了条新帖子，声明自己没有主动删除任何帖子。

爆料的人是匿名的，大家也不知道该去找谁。

后面还有人陆续开帖，想继续讨论。但只要涉及到那几个关键词，很快就会被屏蔽。

渐渐地，大家的热情也都被消磨得差不多了，纷纷放弃。

论坛重新被其他帖子占据了版面，好像什么都没发生过。

晚上的课程结束，宁璃回了叶家。

刚一进门，就看到苏媛正在客厅的沙发上坐着。

叶瓷走在宁璃前面几步。

苏媛让叶瓷先上去休息，又看向了宁璃道："宁璃，你先等等。"

或许是因为前几次她试图进宁璃的房间，想和宁璃好好聊聊，都遭到了宁璃的拒绝，她这次干脆就在这儿等着了。

宁璃脚步一顿："有什么事吗？"

苏媛的脸色不太好看："前两天你说回了临城，但其实是去了盛城，有这回事吧？"

宁璃并不意外她会知道："是啊，怎么了？"

"怎么了？你还问得出口？"

苏媛觉得宁璃简直是不可理喻。

"宁璃，我要提醒你几遍你才会记得，这里是云州，不是临城！以前你野惯了到处跑，没人能管你也就算了。但现在你进了这个家门，就得守该守的规矩！"

上次宁璃夜不归宿，她觉得已经够过分了，没想到还能有更过分的！

宁璃偏头想了想："那……我下次留张字条？"

苏媛气得嘴唇发白。

每次她想心平气和地跟宁璃沟通，宁璃就总是表现出这种不配合的态度。她就算是有天大的耐心，也被消耗光了。

她调整了一下呼吸，尽量压下翻涌的情绪，冷声道："之后的这段时间，你把你的心思都收一收。我不管你去外面是想做什么，之后又还想去哪儿，总之后面这一个月，你每天晚上抽出一个小时的时间，帮小晟辅导功课。"

宁璃想也没想，直接拒绝："不好意思，没时间。"

"你怎么会没时间？再说，五年级的课也耽误不了你多少精力。"

本来这事是叶瓷来做的。但这几天，苏媛发现叶瓷的黑眼圈重了不少，而且总是很没精神的样子。

仔细问了，才知道她最近忙着研究物理竞赛班的东西，又要给叶晟补课，天天都熬到半夜。

苏媛又是心疼又是歉疚。

叶瓷从小出色，什么都会致力做到最好，眼下的学习和物理竞赛班也是。苏媛心里颇为后悔，这才意识到自己为了叶晟耽误了叶瓷。

叶瓷本来还说要继续，被她坚决拒绝了。

那天她看到叶瓷照着手机里拍的一张试卷做题，问了才知道，那竟然是宁璃的。

苏媛这才知晓，宁璃在物理竞赛班是标杆一样的存在，试卷经常被其他人拿去看。

显然，这物理竞赛班宁璃上得比叶瓷轻松多了。同样是姐姐，叶瓷能辅导，怎么宁璃就不行？

宁璃忽然抬头看向二楼，叶瓷的身影消失在门后。

她笑了笑，淡淡地开口："没记错的话，这事之前不是叶瓷做的吗？既然耽误不了多少精力，那让她继续不就行了？"

苏媛剩下的话堵在了嗓子眼儿，这话她实在是没法接。总不能说，因为宁璃学得比叶瓷轻松吧？

那岂不是承认叶瓷不如宁璃？

苏媛动了动嘴唇："小瓷有她自己的事要做。再说，你闲着也是闲着，帮帮你弟弟，正好也能培养培养感情。"

宁璃把最后一句话反复地回味了一下，实在是觉得可笑。

她也就真的笑了。

"我看没这个必要吧？叶晟之前就说过，只有叶瓷这一个姐姐，我和他之间，有什么感情可培养的？"

苏媛急了："小晟年纪小不懂事，说话、做事难免冲动。你比他大了七岁，怎么能跟他计较这些？"

"倒不是我要计较这些，我也是为了他好。"宁璃脸上笑意微敛，"他对我这么抵触，我去辅导他功课，你确定他会好好听？"

"这个你不用太担心，我之前已经给他做过心理建设了。再说，你是他亲姐姐，他要是不听话，你多管管就行。"苏媛满口应承。

宁璃心中冷笑。这烫手山芋，她才不会接。现在说得好，等真的出事了，苏媛永远是站在叶晟那边的。

她可不会忘记，这里是叶家。

叶晟娇生惯养了十年，被养成了现在这性子，也就叶明的话他能听听，至于其他人……他根本不会放在眼里，永远以自我为中心。

就算她好好教，也挡不住叶晟不学，更挡不住他故意考砸。

她哪有那么闲？

"这事你还是找其他人吧，我做不来。"说完，宁璃干脆地准备离开。

苏媛没想到她会直接拒绝，而且没有留下半点儿余地。

"宁璃！宁璃！"

宁璃上了楼梯，忽然站定，微微侧头："要是你真的坚持，也不是不行。只要找我们班主任说一声，帮我请好假就可以。或者你也可以去找周翡老师，只要他点头，让我直接退出物理竞赛班，专门回来辅导叶晟都没问题。"

苏媛的脸色红一阵白一阵。

宁璃这分明就是故意的！

她上次考了年级第一，正是耿海帆和其他各科老师的重点关心对象。周翡那更不用说，对宁璃一直是十分看重的。

她跑去找他们，不是给自己找不痛快？

要是让他们知道这些，还不知道要怎么说她！

"要是做不到这些，那就还是……算了吧。"

宁璃说完，没再理会苏媛，抬脚回了自己房间。

叶瓷推开门出来，朝着走廊那头宁璃的房门看了一眼。

她下了楼。

"妈妈，宁璃姐不愿意吗？要不还是我来吧？"

苏媛摸了摸她的头发："算了，这事你就别操心了。你们不是马上要期中考试了吗？好好备考就行。"

叶瓷点点头。

整个二中的学生等了三天，都没能等到学校对宁璃和裴颂的通报批评。

两个当事人始终是坦坦荡荡的，且除了那张早已消失得无影无踪的同框照，大家蹲守围观了好几天，发现他们之间是真的没什么多余的联系，这早恋一说，也就渐渐平息。

转眼就到了期中考试的日子。

这次是全市联考，所以各方面要求都比月考的时候高了不少。每个考场增加了一个监考老师不说，还有督察组不断巡视。

宁璃拿着东西走进了第一考场。

看到她来，整个考场都安静了一瞬。

能在这里考试的，都是尖子生中的尖子，彼此都是熟人，唯独宁璃一个"新人"。

她走到了左起第一张桌子前，桌面上贴着她的准考证，考生序号的尾号是：0001。

她神色平静地坐下。

大约过了五分钟，裴颂也走了进来。

他就坐在宁璃后面的位子，考生序号的尾号：0002。

这是他整个中学生涯第一次拿到这个考号。

不少人往这边看。

裴颂似是没有察觉，拉开椅子坐下后抬眸看了一眼。

宁璃穿着校服，头发简单地扎了个马尾。发梢扫过她白皙修长的脖颈，荡起细微的弧度。

他收回目光。

盛城。

一水间。

许旖旎从电梯走出。

她这天穿了一件卡其色长款风衣，搭配九分裤，脚上蹬着黑色细跟"恨天高"，精致的面孔上戴着副墨镜，长发烫了卷，烈焰红唇，气场十足，摇曳生姿。

梅里跟在她身边，低声说着什么。

"……G&O集团内部的人现在正在六楼会议室开会，这场发布会的开场模特最终人选今天就会定下来。听说唐薇已经到了，张梓童还在路上。"

这两个都是最后的入选人员，不过许旖旎并未将她们放在眼里。

这个名额，她要定了。

"结果基本已经定了，真不知道她们怎么还要来。"许旖旎笑了一声。

正说着，对面走来一道熟悉的身影。

正是埃德蒙。

许旖旎扬起笑，走了过去。

然而一声招呼还没喊出来，埃德蒙就率先诧异地开了口："许小姐，你怎么来了？"

许旖旎一愣："埃德蒙先生，不是说今天要选出发布会开场模特的最终人选吗？"

她特地赶早来，他怎么这么问？

埃德蒙猛地拍了一下手："啊！难道是我忘记跟你说了吗？人选的确已经定下了。"

许旖旎心一沉，脸上的笑容也变得勉强起来："哦？"

埃德蒙摊手，无奈地耸肩。

"最终人选是唐薇小姐。许小姐，抱歉。"

许旖旎嘴角的笑意更淡了些。

梅里一听也愣住，问："这……埃德蒙先生，您之前不是很看好我们家旖旎的吗？"

难道前两次见面时的欣赏都是装出来的？

可他好像也不是这种性格的人啊。

如果早有人选，何必在许旖旎身上浪费这么多时间？

"本来我们的确是有意定许旖旎小姐了，第一次的投票，也确实是许旖旎小姐票数最多。但是复审的时候，我们发现，许小姐和我们这次发布会的主题，并不是十分契合。所以——"

许旖旎有点想笑。

"埃德蒙，我记得你们这次发布会的主题是之前就已经定好了的吧？"

要真是不合适，早就该看出来了才对，怎么会一直等到复审？

要知道，距离发布会的正式举行，已经只剩下三天时间了。

埃德蒙眨了眨眼。

"有件事许小姐好像不是很清楚。我们这次的发布会，并不只是一场单纯的秋冬系列高定秀，同时推出的还有 G&O 全球设计大赛金奖的获奖作品。

"那位设计师已经与我们签约，并且呈递了相关的系列设计画稿。我们准备今年到明年的这段时间，在华圈重磅推出。相信许小姐也知道，这次发布会的开场模特，也会成为我们在华圈的首位品牌大使。很遗憾，我们认真考核后，一致认为许小姐的气质，和这个系列并不是完美契合。"

最初那张参赛的画稿只有一张，包容性还是极强的。

当时看起来，有好几位女星都颇为合适。许旖旎也在其中，加上埃德蒙对她有所偏爱，自然就倾向于她了。

可在看到后续的那些画稿之后，他们才惊讶地发现，这竟是一个完整的系列。

最开始拿来参赛的那张画稿，本身已经足够惊艳，而若将它放在整体之中，更是出彩得惊人。

这样独特而浓烈的个人风格极其难得，整个 G&O 内部都为之赞叹。

他们希望能够尽可能地将这份美感原原本本地呈现出来，每一个细节都要做到最好。而确定与之合作的品牌大使人选，当然也要慎之又慎。

思来想去，还是唐薇更合适。

"真是抱歉了，许小姐。"

埃德蒙个人的确十分欣赏许旖旎，但和整个 G&O 比起来，孰轻孰重，他还是清楚的。

话已经说到这个地步，许旖旎知道自己这次是彻底没戏了。

她深吸一口气，以最快的速度调整了神色，嘴角弯起笑。

"没关系，我理解。毕竟作品第一不是吗？再说，一次不成，以后未必没有继续合作的机会，您说呢？"

埃德蒙张开双臂，给了她一个拥抱："哦，当然，我个人也是非常希望能和许小姐达成合作的。你这么美，本来就该站在舞台中央。"

许旖旎并没有开心到哪儿去。

好听话谁不会说？可品牌大使的身份说没就没了！

可以预想，很长一段时间内，G&O 都不会再给出这样的资源了。

她很快告辞。

第 四 章

/

记忆中的他

车上。

许旖旎冷着脸，周身似乎凝聚着一团低气压。

她出道以来，一直是顺风顺水，无数资源排着队地送上门等她挑。

这还是她第一次这么积极用心地争取一个合作，却出师不利，绕了一大圈，白忙活。

挫败感不说，脸上也挂不住。

这几天圈内一直盛传，最后的名额会给她，她自己也是这么想的。结果现在搞成这样，那些人私下不知要怎么嘲笑她。

助理沁沁小心翼翼地坐着，不敢说话。

还是梅里率先打破了沉默："算了，旖旎，就是一个品牌大使。再说你现在风头正盛，身上还有不少其他正等着谈的代言，不愁这些。错过这一个，说不定还有更好的。"

许旖旎冷冷一笑。

这些话说给那些无知的新人还好，她又不是第一天出道了，什么都不懂。

"看来 G&O 这次对那位设计师很是看重，甚至将整个华圈的市场拿来推他。梅姐，你有那设计师的消息吗？"许旖旎问道。

梅里摇头："G&O 那边的保密措施极其严格，直到现在都没有透出一丝半点儿的相关消息。估计真是要等到发布会了。"

"知道了。"许旖旎想了会儿，"说不定到时候能碰上。"

两天时间匆匆而过。

期中考试的最后一场英语终于结束。

宁璃开始收拾自己的东西，教室里其他人已经迫不及待地开始对答案。

"哎，完形填空第五题你们选的什么？"

"A 吧。"

"我也是。"

"我怎么选的 C？！班长！你选的什么？"

裴颂头也没抬地回："B。"

"……"

"我完了。"

"我也是……"

"不行，等会儿我问问宁璃！宁璃，你选的什么？"

宁璃拉起拉链，背起包："B。"

教室内顿时传来几人的哀号声。

一个学霸选 B 也就算了，这两个答案一样，那基本已经可以锁定正确答案了。

"哎呀，不管了！反正已经考完了！明天放假，我先把假期过了再说！"

"我和段栩他们约了打球，去吗？"

"带我一个！"

"裴哥，一起呗？"

考完这一场，学校直接放了假，老师们也管得没那么严，专门开放了操场让他们去玩。

何晓晨走过来："宁璃，他们去打球，你去看吗？"

宁璃看了一眼时间："今天我值日，就不去了吧。"

她对这些不是很有兴趣。

何晓晨双手合十："去吧，去吧！多难得的机会啊！再喜欢学习，也得劳逸结合不是？"

"那你先去，我做完值日就去。"

何晓晨用力地点头："那我在操场等你啊！"

裴颂把校服拉链拉到最上面，冲着喊他的几个男生点了点头："走吧。"

考试结束，学生陆续从教学楼出来。

压抑了太久，终于能稍微放松放松，大家都很兴奋。

听说校篮球队段栩那群人在篮球场约赛，裴颂也去，许多人都跑了过来。

篮球场外早已经围了里三层外三层，挤在前面的大多是女生，神情羞涩又激动。

已经是秋天，傍晚的风带上了几分凉意，但段栩还是换上了球衣。

他一米九多，挺拔又健硕，风吹过的时候，衣服贴在身上，能轻易勾勒出肌肉结实漂亮的线条。

"哎，队长，裴颂也来了！"旁边一个男生提醒道，脸上带着几分揶揄，"这可是你恩人女神的绯闻对象啊！"

段栩按着他的头转过去："少乱说，我恩人可没承认！人家一心只有学习，学习，懂吗？！"

"就是，人家要真是有点儿什么，今天这场比赛，宁璃怎么没来看？"另一个男生环视一圈，有点儿可惜。

校花的脸还是非常"能打"的，虽然和他们没什么关系，但能多看两眼也好啊！

段栩懒得搭理他们，抱着球走过去："五对五？"

裴颂把校服脱了，里面是一件白色T恤："嗯。"

周围许多女生望过去的眼睛都是放光的。

"啊啊啊，段栩好帅！"

"裴颂永远的神！"

"话说，你们有没有觉得这场比赛很……之前不是说段栩喜欢宁璃吗？可宁璃似乎跟裴颂……啧，长得好看就是不一样哦，才来了一个多月，就让两大男神为她争风了。"

有人阴阳怪气地说道。

周围安静了一瞬，不少人面面相觑。

"咦，聊什么呢，这么热闹？"何晓晨忽然凑了过来，看着说话的那个女生，笑眯眯的，"我和宁璃是同桌，她这些事，我怎么不知道？"

那女生没想到被何晓晨听了个正着，一时有些难堪。

她往后退了半步，遮遮掩掩道："我……我可什么都没说！这些传闻大家也是都知道的不是吗？"

"那最后那句'争风'，也不是你说的？要不我去问问班长？"

何晓晨说着，就要冲那边喊："班长——"

那女生连忙拉了她一把，着急道："你乱喊什么？！"

裴颂把手里的球传出，往这边看了一眼，眉眼平淡。

那女生顿时紧张起来。这要是被裴颂听到，总归不好。何况旁边还有个段栩。

何晓晨摆摆手："加油啊！"

那女生这才松了口气。

何晓晨回头看了她一眼，道："同学，下次说别人坏话之前，最好能挑一个合适的地方。不过有一点我还是很赞同你的，宁璃吧，就是长得好看啊！而且才来了一个月，就考了年级第一，你说气人不？"

那女生气得脸色变幻，转身走了。

何晓晨撇撇嘴，重新看向场上。

教学楼的人已经走得差不多了。

宁璃和其他几个同学一起打扫教室。

"宁璃，"孙慧慧走过来，"卫生已经做得差不多了，我有点儿事得先走，朋友已经在等我了，等会儿能不能麻烦你帮忙把这些送回后勤处？"

宁璃静静地看了她一眼，清亮干净的眸子似是能直直看到人心底深处。

孙慧慧退后半步："你……你要是不愿意就算了……"

"可以。"宁璃淡淡地应了一声,"先放那儿吧,我等会儿一起送过去。"

孙慧慧眼睛亮了亮:"好。你做完这些也回家吧。"

宁璃没说话。

孙慧慧转身,和教室外的两个女生一起离开。

又过了十分钟,宁璃背着包,带着东西出了门。

后勤处在教学楼前面的办公楼。她去的时候,正好和后勤处的老师撞上。

"老师,我是(一)班的,来还东西。"

那老师似乎有急事,随意地抬手指向了旁边:"行,放储物间就可以!"

宁璃点点头,又忽然抬眸看了一眼走廊里的监控,而后朝着那边走去。

她把东西放下,转身来到门后,拉了一下把手。房门纹丝不动,显然是被人从外面锁了。

她的嘴角勾起一抹冷淡的笑意。

还是一样的把戏,就真的玩不腻吗?

这个储物间本来就偏僻,除了老师,轻易不会有人过来。一旦被锁,怕是要直接在这里待上一整晚。

她退后两步,活动了一下脚踝,后退几步,一个回旋踢直接把老旧的门给踹开了,出去之后,她又将被踹弯的门锁用力掰直还原。

时间缓缓地流逝。

篮球场上的比赛打得热火朝天。

少年们的身影奔驰如风。

热烈的欢呼加油声充斥着整个操场上空。

段栩跑得一头汗,撩起球衣衣摆擦了下额头的汗,露出结实的腹肌。

"啊啊啊!"尖叫声此起彼伏。

同队的男生哈哈一笑:"段栩,你的恩人女神也不在这儿,你骚个什么劲儿?"

段栩挑眉,笑得得意:"你爸爸我天生这么帅,嫉妒也没用。"

对面,裴颂忽然把球抢断,几个大的跨步上篮,而后纵身跳起,抬手投球!

空心球!

又一阵尖叫声响起。

"裴颂!裴颂!"

段栩瞧着,立刻喊道:"还愣着呢?!再说这些有的没的,裤衩都得输光了!拦他!"

裴颂投完,往旁边看了一眼。

"啊！裴颂是不是在往我们这边看？！"

"绝对是啊！不行，矜持！"

"他好帅！嘤嘤嘤！"

裴颂很快收回了视线。

何晓晨掏出手机看了一眼时间，喃喃道："都已经这么久了，宁璃怎么还没来……"

"里面怎么没声音？"孙慧慧走到储物间的门口，把耳朵贴在门上听了会儿，却始终没有半点动静，"不对啊，刚才她明明进去了啊……"

犹豫片刻，她拿出钥匙，把锁打开，推门走了进去。

"宁……啊！"

一股大力忽然从后背传来，她的身体不受控制地往前扑去！

她踉跄几步，好不容易才站稳，正要发怒，却听"砰"的一声，身后的房门被人关上！

不好！

孙慧慧连忙回头，只听到落锁的"咔嗒"声从门外传来。

储物间被彻底锁死！

孙慧慧愣在当场——她居然被人反锁在这里了！

而且，她连对方是谁都不知道！

更关键的是，她被推进来的时候，书包也被人一把扯下了。现在她手边什么东西都没有，想和外面的人联系都做不到。

她猛地拍门："放我出去！"

无人回应。

"有人吗？！放我出去！"

孙慧慧心里气愤至极，但不管她怎么喊，外面始终没有半点儿动静。

她忽然想起了什么，转身在整个房间巡视了一圈。

昏暗狭小的房间内，除了她，再没有其他人。宁璃不在！

孙慧慧几乎立刻就确定了，刚才的那个人肯定是宁璃！

但她是亲眼看着宁璃进来的，宁璃是怎么出去的？

看着那打开的窗户，她心里"咯噔"一下，快步走了过去。

窗户外的下面空无一人。

宁璃是从这里跳出去的？

孙慧慧咬了咬牙。这二楼不算低了，宁璃居然就这样直接下去了？

她双手撑着窗台，尝试着跳了两下。非但没有跳上，反而两条胳膊一阵发软。

——她根本不敢从这个高度跳下去。

同一时刻，一楼楼梯拐角处，两个女生正凑在一起，一边往楼上看，一边小声地说着什么。

"这会儿她应该已经被关进去了吧？"

"估计是差不多了，但是咱们这样，会不会不太好？"

"怕什么，监控下午就被遮住了，什么都拍不到。而且慧慧说了，就是趁着这次机会，给宁璃一个教训！看她以后还敢不敢招惹裴颂！"

"也是，在这之前，裴颂一次都没和其他女生传过早恋的绯闻，宁璃才来了多久就闹出这事来？我看说不定那张照片就是她故意找人拍的！还想穿裴颂的衣服，真恶心！也不看自己配不配？"

两个人正说着，后勤处的老师从不远处走来。

"咦，你们还在这做什么？"这会儿学生们不都应该离开了吗？

其中一个女生立刻上前："苏老师，我们班上次发的教学用具好像不太能对得上，所以想找您来核对一下清单。"

苏老师脚步一顿："清单在我电脑上呢，你要得急吗？不急的话，我把这边的房间检查完再去给你打印一份？"

按照例行规矩，他是要把那几个负责的房间都查一遍的。

另一个女生笑嘻嘻道："苏老师，你说的是包括储物间那边的几个房间吧？要不我替您去看看就行了。"

"这不——"

"马上到下班时间了，苏老师，要是今天赶不上，就得等到下周一了。您就通融一下吧？"

苏老师思忖片刻："那行。你跟我来，你上去帮我看看，确认没人留在上面就可以了。"

"好的，谢谢苏老师！"

一个女生跟着他离开，另一个女生转身上了楼梯。但她只是转了个弯，就在楼梯拐角处待着了。

过了会儿，听到楼下传来的脚步声，她又装作刚刚从楼梯下来的样子走下来。

她扬起笑脸："苏老师，已经看完了。"

"那就好，你们也快点儿回去吧，别耽误了。"

苏老师往楼上看了一眼，又催着她们离开。

两个女生道了谢，转身走人。

他们走后，另一边的楼梯上，宁璃一步步地走了下来。她朝着那两个女生离开的方向看了一眼，神色淡漠，抬脚朝着另一个方向走去。

离开一段距离后，两个女生在一棵树下站定。

"慧慧怎么还没回来？"一个女生奇怪地问道。

另一个女生的手机振动了一下。

她拿出来看了一眼："啊，她说她刚已经下来了，没看到我们，就先回家了。"

"这样？那我们也走吧。"那女生说着，又朝着那栋楼看了一眼，捂着嘴幸灾乐祸地笑了，"被关在储物间一晚上，这经历可不是人人能有的呢！希望她能好好享受享受啊！"

篮球场。

宁璃到的时候，正好中场休息结束，下半场刚刚开始。

何晓晨见到她，连忙挥了挥手："宁璃！这！"

周围一些人闻声也看了过来。

宁璃走到何晓晨身旁。

"你怎么这么晚才来啊？上半场他们打得可精彩了！"

宁璃嘴角微弯："下半场应该也很好看。不到最后一刻，怎么知道比赛胜负？"

"说的也是。"何晓晨指了指场上，"现在是 43 比 39，段栩他们领先。不过也可以理解，毕竟是校队的嘛！班长一个王者带四个青铜，能咬死比分已经很厉害了！"

正说着，任谦来到篮球架下，一个起跳，扣篮！

周围的尖叫声此起彼伏。

任谦的双脚落在地面，往这边看了一眼，刘海已经汗湿。

随后，他沿着边线跑开，从宁璃与何晓晨面前经过的时候，放慢了速度："何大佬，这分数里面少说三分之一是我拿的，虽然比不上裴哥，但也不至于青铜吧？您这滤镜也太厚了。"

何晓晨冲他摆摆手："快让开！你挡着我看帅哥了！"

任谦撇了撇嘴。得，终究是他不配。

段栩看到宁璃过来也乐了，他一把将手里的球传出，冲着旁边喊："小四，你来替我！"

正在候场的一个男生应了声："来了！"

二人击掌，替换上场。

　　段栩弯腰拿了瓶水，又朝着宁璃这边走来，冲着她旁边的一个女生笑呵呵道："同学，麻烦让个位置呗？"

　　那女生面红耳赤地让开了两步。

　　段栩一步上前，拧开瓶子灌水。

　　周围人都往这边看了过来。

　　段栩似无所觉，一瓶水直接喝完了。他双手一合，塑料瓶就被折叠成了一个小圆饼。

　　他手臂一抬，精准无比地将之扔到了远处的垃圾桶里，这才兴冲冲地跟宁璃说话："哎，学霸，这次考得怎么样啊？"

　　宁璃点头："还好。"

　　"哎，我不太好。"段栩一声哀叹，心有戚戚。

　　因为上次作弊被警告，他这次又被分到了最后一个考场。

　　而且整个考试过程，两个监考老师轮流在他旁边转悠，那眼神就没离开过他，甚至连巡视组的老师都来了三次。

　　这谁顶得住啊？

　　宁璃想了想，大约能猜到那是个什么画面了："那总该比上次好。"

　　段栩脸色一沉，又想起了被数学、英语和理综满分支配的恐惧。

　　"您说的都对。"反正再给他一次机会，他也是打死都不会再抄宁璃的试卷了！

　　段栩是个自来熟，但平常大多都和男生混一起，所以现在众人看他居然和宁璃聊得挺开心，都是差点惊掉了一地下巴。

　　何晓晨看见他这样立刻警惕起来，一把抱住宁璃的胳膊，虎视眈眈地看着段栩："比赛还没打完，就这么换人，不担心输？"

　　段栩笑容得意："输什么？你们班那几个人，真不是我们的对手。"

　　也就裴颂和任谦能看，但现在比赛过半，他们的体力消耗极大，不过是在勉强地支撑着。

　　他这边换人，是因为下面上场的人也一样能打。但裴颂和任谦随便一个下来，局势只会更加不利。所以总的来说，是没什么可担心的。

　　"哎，对了，学霸，你平常都看什么资料？能不能跟我说说？"

　　宁璃诧异地看了他一眼："你要写？"

　　段栩这性格，让他坐那看书就是最大的折磨。一个考试连笔都不带的人，居然还会问这种问题？

　　段栩挑眉："不行？"

他爸已经发话了，只要他能跟着宁璃好好学习、取取经，这次的成绩有进步，之前的事就既往不咎。

他已经连续半个月找兄弟蹭饭了，再这么下去，谁也受不了啊。

这学霸同款辅导资料就是第一步！

宁璃若有所思地点点头："行啊。"

接着，她毫无卡顿地开始报名字。

段栩脸上的笑容逐渐消失。

"大概就这些吧。"宁璃神色平静地做了总结。

段栩："……"

他有点儿后悔了是怎么回事？

四周的人群忽然喧哗起来。

几个人回神，齐齐朝着场上看去。

原来是裴颂一人连过三人，直接上篮一个暴扣。双方的比分差距本来就不大，他这一球直接将比赛胜负翻转！

他挺拔笔直的后背上大片的汗水，衣服打湿后紧贴在身上，勾勒出少年精瘦的腰身。

段栩一愣："都这会儿了，还这么能打……"

"防他！"

对面的两个人迅速上前，将裴颂围住。

裴颂几乎寸步难行。他左右看了看，视线在某个方向凝了一瞬，而后忽然快速后撤。同时，他冲着任谦打了个手势。

"裴哥！"

任谦从侧边跑开，一个假动作绕过对手，转身直接将球长传给裴颂。

此时裴颂几乎已经站在了中线之上。

他接过球，没有跑动，拍了几下，而后抬首看向篮板。

众人也意识到了什么，纷纷倒抽冷气。

"不是吧，他要站在这直接投篮？"

"这么远，估计进不去吧？"

裴颂微微俯身，而后一只手托球，起跳的同时，手臂抬起，腕间一转！

篮球在半空画出一道完美的弧线，而后精准无比地落入篮网！

"扑通"一声，篮球落地。

短暂的死寂后，整个篮球场都沸腾起来！

段栩撸了把寸头，大步流星地跑上场："你们这是怎么打的？两个人都拦不住他一个？换人！"

被骂的两个男生也一脸为难。

裴颂虽然不是校队的，但在这上面并不弱。只是他对这些并没有什么兴趣，偶尔才会打几场切磋。

谁知道他这天动真格的？

一时疏忽，就被超了。

裴颂将比分反超，顿时也给了（一）班这边几个男生一针强心剂。

好在段栩水准在线，上场之后迅速控场，开始疯狂补分。

双方像是都较了劲，打得十分激烈。

直到一声哨响，比赛结束，双方居然打成了平手。

围观众人是看得最爽的，好久才恋恋不舍地各自散去。回去的路上，也都还在激动地讨论着这一场比赛。

夕阳西沉。

宁璃和何晓晨一起离开。

"班长今天真是帅炸！以前也不是没看他打过，但今天很不一样！"何晓晨不停地感叹。

她扭头看向宁璃，却发现宁璃的神色十分平静，好像并不是很在意。

"宁璃，你不这么觉得吗？宁璃？"

宁璃抬眸："嗯？"

何晓晨痛心疾首道："我跟你讨论这么要紧的事，你居然在出神？"

有什么比这个更能吸引她的注意力的吗？

宁璃笑了笑："没有，只是突然想到一些事。"

她听说，陆淮与也是很擅长打篮球的。

准确地说，是少年时期的陆淮与。

但他们认识的时候，他已经很少打了，所以她并没有亲眼见过。

她忽然站定，转身回头看了一眼。

夕阳的余晖洒落，整个操场都像是笼罩了一层暖色。人群逐渐散去，篮球架静静地伫立，只有零星几道身影。

她拿出手机，拍了一张照。

刚走到篮球场边缘的任谦忽然道："哎，宁璃在干什么呢？"

裴颂侧头看去，就看宁璃冲着这边拍了一张。

"走吧。"宁璃收起手机。

两个人的身影渐渐远去。

任谦扭头看了裴颂一眼，想起这天场上的情况，摸了摸下巴，若有所思。

储物间。

时间缓缓流逝，外面的天逐渐黑了。

孙慧慧一开始还疯狂地拍门求救，希望外面的人能听到这边的动静把她救出去。可折腾了很久，还是没有一点儿用。

四周一片安静，光线也昏暗下来，房间内只有她的呼吸声。

她走到门旁开灯，屋里的灯却没反应。

她这才想起，为了让宁璃多吃点苦头，她之前就专门把这边的电闸拉了。导致现在她只能一个人孤零零地待在黑漆漆的屋子里。

孙慧慧的心底渐渐涌出一丝恐惧来。

这栋楼平时人就不多，现在估计人已经走光了。她在屋子里转了好几圈，最后蜷缩在了柜子旁边，眼睛一红，低声啜泣起来。

她只是想吓唬吓唬宁璃，让她知道厉害，以后不要再缠着裴颂，谁知道最后竟搞成这样？

晚上气温低，她冻得浑身发冷，眼泪从脸上滑过，都是冰凉的温度。

宁璃肯定是从窗户跳出去的，可是她不敢。

不知过了多久，她靠着柜子睡了过去。

"咔嗒——"开锁的声音从外面传来，将孙慧慧从睡梦中惊醒。

她睁开眼睛，就看到后勤处的苏老师打开门走进来。

清晨的阳光照进储物间。

孙慧慧连忙起身，却发现自己整个身体都僵了，一个趔趄差点儿摔倒。

"哗啦"一声响，旁边堆积的杂物散落了一地。

苏老师也吓了一跳："谁？！"

孙慧慧声音带着哭腔："老师！"

苏老师连忙过来，这才看到柜子旁边居然还有个学生。

脸上带着泪痕，身上还穿着校服，狼狈万分，看起来竟像是……在这里待了一晚上？

"你是哪个班的？怎么在这？"

孙慧慧哭得厉害："我是高三（一）班的，老师，我是被人关在这的！有人害我！"

苏老师的脸色一下变了，这事可就严重了。

"你说是谁把你关在这里的？"

孙慧慧抹了一把眼泪，声音里满是控诉："宁璃！是她！"

高三（一）班。

早自习。

本来期中考试后，这天放假，是没有课的。但高三没有真正的假期可言。

尤其是（一）班，化学老师和生物老师已经提前打过招呼，这天要来班里。面上说不讲课，就是帮学生解答一些疑难问题，但这样的机会，大家当然不肯错过。

所以一大早，能来的学生还是来了。

程湘湘往后面的位子看了一眼，有点儿疑惑地问："咦？孙慧慧今天是没来吗？"

"可能吧。"叶瓷正在配平一个化学方程式。

程湘湘撇撇嘴："真是稀罕，她平常可比我用功多了，今天连我都来了，她居然没来。"

正说着，一个老师来到教室门口："宁璃，你来一下。"

班里人齐齐抬头看去。

这不是他们的任课老师，好像是后勤处的。怎么又要找宁璃？

宁璃把书合上，起身过去："老师，找我有什么事吗？"

苏老师神色复杂："去教导处说吧。"

宁璃走后，原本安静的教室内躁动起来。

"这怎么了？宁璃又被叫走了？"

"按理说今天成绩还没出来啊……"

"什么啊！你们难道没发现孙慧慧到现在都没来？我刚从教导处路过，听说她昨天被人关在后勤处那边的储物间一晚上！现在叫宁璃过去，说不定就是和这件事有关系！"

叶瓷的笔一顿。

班里其他人显然也被这话惊住了。

"不会吧？之前也没听说宁璃和孙慧慧有什么矛盾啊？宁璃为什么要这么做？"

"就是！再说，就算她真的看不惯孙慧慧，明明有那么多办法可以收拾她，怎么偏偏要用这种手段？"

"这我怎么知道？反正是真是假，很快就能知道了。"

任谦喃喃道："不该吧……"

不知想到了什么，他扭头看了身侧的裴颂一眼。

裴颂的校服拉链依旧拉到了最顶端，下巴微微紧绷，神色凝重。

宁璃跟着老师来到了教导处。

孙泉也在。

学生被锁在储物间一晚上，性质恶劣，学校当然要严肃处理。但他没想到，这事居然又牵涉到了宁璃。

宁璃刚一进去，就迎上了孙慧慧充满怨恨的眼神："老师！昨天就是宁璃把我关起来的！"

孙泉道："孙慧慧同学，你先冷静一下。真相到底如何，学校一定会调查清楚，还你一个公道。"

说着，他看向宁璃："宁璃，昨天孙慧慧被人关在了储物室，这事……是你做的吗？"

宁璃的脸上闪过一丝诧异的神情，随即摇摇头："不是，我不知道这事。"

"你还撒谎？！"

孙慧慧一听就急了。要不是旁边还有几位老师在，她肯定直接上去给宁璃一耳光了。

宁璃神色平静："昨天我值日，孙慧慧让我帮忙把东西送还到后勤处那边，我做完这些之后，就去篮球场看他们打球了。至于其他……我不清楚。"

"走廊有监控，老师如果不相信，可以调出来看看。"

孙泉眉头皱起。

"监控被挡了。"从昨天下午到第二天早上的视频，全部是没有的。

一方面，这给他们查清事实增加了难度；另一方面，这也证明昨天的事，并非一场意外，而是有人蓄意已久。所以学校才对这件事更重视。

"除此之外，孙慧慧的书包被人故意扔到了花坛里。而且，还有人用她的手机给她的家人发了消息，说晚上要去朋友家住，不回家了。"

要不是这样，她家里人也不会对此毫无察觉。

"哦？那还真是不巧啊。偏偏就是那个时间段的监控被挡了，可见做这事的人，心思还是挺细的。孙慧慧，你说是不是？"宁璃露出恍然的表情，看向孙慧慧，慢条斯理地说道。

孙慧慧的心跳漏了一拍。

宁璃继续道："而且，我记得苏老师每天临走之前，都是会将房间全部检查一遍的吧？苏老师，昨天您居然没发现她被关了吗？"

苏老师歉疚又自责："这……这……昨天有学生找我来要东西，时间有点紧，我就没亲自上去，只让另外一个女生帮我去检查了……"

"哦——这么说，是那个女生也没发现吗？"宁璃的视线落在孙慧慧身上，"老师例行检查的时间一直是固定的，说起来也不算很晚。你当时被关在那儿，难道没有喊人吗？但凡有点动静，应该都会被人发现的吧？"

孙慧慧神色一僵。

她当然喊了！

可是……

可是当初她就是为了防止宁璃把人喊去，才找了那两个女生配合。谁知道到头来，被关在里面的人成了她！

这话一出，孙泉和苏老师也意识到了不对。

孙慧慧一个女生，被关在那地方，第一反应肯定是求救。就算书包和手机之类的没在身边，她只要拍门喊人，那个上去检查的女生肯定能有所察觉。

"我……我当时喊了好久都没人，后来觉得可能没人来了，就没再喊了……"孙慧慧的声音小了些，转而又咬了咬牙，"但是……但是把我推进去的人，就是你！我亲眼看到的，怎么会有错？！"

宁璃挑眉："哦？你亲眼看到是我？"

"是！"

孙慧慧有了一瞬间的心虚，但被关了一晚上的委屈和愤怒，很快就将这份心虚冲散。除了宁璃，还会是谁？

她心里已经认定，这一切就是宁璃做的，所以哪怕她当时并没有看到，也要咬死这么说！

宁璃却似乎对她这样激烈的指控毫不在意："片面之词，应该不能被完全听信吧？你说是我，有证据吗？"

孙慧慧当然没证据。

监控被挡了，那两个女生也是她特意安排的，为的就是不给宁璃任何一点儿机会。

谁知道……

"你没有证据，我有。"

宁璃看向几位老师，神色坦荡。

"昨天傍晚，段栩和裴颂他们在篮球场打球，在场围观的人也不少。他们都能为我做证，我没有那个作案时间。再说，我和孙慧慧平常也没什么往来，我有什么理由这么做？"

最后这一句，其实也是老师们想不通的地方。

宁璃转来之后，是曾惹过几次事。但调查清楚后，他们就发现那些事情其实并不能怪宁璃。

每一次都是有人先犯了错，宁璃反击，这才闹开。充其量，只能说宁璃

076

是个不肯吃亏的倔强性子，却实在算不上有什么故意害人的心思。

再说，她在那样复杂的家庭背景下成长起来，会是这样的性格其实也无可厚非。

父亲入狱，母亲离开，一个小姑娘和年迈的奶奶相依为命，若不知道反击，难道还真要任人欺负吗？

宁璃现在除了正常的高三课程，还要准备物理竞赛，怎么会莫名其妙地去关孙慧慧？

"不然，就把苏老师刚才提到的那两个女生也请过来，或许就能查清了？"宁璃淡淡地道。

孙慧慧的脸色一下白了。

要真是把她们叫过来，肯定会露馅的！

她被关在储物间一晚上，又冷又害怕，所有的委屈和愤怒，都转化为了对宁璃的怨恨。所以出来之后，她满脑子想的都是要让宁璃为此付出代价！

可到现在，她才忽然意识到，这太难了。

因为本来就是她先对宁璃动手的，一旦查出这些全是她的计划，她的下场也不会好到哪里去。

"不……不用了吧。"她强装镇定地开口，"估计就是当时她上去的时候我没注意，就这么错过了……"

苏老师摇摇头："这事还是查清楚比较好。"

当时不觉得，现在回想起来，他才发觉昨天的事情是太凑巧了。八成是几个人串通好的。

把那两个女生喊过来，或许就能问出到底是谁把孙慧慧关进去的。

孙泉点头表示同意："那你去喊她们过来吧，如果是凑巧的也就算了，如果不是……"

这事可大可小。往小了说，就是同学之间的恶作剧；往大了说，就是蓄意伤害同学。

谁知道被关在那一晚上会发生什么事？

这次幸好是没出大事，不然学校也担不起这个责任。

苏老师起身往外走。

孙慧慧也紧张地站了起来："老师，我看还是——"

"叮当"一声响，有什么东西从她校服兜里掉了出来。

几个人下意识地看去，是一把钥匙。

孙慧慧的心脏狠狠一跳——那是储物间的钥匙！

本来这钥匙是有两把的，都放在苏老师那儿。昨天她趁着没人，去办公室把其中一把拿走了。

因为那是一整串钥匙，所以少一把，只要不仔细看，也发现不了。

她之前打算，整过宁璃之后，再找个机会偷摸把钥匙放回去。结果后面事情生变，她也就忘了这件事。

她连忙弯腰去捡，却有一个人比她更快。

宁璃将钥匙捡起来，看了一眼。上面用记号笔标记着一串号码。

她递给了一旁的苏老师："苏老师，您看一下，这好像就是储物间的钥匙吧？"

苏老师顺手接过，脸色迅速变了。再次抬眸看向孙慧慧的时候，他的神色变得严肃起来："孙慧慧，这钥匙怎么回事？"

宁璃回了（一）班，而孙慧慧被继续留在了教导处。

看到是她一个人回来，班里人很是好奇，却又不好去问，只能时不时地朝宁璃那边张望。

宁璃权当看不到。

何晓晨小声地问道："宁璃，孙慧慧昨天真的被人关了一晚上啊？"

宁璃点点头。

"她以为是你？这也太扯了吧，明明昨天你一直和我们在一起啊！"

何晓晨觉得莫名其妙。

忽然，她余光一瞥，看到了裴颂。

他的神色一如既往地疏淡。

何晓晨在本子上写了一行字，推到宁璃那边。

宁璃看了一眼。

——宁璃，你说孙慧慧这样，该不会是因为裴颂吧？

除了这个，她实在是想不到其他解释了。

可明明宁璃跟裴颂之间也没什么啊！

再说，就算真的有什么，又关她孙慧慧什么事？她也不是裴颂的什么人。

宁璃摇摇头。

她当然知道孙慧慧是为了什么这么做，不过她并不在意。

这应该算是上次那条早恋谣言的后遗症。

不过经过这一次，孙慧慧应该能老实了。

何晓晨看她神色平淡，知道她没把这事放心上，也就很快将这些抛诸脑后了。

"哎，宁璃，你帮我看看，这个电解池的化学反应公式是不是这几个？"

直到中午，孙慧慧都没有回来。

有人去打听了才知道，她被关一晚上，发烧了。学校就通知她家长，把她带回去了。

"啊？他们就这么直接回去了？她家里人没闹？"林周扬一脸震惊，"我记得高二运动会的时候，孙慧慧自己不小心摔了，她妈妈就来学校，吵了好大一架呢！"

这次孙慧慧被关在储物间一晚上，甚至导致了发烧，她妈妈居然这么好说话？

传消息的男生小声道："当然没那么简单！听说这次是孙慧慧自己闯的祸，本来她是打算关别人的，结果最后自己被推进去了。说到底，她就是自作自受，她妈妈当然不好意思闹了！"

"真的假的？那她本来是想对付谁的啊？"

"那谁知道。监控没拍到，她自己也不说。学校这次不追究她的责任已经是网开一面了，她还能怎样？"

叶瓷忽然轻声开口："真相到底如何，我们不是当事人，也不清楚具体情况。还是不要这么说她吧？"

几人静了静，神色尴尬。差点忘了，叶瓷和孙慧慧的关系还是不错的。

林周扬咳嗽一声："叶瓷说的也有道理，说不定真有咱们不知道的内情呢？再说了，孙慧慧最后也是一个人被关在了那，挺可怜的……"

另一个男生忍了忍，没忍住："可这不是她想关别人吗？难道还要怪别人没被她整到？"

林周扬一噎，说不出话了。他小心地看了叶瓷一眼。

实际上他也是这么想的，但孙慧慧是叶瓷的朋友，她出了事，叶瓷担心，为她辩解两句，好像也没什么不对……

叶瓷脸上的表情淡了些，低头开始收拾自己的书包。

林周扬挠挠脸，知道她这是不高兴了。他想了想，忽然眼睛一亮，凑过去问道："哎，叶瓷，听说明天市里画协有画展，你要去吗？"

叶瓷顿了顿："看情况吧。"

自从上次"华清杯"拿了第二，她在这方面就兴致缺缺了。

而且她现在很忙。高三课业多，物理竞赛班的课程也越来越难，她压力大得很。哪还有这样的闲情逸致？

"啊……这样，我就是听说画展上还会展出俞平川老师的画，以为你会想去。你以前不是说很喜欢他的画吗？"

不说这个还好，一说这个，叶瓷心情更糟。

她深吸口气，勉强笑了笑："有时间的话，我会去的。"

"明天？我可能过不去。"宁璃背着包走出学校，一只手拿着手机。

电话那头的俞平川很是不满："明天周日，你们不是放假？而且我已经打听过了，你们前两天刚刚结束期中考试。你可别跟我说没时间啊。"

宁璃有点无奈地揉了揉眉心："俞老师，我真的有点儿事。"

G&O 的发布会就在明天晚上，她虽然不打算出席，但乔西看了她后来送过去的那些画稿之后，临时决定留出更多的时间来，专门给她做作品展示和推广。

所以这两天她还有一些细节要和那边沟通。

俞平川叹了口气，终于妥协了："那行吧，你不来也可以。但是下次见面，必须送一幅画过来。"

他特意抬高了声音，强调："记住，是新的，不准拿以前的存货打发。"

上次宁璃改画，他就看出点儿东西来。这段时间他一直想看她完整地画一幅画，想知道她水平到底如何。

结果宁璃那边一直拖着，他只能趁着这次机会提了。

宁璃只能答应："好，都听您的。"

俞平川这才满意地挂了电话。

其实宁璃最近也不是什么都没画，只是大多数都比较随意，并不能当成一份完整的作品拿过去。

云鼎风华。

主卧的窗帘拉得严严实实，床上的被子微微隆起。陆淮与双眼紧闭，眉头微微拧起，似乎睡得并不安稳。

无数纷乱的画面在梦中交错，充斥着各种喧嚣和尖锐的声响。

某一刻，他终于睁开眼睛，幽深的眼眸深处，似有波澜涌动。他撑着坐起来，闭了闭眼，额头上一层薄汗。

片刻后，他摸向旁边的手机。有程西钺的一个未接来电，时间是十分钟之前。

忽然，程西钺的第二个电话打来了。

陆淮与的眉眼染上几分不耐烦："有事？"

程西钺怀疑地看了一眼时间，小心翼翼地开口："你不会才醒吧？"

陆淮与没说话，但这沉默令程西钺心慌。他忍不住问道："不对啊，你不是从上星期就开始调整作息了吗？"

要不他也不敢这个时候打电话啊！

陆淮与的眉头皱了皱："我一个人怎么调？"

程西铖的脑子有一瞬间蒙住了。

——不是，你调整作息，是你自己的事，当然是你自己调了！什么叫你一个人怎么调？

然而，就在这些话即将脱口而出的前一刻，他的眼前浮现了一杯咖啡的照片。

瓷白的咖啡杯，晶亮得可以看到倒影的勺子……

程西铖闭了闭眼："你不要告诉我，你以后每次调整作息，都要靠宁璃妹妹。"

人家可还在上高三呢！

且不说她愿不愿意，就是愿意，她有这个时间？！

陆淮与起身，睡衣领口微微敞开，露出一截清瘦明显的锁骨。

"哗啦"一声，他将窗帘拉开。

此时已是傍晚，夕阳余晖将天边晕染出大片的暖橙色，积云层层叠叠，变幻出极漂亮的形状。

他站在落地窗前，整个人都像是镀了一层光，却越发衬得眉眼清俊。

听到程西铖的话，他眉梢轻挑，没说话。

那天之后的第二天，他也试着延续前一天的作息，可惜效果不佳。随即他就明白，有些事情，他自己一个人，的确做不来。

"算了，给你打电话是有另外一件事，顾听澜今天从盛城回来了，说要一起吃个饭。不过既然你刚睡醒，还是算——"

"哪里？"

程西铖噎了一下，觉得有点反应不过来："你要去？"

一般这种情况下，陆淮与的脾气都不怎么好。这是撞邪了，居然这么好说话？

陆淮与的嘴角微微挑起一抹弧度："当然要去。"

他对顾少爷这趟盛城之行，还是挺感兴趣的。

晚饭约在了 HG 顶楼的日料店。

包厢内，顾听澜和顾思洋已经先一步抵达。

顾思洋打量了一下店里的装修，饶有兴致地道："小叔，这云州我以前没来过，但今天看，还是很可以的嘛。"

他翻开菜单，扫了几眼："单单是这家店，比起盛城的那几家，也丝毫不差啊。"

顾听澜倒了杯清酒："这家店的主厨，是一年前陆淮与专门从 R 国聘请来的。"

只是因为要在这里养病。

顾思洋"啧"了一声。

陆淮与这人，他还是第一次见，但这名字，却早就如雷贯耳。

顾家这两年分出了一部分产业往国内发展，盛城的院子也是才买了没多久的。所以顾思洋虽然现在在盛城混得风生水起，但正好和陆淮与错开，一直也没机会见。这次还是沾了顾听澜的光。

包厢门忽然被人拉开。程西钺率先走进来，之后是陆淮与。

"哎，顾医生，你们来得这么早？"程西钺打招呼。

顾听澜笑起来："我们也是刚到。思洋，这是程大少，这位——陆二少。"

顾思洋其实和陆淮与年龄差不多，但陆淮与气质天成，顾思洋就显得很小了。加上他喊顾听澜"小叔"，而陆淮与和程西钺都与顾听澜平辈，就更是如此了。

顾听澜看向陆淮与："这个时间，我还以为二少不会来了。"

程西钺心有戚戚。

看吧，连顾听澜都这么说！

陆淮与落座，嘴角微弯："哪里？顾医生第一次去盛城，我未能一尽地主之谊，实在是过意不去。这趟回来，当然是要帮忙接风洗尘的。"

"这次盛城之行，顾医生应该挺忙的吧？"

第 五 章

发 布 会

顾听澜抿了口清酒："还行。"

陆淮与淡淡地笑了笑："听说顾医生是临时订的机票回去的，这么匆忙，想来是有急事。下次要再有这种情况，顾医生尽可开口，方便的话，我倒也能帮上点忙。"

程西钺用怀疑人生的目光看了陆淮与一眼。他是不是听错了，陆淮与这意思，肯将自己的私人飞机借给顾听澜用？

他都还没这待遇呢！

"多谢二少好意，不过实在是不用那么麻烦，有时候路上也挺有意思的。"顾听澜气定神闲道。

"哦，是吗？"陆淮与挑眉。

听到这，顾听澜哪里能不知道陆淮与是来做什么的。他抬头看向陆淮与，笑得十分真诚："是啊，在机场正巧碰见宁璃了。怎么，她那天没跟你说吗？"

陆淮与心中冷笑。明知故问。

顾听澜中间给他打过一次电话，显然就是故意来打探这事的。但凡当时他知道，那一通电话都不会毫无波澜。

以顾听澜的心思，哪里还猜不出，宁璃去盛城的事，压根儿没和陆淮与提。

程西钺莫名觉得有点冷。怎么好像……这天这不是来吃饭的？

他咳嗽一声："哎，别光顾着说话，点菜，点菜！思洋，你看看想吃什么？今天陆二请客，尽管点！"

顾思洋也察觉出不对了，捧着菜单开始研究。

陆淮与淡淡地道："看来你们挺聊得来？"

顾听澜点头："宁璃说下次有时间带我去临城转转，我觉得挺好。"

陆淮与没说话，目光幽深。

程西钺掐死顾听澜的心都有了。

要招惹陆淮与，就不能选个合适的时间和地点吗？

最起码让自己把这顿饭吃完吧！

空气中弥漫着一股极其微妙的气息。

终于，程西钺深吸口气："思洋，你第一次来，要不要试试他们家的龙虾三吃？他们这都是现选的，你跟我一起去挑挑？"

顾思洋如蒙大赦："好！"

二人飞速退场去选龙虾了，房间内就只剩下陆淮与和顾听澜两个人。

"陆老爷子一直很担心你的身体。什么能做，什么不能做，相信你自己也是清楚的。"

陆淮与眉眼不动："我现在不是挺好的嘛。我在做什么，我当然明白。"

顾听澜的手指在桌上敲了敲："但宁璃不明白。"

陆淮与目光微冷。

顾听澜继续道："说实话，我觉得宁璃这孩子很好。也正因如此，我希望你能跟她说清楚。"

陆淮与静默良久，才轻声一笑。

"不。

"她和你们想的都不一样。

"再说，你真的觉得，她什么都不知道吗？"

晚上八点。

宁璃回到叶家。

刚一进门，她就听到一楼里侧的房间传出什么东西碎裂的声音。随后，房门被人推开，一个看起来三十岁左右的女人从中走出。

女人的脸色红白交错，十分难看。

苏媛正在厨房准备水果，听到动静连忙跑出来："怎么了？怎么了？白老师？"

那女人深吸口气，好不容易才压下心头的火气："叶夫人，实在是不好意思，这学生，我教不了。您之前给的订金，我会全部退还，您还是另请高明吧！"

叶晟跑到门边，冲着这边扮鬼脸，嚣张得意得不行。

苏媛急了："这……可是白老师，您才来了十五分钟啊……"

"已经够了。"

那女人本来还想给彼此留几分面子，但叶晟实在是过分。这样的学生，多教一分钟，她都要减寿！

"您不用忙了，我这就走了。"说完，她拿起包就匆匆往外面走去，半点儿余地都没有给苏媛留。

来到门口的时候，宁璃还专门退后一步，给人让了路。

苏媛看向叶晟，气得手都在颤抖："叶晟！你又做了些什么？！"

再这样下去，真是无法无天了！

叶晟才不怕她发火，仍旧是一副无所谓的样子。

宁璃懒得理会这一场闹剧，径直往楼上走去。

苏媛看了她一眼，莫名觉得被宁璃撞上这一幕，实在是丢人。

她快步走了过去，手指狠狠地点了点叶晟的额头："我看你这脾气什么时候能改改，也不知道都是跟谁学的！"

叶晟翻了个白眼："有人夜不归宿都没事，我这算什么？"

苏媛恼怒："好的不学！净学不好的！你能跟她一样吗？！"

宁璃视若无睹，回到房间，打开电脑。

邮箱收到了一份来自 G&O 的邮件。

她点开。

这是乔西用 G&O 的官方账号发来的一封邮件，里面包含了这次发布会的整体策划。宁璃看了一遍，确定了自己设计稿的那部分内容，进行了最后的调整。

不得不说，乔西虽然浪荡骄傲，但的确是一个很有能力的人。

这场发布会原本并不是他亲自负责的，但看到宁璃的画稿之后，他就义无反顾地从国外赶来了，并且全权跟进负责整场发布会大秀。

在大秀原本的基础上，进行了极大的改动。

换成其他人，在距离发布会这么近的时间点，是绝对不敢这样的。

但乔西不同。

他有这个权力，也有这个气魄。

收到宁璃的回信，乔西很快又回了一封邮件。

"亲爱的宁，这次我可是把全部身家都压在你身上了。"

宁璃挑眉。

以乔西的身家，这一场就算是彻底砸了，也不过是小意思。

不过出于礼貌，她还是回了信："这场发布会，就当送你的见面礼。"

忙完这些，已经是半夜十二点多。

宁璃关了电脑，准备洗漱睡觉，随意摸到手机，才看到上面有一个未接来电。

是陆淮与的。来电时间是一个小时前。

她刚才一直忙着调整发布会方案，手机调成了静音模式，就没接到他的电话。

不过，他打电话的时间点也不算早了，是有事？

宁璃想了想，还是回了条消息。

"二哥，我刚刚在忙没看手机，找我是有什么事吗？"

云鼎风华书房。

陆淮与坐在沙发上，只开了一盏落地灯。

暖光勾勒出他挺拔劲瘦的身形，在地上投下一片暗影。他长腿交叠，姿态懒散，手上放着一本书，翻开的那一页上夹着一张手绘。

他垂眸看着，目光幽深。

桌子上放着的手机忽然亮了一下。他拿过来看了一眼，是宁璃的消息。

考虑到他们这星期期中考，他就没太联系过她了。

本想着考完以后，小姑娘会主动来问。结果他等了一天，非但没等到什么动静，还在顾听澜那遭了一顿嘲讽。

回来后，他思来想去，还是打了电话。可电话也没人接。

他合上书。

"没什么，就是有点失眠。"

宁璃看到这句话，微微皱起了眉头。

实际上，陆淮与的睡眠一直不是很好，但之前他几乎不在她面前提起这回事。

"很严重吗？"

一般的安眠药，对陆淮与并不起什么作用，所以他也很少吃，基本还是靠自己调整。

"还好，可能下午睡多了。"

陆淮与的语气很平静，但宁璃莫名听着有点奇怪。

他下午睡觉是常事，怎么就这天失眠？

他似乎猜到她在想什么，接着又发了条："失眠一个星期了。"

他看了一眼时间："不，是一个星期零一天。"

宁璃在心里盘算了一下时间。也就是说，他是从上周六开始失眠的？

那天……哦，对了，那天她给他泡了杯咖啡。

这个念头从脑海中闪过，瞬间让宁璃怔住。

陆淮与这话……应该是没什么其他意思的吧？

她捧着手机，不知为何，总觉得那几个字像是带着滚烫的温度一般。

"二哥，熬夜不好，以后还是尽量早点睡吧。"

陆淮与似乎不以为意："习惯了，还好。"

失眠的第八天，没见到她的第六天。

这次宁璃停了一会儿才回。

她发来了一张截图。

"搜索：熬夜都有什么危害？"

下面出来一串答案。

"熬夜的危害有很多，主要有下列几种：第一，熬夜容易诱发心脑血管疾病，尤其是中老年人；第二，熬夜对肝脏的损害特别大，使肝脏的自我修复能力下降；第三，经常熬夜，还会对肾脏造成伤害，导致肾气不足……"

陆淮与盯着其中的几个字眼，眼神渐渐变得危险起来。

中老年人。

肾气不足。

宁璃在手机的另一端毫无察觉："你看，熬夜是很危险的。"

陆淮与沉默良久，气笑了："呵。"

他就是脾气太好，才让小姑娘这么无所顾忌，这种话也敢跑到他面前说。

过了会儿，他问："你生日是六月二十六日，对吧？"

宁璃觉得奇怪，他怎么又突然问这个？

"是啊。"

陆淮与回得极干脆："没什么，总熬夜，不长个。"

宁璃："……"

她又哪里得罪了这人？

陆淮与忽然打了电话过来。

宁璃吃了一惊，想了想，还是接了。

她趴在被子里，压低了声音："喂，二哥？"

夜色浓郁，她刻意放低的声音听着有点闷闷的，绵软温和。像是蜷成一团的猫，伸出爪子轻轻地挠了一下。

陆淮与嘴角微勾。

见不着人，便不可抑制地生出几分躁郁来。

其实也没几天，但实在是……太久了。

"没事，想起你刚刚期中考试完，好好睡吧。晚安。"

宁璃觉得莫名，但还是应了声："二哥晚安。"

她挂了电话。

陆淮与看向手机，点开录音。

清甜绵软的声音传出，在空荡安静的房间内，格外清晰："二哥晚安。"

他起身回到主卧，手机就放在枕边。

"二哥晚安。"

他又听了一遍，笑了声。

还是……挺乖的。

周日，三阳艺术馆。

这是云州市画协的几位老师共同举办的一场画展，因为一同展出的还有俞平川的画作，所以吸引了不少人来。

林周扬一大早就来了，在门口给叶瓷发消息："叶瓷，我已经到了。今天来的人还挺多的，你真的不来吗？"

叶瓷正在写数学作业。

她最近在物理竞赛班上投入了太多时间和精力，以至于其他科目都有些落下了。尤其是这次期中考试之后，她明显感觉到了这一点，心里就有点慌张了。

至于这画展……她哪里有时间？

她有些不耐烦地皱了皱眉："我还有点事，就不去了。"

林周扬有些可惜地挠挠头。

其实他虽然喜欢叶瓷很长时间了，但一直不敢做得太过，怕耽误人。这次的画展，还是他好不容易鼓足勇气才发出了邀请。毕竟叶瓷也喜欢这个。

只是没想到，还是被拒绝了。

他朝着门口的宣传板拍了张照。

"听说俞平川老师今天还会亲自过来呢，你要是来不了，那实在是可惜了。"

叶瓷随意瞟了一眼，忽然目光一凝，点开照片，放大。

照片一角，几个人正往馆内走。

其中一道身影，挺拔颀长，格外显眼。

那是……陆淮与？

虽然只是一个侧影，但叶瓷还是立刻认了出来，那人绝对就是陆淮与。这样清冷慵懒的容貌气质，除了他，她再没有在第二个人的身上见到过。

陆淮与居然也去了这场画展吗？

她对陆淮与的了解不多，只知道他家世显赫，而他自己也极其出色。但更多的，却没了。

别说是她，就连叶明，之前想要和陆淮与攀攀关系，都没能找到什么门路。

陆淮与在云州，唯一来往较多的，也就是程家程西钺。

按理说程湘湘是程西钺的堂妹，也该有机会多多接触，但……也没有。

一般人想见他一面，实在是极难。

没想到陆淮与居然会去看画展。

没听说他擅长绘画，那这就是……喜欢看画？

看着那张照片，叶瓷的心脏跳得有点快。

她给林周扬回了消息："这样吗？那我尽量把这边的事情做完，等会儿过去吧。"

林周扬喜出望外，本来都准备走了，看到她这句话，又高兴起来："好啊！我听他们说要是错过今天这一场，之后再想见俞老师就很难了。那你来吧，我就在门口等你！"

"好。"叶瓷简单地回了一个字，合上桌上摊开的资料。

她这个卧室面积很大，配了一个步入式衣帽间。

推开门，四面定制的玻璃衣柜里，堆满了各种衣服。悬吊的水晶灯光芒闪烁，瑰丽漂亮。

她的目光从衣柜里的衣服上扫过。

太华丽的不好，太素雅的也不好。加上这天还是去看画展，更是得选一套合适的。

她陆续从中拿了十几套裙子出来，对着镜子一个个比过。

叶家是云州的顶级富豪，叶瓷也是云州的名媛，每个季度，各大品牌都会专门送来新出款式的册子让她挑选。所以她的衣柜里，永远都挂着当下最流行、最时尚的款式。

但这天选了好久，她看这些却是一件比一件难看，没有一款合心意的。

可她也不好一直这样耽误下去，谁也不知道陆淮与这一次来画展会看多久。要是去得太晚，估计就碰不上了。

思来想去，她最后选了一条无袖 A 版的小黑裙，长度刚好遮住膝盖，线条版型简约漂亮。

她又自己卷了卷头发，使头发温柔地垂在肩上，没有化妆，只涂了润唇膏，是极浅淡莹润的颜色。

对着镜子照了照，叶瓷总算满意地点了点头。

这一身装扮，既冲淡了她身上的学生气，多了几分少女的活泼俏丽，又显得清纯干净。

她直接忽略了柜子里整排的名牌包，最后选了个没有商标的银色小挎包，上面还挂着一个毛茸茸的钥匙扣，看起来很可爱。

收拾妥当之后，她下了楼。

苏媛这天不在家，带着叶晟出去了。

赵姨看到她这身装扮，一脸赞叹："小姐打扮得这么漂亮，是要出门吗？"

叶瓷心情很好，便抿着唇笑了："是啊，和同学约了去看画展，就在三阳艺术馆那边。"

这对她而言是常事，赵姨也就没问那么多。

"哎呀，可是刚才夫人和少爷出去，邹华去送他们了。"

叶家两个司机，一个是专门跟着叶明的，主要负责商务，极少往叶家这边来，另一个就是邹华。

叶瓷往门外走，脚步不停："没关系，我打车过去就行。"

"那好吧，小姐路上小心啊。"

赵姨目送叶瓷离开，忍不住喃喃："这么着急？那画展有那么好看吗？"

林周扬站在三阳艺术馆门口，一只手拎着两杯奶茶，整个人高兴又紧张，还带着点忐忑。

高兴自不必说，紧张主要是因为，这算是他第一次和叶瓷单独见面。

他本来是没抱什么希望的，谁知叶瓷后来又改了主意。

他看了一眼时间，叶瓷刚才说已经出门，这会儿应该是快到了。他又拿出手机，嘴里念念有词，好像在背什么。

其实对于绘画，他是没什么兴趣的，欣赏水平也实在是有限。要不是为了叶瓷，他真是打死都不会来艺术馆看画展。

担心自己学识不足，他还专门上网搜了这天展出的画作介绍和赏析，抱着手机背了好几段。

这样估计也能和叶瓷多一点共同话题。

正想着，一辆车停在了前面。

林周扬抬头看了一眼，就见叶瓷从车上走了下来。

他连忙走过去："叶瓷！"

叶瓷回头看来。

林周扬眼睛一亮。

这天的叶瓷明显是特意打扮了一番，比平常更漂亮几分。

看着叶瓷裙摆摇曳，他还有点儿脸红，将奶茶递了过去："烧仙草，无糖少冰的。"

叶瓷的口味，他当然也记得很清楚。

叶瓷浅浅地笑了声："谢谢，不过我不喜欢在看画展的时候喝东西。"

林周扬一下子窘迫起来："啊，这样啊，没关系，那就扔了吧。对了，这是票。"

叶瓷接过，又道了声谢。

林周扬松了口气，连同自己的那一杯，也一并扔进旁边的垃圾桶里："那我们走吧？"

叶瓷点点头，朝着艺术馆大门走去。

林周扬不敢跟得太近，与她隔着两个人的距离，一起进去了。

这场画展一共有八个展厅，分别是不同的主题。

他们进去的时候，场馆内已经有不少人了。当然，这种地方向来是十分安静的。

林周扬大气都不敢喘，视线从那些画上扫过，带着点茫然。他真的看不懂。

之前临时抱佛脚，效果不大，进来之后几乎都忘了。

看了一会儿，他才发现，叶瓷好像也有点心不在焉。好像……在找什么人一般。

他压低了声音，问道："叶瓷，你是不是在找俞平川老师？他好像是在二楼。"

叶瓷回神："啊，是吗？"

"是啊，好像还有其他几位老师也在，应该都是云州画协的吧？"

林周扬对这些也不是很了解，全靠着一双好用的耳朵听来的。

叶瓷点点头："那我去二楼看看，跟几位老师打个招呼，很快就下来，你先在这随便看看吧？"

林周扬知道她和画协的老师关系不错，自己过去也实在是不合适，连忙应了："好，好！你去吧！"

叶瓷上了楼，正好在走廊遇到林耀辉。

"林老师？"叶瓷笑着打了招呼。

林耀辉是俞平川的助理，大事小情几乎都是他负责。画协这边的很多事，也都是他来对接和管理，所以叶瓷和他是认识的。

"啊，是叶瓷啊，你也来了？"

看到叶瓷，林耀辉有些意外。

上次"华清杯"之后，叶瓷和画协这边的联系就少了，说是高三了，之后要全力备战高考。

没想到这天的画展，她竟然又来了。

"是啊，听说今天有俞老师的画展出，我就想来看看，学习学习。"

林耀辉抬手指向楼下："咦，你没看吗？一楼的东南厅就是。"

叶瓷的神色微微一僵。她来得匆忙，且满脑子都在想着其他事，根本没顾上去看俞平川的画。

但她的表情很快就恢复如常。

"谢谢林老师，我刚才看到了。只是听说俞老师今天恰好也在这，就想先过来拜访，不知道俞老师是否方便？"

"你说这个啊……"林耀辉有点为难，"这会儿怕是不太方便，俞老师有客。"

有客？

画协的人当然不能算是俞平川的客人的，那就只能是其他人。

叶瓷心中浮现了一个猜想——莫非那客人，就是陆淮与？

她朝着林耀辉出来的房间看了一眼。房门紧闭，既看不到也听不到什么。

她笑了笑："既然这样，那我就不打扰了。"

林耀辉点点头："展副主席他们在 B206，你可以去看看。"

"谢谢林老师。"

林耀辉说完就下楼了。

叶瓷最后看了一眼俞平川的那个房间，转身去了 B206。

能在二楼多待一会儿也行，说不定他们很快就谈完了。

"真是没想到，这画展你也会来啊！"俞平川倒了杯茶，看着对面坐着的陆淮与，笑道，"怎么，有看中的？"

陆淮与嘴角微弯："没有。"

"嘿，你还真是一如既往地不留面子。"

俞平川早料到他这回答，也不介意。

陆淮与眼光极其挑剔，这天展出的这些画作，还不足以入他的眼。

"盛城的画展还不够你看的？云州这种小地方，应该没有能被你看上的吧？"

陆淮与淡笑："我今天来，其实是有件事想要问问您。"

"你说。"

"不知您是否认识'树的影'？"

俞平川动作一顿，拿着杯子的手停在半空。他飞快地抬眸看了陆淮与一眼，目光微闪。

"你是说，每隔一段时间会寄来一幅画的那个？"

"是。"陆淮与打量着他的神色。

"这个……"俞平川斟酌着语气，"那些画都是对方单方面寄来的，画协没有对方的地址和联系方式，只是负责帮忙展出画作，并且将其拍卖。画协代理这些业务，从中抽取提成，但更多的，却是没有了。"

"所以，您也不认识？"

"不认识。"俞平川叹了口气，"这些大多都是展青他们负责的，我一年到头在云州待的时间不超过两个月，所以对这些也不是很了解。实不相瞒，之前画协曾经想过许多法子，想和对方面谈，但都被拒绝了。"

说着，他看了陆淮与一眼。

"这些你之前应该也都是清楚的，我还以为你不打算再问了，怎么这次又突然想起问这个？"

其他人不清楚，只当那些画都被一个神秘买家高价收走了。但俞平川是画协主席，对这些当然是了如指掌。

最开始的时候，陆淮与曾经明确表示过，想和那位画家见个面。

但被拒绝了。

再后来，那人的画，陆淮与还是会继续买，不过很少提这些了。

"没什么，就是随口一问。"陆淮与似乎并不失望，淡淡地开口。

忽然，他像是想起什么般，转而问道："对了，还有一个人，我想跟您请教请教，不知您是否听过——MGYUB？"

俞平川垂下眼睛，吹了吹茶："那又是谁？没听过。"

陆淮与看着他，见他神色不似作伪。

陆淮与淡淡一笑。

"您没听过就算了，不是什么重要的人。"他起身告辞，"今天画展，想来您还有很多事情要忙，我就不打扰了。"

叶瓷和展青等人聊了会儿天，眼睛时不时往外面看去。

终于，一道熟悉的身影从门前路过。

她依次和展青等人告辞，就快步出了门。

"陆二少。"

陆淮与回头，看到是叶瓷，冷然的面孔上一派平静。

叶瓷心脏跳动的速度又快了些。她深吸口气，嘴角弯起一抹笑："好巧，你也是来看画展的吗？"

陆淮与神色冷淡："不巧，不是。"

叶瓷神色微僵。

都来了这了，怎么说不是看画展的？

那还能是做什么？

陆淮与似乎没什么耐性应付她，转身走向楼梯。

叶瓷将头发别到耳后，抓着包跟了过去，轻声开口："真没想到会在这碰见二少啊。"

陆淮与忽然脚步一顿。

叶瓷紧张起来，脸颊微微泛红。

接着，就听到陆淮与问道："她今天在家？"

她？不需要问，叶瓷立刻明白这是在问谁。

陆淮与似乎从来只看得到那一个人。

叶瓷嘴角的笑容变得有点勉强。

"你说宁璃姐吗？嗯，她今天在家，我出门的时候，她好像还没起。"她顿了顿，"之前请宁璃姐看画展，她拒绝了，估计是对这些东西不太感兴趣吧。"

从临城那种地方来的，又是那样的出身，艺术素养怕是半点儿都没有的。

陆淮与眉梢微挑。

没兴趣？他上次还分明看到她画画了。

虽然当时她都收了起来，他只隐约看到一角，但能看出笔触功力是非常好的。

之所以拒绝，估计只是因为不想和叶瓷一起罢了。

他轻轻颔首，声音温和了几分，嘴角极轻地弯了一下："睡懒觉了？那挺好，昨天她睡得太晚。"

叶瓷一蒙。

陆淮与这话……什么意思？

宁璃睡懒觉，他好像还挺高兴？

另外，宁璃睡得晚，他是怎么知道的？

他们那么晚还在联系？

一股酸涩感无法抑制地涌上心头，叶瓷抓着挎包的手微微用力。

宁璃是不是在家，陆淮与完全可以自己去问她，但他没有。原来只是……不想打扰宁璃休息？

无数纷乱的念头闪过脑海，让叶瓷心烦意乱。本来想好的那些话题，也都堵在了她的嗓子眼，说不出来。

陆淮与似乎对这个答案很是满意，转身继续往楼下去了。

眼看他朝着展厅外而去，叶瓷张了张嘴，刚想跟过去，旁边就传来林周扬的声音。

"叶瓷！"叶瓷上去之后，他在一楼等了好一会儿。这会儿看见她下来，就连忙过来了。

叶瓷被挡住视线，飞快地皱了一下眉头，又朝着那边看去。

陆淮与的身影已经消失在展厅门外。

"叶瓷，叶瓷？"林周扬看她没回应，又喊了两声。

叶瓷收回视线，本来的好心情糟糕到了极点。

看到她的脸色似乎不太好，林周扬敏锐地察觉到了什么，小心地问道：
"那个……你怎么了？"

刚才上楼的时候，不是还好好的，怎么一转眼就……

叶瓷迅速调整了神色："不好意思啊……我身体突然有点不舒服，想回
家了。"

"啊，哪里不舒服？严重吗？"林周扬也紧张起来，"那我送你回去？"

"不用了，我叫个车就行。"叶瓷扬了扬手机，抱歉地冲他一笑，"真
是对不起啊，浪费你一张票。"

林周扬连忙摆手："不用，不用，身体要紧！那你回去之后跟我说一声。"

"嗯。"

"那我也回了。"

这画展本来就是为了叶瓷来的，她都要走了，那他就没什么必要继续待
下去了。

林周扬跟叶瓷一起出来，在门口告别，各自回家。

半个小时后，叶瓷回到叶家。

赵姨看她回来，很是意外："小姐今天怎么回来这么快？"

这个时间，不够看完一场画展吧？

叶瓷恹恹地说："有点儿不舒服，就提前回来了。妈妈和小晟呢？"

"夫人和少爷还没回来。"

她往楼上看了一眼："宁璃姐呢？今天出门了吗？"

赵姨眼中闪过一抹鄙夷："没呢，从昨晚到现在，房门都没出。"

也不知道整天都在忙些什么。

"知道了。"

叶瓷上了二楼，来到自己房间门口的时候，又忍不住往宁璃房间那边看
了一眼。

陆淮与的那句话又回荡在耳边。

她咬了咬牙，推门进了房间。

关上门后，她脸上维持的笑容便彻底消散。她一把将挎包扔到床上，又
踢掉了鞋。

她来到镜子前，端详着里面的人。

清秀、温婉、纤细。

虽然此时这张脸上带着嫉妒和恼怒，但这样的五官，不是不漂亮的。可
陆淮与看见后，眼底情绪分毫未动，似是覆着一层薄冰。

他看着她，跟看一棵树、一块石头，并没有什么分别。

明明她也不比宁璃差，甚至在很多方面，她都胜过宁璃许多。

怎么偏偏陆淮与只对宁璃是不一样的？

盛城动星娱乐。

许旖旎刚刚结束一段采访，一回到休息室，梅里就送上一份请柬："G&O的发布会将会在晚上八点正式举行，地点不变。旖旎，你要去吗？"

许旖旎接过请柬看了一眼："去，为什么不去？"

虽然没有入选，但G&O这场大秀规格极高，娱乐圈和时尚圈的很多大佬都会去。这也算是一个绝佳的社交机会。

许旖旎生气归生气，可也没有愚蠢到为了争一时意气，就放弃这样的大好机会。G&O这次合作不了，但以后未必没有机会，说不定还能得到其他资源。

梅里松了口气，冲着她竖起大拇指："我就知道，还是你最让我省心了。"

在她看来，许旖旎是有些大小姐脾气，但还是很聪明的。

如果没有脑子和手段，就算家里有的是背景和资源，也未必能走得长久。还好许旖旎不需要她教这些。

"埃德蒙专门把你的座位安排在了第一排，可见对你还是很重视的。"

许旖旎不以为意地冷冷一笑。

这事没什么稀奇的，就算她不混娱乐圈，以她的家世，也应该是在受邀的第一排。

不过她也看得出来，这算是埃德蒙心意的委婉表达。毕竟他一直倾向于把名额给她，最后没成，估计他也是觉得有些说不过去了。

"我知道，等会儿我会专程跟他道谢。"

说完，她一抬头，就看梅里的神色有些犹豫。

"怎么了？还有什么事？"

"这个……有件事我得提前跟你说清楚，你是在第一排不错，但坐在你旁边的，是张梓童和齐晚晚。"

许旖旎的表情顿时冷了下来。

齐晚晚年近四十，是国内顶级女刊《风秀》的主编，在时尚圈地位很高。和她坐在一起，当然没什么可说的。

但……

"张梓童算个什么东西？"许旖旎的语气不掩嘲讽。

张梓童是模特出身，这几年傍了"金主"，用不正当手段获取资源，这才算是闯出了点名头。

她也是和许旖旎一起进入复审，但最终被淘汰的一个。

许旖旎瞧不上这种货色。而张梓童对她这种出生就含着金汤匙的二代"白富美"，也不怎么看得惯。

之前两个人曾经共同参加过一个综艺，张梓童表面跟她称姐道妹，扭头就发了一张二人的合照，只修了自己，衬得许旖旎灰头土脸。

这事当时还闹上了热搜，两家粉丝掐了三天三夜，就此成为仇家。

许旖旎吃了这么一次亏，哪还能对张梓童有什么好脸色？

和张梓童一起进入 G&O 的复审，她还能安慰自己，G&O 有自己的一套筛选标准，她没必要在意那么多。

可现在是个什么情况？

G&O 居然把她和张梓童安排到一起去了？！

梅里打量着她的神色，也很是纠结："进入复审的就你们三个，唐薇被选中，G&O 那边就自动把你们的座位排到一起了。要不，我去跟他们沟通一下？"

许旖旎盯着那张请柬，冷笑道："不用。"

凭什么她要让？

张梓童敢坐，她又有什么不敢的？

不知道的还以为她是怕了张梓童。

"就按这个来。"

发布会的举办地点是在梅陇国际中心。

无数工作人员从前一天就已经开始布置会场。场地外围早早就被围了起来，保密工作相当严谨。

舞台上，埃德蒙带领的设计团队正在和模特们进行发布会前的最后一次彩排。

乔西就站在舞台正前方。

微风卷动他栗色的头发，那双天蓝色的眼眸似是最纯净的蓝宝石。他站在那儿，便让人移不开眼睛。

"完美。"看完彩排，他赞叹地鼓掌，"宁真的应该亲自来一趟。"

埃德蒙对彩排效果也很满意，听到他的话，遗憾地耸了耸肩："连你也不能说服她留下，其他人就更不用说了。"

他算是在这一行混了很久了，什么样的大秀没有开过，已经很久没有这种激动期待的心情了。

那个人的作品，的确有让人为之疯狂的力量。

说起这个，乔西眯起眼睛笑了起来。

"她这个人，自由放肆，不可掌控。既然她不想来，那就这样吧。"

埃德蒙有些可惜地摇摇头："我还是第一次见到有人能拒绝 G&O，拒绝你。怎么会有这样的人，对什么都不在意？但凡她能在这上面多用点心思，将来前途真是不可限量。"

可惜，太散漫了。

乔西却持不同意见。

他沉思片刻，嘴角挑起一抹邪笑："那又有什么办法？神本来就是不公平的。有的人，生来就被神明偏爱。"

艺术和美，是最讲究天赋的。

有的人苦苦追寻，还是无所成；有的人什么都不需要做，就有着足以拿来随意挥霍的天赋。

这种事，本来就没有道理可言。

"何况，谁说她什么都不在意？我看，她对自己的学业还是很上心的。"

提到这个，乔西就忍不住磨牙。

下次有机会，他一定要去看看，到底都是些什么东西，耽误了宁那么多的时间和精力！

宁璃中午的时候终于出了门。

苏媛等人不在，餐厅只有叶瓷和赵姨。

看到宁璃下楼，还背着包，叶瓷心中一动，开口问道："宁璃姐，快吃午饭了，你要出去吗？"

宁璃头也没回"嗯"了一声，就很快离开了。

赵姨撇撇嘴："小姐，你还问她这些做什么？她自从来到这个家，哪次出门是会主动说的？"

叶瓷搅动着勺子，有点心不在焉。

这个时候，应该不是去看画展吧？

再说，陆淮与上午都已经去过了。

"算了，我们先吃吧。"

宁璃来到租房的小区，在楼下简单地吃了个饭。

周日，这里比平常稍微热闹了些。

不过因为这里住的很多人都是租客，经常出现新面孔，所以没什么人注意到她。

来到房间之后，宁璃进了卧室，从包里掏出笔记本电脑。她在键盘上点了几下后，屏幕上弹出一个窗口，窗口中一片漆黑，寂静无声。

宁璃也不着急，就那么开着电脑，没有再做其他操作。

随后她又从书包里拿出了几张试卷，在旁边写了起来。

叶瓷吃过饭，就回了自己房间。

她本来是打算继续上午的作业，把数学看完的。但一想到陆淮与和宁璃，还有这天的画展，她心里就十分烦躁。

她坐了半个小时，什么都没看进去。

就在这个时候，程湘湘打了电话过来："小瓷！今天晚上 G&O 的秋装发布会在盛城举行，你关注了吗？"

叶瓷一愣："之前听说了一点儿，怎么了？"

"听说他们今天晚上还准备了一个大惊喜！好可惜我们没在，不然真想亲眼看看。这可是他们在华圈的第一场发布会啊！肯定很好看！"

叶瓷也来了兴趣："是吗？"

程湘湘遗憾地叹了口气，转而又兴奋起来："对了，他们这场是直播！你看微博，已经上热搜了！"

叶瓷打开微博，果然看到热搜榜上已经出现了两个相关词条，"G&O 发布会"和"G&O 品牌大使"。

此时直播尚未开始，但 G&O 的品牌影响力巨大，在华圈的第一场发布会，本就引人关注。加上他们有意造势，在宣发上投入了不少心力，此时会上热搜，也是预料之中。

官微在半个小时前发了一条微博，宣布这晚的发布会将会在梅陇国际中心举行，且会现场宣布他们在国内的首位品牌大使。

这消息之前就已经在私下里传得沸沸扬扬，几家女星的粉丝更是掐得沸反盈天。这天终于要出结果，轻易吸引了所有目光，讨论度居高不下。

尤其是第二条热搜词条的广场上，已经有无数营销号和粉丝闹了起来。

吃瓜小小鹅："据内部消息，G&O 今晚要宣布合作的品牌大使，是某位新晋小花没跑了。"

这条微博被顶到了最上面，评论已经过万。

阿蒙78："新晋小花？势头最猛的应该属许旖旎了吧？"

加急煎饼果："我也觉得是她。也就是她能抢下这惊天大饼，论人气和资源，现在这几个小花，都不是她的对手吧？"

微微 D 老婆："我怎么听说是另外一个？而且今天 G&O 发布会彩排，可许旖旎好像还在片场拍戏，要真是她，怎么也得把这个时间腾出来吧？"

今年不吃鱼 666："刚才已经有博主发微博，拍到了许旖旎坐车去梅陇国际中心了。估计就是她吧？"

嗷嗷鲤："有钱人就是不一样哈，伸伸手，什么都能轻易拿到。"

旖旎如梦 AN："楼上太酸了吧。许旖旎的长相、作品、人气，哪样不是同期小花里一骑绝尘的那个？有这个时间，不如去让你家的明星再好好努努力！争取早点红！"

众人讨论得不亦乐乎。

许旖旎的许多粉丝之前就已经听到风声，说许旖旎是最有可能入选的，所以此时说话也是格外有底气。

一些正常的怀疑和讨论的评论也都被踩了下去。

这般姿态，俨然品牌大使的身份已经是许旖旎的囊中之物。

梅陇国际中心。

会场已经布置完成，所有参加发布会的客人陆续入场。

许旖旎这天换了一条及膝的吊带香槟色亮片长裙，长发微卷，纤细的脖子上配着一串水滴状的钻石项链。

妆容精致，清纯中又带上了几分性感。

就在她即将走到自己位子上的时候，她看到张梓童已经在旁边坐着了。

许旖旎脚步一顿，继而微微抬起下巴，走了过去。

张梓童这天穿了白色一字肩长裙，头发盘起，露出极漂亮的肩颈线。她本身的容貌很甜美，这一身装扮更显得清丽可人。

"哎，旖旎，好巧。"张梓童似是十分惊讶地微微睁大眼睛，上下打量了许旖旎一圈，掩唇一笑，"你今天可真漂亮啊，不知道的，还以为你才是要上台的那一个呢。"

许旖旎闻言目光冷了几分，旋即径直走了过去，在她旁边坐下，双腿交叠，脸上也挂上了笑。

"谢谢，你也是。你这身 Esya 的礼服好像是才出的款吧？当初他们品牌公关跟我联系的时候，就希望我穿这条，不过我觉得不是很满意，就拒绝了。现在看，穿在你身上倒是很合适。"

张梓童是混电视剧圈的，虽然也有名气，但高度比起许旖旎这样混电影

101

圈的还是差了点儿，所以参加活动借礼服并不是很容易。

张梓童在心中冷笑。

也不知道许旖旎有什么可张狂的，仗着背景拿了资源，红了还要说都是靠自己，什么东西？！

"是吗？那我就不清楚了，我这身是前两个月专门飞去国外定制的。"

换句话说，这不是她借来的，而是她真金白银买的，跟许旖旎借礼服不一样。

许旖旎撩了下头发："哦，这一套下来得百万了吧？看来你家那位，对你还真是不错啊。"

张梓童的脸色瞬间有点发青。

她傍上的"金主"是有家室的，她这样的身份，当然配不上许旖旎这句"你家那位"。

这是故意讽刺她呢。

但她能在圈子里混出头，忍耐功力本就是一流。

她弯了弯眼睛，似乎没听出许旖旎这话里的刺："哪里？总没有你粉丝对你好。这会儿 G&O 还没宣布呢，他们就已经把品牌大使的名头给你了呢。"

许旖旎皱了皱眉，从手包里拿出手机，上了微博，这才明白张梓童的意思。

之前他们团队的所有人都以为这件事稳了，所以有意无意地放出了点儿风声出去，这样方便提升她的商业价值，谈其他合作的时候，也能当成砝码。

但没想到最后是这样的结果。

这两天她的心情一直非常糟糕，团队那边也是忙得焦头烂额，估计就忘了和粉丝团那边通气，才导致现在这局面。

"哎，等会儿大秀开场，他们看到模特不是你，应该会很失望吧？"张梓童故作可惜地耸了耸肩，"好可怜哦。"

也不知道是在说粉丝，还是在说许旖旎。

许旖旎心里憋着火，但这会儿到处是镜头，她也不好做什么，只能尽量让自己的脸色看起来没那么难看。

她给梅里发了消息，让她尽快去处理这些。

距离发布会开始已经没剩下多长时间了，这会儿肯定是来不及让粉丝收回那些话了，只能在 G&O 这边开场官方宣布之后，尽量不要让她被嘲得那么厉害了。

其实她这天过来，除了不想被人说输不起，还想认识一下那位即将被将

G&O 重磅推出的设计师。

但埃德蒙这会儿肯定正在后台，她也不好过去，估计只能等结束了。

正在这时，一个穿着白衬衫、黑色九分裤的中年女人走了过来。

短发，干练。

正是齐晚晚。

她的到来终于缓解了张梓童和许旖旎之间一触即发的紧绷氛围。而且，相较于张梓童，她明显和许旖旎更近一些。

许旖旎这才稍微平衡了些。

她看向舞台，轻声问道："晚晚姐，今天晚上这位 G&O 的新宠设计师，你认识吗？"

齐晚晚遗憾地摇头："不认识。听说这位是 G&O 全球筛选出来的，应该是个纯新人。"

"纯新人？"许旖旎咋舌，"那他们直接给出这么大的牌面？"

她已经从埃德蒙那儿听说，这次的发布会相较于之前有了较大的改动，就是为了那位新设计师。

要知道，G&O 的眼光一向挑剔，全球那么多顶级设计师，削尖了脑袋想要得到他们的肯定，争取和他们合作的机会，都未必能入他们的眼。

这半路突然出来一个新人，什么成绩都还没有，他们居然就舍得做这么大的投入，实在是让人觉得不可思议。

"是不是……"许旖旎使了个"走关系"的眼色。

齐晚晚笑了。

"旖旎，你可能对 G&O 还不太了解。这次的事，全程是乔西亲自把关的，他可是极挑剔的一个人。要是没能力，他是半点儿面子都不会给的。这次他肯如此不遗余力地将大把资源倾斜给那个新人，只能证明，那个人实在是太受他欣赏。"

就连她，也是第一次看乔西这样。

"老实说，我还挺期待今天晚上的发布会的那份惊喜。"

听她这么说，许旖旎只好收声。

齐晚晚又道："听说埃德蒙很欣赏你，但他主要负责的还是国外的市场。我猜测，你想和他们有进一步的合作，最好也能和那位新设计师打好关系。"

许旖旎笑着点头："谢谢晚晚姐。"

张梓童在旁边坐着，暗自嗤笑。

打好关系有什么用？那位设计师要是看得上许旖旎，就不会选唐薇了。

真是看不清形势。

忽然，周围的灯光全部熄灭，整个场馆陷入黑暗。

接着，一道灯光从舞台上空垂落。所有人都安静了下来，齐齐朝着那边看去。

这场发布会，总算是正式开始了。

第 六 章

—

新 宠

· · ·

同一时刻，网上 G&O 的官博开始直播。

看到屏幕那端骤然黑下，评论和弹幕就开始疯狂刷了起来。

接着，那道光下，一个高挑的身影出现。

她往前走出一步，脚下的舞台逐渐亮起。无数细碎的光芒闪烁，像是踏着星河而来。

四周一片寂静，唯有她的脚步声，一步一步，清晰地落在众人耳畔。

从下面开始，她的模样逐渐展露出来。

裙角末端是层叠的黑色薄纱，堆成一团，像是浓郁得化不开的黑夜。往上是渐次变幻的颜色，从深黑变为浅黑，又过渡为灰色，再往上又渐渐晕染为浅白。

这些颜色并非规律变化的，而更像是层叠晕染，变化之中又有交错。像是有人将一滴墨滴入水中，渐渐染就。

随着她的走动，衣摆如波澜荡漾开来，交错之中，又氤氲着微妙的诗意韵味。

看着这一幕，众人越发安静起来，好像生怕惊扰了什么。

终于，她一步步上前，灯光上移。

人群中传来倒抽冷气的声音。

因为在她的胸口位置，竟绣着一大朵红色牡丹刺绣。

那是极张扬的红色，花瓣层层叠叠，盛放到了极致，凌乱而热烈。

原本到了这个位置，裙子的颜色已经过渡为纯净的白色，然而这朵牡丹的出现，却干脆而猛烈地将其打碎，生出热闹而浓烈的生机。

刺绣裁剪工艺完美，花瓣绽放弯起的弧度，与她的身体曲线恰好贴合，从肩颈到腰身，皆是恰到好处。

仿佛这一朵牡丹，本就从她的胸口生长而出，与她相互依偎。

黑白两色皆是极致的冷色，如此交错融合，便似是将泾渭分明的界限打破，使得一切变得无序化起来。

而在这片混沌之中，一朵娇艳的花，挣脱泥泞与黑暗，承载一片光，无声地绽放。

全网沸腾了。

在这件开场礼服出现之后，直播弹幕直接满屏。

"啊啊啊！这件礼服也太好看了吧！"

"绝了，绝了！G&O 不愧是 G&O！开场就是王炸！"

"我宣布这件礼服是我的梦中情'服'了！太美了吧！啊啊啊！"

"唐薇！唐薇！开场模特是我们家唐薇啊！我的妈呀，我女神气质冷清，和这礼服真是绝配！设计师！设计师出来挨夸啊！"

"怎么会是唐薇？之前不是说定了许旖旎的吗？"

"看看这礼服，水墨画！牡丹！国风元素拉满了啊！偏偏又这么贵气这么好看！唐薇以前是学京剧的吧？人又长得文艺清冷，最适合这礼服了啊！"

"确实，许旖旎好看是好看，但还是偏向清纯洋气，跟这不搭啊。要是她上场，估计还真是压不住这一身。"

"哈哈哈！'涟漪'姐姐们之前是怎么说的？不是说这次铁定是她了？啧，这脸打的！还好 G&O 有眼光，最后还是定了唐薇。最后，设计师真牛！"

许旖旎的粉丝集体失声。

评论和弹幕很快被更多的夸赞和惊叹填满。

短短时间内，G&O 这场发布会就爆了热搜。

"G&O 开场礼服""唐薇""唐薇礼服""G&O 神仙设计师""许旖旎"等词条都上了热搜。热搜榜一和榜二的词条后面，都缀了一个"爆"字。

下面几条的搜索量也十分惊人，全部挂着"热"。

这一场发布会刚开始，就直接占满热搜。

开场唐薇从黑暗中迎着光走出来的那一段视频，被人单独剪辑出来，转发量迅速破了十万。

有人发了她身着礼服的图片，没有进行任何精修，转赞评也以惊人的速度破了百万。

本来这天这场发布会，G&O 那边还请了不少明星过去。尤其是女星，各自的工作室也都已经出了精修图，想要博个版面。

谁知唐薇这一身出来，直接毫无争议地艳压群芳。

网上相关内容的浏览和讨论量，都轻松破亿。

"唐薇今天真是帅疯了，气质一绝！"

"本来我是最喜欢甜妹的，可是，可是……唐薇这真的好像乱世之中走出的祸国妖姬啊！但是美人姐姐这么漂亮，亡国怎么会是她的错？！"

"我觉得……她像是从泥泞里野蛮生长而出，热烈绽放的一朵花。血色浓郁，人比花娇，凄美又凌厉，自由而放肆。姐姐这一身太绝了，我已经说倦了。"

"设计师到底是谁？我要献上我的膝盖！"

G&O 重用的设计师一共就那几位，但没有一个是这种风格的。

很快，有人扒出了 G&O 这场发布会的相关内情。

吃瓜小小鹅："据传，这位设计师不是之前 G&O 的任何一位，而是他们之前全球比赛最后的第一名，也是个纯新人。G&O 这次就是打算用这位的设计来打开华圈市场，甚至不惜为此投入了大量的人力、物力。现在看来，他们真是赌对了。"

消息一出，众人越发激动。

这样独特的设计风格，这样堪称顶尖的审美，居然来自一个新人？！

不就是膝盖嘛。拿去，拿去！

唐薇的粉丝已经霸占了 G&O 官博的热评，一连串的感谢，他们热烈请求 G&O 放出那位设计师的微博，他们好去再次表示感谢和膜拜。

唐薇也是圈内的新晋小花，出道两年了，还拿过最佳新人奖，算是颇有灵气和演技。

但因为之前出演的都是文艺片，走的主流路线，所以人气不比许旖旎。

结果这晚一战成名，她的粉丝扬眉吐气，纷纷激动得抱头哭泣。

而其他家的粉丝也在哭。

哭这品牌大使的身份，肯定是被唐薇占了，还哭这一身礼服，不能穿到自家女神身上，艳压群芳。

唐薇开场之后，就是 G&O 这次秋冬发布会的内容。

这些都来自其他设计师，G&O 的风格也体现得更加明显。

平心而论，这些陆续出场的成衣系列也都是很出色的，可惜前面有了唐薇那一袭礼服的惊艳轰炸，众人再看后面这些，就觉得好像索然无味了。

很多人还在疯狂追问那位设计师的情况，希望能看到更多的相关设计。

奇怪的是，G&O 这边，关于这位设计师，却是始终三缄其口。

直到晚上十点，官博正式宣布唐薇为 G&O 品牌大使。

尽管之前看到唐薇开场，大家已经猜到了这一点，但真正官方宣布的这一刻，全网依然沸腾了起来。

无论是 G&O，还是唐薇，热度都再上一个台阶。

网上实在是热闹。

同时，会场之内，看秀的众人也是心情各异。

不得不说，这一次唐薇的开场，实在是让人叹服。

在看到那礼服的一瞬，许旖旎就明白为何自己落选了。但要说不嫉妒，也是不可能的。她太清楚，这一次亮相，会给唐薇带去多少好处。

"乔西的眼光，果然一如既往地犀利啊……"齐晚晚轻声感慨。

难怪敢投这么多资源进去，甚至不惜临时大改策划方案。

乔西，不，应该说整个 G&O，都是挖到宝了啊。

许旖旎看向后台。

这位设计师的确厉害，这才刚开始，就能被 G&O 这样重视，将来怕是更了不得。

要是有机会，的确是得拓宽一下人脉的。

乔西第一时间给宁璃发了邮件。

宁璃没有留电话，所以他只能用这种方式来和她联系。

"亲爱的宁，我早说过，你是天才！"

宁璃听见声响，从试卷里抬起头，点开了那封邮件。

看到这句，并不意外，又干脆地点了右上角的叉。

笔记本屏幕上，那个黑漆漆的窗口，还是没有任何动静。

她看了一眼，就又收回视线。

乔西等了好久，没等到宁璃的回信，有点儿郁闷。

埃德蒙有一点说得没错，宁对这些还真的是看得不怎么重。

换成别人，这个时候早就激动得不行了，哪里还能跟她一样，不来现场不说，连一条评价都没有。

他忍不住又发了一封："九点半开始，是专门为你开的后半场。这次我可是费了不少功夫，你可千万要好好看啊！"

这次，宁璃终于回了："知道。我做完这道抛物线就看。"

乔西盯着电脑上的这句话，陷入沉思。

抛物线？

那是什么东西？

就这么重要？

他看向埃德蒙："埃德蒙，这是什么意思？"

埃德蒙不懂中文，扭头喊来另一个盛城这边和他们对接活动的工作人员。

那位小哥微微一笑："在我们这，这是'地狱'的代名词。"

射击场。

陆淮与侧身而站，一只手举枪。

校对、瞄准、扣动扳机——

"砰"的一声，子弹正中红心。

程西钺在后面坐着，觉得很无聊。

他就不愿意和陆淮与来这种地方，这不纯粹自己找虐吗？

"陆二，你最近是不是肝火旺啊？实在不行，你换个地方玩行不行？比如打牌之类的？"

这个好，不需要武力值，他还有点赢面。

陆淮与没说话，只动作利落地换了第二匣弹夹。

程西钺默默地往后退了退。

他翻出手机，忽然眼睛一亮："哎，G&O 这次的发布会有点儿意思啊。"

程家的产业并不涉足时尚界和影视圈，但这并不妨碍程西钺有这个欣赏水平。

他盯着看了会儿，摸了摸下巴："哎，陆二，你来看看，这设计师的画风，好像跟你钟情的那位画手，有异曲同工之妙啊！"

陆淮与回头看来。

"真的！你来看看！"程西钺冲着他晃了晃手机。

陆淮与把枪放下，朝着这边走来，从程西钺手里捞过手机。

这是一张放大的照片。

浓黑的背景中，一束光从上方打下来，映照在照片中的女人身上。

她穿着一袭礼服裙，从下往上，由黑变白，渐次变幻层叠，左胸位置是大片的牡丹刺绣。简约的线条、激烈的撞色，于无序的混乱中渐渐衍生而出的一捧蓬勃生机。

他目光微深，盯着看了好一会儿。

程西钺见他如此，越发觉得自己眼光好得很："怎么样？我说得没错吧？这种感觉真是独一份。"

陆淮与退出这张照片，发现这是一个时尚博主发的九宫格，其他八张也是这个布景和礼服，只是距离远近不同造成了细微差别。

这是 G&O 的开场秀。

此时，全网都已经因为这套礼服沸腾起来。

陆淮与微微眯起眼睛。

许多评论说这像是一幅水墨画，但他觉得更像油画。

浓烈、张扬。

设计师对色彩和光影的应用堪称一绝，布料的裁剪和刺绣也配合得极为完美。

"是有点儿像。"他给出一句评论。

程西钺愣住："就这？"

不是吧，按照陆淮与对那位画手的喜欢，看到这个，反应不该是这样啊？

"要是你能确定，就能从 G&O 知道那人的身份了吧？"

之前陆淮与一直想和对方面谈，但都被拒绝了，现在这可是个绝佳的好机会，他怎么这么平淡？

"我可是听说这个设计师是 G&O 新推出的。等谢幕时，按照惯例，设计师会和所有模特一起上台致谢。他们这还直播着呢，说不定能看——"

陆淮与把手机还给了他。

程西钺一脸不可思议："你不想看？"

"他不会出来。"陆淮与淡淡地道。

"啊？为什么？不对，你怎么这么笃定？"程西钺忽然意识到了什么，"等等，这么说的话，你确定这和那个人，是同一个人了？"

其实他刚才也就是那么随口一说，毕竟高奢礼服设计师和画手，虽然都是从事的美学相关，但其实这两个职业相差还是很远的。

可陆淮与仅仅这么看了几眼，就确定了？

陆淮与没说话。

程西钺却是不信邪："这可是 G&O 的大秀，作为开场礼服的设计师，怎么可能不上场？"

他已经可以肯定，从这晚开始，这个设计师将声名大噪。

这样珍贵的出名机会，谁会错过？

他点进直播。

九点半，舞台再次陷入一片黑暗。

背景音乐忽然变为一首古琴曲。

琴声幽静而悠扬着禅意。

接着，背景墙上，一轮皎洁的明月缓缓升起。

清淡如水的光倾洒而下，在舞台正中间悬空的位置，缓缓地浮现出几个墨字。

——花与月。

字迹洒脱，如同有人潇洒泼墨，一笔而就。

台下坐着的众人齐齐惊了。

"居然还有一个主题？"

"这应该是专门为那位设计师准备的吧？ G&O 为了这位还真是……舍得啊……"

"我倒是觉得挺值得的，无论是设计还是舞台，都实在是出色。听说好像是乔西前几天临时决定改方案的，这魄力和执行力，也真是没谁了。"

"别的不说，这设计师的天赋的确顶尖，现在又背靠 G&O，以后怕是前途不可限量啊……"

不只是现场众人，网上无数群众也被这一幕惊住了。

原来 G&O 这次设计了两个主题，而且这第二个，显然就是为了那位设计师专门准备的！

音乐声中，穿着礼服的模特陆续走出。

众人一眼看出，这些礼服和开场时候唐薇穿的那件，属于同一系列。

主色便是黑、白、红，每件礼服都展现出了浓郁的国风元素。设计大胆而前卫，洒脱自由，野性与诗意共存，形成奇妙而契合的美。

弹幕和评论已经疯了。

"呜呜呜美哭了！这个系列都好好看！"

"哇，刚才那个小姐姐的礼服肩上是绣了一段枯枝吗？上面还有一小团亮片，灯光下看着，好像一只小鸟哦！"

"前面的，那不是小鸟，是鹊，谢谢。加上唐薇最开始的那一件，这里一共是十二件礼服，没猜错的话，刚刚那件应该是取自'明月别枝惊鹊'。"

"天，好像真是这个意思！还有，还有缀着蓝色墨点的那件，好像海浪啊！那个是不是'海上生明月'？"

"文化人就是不一样！像我这样的，这种时候就只能说一句'真好看'！"

"俺也一样。"

"俺也一样。"

"俺也一样。"

…………

宁璃把试卷收起来，也点开看了一会儿直播。

其实一场完整而成功的大秀，并非只靠设计师的能力，而是需要无数人共同完成的。

虽然她给出了画稿，但乔西能在这么短的时间内，将这些礼服全部赶制出来，并且直接为此重新设计一个舞台，实在是非常难得。

一方面展现出了他的重视，另一方面，也展现出了他和 G&O 的能力。换成其他的小品牌，估计给他们留一个月的时间都不够。

这是乔西送她的惊喜。

当然，也能算是她给他的见面礼。

在记忆碎片中，这些画稿是她精心准备的，可惜半路被叶瓷偷走，先一步被叶瓷以自己的名义发给了 G&O。

等她发现不对，叶瓷已经和 G&O 签了合同。

那时候，苏媛是怎么说的？

如果宁璃将这一切爆出，叶瓷名声尽毁，以后就再也没办法出门见人了。

只是一些画稿，没了宁璃还可以再画，但叶瓷的人生，一旦被毁，就彻底没有挽回的余地了。

　　于是，宁璃选择隐忍和退让。

　　但等来的，不是叶瓷的道歉，而是一个月后，G&O总部专门为叶瓷开了一场发布会。

　　叶瓷自此成了赫赫有名的叶设计师。

　　不过，或许是因为知道自己没有后续的创作能力，叶瓷最开始只给出了一部分并不完整的画稿。

　　这也就导致那次的发布会虽然成功，但现场效果并不如眼下这一场来得完美而震撼。

　　宁璃早就决定，不会再给叶瓷任何机会。

　　本就该属于她的，她都会一点一点地拿回来！

　　G&O的这场发布会开场便惊艳众人，后半截又直接推出了一整个完整的"花与月"系列，毫不费力地博得满堂彩。

　　微博热搜前二十，有十六个都是相关词条。

　　从G&O到唐薇，再到这一个系列的十二件礼服，几乎个个都是爆点。

　　无数时尚博主将发布会拆分成了无数分部，一点点地分析。从设计到布置，从设想到实施，无一不是完美。

　　也只有这样充满天赋的设计师，值得G&O这样的待遇。也只有G&O这样的顶奢品牌，可以承接这样天生灵气的设计，并且在最短的时间内，把这份独一无二的美感淋漓尽致地展现出来。

　　最高兴的当属唐薇的粉丝。

　　成为品牌大使本来就够吹上好一段了，结果这天晚上的大秀，又是这样绝美。

　　唐薇是华圈的品牌大使，而G&O很明显之后在这边主推的就是"花与月"系列，她是首穿，且以后肯定还有更深层次的合作。

　　某种程度上来说，她几乎已经相当于和这个系列绑定。是个人都看得出来这意味着什么。

　　许旖旎在场下坐着，表情管理做得还不错，一直在微笑着鼓掌。但她此时心情如何，就只有她自己才知道了。

　　这个饼，比之前预想的还要大！错过了这次的机会，实在是亏大了。

　　一开始还好，后来看到那一整个"花与月"系列的时候，她就再也没办法说服自己保持平静了。

　　张梓童看得也是一阵心酸，但扭头看到许旖旎，又高兴起来。毕竟本来她就知道自己希望渺茫，也便没抱那么大的期望。

可许旖旎，坐在这亲眼看着原本以为属于自己的风头被别人抢走，心里怕是不怎么好受吧？

反正许旖旎不爽，她就高兴。

"从明天开始，唐薇的资源要不断了吧？啧，真是羡慕不来。之前谁能想到她才是这次的最终赢家呢？看来这人啊，就是不能得意得太早，谁知道煮熟的鸭子也会飞呢？"

这话简直是赤裸裸的嘲讽了。

许旖旎情绪本就糟糕，听到这话更是差点直接炸毛。

她冷冷地看了张梓童一眼，正要发作，齐晚晚就轻轻拍了一下她的手，提示她这个时候还在直播，不知道多少镜头正对着这里呢。

万一被抓住什么把柄，又是一场腥风血雨。

"要闭场了，看看那位设计师到底是何方神圣。旖旎，等这边彻底结束了，有机会去见见啊。"

许旖旎这才弯了弯嘴角："谢谢晚晚姐。"

舞台的灯光渐次亮起，模特陆续上场，分列两边，集体鼓掌。

埃德蒙从中走出。他是这次秋冬发布会的总监，自然是要上场的。

众人又迫不及待地看向他的身后，却没见到其他人一同上场。

这……

不少人面面相觑。

按理说，两个主题先后进行，那位设计师也该在这个时候一起出来致谢的吧？

埃德蒙在舞台前面站定，笑着开口："我知道大家对这次'花与月'系列的设计师都很感兴趣，遗憾的是，她今天并不在现场，所以，要让大家失望了。"

此言一出，台下一片哗然。

直播那端已经等得望眼欲穿的网友也纷纷呆住。

"不在？这么大规模的秀，设计师居然不在？"

"这真是……有才任性啊！换成其他人，怕是早就恨不得宣告全世界自己是这场秀的设计师了吧？"

"估计是有原因的吧？不来也不要紧，只要告知微博就行！"

埃德蒙早就料到这场秀一出，会引起轰动，但结果比他想的还要惊人。

他无奈地摊手："出于对她意愿的尊重，G&O将不会透露任何关于她的消息。此后，G&O会竭尽全力，继续推进与她后续的合作。"

他看向镜头："宁，与你相遇，是 G&O 的幸运。"

宁是谁？

到底是宁，还是凝？或是其他的指代？

埃德蒙对着镜头的公开表态，很快点燃全网。

所有人都在好奇，这位设计师到底是谁？是男是女？什么来历？

这句话俨然代表了 G&O 的态度，不难看出他们对这个人的重视。

这么多年，G&O 的当家设计师传承几代，却没有任何人得到这样的夸赞。

无数人用尽心思和手段，想要打听关于这位新设计师的一切消息，但 G&O 严防死守，半点讯息都未曾透露。

除了知道其名字的发音是 "ning"，唯一能确定的就是，这确实是一位华圈的设计师。能设计出 "花与月" 系列，就足以看出这一点。

更多的，却是没了。

程西钺 "啧" 了声，感叹地看了陆淮与好几眼："还真是被你说中了，这人真是没露面啊。那这样说来，就更能确定这是同一个人了吧？"

"砰" 的一声，陆淮与射出最后一发子弹，转身走来，从兜里摸出手机。

发布会已经结束，但微博上依旧讨论得热火朝天。

他眉头微挑。

宁璃正打算收起手机，就看陆淮与那边发来了一条消息。

她顺手点开，旋即目光一凝。

那是一张照片，正是唐薇开场穿的那一件衣服。

她的心脏猛地跳了一下，盯着那张照片，没立刻回复。

陆淮与对这些应该不会很在意才对，怎么突然发了这张照片过来？

他这是——

"这个比上次那件更配你。"

陆淮与发来一句话。

很微妙的，他看到这件礼服的瞬间，脑海中就自动浮现出了宁璃的模样。

表面看，宁璃在他大多数时间都是安静而乖巧的，但每次看见那双清澈干净的桃花眼，他便能隐隐察觉到那藏于平静之下的波澜。

淡然又张扬，宁静又放肆。她的身上糅杂着两种完全不同的气质，听起来很矛盾，却又莫名契合。

恰如这件礼服。

宁璃的心稍稍放下，过了几分钟才回："好看。"

G&O那边既然已经确保不会透露任何与她相关的信息，应该是会说到做到的。

何况，一个高奢品牌设计师，和陆淮与的交集并不多，他应该也不会太过在意。

陆淮与看了一眼时间，这会儿已经是晚上十点多。

"明天是不是出成绩？"

"是。"

"那早点睡，明天成绩出来，考得好来领奖励。"

宁璃忍不住笑了声："还是一颗糖吗？那要是考得不好呢？"

程西钺侧头看着陆淮与，看他幽深清冷的眉眼，此时是难得的温和，不由得感叹："哎，人和人真是不一样啊！"

谁能想到，向来骄傲矜贵的陆淮与，也有被治得服服帖帖的一天？

陆淮与淡淡地看了程西钺一眼。

程西钺识相地举起双手投降。

"走了。"

陆淮与按下发送键，从旁边拿起外套，长腿一迈，朝着外面走去。

程西钺好奇地跟上："哎，你跟宁璃妹妹聊什么呢？这么高兴？"

陆淮与没理他。

那端，宁璃收到了陆淮与的回答："那就两颗糖。"

考得好的小朋友有奖励；考得不好的小朋友，有安慰和鼓励。

——如果你难过，就给你双份的喜欢。

笔记本电脑忽然传来"嘀"的一声轻响。

宁璃回神，又看了那句话一眼，莫名觉得心脏上好像被什么轻轻地压了一下。

她按灭了手机，看向电脑屏幕。

之前那个黑色的窗口之上，出现了一个闪烁的绿色光点。它在屏幕上缓慢地移动着，同时，在屏幕的右上角，出现了一串数据。

"嘀"的一声。

第二串数据接着出现在下方。记录方式与第一行相同，只个别数据有些微的偏差。

接下来的半个小时，屏幕上一共出现了四十五组数据。

最终，宁璃在键盘上点了几下，绿色光点消失。

她把相关数据导入数据库，又隐藏起来。

要处理这些数据，她这台电脑是完全不够用的，所以只用来记录。

做完这一切，她关了电脑，收拾东西离开。

叶瓷正在自己房间，和程湘湘打着电话。

这晚这一场发布会，让无数人为之沸腾，程湘湘也是其中之一。

"小瓷，唐薇身上穿的那件也太好看了吧！你说我要是找我妈妈，让她把那件作为我十八岁的生日礼物，她会不会答应？"程湘湘满怀憧憬地问道。

"估计是有点儿难。"叶瓷整理着头发，"那件礼服一套下来肯定得七位数了，更关键的是，G&O的高定礼服不是有钱就能定的。"

线下成衣就已经价值不菲，这次的"花与月"，还是G&O正式在华圈推出的第一个系列，想也知道他们的审核门槛肯定卡得很严。

程湘湘遗憾地叹了口气："哎，我猜到了，所以也就是那么一说。估计像许旖旎姐那样的，才有这样的资格吧？"

许旖旎……

叶瓷的动作慢了几分，随后似是无意地问道："也是。我看微博，她今天晚上也去了？"

"对啊！而且就坐在第一排呢！"程湘湘的声音中不乏羡慕。

程家虽然在云州算是顶级世家，但和许家比，还是差了一些的。

并且程家这一辈中，有个极出色的程西钺，衬得包括程湘湘在内的几个同辈都很是逊色。

而许旖旎，可是许家的独生女。

这就更没有可比性了。

"长得漂亮，出身也好，现在当明星也很火……估计这样的才配得上陆二少吧？"

听她提到陆淮与，叶瓷心里一沉。

上次在程家，她就已经看出来，许旖旎对陆淮与很不一般。虽然陆淮与那边是一贯的冷淡，但客观来说，许旖旎的确是为数不多得上陆淮与的人。

"我听说之前G&O打算定她为品牌大使的，怎么最后换成了唐薇？"叶瓷似是好奇地问道。

"这谁知道？我本来也以为是她呢。"

"啊……错过这次，她应该挺失望的吧？'花与月'系列的确是一绝，她好可惜。"叶瓷佯装可惜道。

"可不是嘛，这次唐薇算是捡了个大便宜了。不过吧，以许旖旎姐的资质和能力，应该也没什么可发愁的。G&O不成，后面还有很多高奢品牌等着她的吧？"

叶瓷听得心情不是很好，又说了两句别的就挂了。

听到门外传来上楼声，她知道应该是宁璃回来了。

这会儿已经十一点了，那应该不是去看画展了。

本来她是想去打听打听的，但想到宁璃一直以来的态度，她就知道自己肯定是什么都问不出的，说不定还要去看宁璃的脸色。

想到这，叶瓷就没那个耐性了。

她拿出英语背了一会儿作文，就洗漱睡觉了。

周一。

这天是出期中考试成绩的日子，所以一大早，教室里的氛围就十分躁动。

"上天保佑，这次让我的数学上一百二十分吧！"

"听说这次的全市统考，批卷很严格，我只求不要比上次更差就好了。"

"哎，语文默写的那首诗我明明考之前还会背的，一到考场就全忘了，一出来又想起来了！"

众人讨论得热火朝天。

宁璃从后门进去，径自坐到了自己的位子。

不少人都往她这边看来。

上次宁璃考出的那个分数，实在是惊呆了一众人等，所以这次对于她的成绩，大家也都很是好奇。

"学霸，你这次考得怎么样啊？"有人好奇地开口。

这段时间相处下来，他们发现宁璃好像也挺好相处的。

只要不去主动招惹她，她不会动手，甚至连架都很少吵。偶尔拿不懂的题目去问她，她也都会解答。

这一点挺难得的。

高三了，大家的时间都紧张，都想尽量把精力花在自己身上。给别人讲题，浪费自己的时间不说，还可能会被赶超。

所以很多人在这方面的态度都是遮遮掩掩的，要么说自己也不会，要么就是敷衍地讲一遍。

像宁璃这样，一遍没听懂，她还会讲第二遍，甚至会给出好几种解答方案的，实在是极其少见的了。

所以现在班里不少人对她的态度也都有了极大的转变，从一开始的抵触，到现在的佩服，不过一个多月。

宁璃淡淡地道："还行。"

还行？

又是还行。

林周扬的嘴角忍不住抽搐："你上次说还行，好像考了七百三十六分？"

众人："……"

就不该去问她这个问题的……

眼看裴颂也来了，林周扬凑过去："裴哥，你这次有把握翻身不？"

宁璃一来，直接抢了裴颂霸占多年的第一名，这次怎么也得反超吧？

裴颂没理他。

任谦拍了一下林周扬的肩，语重心长："不管是第一还是第二，裴哥的水准永远在那儿。有这个时间，还是好好思考一下，你这次能不能考到前五十吧。"

林周扬其他科目成绩都不错，唯有英语太过拉分，所以在（一）班也常年徘徊中下游。

"对了，昨天喊你出来打球你没来，是去哪里浪了？"

一提这个，林周扬顿时有点心虚起来。

他和叶瓷约着去看画展，其他人都是不知道的。

他偷偷往叶瓷那边看了一眼，却见她正低着头背书，表情平淡。好像没听到他们这边的对话，又好像听到了，却并不在意。

林周扬原本有点燥热的心绪便稍稍冷却了些。

叶瓷好像并没有意识到昨天是他们第一次单独出行。不过，他们那确实算不上什么，充其量就是见了一面，说了几句话。

叶瓷甚至连画展都没怎么看，只是上二楼和几位老师打了招呼，后来身体不舒服就回家了。

这也的确……是他想得有点多了。

他收回视线，笑着捶了任谦一拳："你以为爸爸天天那么闲呢？好不容易睡个懒觉，谁要跟你们出去？"

叶瓷神色不动，仿佛背书背得十分认真。

此时，孙慧慧也来了。

看到她，教室安静了一瞬。

孙慧慧想算计别人，最后被反锁储物室的事，私下里早已传开。不少人因为这事对她有了意见。

这手段也太损了，大家都是同学，有什么矛盾不能好好说开，非要这样暗地里动手。要是什么时候得罪了她，说不准她还会做出更过分的事来。

惹不起，惹不起。

几个平常和孙慧慧玩得比较好的女生，此时看她的表情也是有些微妙，没有如以前那样亲密地上来打招呼。

孙慧慧一进来，就察觉到了这一点。她抿了抿唇，脸色苍白，拎着书包往自己座位走去。

叶瓷一动，似乎想要跟她说话，程湘湘拉了一下叶瓷的胳膊，同时使了个眼色。

现在大家都对孙慧慧有意见，这个时候和她说那么多做什么？

孙慧慧就坐在她们后面。

等她坐下，叶瓷犹豫了一瞬，还是回头问了一句："慧慧，你看起来脸色不太好，身体好点了吗？"

孙慧慧的确是发烧了。

被关在储物间一整晚，加上事情暴露，她妈妈回家把她好好训了一顿。多重压力下，她回家的当晚就烧起来了，现在手背上还有两个针孔。

听到叶瓷这么问，孙慧慧感激地看了她一眼，沙哑着声音说道："我好多了。"

"那就好。"叶瓷点点头，这才回身。

孙慧慧忍不住扭头看向宁璃，心里愤恨不已。

虽然没有证据，但那个把她推进去的，除了宁璃，不可能是其他人！

要不是她，自己也不会沦落到现在这个地步。

在二中这么久，孙慧慧还是第一次体会到被众人嫌弃和孤立的感觉。宁璃却把自己摘得干干净净，好像一切都与她无关。

明明宁璃才是那个把人关在储物间一晚上的人啊！

孙慧慧想不通，也觉得不公平。

似是察觉到了她的视线，宁璃忽然抬头看了过来。

宁璃的目光清冽冷厉，只往这边看上一眼，顿时让孙慧慧浑身一寒。

瞬间，那晚上被独自关在狭小昏暗的房间的记忆重新在孙慧慧的脑海中浮现。

孤冷、害怕、绝望……

诸多情绪涌上心头，让孙慧慧忍不住打了个寒战。

她率先狼狈地移开了视线。

"宁璃，昨天 G&O 的那场发布会你看了吗？"何晓晨双手捧心，一脸感叹，"设计师真是太牛了！"

宁璃诧异地看了她一眼："你也看这个？"

何晓晨算是标准好学生，勤奋好学，十分努力，想不到还会分出时间和心思去看这些。

何晓晨道："当然啦！我是'蔷薇'啊！"

蔷薇，这是唐薇粉丝的昵称。

"你喜欢唐薇？"

"对啊！"

宁璃上下打量了她一圈："好像不太明显。"

何晓晨嘿嘿一笑。

"我是'事业粉'了啦！平常没什么时间'做数据'，就买买代言什么的。可惜以前薇薇商业价值不高，代言也不多。这下好了，G&O一场大秀，直接一飞冲天啊！"

"蔷薇"真是扬眉吐气！

何晓晨神采飞扬，但说到这儿，又神情一垮："可惜G&O太贵了，呜呜，这个我是买不起的了。"

宁璃笑了笑："量力而行。她能得到这个机会，主要是她自己也出色。"

何晓晨用力地点点头："昨天好多人问那个设计师呢，可惜G&O捂得太严实，什么都没扒出来。我好想献上我的膝盖！给大神揉肩捏背！哎，也不知道到底是一双什么样的手，能设计出这种绝美礼服来啊……哎，宁璃，你怎么一点都不激动？难道'花与月'这整个系列，不足以打动你的心吗？"

宁璃沉默了一瞬："还好吧。"

何晓晨算是看出来了，宁璃对这方面是真的没兴趣。

"哎，好吧，你本来也够好看了，这礼服跟你放一起，我眼睛怕是都忙不过来。"

何晓晨说着，又翻出手机，点开唐薇那张照片，欣赏了好一会儿。

宁璃揉了揉眉心。

"报！"一个男生从教室外冲进来，神色兴奋，"这次期中考，全市前十，咱们学校占了八个！且都在咱们班！"

二中是云州最好的公立高中，（一）班又是火箭班，在以往的考试中，成绩也都不俗。但这次前十占了八个，还是很让人惊喜的。

"另外，听说全市第一和第二，就是咱们年级的前两名！"

听到这话，众人不自觉地朝着某个方向看去。

这情况，听起来好像有点熟悉？

林周扬扬声问道："谁第一，谁第二啊？"

那男生摇头："还不知道呢，估计过一会儿成绩排名就贴出来了。"

不过，左右也跑不过那两个人了。

果然，过了没多久，楼下的告示栏就张贴出了这次的成绩。

最后三栏，一个是班级排名，一个是年级排名，最后的是全市排名。

无数人围了过去。

"快看看！谁是第一！我赌了一包辣条裴哥是第一的！"

"我猜还是宁璃，理综能考满分的，那是一般人吗？那是神啊！"

"都别挤！让我看看！"

冲到最前面的人艰难地开口，同时挣扎着去看最上面的那个名字。

"第一是宁璃！"

众人一阵骚动。

"又是她？"

"这么说，裴哥第二？我的辣条啊！"

那人看着成绩单，慢慢地念出声："一百五，一百五，三百……总分七百四十一，班级排名第一，年级排名第一，全市排名……第一。"

听到这一串数字，人群渐渐安静下来，陷入诡异的死寂。

这是人能考出来的分数？！

学霸这真是不给他们普通人一点活路啊！

"我这辈子没见过这么离谱的分！不学了！"

"不懂就问，你们说，她总考满分，她看自己的成绩单，会不会审美疲劳啊？"

"她有没有审美疲劳我不知道，我只知道我累了。"

"裴颂呢？他多少？"

"裴颂第二，我看看啊，一百四十九，一百五，二百九十七……总分七百三十五，班级排名第二，年级排名第二，全市排名第二。"

又多了一群自闭的。

"第三是何晓晨，七百一十七分，也是全市的第三。"

"只差了一名，居然就和前面的差了将近二十分……"

这根本是断崖一般的差距。

消息很快也传回了（一）班。

任谦看着自己的分数，叹了口气。他是年级第四名，全市第五名，没想到被何晓晨超了。

难道和宁璃做了同桌之后，何晓晨沐浴神光，也"开挂"了？

他看了一眼裴颂，发现他好像并不是很介意又考了第二名这件事。

实际上，七百三十五这个分数，是裴颂目前为止所考出的最高分。

但没想到宁璃又逆天了。

"裴哥，我记得上次你们就差了六分吧？"任谦笑了笑，"这也太巧了。"

林周扬看了看自己英语成绩那一栏可怜的两位数，想起身后的两个满分，神色一言难尽。

"到底是哪个智障之前造谣说裴哥和宁璃早恋的？"

要真是早恋了，能考出这成绩？

总不能是学霸和学霸彼此加成了吧！

班级成绩单也很快发了下来。

何晓晨拿过去，美滋滋地拍了张照。

第三啊第三！距离仙女璃又进了一步，嘤嘤嘤。

"我要把这成绩发给我爸妈，他们指定得高兴得不行！哈哈哈！"

宁璃心中一动，扭头看了她一眼："晓晨，你拍完给我下。"

"啊，好啊！"

何晓晨迅速拍完，递了过来，就看宁璃也拿出手机拍了一张。

"宁璃，原来你也对这成绩挺在意的嘛！"何晓晨笑嘻嘻道，"我还以为大佬都稳坐钓鱼台，不把这些放在心上呢！"

上次宁璃考第一，惊呆了一众人等，唯独她自己非常淡定。

何晓晨一度觉得，这就是宁璃对自己成绩绝对自信的体现。看或不看，第一就在那里，永远属于她。

所以看她拍成绩单，还挺意外。

宁璃"嗯"了一声。

裴颂偏头往这边看了一眼，隐约看到宁璃似乎把那张照片发给了一个人。

当然不会是叶家的人。

他收回目光，起身出去了。

"小瓷，你考得怎么样？"

程湘湘上次考得不好，已经有心理阴影了，所以迟迟没敢去看成绩。

叶瓷道："我正打算去看，要我帮你看看吗？"

程湘湘紧张地点点头。

叶瓷安慰道："放心，你这次肯定能考好的。"

程湘湘头疼："可我又不是你。"

叶瓷笑了笑，转身去要成绩单了。

拿到手里，她从上往下开始找自己的名字。然而看着看着，她脸上的笑容逐渐消失。

这是班级成绩表，所以是按班级排名来的。

前十，没有她。

前二十，也没有。

再往下，她终于看到了自己的名字。

叶瓷：一百二十五，一百二十一，一百四十，二百六十六。总分六百五十二，班级排名第二十三，年级排名第四十五。

叶瓷难以置信地盯着自己的那一栏成绩，几乎以为是看错了。

高一高二，她一直是班里前五，年级前十。

本以为上次没发挥好，考得已经够差劲了，没想到这次更糟，居然直接退后了几十名。全市的排名就更不用看了。

七百分以上的，彼此分数都相差不小。但她这六百多的分数段，竞争是非常激烈的，一分都可能卡不少人。

这绝对是她有史以来，考得最差的一次。

打击来得太突然，叶瓷的心直接沉了下去，浑身发凉。

程湘湘看她拿着成绩单一动不动，脸色也有些不对，不由得奇怪地问道："小瓷，怎么了？"

叶瓷回过神来，想笑一下，说"没事"，嘴角却是一片僵硬，怎么都笑不出来。

程湘湘越发觉得古怪，心里也紧张害怕起来。

"怎么了？是不是我考得特别差？"

她一边说着，一边凑了过去，视线在成绩单上扫过。她是从下面开始看的，很快就找到了自己的名字。

全班第四十三名。

这名次在全班吊车尾，和上次差不多，不过好在这次她的数学总算是及格了。

程湘湘长舒一口气："还好，还好，这次的试卷难度没那么大，我应该不会被师太叫过去训了。对了，小瓷，你是考了多——"

她也看到了叶瓷的成绩，声音戛然而止。她瞬间就明白叶瓷为什么是这个反应了。

这成绩对叶瓷而言，的确算是砸得不能更砸了。

程湘湘欲言又止，想开口安慰，又不知道说点什么。

正巧这个时候，又有人来要成绩单了："叶瓷，那个借我看下呗？"

叶瓷把成绩单递过去，一言不发地坐下了。

程湘湘很尴尬。

她小心翼翼地看了叶瓷一眼，声音放轻："小瓷，你……你还好吧？你的分数是不是有问题啊？要不去老师那边核对一下？"

叶瓷没动。

其实这次考的时候，她就感觉不太好，有好多题都不太确定答案，写得似是而非。

她知道自己可能分数不会太高，但心里还是存了一丝侥幸。可她怎么都没想到，最后居然会出来这样的成绩。

"不用。"她低着头说道。那只会更丢人现眼。

程湘湘也不知道说什么好了。她的成绩一直不怎么样，考不好的时候，除了担心被老师和父母批评，其他倒是也不怎么在意。

但叶瓷不一样。她上次考得就不好，这次退步得更多了，想也知道她心里肯定很难受。

"小瓷，你也别想太多了，考试本来就是这样嘛，偶尔总有发挥不好的时候。"

叶瓷盯着书，但实际上眼睛根本没聚焦。

发挥不好，也绝对不该是这个成绩的。

她知道自己绝对出问题了。

物理竞赛班的压力很大，分去了她不少时间和精力。要是再这样下去……

可当初周翡问过好几次，她都坚持留下来了，难道现在反悔吗？

宁璃考了多少？

七百四十一分。

整整比她高出了八十九分。

她四肢冰凉，脸上却是火辣辣的，像是被隔空扇了几个耳光。

班里其他人也陆续有人注意到了叶瓷这次排名下降得厉害，小声地说着什么。

"我刚看到叶瓷考了全班第二十三，她这是怎么了？发挥失常了？"

"真的？她以前都是前几名的啊，怎么一下掉了这么多？"

"也不是一下掉的吧，我记得她上次考得就不太好，但这次确实……对比下来，宁璃是真的稳啊！"

林周扬踢了一下正在说话的男生的椅子。

那几人对视一眼，没再说了。

叶瓷抿了抿唇。

各科的试卷陆续发了下来。

下午自习课，耿海帆把叶瓷叫到了办公室。

"叶瓷，你这次成绩下滑得有点厉害啊。"耿海帆斟酌着开口。

准确地说，叶瓷是这次班里名次退后幅度最大的一个。

不只是他，其他老师看到她这成绩，也都很是意外。

所以他最先把她叫过来了。

"能跟老师说说，是怎么回事吗？"

叶瓷怎么说也算是班里的好苗子，突然成了这样，他这个当班主任的，当然很担心。

叶瓷微微低着头："对不起，老师，我这次……我最近状态不太好。"

耿海帆问道："是家里有什么事吗？"

叶瓷摇摇头。

不是家里有事，在学校这边叶瓷也一直表现良好，那还能是因为什么？

叶瓷以前的成绩一直很稳定，这两次却有着明显的下滑，再这样下去，怕是更危险。

耿海帆叹了口气，他当然看得出来，这次的考试成绩对叶瓷的打击确实很大。

"我知道你最近还在忙物理竞赛班的事，压力很大，实在不行的话……回家和家里人商量商量，看怎么调整一下比较好。"

这话说得委婉，但叶瓷听懂了，是想劝说她退出物理竞赛班。

她心里忽然就生出一股逆反来。怎么一个两个的，都觉得她不行，想方设法地让她退出？

这样的话，怎么就没人去和宁璃说？

难道在他们看来，她就是不如宁璃？！

但这样的话，她当然是不会说出口的。

"谢谢老师，我知道了。"

耿海帆道："对了，我记得你也是想报考西京大学的吧？"

叶瓷一愣："也？"

"哦，宁璃也是这个志愿。"耿海帆笑着道。

叶瓷的神色有点僵。

"其实以你之前的成绩，要上西京大学还是很有希望的。而且你的基础也在，这次回去好好总结一下经验，尽快调整好状态，肯定还能迎头赶上。"

但要是现在这分数，绝对是不够的。

叶瓷点点头："嗯，我知道了，谢谢老师。"

敲门声传来。

耿海帆抬头看了一眼，顿时笑了："哎，宁璃，快进来。我正好有事想和你说。"

宁璃走进来，站在了叶瓷身旁。

第 七 章

回 应

· · ·

耿海帆的视线从二人身上扫过，以商量的语气问道："你看，这次叶瓷的成绩下滑得有点厉害。老师想着，你们住在一起，要是叶瓷学习上有什么不懂的，你多帮帮她，怎么样？"

经过前几次，他已经看出来，苏媛对待自己的这两个女儿，态度的确是有区别。所以他现在基本不会因为宁璃的事情联系苏媛了。

但叶瓷应该是不一样的。

从宁璃转学过来，叶瓷就表现得对这个姐姐颇为关心。

虽然他私下也听说，这两个人关系不是很亲近，但毕竟不是亲姐妹，刚相处没多久，会有隔阂也很正常。

最近这段时间，他看班里不少人都会去找宁璃请教问题，而宁璃也几乎都会耐心解答。

那些尚且只是普通同学，宁璃都愿意这样帮忙，那就更不用说叶瓷了。

怎么说也是名义上的一家人。

何况叶瓷本身成绩不错，教起来也不会太耽误宁璃。或许还能趁着这个机会，增进一下她们之间的感情。

耿海帆觉得自己这想法挺好的，完全没注意到听到这话之后，叶瓷骤然变化的脸色。

宁璃闻言，眉梢轻挑，看了叶瓷一眼。

叶瓷只觉得从来没有这么丢人过！

她怎么都想不到，有一天，自己竟是会和宁璃一起站在办公室，而老师还让宁璃指导她的学习！

宁璃笑了声，声音淡然："好啊。"

叶瓷双手紧握，胸口似是压了一块石头，憋闷得难受。

宁璃的声音很轻，可落在她耳中，却像是带着赤裸裸的嘲讽！

她深吸口气，勉强笑了一下："耿老师，宁璃姐平时挺忙的，我看还是不要麻烦她了吧？万一耽误了——"

耿海帆笑呵呵地打断了她的话："没事，叶瓷，你不用有什么心理负担，宁璃自己都答应了不是？而且对宁璃来说，分出这点时间出来，应该也不会有什么影响的。"

毕竟她的成绩就摆在那儿呢。

能考出这种分数，大部分作业和课程，对宁璃而言，其实都是没什么意义的。

就像现在，宁璃同时忙着正常上课和物理竞赛班，也一直是游刃有余的状态。要不是考虑到这一点，他也不会提出这个意见。

叶瓷的脸红一阵白一阵。

耿海帆自己可能不觉得这话有什么，但在她听来，却是刺耳至极。对她就是各种委婉劝退物理竞赛班，对宁璃却是要宁璃再分出点时间来帮忙辅导其他人。

这样的差别对待，显然是根本没把叶瓷和宁璃放在同一个高度来看。

叶瓷从小出色，什么都能做到最好，可宁璃一来，她就成了那个被比下去的。这种感觉，实在是太憋屈。

"那就这么说定了，具体的你们私下商量就行。"耿海帆又宽慰了叶瓷两句，"一次考试不能证明什么，回去好好调整，继续努力，下次肯定能考好的。好了，你先回去吧。"

叶瓷没再多说什么，转身走了。

办公室的氛围几乎令她窒息，走出门，她长长地吐出一口气。

里面，耿海帆在和宁璃说着什么。

"宁璃，你这次考得很不错。学校的意思是，想让你下周一做个国旗下演讲，你看怎么样？"

叶瓷更加觉得胸口憋得难受，快步离开了。

"演讲？"

"对，上次你考第一的时候，学校就有这个打算，但当时因为一些事情耽误了。这次时机也很好，就看你的意见了。"

耿海帆说着，咳嗽了一声。

"一些事情"自然是指的当时传闻宁璃作弊的事。

一方面，当时宁璃刚转来没多久，以前的档案显示她的成绩一直是中下游，忽然考了那么个成绩，是个人都会有所怀疑。

另一方面，因为段栩的试卷和她的答案高度重合，学校就更加慎重了。

虽然后来查清了，但出于各方面的考虑，就暂且把这事搁置了。

直到这次——宁璃再次证明了自己的水平。

全市统考的第一名，七百四十一的分数，足以打消所有的疑虑和质疑。

宁璃心知肚明，不过也没太介意。

学校有学校的考量。

她点点头："好。"

耿海帆很高兴。

本来他还有点担心宁璃性格冷淡，或许不太会答应，但现在看来，这孩子果然还是很善解人意的。

"那好，你回去准备准备，大概五到十分钟就行。"

宁璃走出办公室，就感觉到兜里的手机振动了一下。

她心中微动，拿出来看了一眼。

是季抒的电话。

她眉头极轻地皱了一下，心里盘旋的微妙雀跃悄然消散。

她绕到楼梯拐角，接了电话："有事？"

电话那头的季抒本来是兴冲冲地打的这个电话，听到这句略带不耐烦的问候，顿时蒙了。

他怀疑地看了一眼手机。他最近好像……没得罪璃姐吧？这语气怎么听着，不怎么欢迎他呢？

但他很快就把这点儿疑惑抛到脑后了，难掩激动地道："有啊！璃姐，你真的是大预言家啊！LY 的人今天真的来找我了！而且他们提出的条件，比 FN 还要好！"

宁璃眯了眯眼睛。

原来是到这一天了。

"哦，是吗？"

季抒"啧"了声："璃姐，您这未免也太淡定了吧？"

他接到这消息之后，激动得不行，想也没想就第一个打电话给宁璃了。

比较而言，反倒显得他太沉不住气了一样。

宁璃的嘴角弯了弯。

这的确是一个好消息，只不过她早就知道，所以感受没有季抒那么浓烈。

"你本来也值得。"

这话听着舒服。

季抒当即把宁璃刚接电话时候透出的嫌弃抛之脑后："幸好当初听了你的话，没签 FN，不然真就错过这机会了。"

一开始宁璃跟他说不要签的时候，他还遗憾失落了好一阵，没想到这么快就等来了 LY ！

"他们的条件你很满意？"宁璃问道。

在她的记忆里，季抒没能签过去，所以她也不知道 LY 这次具体是给出了什么样的条件。

"签约金比 FN 多出一倍，而且限制条件更少一些，除了训练和赛车的阶段，其他时间自由。签约之后的一年先在国内比赛，成绩合格了就能参加更高级别的国际赛事。"

LY 有着大把的资源，在国内几乎可以算是最顶尖的，就连 FN 也略逊一筹。以季抒的天赋和能力，加上 LY 的助力，前途不可限量。

"那很好。"

其实签约费并不是宁璃最看重的，她更在意的，是 LY 这家比 FN 靠谱太多。

季抒放肆不羁，不该如她记忆中那样被拖入旋涡。

他本就属于赛场。

"不过，璃姐，他们的人还提出了一个要求。"季抒咳嗽一声，"他们想见见你。"

宁璃挑眉："见我？"

"对，我和他们说了你修车技术好，我自己也需要一个有默契的朋友配合我，他们听了很感兴趣，就托我转达一下他们的意思——他们想把你也签了，作为俱乐部的机械师。璃姐，你怎么看？"

宁璃的声音淡淡的："我签不了。"

"为什么？"

"我没时间。"宁璃言简意赅，看了一眼不远处墙上贴着的高考倒计时日历，"还有七个月就高考了。"

这理由如此光明正大，季抒一时间竟无言以对。

他比宁璃高一届，当初高考成绩可以说是惨不忍睹，勉勉强强在云州的一所大学学了工商管理专业。

但他对这些都没什么兴趣，大部分时间都出来玩车了。

他是季家独子，季家父母倒是也看得开，只要不闹出事来，随便他自己去折腾。

高考在他的眼里，和平常的随堂测验也没什么太大区别。

但宁璃……

"啊，对，你上次还考了二中的全校第一是吧？"

宁璃顿了下，好心纠正："准确地说，那是上上次。上次是全市第一。"

季抒："……"

上课铃声响起。

"我先上课，挂了。"

说完，宁璃也没等季抒的回答，直接挂断了电话，朝着（一）班走去。

被无情挂断了电话的季抒："……"

——你都考全市第一了，上不上课什么的，对你有影响吗？！

他愤愤地打出了另一个电话。

"她不同意？"顾思洋一脸诧异，"你没让季抒跟她把签约的条件说清楚吗？"

"我说了，听季抒的意思，他刚提出这件事就被拒绝了。以至于他连条件什么的，都还没来得及说。"

一个三十岁左右的男人西装革履，站在顾思洋身前，神色恭敬。正是LY 的经理，程峰。

LY 的签约合同，都是他出面负责的。

顾思洋有点不可思议："这么干脆？她是不是不知道 LY 代表着什么？也不对啊，她既然懂车，那就肯定知道啊！"

这还能拒绝？

而且半点儿余地都没有留！

程峰也很是无奈："她说……快高考了，没时间。"

顾思洋："……"

程峰斟酌着开口："少爷，要不我亲自去找她谈一谈？"

外人只知道顾思洋喜欢玩车，但很少有人知道，他其实是 LY 最大的三个股东之一。某种意义上来讲，他也算是 LY 的老板。

钱多路广眼光好，可惜他自己水平不怎么样，要不他早就自己上了。

"算了。"顾思洋摆摆手，"我亲自去。"

自打在季抒那听说过宁璃的事后，他就一直念念不忘。他敢肯定，宁璃绝对是难得一见的天才机械师。

只要好好培养，以后肯定会成为他们俱乐部的关键维修人员！

要是就这么算了，他实在是不舍得。

程峰有些吃惊："您亲自去？这……合适吗？"

这个宁璃，少爷就这么看好？

顾思洋却已经打定了主意："合适，怎么不合适？正好我也在云州，去一趟还不简单？"

"你这是要去哪里？"顾听澜刚从外面回来，就听见顾思洋这斩钉截铁的一句话。

程峰点头："顾医生。"

顾听澜在外面很少用到顾家的身份，所以就连程峰他们也都会喊他"顾医生"。

顾思洋看他进来，不自觉地坐直了身子。

"小叔，你还记得上次我跟你提过的宁璃吧？"

顾听澜颔首。怎么不记得呢？陆淮与把她宝贝得跟什么似的。

"我想签她，但她拒绝了。我就说要不我亲自去一趟——"

顾听澜皱了皱眉："她今年高三，哪里能分出时间和精力来做这个？"

顾思洋没想到自家小叔第一反应居然也是这个，幽幽道："小叔，你知不知道她这次期中考试，考了全市第一？"

"哦？"

顾听澜之前的确没问过宁璃的成绩，听到这个还挺惊讶。他旋即笑了笑："成绩还挺好。"

顾思洋："……"

这是重点吗？！

"小叔，你说她能考出这成绩，分出点时间来比赛，也是不成问题的吧？再说——"

顾听澜淡淡地道："她想做什么就做什么，哪里轮得到你来管？"

顾思洋缓缓地睁大眼："小叔，你到底是我小叔，还是她小叔？"

这心也太偏了！

对宁璃就是"你想做什么就做什么"，到了自己这就是"哪里轮得到你来管"？

"但凡您当初能在我爸那儿替我说一句这个，我的日子也得比现在好上几倍啊！"

顾听澜看了他一眼，冷静提醒："他是你爸。"

——他当然能管你这个兔崽子。

后面这句，向来温和雅致的顾医生当然不会说出口，但顾思洋已经从他的眼神中读出来了。

"我是真心想签她，何况以她的天赋，要是就这么放弃，实在是太可惜了。"顾思洋退却了一下，但还是不肯完全打消这个念头，"而且 LY 这边给出的条件很好，她听了或许就改主意了呢？"

顾听澜笑了声。

以宁璃的性格，既然拒绝了，那就肯定是已经想好了。

顾思洋提出的条件再好，也未必能说动他。

不过，顾思洋也是个认死理的，不让他去撞撞南墙，他还真不知道回头。

"随你。但有一点，不要打扰她学习。她要是拒绝了，也不要在那丢人现眼地死缠烂打。"

顾思洋理直气壮："我诚意这么足，怎么能算是死缠烂打！再说了，她那成绩……我想打扰也很难吧？"

顾家的孩子都是在国外完成的学业，没有经历过国内教育的毒打。

但顾思洋来了这么段时间了，也算有点了解。

全市第一，这什么概念？

这考的根本不是努力，是智商。

"她会不会被打扰是她的事，但是不是做了这些是你的事。我只提醒你一句，陆淮与对她的成绩很在意，你真做点儿什么，宁璃估计无所谓，但陆淮与可就不好说了。"

顾思洋皱眉，一脸不解。

他之前就听过，陆淮与对宁璃挺照顾的。

考虑到宁璃的出身，他觉得这也没什么，小姑娘一个人是挺招人疼，要不他小叔也不能这么偏着。但是……

"我听说，对小孩子成绩最在意的，就是他们的家人。陆二少也不是宁璃亲哥，怎么就对她的成绩看这么紧？"

总不能是指望宁璃考上一个好大学，将来好回报他吧？

顾听澜笑而不语。

陆淮与那人，看得紧的，岂止是她的成绩。

宁璃把成绩单发给陆淮与后，他一直没有回。

她时不时地看一眼手机，但那边始终没什么动静。

何晓晨好奇地小声问道："宁璃，你等谁的消息呢？"

宁璃将手机塞回桌肚："没谁。"

"你二哥啊？"

宁璃一顿，想否认，却又觉得好像没那个必要。

但……有这么明显？

何晓晨笑嘻嘻地说："哎呀，你看他之前还来给你开家长会，要是看到你这次的成绩，肯定很高兴的！"

宁璃的妈妈显然对她的成绩不怎么上心，上次那么重要的家长会，为了带叶瓷看病就没来。这种情况下，宁璃和她二哥更亲近，也很正常。

宁璃心中微动："是吗？"

其实一开始她也没想那么多，只是听到何晓晨说要把成绩发给爸妈，让他们高兴高兴，她就不自觉地也跟着拍了一张。

这个成绩本来就在她的预料之中，所以即使不少人羡慕赞叹，她自己也没太大感觉。

但要是给陆淮与看，他应该……是会高兴的吧？

"当然啦！"何晓晨用力地点头，"哪家家长看到自家娃这么出息，能不骄傲的？"

宁璃极轻地敛了下眉，终于发现自己这个行为，真的很像小孩儿考了好成绩以后，跑回家找家长要奖励。

但她和陆淮与，不是这样的关系。

她又拿出手机，看着那张照片，莫名生出一丝微妙的后悔。

这好像……真的挺幼稚的。

本想撤回，可照片已经发出去好久了。

"宁璃，你的理综卷能不能借我看看？"一个男生忽然来到她桌前。

宁璃把手机收起，抽出理综卷递了过去。

那男生很高兴："谢谢啊，谢谢！"

校花不但长得漂亮，人也很大方！

任谦瞟了那男生一眼。

以前都是来找裴颂借试卷的，现在就换成宁璃了。

两个人理综只差了三分，这显然不是关键。

他叹了口气："哎，'颜狗'也太多了。"

宁璃转学过来以后，轻松顶掉叶瓷，成为二中的新晋校花。

这段时间以来，收到的情书，应该能装几麻袋了。

时不时还有其他班，甚至其他年级的跑过来（一）班。有的就站在外面看看，大胆点儿的就直接表白。

不过没一个成功的，都被宁璃拒绝了。

一段时间过去，除了少数比较执着的还在坚持，大多数都慢慢消停了。

因为宁美人不但是宁美人，还是宁学霸。

一骑绝尘的分数，实在是让人望尘莫及。这分数往那一贴，直接就能把很多人整自闭了。

配不上，就是配不上啊。

于是很多人开始走迂回战术。

宁学霸一心向学，无心恋爱，那就不追了，跟着好好学就是了！

找她表白，连一句话一个眼神都未必能得到，找她借试卷、问问题，倒是还能多听她说两句。

何晓晨听到这话了："任谦，你这话是什么意思？我们'颜狗'招你惹你了？"

任谦万万没想到又点了这个火，识相地举双手投降，感叹："没，我就是感慨一下，天下'颜狗'千千万，我何德何能，能坐在这啊！"

何晓晨满意地点点道："知道就行，你这位同志的思想觉悟还是可以的。"

宁璃一只手握笔，轻轻地在纸上点了点。

陆淮与很少会这么长时间不回她的消息，应该是有事？

她摇摇头，把这些纷乱的念头压下，继续做题了。

苏媛知道了叶瓷的成绩，晚自习之前就赶来了学校，在办公室和耿海帆聊了好一会儿。

正好这一天物理竞赛班没有课，从办公室出来后，她就直接带叶瓷和宁璃回叶家了。

宁璃本来不想一起，想到之前耿海帆的交代，就没多说什么。

回去的路上，车内无人说话，一直到车开进了院子，苏媛才对叶瓷说道："小瓷，你跟我来一下。"

宁璃下车，正要走人，就听苏媛又道："宁璃，你也过来。"

叶瓷情绪低落，什么也没说，就跟了过去。

宁璃单肩背着包，看了一眼时间，也过去了。

二楼书房。

叶明还没回家，房间内就只有苏媛三人。

叶瓷坐在那儿，肩背挺直。

宁璃就在旁边，懒散地靠在了沙发背上。

苏媛看着叶瓷，叹了口气："小瓷，你这次发挥失常，是有什么原因吗？"

叶瓷摇头："就是考试的时候状态不太好。"

这话苏媛怎么会信？

她带叶瓷这么多年，除了最开始叶瓷对她有过一段时间的抵触，之后叶瓷一直是很乖巧听话的。叶瓷的学业，也从来没有让她操过心。

这次名次突然下滑这么多，显然不正常。

"小瓷，有什么话，你都可以跟妈妈说。要是有什么压力，说出来妈妈帮你一起分担啊。"苏媛放缓了声调，"是不是前段时间，小晟……"

"和小晟没关系。"叶瓷打断了她的话，勉强笑了下，"就是没调整好心态，时间分配得也不太好，导致这次考试有好多地方都没复习到。下次不会了。"

她虽然这么说，但苏媛心里还是十分歉疚。

"说起来，还是都怪妈妈。你现在高三，又在搞物理竞赛，本来就够忙的了，妈妈还让你抽时间辅导小晟。"

叶瓷说不关叶晟的事，但苏媛也清楚，前段时间，叶瓷的确在这上面耽误了不少时间和精力。

那时候她一直以为叶瓷能应付得来，谁知道……

"妈妈，您别这么说。"叶瓷摇头，"是真的和他没关系的。"

苏媛不再和她争论这一点。

姐弟俩的感情一向很好，叶瓷当然是不会怪叶晟的。可这样，未免太委屈叶瓷了。

"小晟那边，我已经在物色新的家庭教师了，之后你就把心思都放在自己的学习上吧。"

苏媛说着，又看了一眼旁边的宁璃，表情有点不自然。

她既然知道了叶瓷的成绩，自然也知道了宁璃的。

上次宁璃考第一，她其实更多的是震惊和怀疑。毕竟宁璃以前的学籍档案她是看过的，那个分数怎么看都不像是她自己考的。

但这次宁璃还是第一，而且是全市第一。

从耿海帆的态度，也不难看出，二中这边现在对宁璃已经是非常看重了。

也就是说，她的成绩是真的。

她的心情很复杂。

高兴？可这一切，恰恰证明了宁璃以前就是欺骗了她的。

骄傲？

宁璃前些年一直是跟着她奶奶长大的，外面谁不知道。就算她现在很出色，别人也不会把这些算在苏媛的头上，反而可能嘲笑苏媛当初居然舍弃了这样一个优秀的女儿。

宁璃越好，越出彩，就越是证明，苏媛曾经毫不犹豫地抛弃她，是一个怎样荒唐而错误的选择。

苏媛知道自己这么想不太对，可她也没办法。

叶瓷才是她花费了无数心血培养出来的，现在宁璃来了，轻而易举地将叶瓷碾压。好像苏媛这些年的付出，都成了笑话。

"宁璃。"苏媛缓声开口，"今天你们班主任和我说，你已经答应以后抽时间帮小瓷学习了？"

这话一出，房间内顿时陷入令人窒息的死寂。

叶瓷的手缓缓收紧。那种被当众羞辱的感觉又来了。

宁璃正百无聊赖地玩着手机，闻言抬头看来，视线从叶瓷的脸上扫过，看到她紧绷的下巴，微微一笑。

"啊，对。"

看宁璃居然点头了，苏媛稍微松了口气。

宁璃之前连叶晟都不愿意辅导，没想到会答应帮叶瓷。

虽然有点别扭，但要是能让叶瓷的成绩有所提升，还是值得一试的。

"既然你们都说好了，那不如就从今天开始——"

"妈妈，"叶瓷突然开口，声音有些僵硬，"这件事也不急在一两天，而且也不好总耽误宁璃姐。之后我和宁璃姐会看着办的，您就别操心了。"

似是察觉到自己的语气有些不对，她缓了缓，又道："而且，我今天有点累了，想早点休息。"

这倒也是。

苏媛心疼地拍了拍她的头："那好，反正考试已经结束了，别想那么多。

等会儿回去好好睡一觉。"

叶瓷点点头："谢谢妈妈。"

宁璃起身，看着亲昵的两个人，挑了挑眉："那就改天。"

她是没什么问题的，但叶瓷愿不愿意低头，主动承认自己不如人，还得另说呢。

说完，宁璃也没理会两人，径自推门出去了。

回到房间，宁璃刚把书包放下，手机就振动起来。

她看了一眼，居然是陆淮与打了视频过来。

想起他这天一直没回消息有些奇怪，宁璃只犹豫了一瞬，就点了同意。

镜头那端朦朦胧胧的，宁璃有点看不太清。她举起手机，往前凑了凑。

镜头晃了一下，随即，一截清瘦笔直的锁骨撞入她的视线。

往上，是凸起的喉结，以及线条锋利流畅的下颌线。

一滴晶莹剔透的水珠忽然从下巴滴落，沿着锁骨无声地滑落，潜入那片藏匿的不可触碰的地域。

宁璃的脸猛地烧了起来！

陆淮与将手机稍微拿开了一些，屏幕上这才完整地出现他的脸。

他应该是在自己的卧室。好像是刚刚洗完澡，头发还是湿的，有些凌乱地垂落，隐隐遮住他的眉骨。

灯光从上方洒落，似是为他整个人都笼了一层雾，冷白皮微微泛着光，立体的五官在灯光的映射下投出淡淡阴影，清冷不似真人。

他换了睡衣，最上面的两颗扣子尚未来得及扣上，能看到一截锁骨，以及一小片坚韧平实的胸膛。

那一滴水珠从发尖垂落，在那片胸膛上无声地滑下，没入睡衣之中，留下一道极浅的痕迹。

宁璃万万没想到镜头那边居然会是这样的场景，一时间怔住，只觉脸颊如有火烧，一片滚烫。

"今天有点事出门，手机没电自动关机了，刚刚回来才看到你……"陆淮与开口，神色似有几分倦意，清冷低沉的嗓音便染上了几分沙哑。

在寂静的夜里听来，像是带着钩子一样。

他说着，忽然目光一凝，眉梢轻挑："阿璃，你的脸怎么那么红？"

宁璃猛然回神，立刻后撤了一段距离。

"是吗？没有吧？"她神色镇定。

陆淮与偏了偏头，看着忽然远离的小姑娘，有点儿不满。

刚才那距离就挺好的，白净清丽的小脸靠得很近，脸颊还泛着淡淡绯红，微微睁圆的桃花眼清澈明亮，又似有浅浅的涟漪荡漾，眼波流转。

哦，这样说起来，她方才靠得那么近，都……看的哪里？

陆淮与低笑了声："嗯，这会儿又没了，估计是看错了。"

不知为何，宁璃刚刚退温的脸又热了起来。

还好这会儿没那么近了，陆淮与应该也不大能看出来吧？

陆淮与看了一眼她身后的布景："你不在学校？"

"嗯，今天晚上没课，就提前一会儿回来了。"

"你的成绩单我看了，还是第一名，这么厉害？"

宁璃心情微妙。

她发给陆淮与的时候，真的没想太多。就是下意识觉得他一直希望她考好，那看到这成绩，心情应该会不错。

但现在……那种小孩子考了好成绩，兴冲冲回家要奖励的感觉，好像更强烈了。

她难得生出几分窘迫，却不知这窘迫从何而来。

尤其是听到他这句，听起来真的和家长夸小孩儿没什么区别。

她顿了顿："还好吧。"

陆淮与笑了。

这要只是"还好"，那整个云州的高三生，都不要参加高考了。

"谦虚是美德，但过分谦虚就不好了啊，小朋友。"他开玩笑道。

宁璃抿了抿唇："我不是小朋友。"

她已经十八岁了。

尽管陆淮与的确是比她大几岁，但……

陆淮与眼中闪过一抹诧异。

宁璃这反应，好像不太对？

"考了第一还不开心？"

"不是。"

意识到自己情绪变化，宁璃垂下眼帘，迅速将那些混乱的想法抛却。再次抬眼的时候，便已经恢复如常。

"你好久没回消息，我就猜你可能是有什么事。"

陆淮与点点头："今天我哥正巧路过云州，见了一面。"

宁璃一愣，试探开口："你哥？"

"嗯，我大哥。"

陆淮与一边说着，一边拿起床头的玻璃杯喝了口水。他微微侧过头，扬起下巴，脸部线条锋利流畅，喉结上下滚动了下。

宁璃目光呆了呆，又强迫自己移开视线。

她这天真是有点儿问题，怎么总盯着陆淮与看走神？

陆淮与似乎没察觉，放下杯子又补充了一句："挺久没见了，就没顾上看手机。"

宁璃点点头。

难怪。

陆淮与只有一个哥哥，陆家陆聿骁。这位陆家大少军校毕业后，就直接进了部队，行事低调。

陆淮与这将近一年的时间，一直在云州养病，连盛城都很少回，兄弟俩自然没怎么见过面。

她丝毫没意识到，陆淮与这是在跟她解释自己的行踪。

"上次送你的书看完了吗？"陆淮与忽然问道。

"看完了。"

"这么快？"

这次倒是轮到陆淮与意外了。

那本书内容很多，非常专业且有深度，一般人粗略地看完一遍都要花挺长时间的。宁璃平常忙着上课，还有物理竞赛班，居然还有时间看这个，而且这么快？

"二哥是要书吗？"宁璃问，"那我改天给你送过去？"

"不用。明天中午我去找你，你顺便还我就行。"

"明天？"好端端的，忽然来找她做什么？

陆淮与颔首："就当——庆祝你考第一。"

这理由……好像也说得通？

中午没有课，且走读生是可以出学校吃饭的。

宁璃想了想就答应了："好。"

陆淮与看了一眼时间："那我就先挂了？"

宁璃看他身后的茶几上好像还放着一些文件，应该是还有事要忙，就点了点头。

陆淮与的手往屏幕上点了下。

宁璃居然就觉得他的手像是朝自己伸了过来，而后在她脸上轻点了下。

她又不动声色地往后撤了撤。

陆淮与把手机放下，起身离开。

镜头偏向了一旁，拖鞋和地板摩擦的声音传来。

宁璃反应了一下，忽然意识到了什么——陆淮与好像没挂断成功？

她又看了一眼，那边的镜头的确还没有黑，拍到了茶几沙发的一角。

"二……"

她张了张嘴，刚要开口，就看陆淮与的身影又走入了镜头。

他并未发现视频还开着，而是走到了茶几旁。

镜头是歪的，宁璃就只能看到一双笔直修长的大长腿。

陆淮与在沙发上坐了下来，拿起放在最上面的一份文件。

尽管穿着睡衣，也依旧不掩男人挺拔完美的身形。有的人，真是穿睡衣也能穿出高定的感觉……

咦？

这睡衣怎么好像有些眼熟？

宁璃怔了怔。刚才她只看到一部分，所以没在意。可现在这么从下往上地看，却是越看越觉得熟悉……

等等！

这不就是她睡在云鼎风华的那一晚穿过的那套睡衣嘛！

宁璃整个人呆了，脑子里只剩下一行大字——陆淮与穿了她贴身穿过的衣服！

她好不容易退去滚烫温度的脸颊，再次烧了起来！

而且热度比上次更甚！

先前那场景，顶多算是无意撞上了刚刚洗完澡的陆淮与。他穿得好好的，除了那颗水珠掉落得太不是时候，也太不是地方，其他都没什么可说的。

但现在……现在！

宁璃用手背在脸上贴了贴。不用照镜子，她都能想到现在自己的脸有多么红！

震惊之后，就是疯狂上涌的羞窘。

她手忙脚乱地去点手机，想立刻挂断。然而脚下一动，就不小心踢到了旁边的床。

"咚"的一声。

纯实木的床，撞起来声音挺闷的。

陆淮与也听到了这一声，抬头朝这边看了过来。

他一站起身，就只能看到腰身的位置了。

宁璃本想挂断，可看到镜头一角，陆淮与逐渐走近的大长腿，还有越发清晰的睡衣……

她深吸一口气，撑住了。

下一刻，陆淮与来到手机跟前，弯腰看了一眼："没挂断？"

随着他动作，睡衣本就宽松的领口垂下，大片如大理石般平滑坚实的胸膛肌肤就这样毫无预警地闯入宁璃的视线。

宁璃的脑子里出现了短暂的空白。

但只是一瞬，陆淮与很快就拿起了手机。他清冷禁欲的面孔再次占据屏幕，幽深的凤眸一片清冽澄澈。

两幅画面深深地印刻在宁璃的脑海中。

分明是清冷矜贵的，却偏又带着致命的诱惑。

两种矛盾至极的气质彼此融合，杂糅生出一股无法克制的、幽静又蓬勃的张力。

"阿璃？"陆淮与开口，"我刚才没挂断？"

宁璃脖子有点僵硬地点了点头。

"那你直接挂了就可以的。"陆淮与笑了声，神色慵懒散漫。

宁璃没接这句话。

她深吸口气，终于还是问出了那句："二哥，你身上穿着的这件睡衣，好像有点眼熟……"

陆淮与微愣，低头看了一眼，笑意不变："哦……这就是上次借给你的那套。"

居然就这么承认了？！

他这么直白坦诚，一时间倒是让宁璃不知道接什么了。

她停顿了好一会儿，才迟疑着开口："那……那你……你怎么还穿？"

陆淮与似是觉得她这话问得有点意思，笑了："这本来就是我的衣服，难道我还不能穿了？"

宁璃："……"

这是关键吗？

这件她穿过了啊！

而且，要是外套什么的也就罢了，这是睡衣啊！

"可是——"

"而且，上次你不是专门洗好了吗？"

对，她不仅洗了，还是手洗的，还特地跑了一趟云鼎风华送回去。

陆淮与的话，从逻辑上讲简直无懈可击，以至于宁璃连一句反驳的话都说不出来。

她真的很想问：难道陆二少你就缺这件睡衣吗？

但她不敢。

人家已经说了，睡衣是他的，他穿有问题吗？

没有。

而且陆淮与这么坦率直接，她要是再磨磨叽叽，反而显得她想得太多了一样。

——认真你就输了。

宁璃在心中将这句话默念了三遍，心情终于逐渐平静下来。

嗯，就是一件衣服，他都不介意，她有什么好介意的？

宁璃镇定自若地道："那没事了，我就是随口一问。今天还有作业没写完，二哥，我先挂了。"

说完，也没等陆淮与答话，她就干脆利落地挂断了视频。

看着黑下来的屏幕，陆淮与嘴角轻挑。

小孩儿想得还挺多。

宁璃把手机调成静音，就去写题了。

中间她喝了半杯水，吃了一盒饼干，做完了一张理综卷和一张数学卷，还背了一篇英语大作文。

两个小时后，她去了浴室。

简单地洗了个澡后，她准备换睡衣。

看着颜色和陆淮与刚才穿的那套颇为接近的睡衣睡裤，她面无表情地收了起来，从衣柜翻出了一件白色睡裙换上。

晚上十一点半，她上床睡觉。

刚闭上眼睛，脑海中就不受控制地浮现出陆淮与的样子。

是水珠从他下巴滑落的样子；是他弯下腰来看手机的样子；是他穿着那套睡衣，漫不经心地笑着说"这本来就是我的衣服，难道我还不能穿了"的样子……

无数画面交错，挥之不去。

她烦躁地坐起来："烦死了！"

他哥来了就来了，没看手机就没看手机，就算是第二天回消息，又有什么要紧的？

偏偏要打什么视频？！

她认命地下床，翻出书和笔，继续写题。

第二天一早，到了学校，何晓晨一看到宁璃，就有些担心地凑了过来，小声地问道："啊呀，宁璃，你昨天是不是没睡好啊？"

宁璃"嗯"了声，把东西从背包里掏出来。

前面有人过来收作业，正好从宁璃身边路过。

宁璃递过去一沓："交作业。"

收作业的小组长吓了一跳。这种基础的试卷宁璃很少写，这次怎么……全填满了？

何晓晨受了很大的惊吓："宁璃，你怎么了？"

宁璃面无表情道："闲的。"

她趴到桌上，用校服蒙着头："我睡会儿。"

上午的课都是讲试卷，宁璃直接睡了过去。几个老师看见，也都睁只眼闭只眼。

直到最后一节课下课铃声响起，何晓晨轻轻地推了推她："宁璃，下课了，该去吃饭了。"

宁璃恍惚醒过来，一把将校服从头上拉下。

她的精神总算好了些，看了一眼黑板上面的挂钟，指针已经转过十二点。

"嗯。"她应了声，准备去食堂。

刚走出一步，手机亮了一下。她无意间扫了一眼，瞬间身体一僵。

是陆淮与的消息："我在你们校门口。"

他怎么来了？！

宁璃刚想问，昨天晚上的对话忽然涌入脑海。

她有些懊恼地扶额。

对了，昨天约好这天中午一起吃饭的。她怎么把这事忘了。

其实本来也没什么，这并不是两个人第一次约饭。但经过昨天晚上之后，她好像有点儿不太能面对陆淮与了。

最起码，现在，她不确定自己能不能淡定如常地和他吃完一顿饭。

看宁璃站在原地，何晓晨奇怪地问道："宁璃，怎么了？"

宁璃穿上校服："没事，我中午出去吃，就不和你一起了。"

"啊，你要出去？一个人吗？"

"不是。"宁璃顿了顿，"有个朋友过来。"

"哦，哦！行，那我就先走啦！"

何晓晨也没多问，说完就走了。

宁璃出了教室，朝着校门口走去。

远远地，就看到大门外站着一道熟悉的身影。白衬衫、黑色风衣，清冷挺拔。

似是感觉到了她的目光，他抬眸朝着这边看来。

四目相撞。

宁璃的脸莫名热了一下。

她深吸口气，向前走去。

这会儿正是中午放学的时候，不少学生陆续出来，不少人朝着宁璃看来。

宁璃视若无睹，快步走到了陆淮与身前："二哥。"

陆淮与看了她一眼，发现她眼下泛着淡淡的青色，眼睛也有点发红，便问："没睡好？"

宁璃顿了一下："昨天作业有点多。"

陆淮与了然地颔首，又笑道："看来二中果然名不虚传，刚刚结束期中考试，课业任务就这么重。"

宁璃："……对啊。"

看小姑娘低着头嘴硬的样子，陆淮与弯了弯嘴角，没戳穿。

她没睡好，他已经有点儿后悔了，回头再搞得小姑娘恼羞成怒了，还得他哄。

他抬了抬下巴："走吧，去吃饭。"

宁璃一愣："走……去哪？"

"你们学校后面不是有条美食街吗？就那儿吧。"

陆淮与一只手插兜，姿态慵懒散漫。

宁璃不可思议道："那里？"

她又上下打量了他一圈。

他这一身行头，不算那块腕表，其他少说也得六位数了吧，居然要去吃学校旁边的路边摊？

"怎么，不行？"陆淮与眉梢微挑，"这样也不耽误你下午的课。"

宁璃仔细思考了一下，陆淮与以前找她的时候，好像也不怎么在意会不会耽误她的课吧？

上上次不还直接帮她把假都请了吗？

但看陆淮与似乎已经打定主意，她也就点头同意了："好。"

两个人绕了一条路，就来到了二中后面的那条美食街。

这路并不宽敞，街道两边开着各种小店。

街上和店里很多穿着二中校服的学生，偶尔还能看到几个穿着七中校服的。诱人的香气在街上弥漫，十分热闹。

陆淮与和宁璃走在一起，实在是太过引人注目。

宁璃本身在二中就极出名，陆淮与这一身气质，在这里又显得格外出众，他们让人想忽略都不行。

人很多，二人之间的距离就在无形中拉近了不少。

并肩而行，宁璃的校服偶尔从陆淮与的风衣外套上擦过。无声，感知却非常明显。

宁璃稍微收了收，但校服宽松，这么做并没有什么用。

陆淮与似无所觉，一边走一边问："这里哪家最好吃？"

宁璃道："我来的次数不是很多，只吃过其中的三四家，但是味道都还可以。"

"前面那家砂锅，还有旁边的牛肉面都不错，对了，刚刚路过的那家小笼包也可以。"

宁璃自己对这些是不怎么上心的，架不住旁边有个吃货何晓晨。学校方圆五公里之内，所有好吃的她都知道。

这一点和林周扬有得拼。

陆淮与偏头看她："那你想吃哪个？"

宁璃刚要说话，旁边几个学生笑闹着走过。其中一人脚下一绊，手里一碗热腾腾的关东煮就朝着宁璃泼了过来！

宁璃正要躲，忽然感觉到胳膊一紧，陆淮与已经一把将她拉到身后，险险避开。

地上一片狼藉，汤水还冒着热气。

那几个学生也都愣住了，掉了关东煮的女生看了看宁璃和陆淮与，脸色涨得通红："对不起、对不起！我真的不是故意的！"

陆淮与眉眼冷冽。

宁璃轻轻拽了一下他的袖子："二哥，我没事，算了。"

那个女生一脸无措，窘迫万分的模样。

宁璃冲她摇摇头："没事。"

看起来的确是不小心，而且她的关东煮也都掉了。

陆淮与身上气息微敛："走吧。"

两个人走出几步，宁璃才发现陆淮与居然还抓着她的手腕。

她现在穿的春秋校服，衣袖只有一层。即便是隔着袖子，陆淮与的手掌也轻而易举地将她的手腕完全包拢。

她能清晰地感受到他手上的力道，还有温度。

她稍微挣脱了一下："二哥，二哥？"

陆淮与回头，只一眼，就明白了她的心思。

他目光微动，短暂地停顿后，还是松开了手。

"跟紧点。"他道。

宁璃其实觉得他们之间的距离已经够近了，但陆淮与似乎还是担心会再发生类似刚才的事情。她心中叹了口气，还是稍微往他身边靠了靠。

走了一会儿，来到一家店门前，陆淮与抬了抬下巴："就这家吧。"

宁璃看了一眼，正是上次她和何晓晨一起来的那家："好啊。"

两个人进了店，面对而坐。

"二哥，你吃什么？"宁璃把菜单递过去。

陆淮与的选择很简单："和你一样。"

这倒省心了。

宁璃点完单，看向坐在对面的陆淮与。

这个男人，骨相皮相皆是绝佳，慵懒散漫，又透着骨子里的矜贵清冷。和这地方，真是格格不入。

在这之前，宁璃真的想象不出陆淮与和人在这种地方吃饭的场景。

牛肉面上得很快。

陆淮与拆了一双筷子，把尖头的小木刺清理掉，而后才递给了宁璃。

宁璃只顿了一下，就接了过来："谢谢二哥。"

陆淮与又用热水烫了杯子，倒了杯水，放到了她旁边。他的动作自然流畅，好像这么做再正常不过。

宁璃抬眼看他。

他微微垂着眼，黑色的额发垂落，遮住部分眉眼；睫毛很长，在眼睑下透出淡淡阴影。

这个男人，骄傲清贵，却也总带着骨子里的绅士教养风度。

一个念头忽然涌入她的脑海。

陆淮与这样的人，如果愿意给予温柔，当真是可以轻易赢得一个人的一颗心。

这世上，有什么不是他唾手可得的？

宁璃收起心思，低头吃面。

吃完饭，陆淮与结了账，两个人出门。

宁璃问道："二哥，那你现在要回去了吗？"

陆淮与站在门口，左右看了看。

"不着急。现在离你们上课不是还有一个小时吗？"

他说着，朝着某个方向指了指："要吃冰激凌吗？"

宁璃顺着他的视线看去："我还好。二哥，你想吃？"

陆淮与嘴角微弯："嗯，上次看你同学发的朋友圈，好像是不错。"

宁璃就又想起了何晓晨那条朋友圈。

亲亲宁璃……

她的心脏不受控制地跳了下。

不行，她这天想得真的有点多，这样下去不行。

不就是陆淮与想吃冰激凌嘛。

人来都来了，她又有什么不能一起去吃的？

她摸了摸校服兜："那我请你。"

陆淮与挑眉看了她一眼，短暂地停顿后，竟是笑着应了："行。"

甜品店装修很可爱，整个色调都是暖暖的，面积不大，有三张小桌子，旁边配套几张很萌的卡通椅子。

这个时间，许多学生吃完饭都回学校了，店里的人并不是很多。

三张桌子，其中有两张都坐了人。

宁璃问道："二哥，你吃什么口味的？"

陆淮与扫了一眼单子："原味的吧。"

宁璃点头，转头跟店员说："你好，要两个冰激凌，一个原味，一个杧果味。"

店员很快做好递了过来。

宁璃把他的那份递过去。

陆淮与把冰激凌接过的时候，手指无意间从她的手上轻轻蹭过。

宁璃瞬间觉得手上传来了一阵酥麻。

她飞快地抬头看了一眼，陆淮与已经看向了那最后一张空着的桌子。

"坐那儿吧。"

宁璃换只手举着冰激凌，将那只手缩回校服袖子里，跟着走了过去。

店里的几个女生早就注意到了宁璃和陆淮与，看着二人坐下，忍不住凑在一起低声议论起来。

"哇，那边那个小哥哥也太帅了吧？！难道是二中新来的老师？"

"看着不像啊，而且他旁边那女生穿着二中的校服，好眼熟……咦，那是不是宁璃？"

"宁璃？就全市期中考第一名的那个？"

"肯定是她啊，二中新校花。不过这两个人什么关系？不会是……谈恋爱的吧？那小哥哥还帮她拿纸，眼神好温柔、好宠啊！啊啊啊！"

宁璃本来只是想拿纸擦一下桌子，听到这动作一顿，一时间无比尴尬，尴尬中又带着几分说不清的窘迫。

那几个女生穿着七中的校服，也难怪会认错。可后面话题怎么渐渐歪了？

她和陆淮与，看起来哪里像谈恋爱了？！

陆淮与倒是气定神闲，好像什么都没听到一样。

宁璃想开口解释，但那几个女生只是在旁边自己说自己的，她贸然过去，好像也不是很合适。

好在她们点完后，很快就离开了。

宁璃松了口气："二哥，我去拿两把勺子，你等我下。"

陆淮与颔首。

宁璃又到了柜台，拿了两把勺子，正要转身，余光一瞥，就看到角落里的桌子那坐了两个学生。

也是二中的，一个男生，一个女生。

两个人点了两杯奶茶，桌子上摊开着一本资料。

女生手里拿着一支笔，微微皱着眉，好像被难住了。

男生就坐在她旁边，指着某一处，低声说着什么，应该是在讲题。女生听了一会儿，恍然大悟，抬头冲着那男生说了个数字。

男生点了点头，女生便笑了起来。

看来是做对了。

然而下一刻，那男生忽然低头，飞快地在她脸上亲了一下。女生的脸瞬间红了，佯装发怒地打了他一下，又飞快地朝着四周扫了一圈。

那男生一把抓住她的手，藏到了桌下的校服口袋里。

宁璃识趣地转身。

然而刚一动，就撞到了一个人的身上。

陆淮与不知何时来到了她的身后，一把将她扶住。

带着笑意的低沉嗓音从头顶上方传来："看什么呢，那么入神？"

宁璃想起刚才看到的场景，稍微退后了点，咳嗽一声，移开了视线："没看什么。"

陆淮与抬眸看了一眼。

那对小情侣专门选在了里面的位子，估计自以为隐蔽，也以为那些小动作、小心思都无人察觉。

但其实，实在是太招摇。

真的喜欢，是怎么都藏不住的。

陆淮与垂眸看了宁璃一眼，眼底闪过一抹笑意。被亲的也不是她，怎么……这么容易害羞？

这要真是换了她……

他转过身，手指轻轻地敲了敲："老板，来杯冰水。"

宁璃诧异地看他。

陆淮与神色淡定道："冰激凌有点儿过甜了。"

"哦。"

就说呢，他本来也不是很喜欢吃这些的。

宁璃回到座位。

正在这时，一个人推门走了进来。他左右看了圈，当瞧见宁璃，眼睛一亮，快步走了过来。

宁璃感觉眼前多了个人，抬头看去。

对方的脸上带着笑，直接拉开椅子坐了下来："宁璃吧？你好，我是顾思洋。"

这名字熟悉。

没记错的话，是顾听澜的——

"你可能不认识我，但我小叔你肯定认识，顾听澜。上次咱们在机场也算碰到过，是我去接的他，不过当时没来得及和你打招呼。"

宁璃颔首："你好。"

顾思洋嘿嘿一笑："不过，我今天是代表——"

话没说完，他忽然觉得脖子一凉。

缓缓抬头，就看到一张熟悉的脸。

"陆二少？"

陆淮与神色淡淡地道："顾小少爷，你好像占了我的位子。"

第 八 章

她 喜 欢 的

顾思洋立刻识相地让开，坐到了旁边的位子上，笑嘻嘻地道："不好意思，不好意思，二少坐！"

陆淮与淡淡地瞥了他一眼，然后走到对面，在宁璃的旁边坐了下来。

顾思洋："……"

奇怪，上次见面的时候，陆二少对他还是挺客气的啊，这天这怎么好像——对他不是很欢迎？

这店里的桌椅精致可爱，陆淮与个子极高，和宁璃坐在一边，空间瞬间就显得小了很多。

两张椅子挨着边，他的手随意一放，宁璃就觉得有点挤了。

但陆淮与似乎不介意，抬眸看向顾思洋："找宁璃有事？"

顾思洋点头："对啊！我今天是专程过来的。本来想着中午过来不耽误宁璃上课，但刚才去他们学校问了才知道她出来了，这才找来的。"

宁璃中午出校门，很多人都是看见了的，随便一问就不难知道。不过这不是重点，重点是，顾思洋此行的目的。

他没记错的话，顾思洋和宁璃应该是不认识的吧？

而且看顾思洋刚才的反应，这的确是他们第一次正式见面。

陆淮与声音淡淡地道："嗯。"

顾思洋重新坐了下来，视线从桌上的两份冰激凌上扫过："二少，你们这冰激凌看起来不错啊！"

陆淮与口味一向挑剔，他能来这里，证明味道一定可以！

顾思洋冲着柜台喊了声："您好！一份焦糖冰激凌！"

陆淮与周身的温度似乎更冷了些。

顾思洋察觉到有点儿不对，连忙又收敛了几分，露出一个殷切的笑容："二少，我今天来找宁璃，是代表 LY 来的。"

"LY？"宁璃诧异地看了顾思洋一眼。

顾思洋这才意识到自己分明是来找宁璃的，怎么一看到陆淮与坐在宁璃旁边，就自动跟陆淮与说起来了。

他连连点头，又转向了宁璃："之前季抒都跟你说过了吧？本来我们是觉得，你们比较熟，所以想让他先跟你接触一下，问问你的意见，但是……"

但是宁璃毫不犹豫地拒绝了。

没办法，他只能亲自过来一趟了。

说到这个，顾思洋的神色认真了许多："一个优秀的机械师对俱乐部来说是很重要的，我觉得你很有天赋和潜力，当然，LY 其他高层也都是这么想的。所以我今天过来，是想正式表明一下我们的立场和诚意——只要你愿意答应，条件都好商量。"

这的确算是非常诚心了。

以 LY 的地位，多少人想签进去都千难万难。而到了她这里，LY 却如此主动，无异于开出了一张空白支票，任由她填。

传出去不知道要让多少人羡慕嫉妒恨。

宁璃看着他，没有立刻回答，反而是问了另外一个问题："不知顾先生在 LY 的职位是……"

顾思洋眨眨眼，笑了："我有 LY 一部分的股份。"

他平常在外吃喝玩乐都挺高调，但关于 LY 的部分一直藏得很深，只有极少数人知道他和 LY 的关系。

现在愿意告诉宁璃，也是诚意的体现。

宁璃恍然："原来如此……"

她知道 LY 一共有三位老板，并且和其中的两位都有过往来，唯独最后那位一直未曾见过，甚至也不知身份。

没想到居然是顾思洋。

不过，想想也是，能有这个资本的人本就不多，顾家算是一个。

顾思洋满是期待地看着她。

而后，就见宁璃轻轻地摇了摇头："抱歉，我没这个打算。"

顾思洋缓缓地睁大了眼睛，不可思议。

他觉得自己这已经是诚意满满了，不但表明了自己的身份，还说了条件可以让她随便提，还有比这更能打动人的邀约吗？

可宁璃居然还是拒绝了！

而且她神情平淡，那神色，跟拒绝路上发传单的人没什么区别。她到底知不知道，他刚刚说出的那些承诺，到底意味着什么？

大约是他的想法都写到脸上了，宁璃就又补充了一句："我要准备竞赛和高考，实在是没时间。多谢顾小少爷的欣赏，但我的确签不了。"

她的语气很平静，也很笃定。

顾思洋不是真正什么都不懂的毛头小子。事实上，身为顾家人，他从小接受的就是精英教育。

他的商业谈判能力是毋庸置疑的，LY 能发展到现在，他占了相当大的一部分功劳。

现在面对宁璃，他却觉得有点头疼，甚至无从下手。

从宁璃的眼神中他就能看出来，她肯定知道这份合同会给她带来什么，她也明白自己的拒绝又意味着什么。

但她还是毫不犹豫地做出了这个选择。

"高考、竞赛，难道真的这么重要？宁璃，我知道你成绩非常好，只要你想，你完全可以直接申请国外最好的大学。"

顾思洋想不通，她的道路千千万万条，何必非要执着那一个？

宁璃弯了弯嘴角："是，很重要。"

对于其他人而言，或许这只是成长上升的一个途径。

但她不一样。

无论是竞赛，还是高考，都是她记忆中未能弥补的遗憾。

它们对她的意义，早已经超过了成绩和输赢的本身。

她要的，是重新走过这一条路，将一切泥泞冲刷干净。

所以，她必须如此。

她的声音很轻，但眼神清明，语调坚决，俨然是已经打定主意了。

陆淮与侧首，意味深长地看了她一眼。

他从最开始就知道宁璃是个非常有主意的人。

她喜欢天体物理，想上西京大学，被叶家人排挤和误解从不辩驳，因为她明白那不是她的家。

她不会期盼那些遥远缥缈的东西，对属于自己的一切却又格外珍视。

她所有的喜欢和不喜欢，都如此明确。而在做出所有决定的时候，也总是干脆果决，毫不犹豫。

就好像……她早早就想好了这一切。

顾思洋说明来意之后，他其实也以为宁璃会动心。

毕竟她在这方面的天赋的确没得说，而加入 LY，也是无数人的梦想。

但宁璃依然不为所动。

"既然你坚持，那我也没什么可说的了，我尊重你的选择。"

顾思洋叹了口气。冰激凌恰好送过来，他舀了一大勺。

哎，太可惜了。

宁璃笑了笑："谢谢。"

顾思洋咬着勺子，忽然又想起了什么："等等！"

他双眼放光地看着宁璃："要是因为高考，那就等到明年你高考结束，我们再签，怎么样？"

宁璃发现顾思洋还真是挺执着的。不过这个提议，似乎也不是不可行。

但——

"我听说 LY 每年的签约名额是定好的，如果现在就给了我，明年你们又碰到更出色的呢？"

"那就都签啊！"顾思洋笑得张扬，"反正 LY 不缺钱，但缺你啊！"

陆淮与淡淡地扫了他一眼。

顾思洋觉得那种冷冷的感觉又来了。他抱了抱胳膊，奇怪地朝着周围看了一圈。怎么回事，这店里的空调是不是出问题了？

宁璃垂下眼睛，没说答应，也没拒绝。

LY 肯做出这样的让步，的确非常难得。而且等到来年的话，她应该的确是可以腾出时间了。

只是……

顾思洋打量着她的神色："宁璃，你是不是还有其他顾虑？"

要不也不能这么犹豫吧？

陆淮与喝了口冰水。

他隐约能猜到一点宁璃的心思。宁海舟的事，在她那终究是一个槛。

另外，还有那次……

他闭了闭眼，将脑海中纷乱的画面挥散。

宁璃终于开口："抱歉，这件事，我暂时还不能给你答复。等明年高考结束，如果到时候你还坚持，那我们再谈吧。"

这并不是顾思洋想听到的答案，但起码还是留了一点儿余地，总比最开始的情况要好。他见好就收："行！那咱们就这么说定了！不过，有一点啊，但凡你任何时候想好了，第一个肯定是要考虑我们 LY 啊！"

要是被其他家乘虚而入了可就不好了。

他双手合十："哪怕是看在我小叔的面子上？"

陆淮与轻声嗤笑。

原来顾听澜已经能在宁璃这卖上面子了？他怎么不知道？

顾思洋茫然地看了陆淮与一眼。

这是……在笑什么？

总不能是在笑他吧？

难道是他苦苦哀求的模样实在太狼狈？

不应该啊，他这次来前，顾听澜就叮嘱过他不要死缠烂打地丢人，他也一直端着呢。

宁璃点头："好。"

这一声拉回了顾思洋的思绪。

他高兴起来，非常豪气地起身："谢谢啊，谢谢！为了预祝咱们以后合作愉快，今天这顿我请了！"

说完，也不等宁璃开口，直接冲向了柜台那边结账。

宁璃："……"

陆淮与把水杯放下，不轻不重的"砰"一声。他看了一眼腕表："你快上课了吧？"

宁璃回神："嗯。"

"那先送你回去。"说着，陆淮与站起身，朝着门外走去。

两个人走到门口的时候，顾思洋正好结完账，一回头看见他们似乎准备走了，当即明白过来。

"哎？宁璃是要回去上课了吗？那我们改天——"

陆淮与忽然道："忽然想起上次有点儿事还没聊完，正巧今天遇上，一起吧。"

顾思洋愣了一下。

上次？

没聊完？

他怎么不记得？

难道是他忘了？又或者是和小叔有关？

他看了看陆淮与和宁璃："那行！"

陆淮与和顾思洋一起把宁璃送回了学校。

看着她的身影朝着教学楼走去，直到拐了弯，再也看不见，陆淮与才收回视线。

顾思洋笑呵呵地问道："二少，你刚才说，上次是有什么没聊完啊？"

陆淮与淡淡地笑了笑："LY 这些年应该帮顾小少爷赚了不少吧？"

顾思洋嘿嘿一笑，连连摆手："我那就是小打小闹，和二少不能比。"

这倒不是他谦虚，而是事实的确如此。他在盛城的时候，经常不小心就会跑到陆淮与的地盘——字面意思的地盘。

不是他总去一个地方，而是陆淮与的个人资产实在惊人。

陆淮与道："有个小生意，想和顾小少爷谈一谈。"

宁璃回到教室，正好赶在第一节课之前的十分钟。

她把手机从兜里掏出来，准备放到桌肚里，忽然又摸到了一个什么东西。

她动作一顿，拿出来看了一眼。

一颗奶糖。

这是……陆淮与给的？

是什么时候给的？她怎么没印象？

仔细回想了一下，她才想起在甜品店的时候，有一会儿她是脱了校服放在凳子上的。当时她好像正好去柜台那边了。

应该……就是那时候放进去的？

"宁璃，你还带了奶糖啊？"何晓晨看见，有点惊讶地小声问道，"你喜欢这个？"

宁璃看着那颗圆滚滚的奶糖，轻轻地点头："喜欢。"

一张试卷忽然从旁边递了过来。

宁璃抬头，就见裴颂正站在她桌旁，手里拿着几张试卷。看样子，是刚从外面回来。

"周老师的模拟卷。"裴颂的话一如既往地少，神色疏淡。

物理竞赛的初赛临近，整个物理竞赛班都紧张了起来。

宁璃点点头，把那颗奶糖收了起来，接过试卷："谢谢。"

裴颂的目光从她手上扫过，隐约看到一角糖衣："不谢。"

他走过去，把剩下的几张发给了其他几个物理竞赛班的学生。

叶瓷也拿到了自己的那张。

看到上面密密麻麻的题目，她的眼皮跳了跳。

"周老师说明天晚上讲这张。"裴颂道。

"我知道了。"叶瓷接过试卷。

这也就意味着隔天晚上之前，要把这张试卷做完。

她深吸口气，把试卷摊开看了一眼，很快就发现这比之前做的几张都更难，第一道题就需要大量的计算。

她又往后面扫了扫，越看心情越糟糕。要做完这张试卷，她少说也要三个小时，更关键的是，有几道题她还不一定能做出来。

她想起自己的期中考试成绩，只觉得头都要炸了。

程湘湘看她表情不太好，问道："怎么了？小瓷，你是不是不舒服？"

叶瓷勉强一笑："不是。"

马上就要初赛了，这个时候，她肯定是不能退出物理竞赛班的。

她扭头看了宁璃一眼。

第二天晚上，物理竞赛班。

周翡把试卷讲完，又敲了敲黑板。

"下个周末就是省里的初赛了，考试地点就在咱们学校，全市参加物理竞赛的学生都会来。只要能在省里初赛拿到奖，高考就能加分。你们自己好好把握。"

下面一众学生都紧张兴奋起来。

"另外,初赛之后,省里会选出前五名一起进入全国决赛。入选的五个人,将会统一送到盛城进行冬令营的集训,为期两个星期,为明年三月的决赛做准备。"周翡的视线在某个方向停顿片刻,笑了,"只要全国赛拿到金银奖,全国的顶尖大学,也就随你们挑了。"

短短几句话,迅速燃起了学生们的斗志。

因为这正是他们目前最在意的东西。

他们在这埋头苦干,为的其实也就是那一张大学的通知书。

从某个角度而言,竞赛算是一个捷径,但这条路,却不是人人都能走的。其中付出的努力和艰辛,也只有他们自己知道。

"行了,今天讲的回去都再各自琢磨琢磨,说不定初赛就会考到,下课。"

宁璃背着包往外走,叶瓷咬了咬牙,很快跟了上去:"宁璃姐,今天我有一道题没太懂,回去你给我讲讲吧?"

此时她们刚刚走到教室门口,宁璃的脚甚至还没迈出去。

教室里不少人都还在收拾东西,或者低声讨论着什么,听到这话,齐齐看了过来,神色各异。

真是稀奇,叶瓷居然会主动问宁璃?

虽说这两个人现在算是名义上的姐妹,还同吃同住,但这么长时间的相处下来,大家也都清楚宁璃和叶瓷是非常不对付的。

一开始看起来,叶瓷对宁璃颇为照顾,是宁璃不领情。但后来大家渐渐也看出来,其实叶瓷也有点儿问题。

上次她暗示自己找宁璃借笔记但宁璃不给,不少人还跟着义愤填膺,觉得宁璃太自私。结果到最后才知道,宁璃根本不记笔记,叶瓷根本就没和她张过这个口。

但中间大家误会宁璃,甚至还出言嘲讽她的时候,叶瓷却一直没有解释这一点。

从那之后,不少人再看叶瓷和宁璃,眼神就和以前不一样了。

叶瓷自己当然也明白,所以后来几乎再没主动找宁璃去问过题。

这天这是……怎么了?

宁璃侧头。

叶瓷的脸上带着一贯的温婉笑容,隐约还能瞧见几分小心翼翼,仿佛生怕被宁璃拒绝一般。她长得秀气清纯,再露出这样的神色,便显得楚楚动人,单纯无害,十分讨人怜爱。

这样的眼神，宁璃在记忆里见过很多次。

叶瓷总是会露出这样的神情。

"姐姐，这道题我真的不会。"

"姐姐，我不是故意拿你的东西的。"

"姐姐，我只是一时冲动，你原谅我好不好？要是这些事情被人知道，我就真的完了！"

··············

最后，考试作弊被开除的是宁璃，全部心血被冠以他人名号的是宁璃，被人唾骂、被软禁，真正完了的，是宁璃。

而叶瓷，始终风光无限。

她纯白的裙角上，连一个泥点子都未曾沾染过。

叶瓷被宁璃这样看着，莫名心虚起来，还带着几分说不清道不明的恐惧。

那双桃花眼清冽如覆了一层寒冰，望过来的时候，带着彻骨的寒意，好像轻而易举看透了她所有的心思，嘲讽又不屑。

就在她满心不安的时候，就见面前的宁璃忽然弯了弯嘴角："行啊。"

叶瓷一呆，没想到宁璃居然这么轻易就答应了。

叶瓷本来是想着，当着班里这么多人的面，她主动开口，宁璃肯定难做。毕竟宁璃一直以来对她都十分抗拒，对这件事肯定是不情愿的。

宁璃如果拒绝，就让大家都看看，她是个何等自私的人。而如果她答应，面上同意，心里肯定也是很硌硬的。

反正不管怎样，都要恶心一把宁璃。

可现在……宁璃的神色淡然平静，好像根本没将这件事放在心上。

其他人显然也没想到宁璃会是这反应，一时愣住。

宁璃却似乎半点儿没察觉到什么不对，又补充道："对了，你之前的三张试卷我已经从周老师那借来看过了。关于你易错和不懂的几个知识点，我做了整理，回头拿给你。"

教室里一片寂静。

叶瓷脸上的笑容陡然僵住。

"那天耿老师不是说了吗？让我多帮帮你，争取下次考试，把成绩提上去。"宁璃的声音平淡。

不少人顿时看向叶瓷。

对哦，叶瓷这次期中考试成绩的确下滑了很多啊。原来是因为……被物理竞赛班分散了精力？

要是学得这么吃力，何必再继续呢？

以她之前的成绩，只要继续保持，还是很非常不错的，干什么非要来这掺一脚？

现在还要宁璃专门帮忙整理题目，手把手地教？

叶瓷只觉得自己脸上像是被狠狠扇了两巴掌。

宁璃这话看似是答应帮她，实际上每个字都在提醒众人她这次考得有多烂！她在物理竞赛班的课业，甚至还要让宁璃如此帮忙。

越是如此，越是显得她无能！

可这话头是她先挑起的，宁璃给出的回答挑不出任何毛病。她强忍着心头的强烈羞辱感，感激地笑了下："那就谢谢宁璃姐了。"

晚上，二人回到叶家，宁璃竟是真的拿出来一个笔记本给了叶瓷。

叶瓷翻开看了看，上面一共总结了十道不同知识点的题目，的确都是她的薄弱点，下面还附带了解题步骤和答案。

虽然在她看来，这些步骤之间还是有些跳脱，但已经比周翡讲的细了些。只要多费点心思，记住这些套路，相关题目就能解开大部分。

盯着那笔记本，叶瓷拧起眉。

宁璃这到底是……想做什么？

苏媛敲门进来，给叶瓷送来切好的水果："小瓷，学得累不累？先休息会儿吧？"

叶瓷抬头笑着摇摇头："谢谢妈妈，我不累。"

苏媛把盘子放下，又侧头顺便看了一眼她手里翻开的笔记本，有些惊讶："这是谁的笔记啊，做得这么漂亮？"

叶瓷脸上的笑意淡了几分，但很快就恢复如常："哦，这个啊，是宁璃姐的。"

话一出口，苏媛也生出几分尴尬。

这些年来，叶瓷的作业和试卷，很多都是苏媛来负责签字的，所以一看这上面的字迹，她就认出不是叶瓷的。

但她没想到，这居然是宁璃的。

她这才想起，宁璃来了这么久了，从来没有拿过这些东西给自己看，而自己也不认得宁璃的笔迹。

叶瓷轻声道："是挺好看的。"

苏媛将碎发撩到耳后，缓解了一下这尴尬的氛围，才问道："她的笔记怎么在你这？"

叶瓷顿了下，才说："这其实是宁璃姐特意帮我做的笔记。"

说出这句话，她心里的情绪翻涌得更加剧烈。这几乎相当于亲口承认自己不如宁璃！

她胸口憋闷得难受，可偏偏这就是事实。

她不说，难道苏媛就不会知道了吗？

与其如此，还不如直接说。

苏媛果然大为吃惊："你说，这是宁璃帮你……"

对了，苏媛之前就提过这事，耿海帆也说宁璃在办公室答应了。

只是苏媛一直没有抱什么希望，毕竟宁璃先前的态度……

不过——

惊讶过后，苏媛心里还是高兴居多。

不管怎样，宁璃的成绩是摆在那的。现在她肯这么用心地帮忙，对叶瓷肯定有帮助。

"那太好了。之前妈妈还一直担心她——不过现在这样，真是再好不过了。"苏媛摸了摸叶瓷的头发，有些感慨，"宁璃对妈妈有些误会，也有怨气，所以也牵连了你们。不过现在看来，只要慢慢处久了，都是能解决的。毕竟都是一家人，小瓷，你说是不是？"

叶瓷听着，只觉得心里像是被什么刺了一下，难受得紧。

叶晟和自己同父异母，身体里好歹留着一半相同的血，宁璃算什么？

她有那样一个没本事还背了人命的父亲，她自己又能好到哪里去？

叶瓷突然抱住苏媛，在她怀里轻轻地蹭了蹭："谢谢妈妈。我下次一定会考一个好成绩回来的。"

苏媛被她闹得痒痒："好了，多大的人了，还和妈妈这么黏糊呢？你先写吧，妈妈就不打扰你了。"

叶瓷仰头撒娇道："妈妈，我明天想吃你做的番茄炖牛腩。"

叶家的饭一般都是赵姨准备的，苏媛很少下厨。

但叶瓷难得主动开口，苏媛当然是满口答应。

这么一折腾，苏媛心里关于宁璃的那点念想，也就悄无声息地散了。

她走之后，叶瓷再次看向笔记本。但凡有一点儿办法，叶瓷都不会接受宁璃的这份笔记。

可是……她太想在这次的物理竞赛中拿下一个好成绩，证明给那些人看看，她不比宁璃差了！

所以哪怕满心不舒服，她也还是要看下去。

第二天，早上。

叶明难得出现在了餐桌上。

164

看到他坐下准备一起吃饭，叶瓷和叶晟都很高兴。

"爸爸，你最近好忙，都好久没陪我们一起吃饭了。"

叶瓷这话看似怪罪，但其实带着撒娇的意味。

叶明听了，当然很喜欢，笑道："这段时间公司那边的事情的确比较多，这才耽误了。等忙完这一阵，爸爸再回来好好陪你们。"

苏媛这天的心情也很好。

她觉得宁璃好像开始听话了，而叶瓷的成绩估计很快就能再次提上去。除了叶晟的事还有些糟心，其他都很好。

不过，在叶明面前，叶晟的脾气也会收敛收敛。

这顿早饭，算是她最近吃过的最舒心的一顿了。

她给叶明盛了一碗粥，笑着问道："是在忙上次清河桥的那个项目吗？"

听到"清河桥"三个字，宁璃筷子一顿。

叶明点头："不错。那片地理位置很好，只要好好开发，很有潜力。"

清河桥是云州城郊的一片未经开发的自然风景区，又处在周边三城的交叉区域，交通便利，位置优越。

叶明这次是准备在那里筹建一个度假村的。

苏媛又问道："既然你这么说，那肯定是没问题的，不过，听说季家也有这个心思？"

实际上，不只是叶家，包括季家在内的云州几家颇有资本的团体，都盯上了这地方。

现在，那片土地已经准备竞拍了。谁能拿下地皮，谁几乎就注定稳赚一笔。所以竞争还是很激烈的。

但叶明对清河桥志在必得。

"季家最近拿不出那么多预算，这次他们基本是没戏了。"叶明的语气笃定，还带着点儿不屑。

宁璃平静地喝完最后一口粥。

到了学校，大家都开始上早自习。

宁璃去了卫生间，点开和 NULL 的对话框，发了条信息过去。"这周五，清河桥那片地皮开始竞拍了，找时机把季家的竞标价格透露给叶家。"

NULL 很快回了消息："季抒招你了？"

清河桥的事最近在云州的上层圈子里炒得很热，叶家和季家要共同竞标的事他当然也知道。

但宁璃这是干什么？

断季家的财路？

"叶家真对你这么好？再说，这属于顶级商业机密，我怎么搞得到？"

宁璃回："不需要你去查，我知道。"

对方沉默了下来："你自己查的？不对，你到底想干什么？"

宁璃嘴角微弯："我想送叶家一份大礼。"

清河桥，她非给叶家不可。

NULL 终于反应过来："清河桥那片地有问题？"

宁璃没有直接回答这个问题："你很快就会知道。"

岂止是有问题，简直是大问题。

清河桥处于三城交界的地方，位置的确优越。如果叶家这个度假村能建起来，那当然是很赚钱的。但前提是，它真的能顺利建成并且开放营业。

问题在于，动工之后，清河桥下就发掘出了一座古墓。

准确地说，是一个古墓群。

墓葬的主人生前身份极高，所以墓葬规模极大。

这个古墓群的发现，直接填补了那一段历史的空白，对于考古界而言意义重大。

于是，清河桥项目无限期停工。

是个人都知道，这种情况下，所有前期投入的资本，是都打了水漂的。

偏偏连闹都没得闹。

在宁璃的记忆里，拍下这个项目的，就是季家。

所以宁璃不需要查，就知道他们这次竞标的价格。

也正因为这件事，季家元气大伤，这才给了叶家可乘之机，后来将季家逼到绝路。

她这个人，向来滴水之恩涌泉相报。叶家待她这样"好"，她当然也要尽力回报。

清河桥，这么好的项目，不给他们送上，岂不是可惜？

NULL 没有继续追问："好。不过，这件事需要告诉季抒吗？"

毕竟牵涉到了季家。

宁璃轻轻地吐出一口气："不需要。他最近要签 LY 了，不用拿这些事打扰他。"

反正季家竞拍失败，也只是错过一个项目，没太多实质性的损失。顶多也就难受一段时间。

等过几个月，古墓群被挖掘出来，才该他们笑。

"好。不过我听说，LY 想签你，被你拒绝了？"

"嗯，忙高考呢。"

这理由无懈可击。

NULL 简单地回了一句："你开心就好。"

宁璃收起手机，正打算出去，忽然听到外面传来一道熟悉的声音。

"慧慧，这件事你真打算就这么算了？"

宁璃动作一顿。

她听出来了，这就是上次和孙慧慧一起合作想要将她关起来的两个女生之一。

孙慧慧的声音很烦躁："不然呢？已经这样了，还能怎么办？难道让我再把宁璃骗过去一次吗？她不会信了！"

"可是……你这也太吃亏了啊！反被关了一晚上不说，还差点儿被学校处分。再看她——"

孙慧慧冷笑："她？她现在可风光了，全市第一！学校现在对她可是不一样了。其实他们心里都知道，把我关到储物间的就是宁璃！可结果呢？被惩罚的反而是我！宁璃一点儿事没有！"

她是很不服气，很不甘心，甚至还有愤怒和怨念。

但有什么用？

"成绩好的人，做什么都是对的！学校要保她、袒护她，我能怎么办？"

那女生叹了口气："对了，我听说她下周一还要做国旗下演讲。"

孙慧慧佯装呕吐了一下："就她也配？"

"算了，要是这样，这事你只能自认倒霉了。"

孙慧慧咬了咬牙。

这事不说也就罢了，一提起来，越说越气。

因为这件事，她差点儿被学校警告处分，在家里也被她妈狠狠地骂了一顿，在班里更是被无形地孤立。

实在是太难受，太折磨人了。

她忽然想到了什么一般，问道："对了，小萱，我记得你之前在校外认了几个哥哥？"

叫小萱的女生回道："是啊，怎么了？"

孙慧慧犹豫片刻："你能不能帮我个忙？"

二人低声商量了一会儿，终于离开。

卫生间内重新安静下来。

宁璃推门而出，看了一眼手机。

这两个人，还真是……挺能聊的。

她挑挑眉，抬脚往外走去。

转眼到了周五。

晚上，宁璃刚吃完晚饭，就接到了季抒的电话。她找了个安静的角落接了。

没等她开口，季抒兴奋的声音就传了过来："璃姐！我今天正式跟 LY 签了合同了！"

这几天他一直在忙着对合同，跟 LY 那边一条条地全部商量好，又找了律师确认没有问题后，才签了名。

虽说他性格放荡不羁，但做事还是仔细的。所以拖到这天才签。

宁璃笑了声："是吗？那恭喜啊。"

隔着屏幕，她都能感受到季抒即将要溢出来的高兴。

这的确是他的梦想。

季抒又高高兴兴地说了一堆。

宁璃漫不经心地问道："这事你爸妈知道吗？"

季抒耸耸肩："知道，不过他们今天好像丢了个项目，心情不太好。"

他父母其实是不喜欢他玩赛车的，但拗不过他喜欢，只得答应。

季抒签约，他们其实也不太能理解，还当他是玩的。

清河桥的项目，此时在他们的眼里，当然比季抒签约这事更重要。

宁璃无声地笑了笑："哦，那还真是……好可惜啊。"

季抒没太把这事放心上。

他对自家生意向来是没什么兴趣的，项目吧，错过了还有下一个。

钱呢，总是赚不完的。他宁可把时间和心思放在能让自己高兴的事上。

"璃姐，今天晚上聚餐，燃点。来吗？"

"燃点"是他和几个兄弟合开的一个酒吧，有时候会一起聚聚。

以前宁璃在临城，而且还未成年，他们就没请过。

她来云州后，一直在忙学业的事，打定主意走"三好学生"路线了一样，季抒就更不敢请了。

但这天实在是高兴，且宁璃已经成年可以去酒吧了，就没忍住。

宁璃仰头。

云州秋天的夜晚格外开阔空寂，黑绒布般的夜空上散落着细碎星光。

她笑了笑："去可以，不喝酒。"

季抒很惊喜，立刻打了个响指。

"璃姐放心！那几个小子都被你虐出心理阴影了，哪里敢灌你酒？只要你来就行！那等会儿我们去接你？"他咳嗽一声，"他们几个也都好久没见你了，挺想见你的。"

宁璃大概知道他喊的是哪几个。

"行。开你的车，一起过来吧。"她眉梢微扬，"今天晚上，是该高兴高兴。"

这天晚上没有物理竞赛班的课，宁璃就跟其他人一样，在班里上晚自习。

整个教室一片安静，只有翻书和写字的声音。

何晓晨戴着耳机，在听英语广播，同时做着笔记。

宁璃则是在看上次从陆淮与那儿拿来的那本书。

其实这本她之前就已经看完了，只是一直没时间去还。因为里面有几个模块她挺喜欢，就干脆多看了几遍。

不过……

她轻叹了口气，有点儿后悔。

上次应该把那个原文版本也一起拿过来的。这个中文译本虽然翻译得已经颇为精准，但和原文相比，还是会有点儿小小的偏差。

下次不能这样了。

孙慧慧回头看了宁璃一眼，见她正在低头看书，似乎很认真的样子，稍稍放下心来。她伸出手，轻轻拍了拍前面叶瓷的椅子。

叶瓷转过身来："慧慧，怎么了？"

孙慧慧小声地道："小瓷，我……我能不能借你的英语笔记去复印一下？"

叶瓷点点头。

现在的这些科目中，语文和英语算是她学起来最轻松的两门了。尤其是英语，她写得一手漂亮的花体字，所以经常会被人借去看。

她从桌上抽出一个笔记本递了过去："给。"

孙慧慧双手接过："谢谢啊！我等会儿放学去附近的复印店复印完就还给你。"

"没那么着急。你什么时候弄完还我就行。"

"那多不好，明天上午补课还有一节英语呢。"孙慧慧很坚持，"要不等会儿你和我一起去吧，反正也花不了多少时间。"

叶瓷婉拒："没事的，放学家里司机会来，我就和宁璃姐一起回去了。"

孙慧慧抿了抿唇："这……那就让她先过去，在车上等你一会儿不就好了？反正就那一小段路，她一个人难道还走不成了吗？"

叶瓷脑海中忽然闪过一道光。

她定定地看了孙慧慧一眼，见孙慧慧目光闪烁，隐约猜到了什么。

片刻后，叶瓷浅浅一笑："那好吧。等会儿我陪你去，宁璃姐应该也不会介意的。"

孙慧慧松了口气，也笑了："小瓷，你真好！"

叶瓷转过身来。

程湘湘飞快地瞥了孙慧慧一眼，在纸上写了一行字递给叶瓷看："小瓷，现在大家都不愿意搭理她了，你干吗还对她这么好？"

孙慧慧之前是和她们玩得不错，但也就是那样。

她的家境算是中产，在普通人里面算是不错的，但和叶家与程家这样的豪门比起来，却还是差了太多的。

平常聊得来，就多聊一些，但其实程湘湘心里从来没有真正将孙慧慧接纳到她们的圈子里。

尤其上次的事情一传开，孙慧慧的名声算是毁了。大家都开始有意无意地和她拉开距离。怎么叶瓷偏偏这个时候还肯和她说话，甚至借出自己的英语笔记？

叶瓷笑了笑，没说话。

程湘湘翻了个白眼："你就是同情心泛滥！当初对宁璃是那样，现在对孙慧慧也是！你对人家好，也得看人家念不念呢！"

叶瓷顿了顿，小声地道："宁璃姐现在对我挺好的，你看，她还专门帮我做了笔记。"

说着，她把手肘下压着的笔记本递过去给程湘湘看了一眼。

程湘湘懒得看，当然，也看不懂。

"谁知道她安的什么心？！说不定是故意写了错的答案给你，故意想让你考不好呢！"

叶瓷拉了拉她："没有，别乱说。"

最开始叶瓷也怀疑过，所以私下还专门查了查，发现宁璃给她的笔记上，写的的确是正确步骤和答案。

虽然她也觉得不对劲，但想了很久都想不出答案，只能作罢。

反正东西已经在这儿了，不用白不用。不然她的那些羞辱和委屈，不是白受了？

程湘湘觉得叶瓷就是太老实了，这样下去什么时候被宁璃整了都不知道。便和叶瓷说："算了，那等会儿我跟你们一起去吧！"

她现在对孙慧慧也不是很信任。

叶瓷觉得这样正好，冲她笑着点头。

晚自习结束，班里的同学陆续出了教室。

叶瓷背着书包来到了宁璃桌前："宁璃姐，我和湘湘还有慧慧要去学校附近的复印店打印点儿东西，可能会晚一会儿过去，你帮我和邹叔叔说一声吧？"

宁璃看了孙慧慧一眼。

孙慧慧正在往这边看，察觉到宁璃的视线，就立刻低头装作收拾东西的样子。

宁璃点头："可以。"

宁璃走出校门，朝着右边走去。

放学的时候，校门口人流量极大，是不允许私家车停的。停得再近的车，学生也要走出一条街才能见到。

宁璃往前走了几步，就感觉到后面有人跟了上来。

这时候这地方学生还是不少的，她前后都有穿着校服走过的学生，但她还是察觉到了不对。

她脚步不停，似是什么都没发现一般，继续往前走去。

很快，她拐了个弯，来到了一个偏僻的胡同里。

学校附近是一片居民区，羊肠小道彼此交错。有时候为了抄近路，会有人从这走，不过晚上从这走的不多。

走到一半，她停了下来。

后面的脚步声也同时停了下来。

"宁璃？"有人喊她的名字，语气吊儿郎当。

宁璃回头。

三个男生，两个女生。看起来二十岁左右，似乎是混社会的。几个男生脖子上和手上有着不同的文身，两个女生浓妆艳抹，穿着暴露。

看清宁璃面容的一瞬间，几个男生眼中都闪过了一丝惊艳。

她穿着宽松的校服，看背影的时候就只觉得清瘦高挑，但现在看了脸，真是漂亮得没话说。

两个女生的神色不太好看。

左边那个穿着铆钉黑皮衣的女生上前一步，手里还夹着一根烟："你就是宁璃吧？知道今天我们来找你是干什么吗？"

宁璃神色平静："想教训我？"

几人没想到宁璃说话这么直接，一时都愣住。

片刻，中间的那个男生冷笑了一声："你还挺聪明。"

宁璃淡淡地问道："打之前，总得让我知道，我这是得罪了谁吧？"

中间的男生嗤了声："你得罪了谁，自己心里没数吗？"

宁璃偏头想了想："不好意思，得罪过的人太多了，不知道今天是轮到了哪个。所以，还是麻烦告知一下，毕竟冤有头债有主。"

这番话直接给几个人说蒙了。

看不出来，这宁璃还……挺嚣张啊？

"琢磨不出来，那就只能怪你自己了。不过呢，我们不打女的，所以等会儿就妙妙她们两个动手。"

穿铆钉黑皮衣的女生笑了起来："我今天可是刚做的指甲，浪费在她脸上岂不是太可惜了？"

她看向宁璃，举起手机，打开了摄像："你呢，跪下，自己扇自己十个巴掌，一边扇一边说'对不起'。完了，这事就算过了，怎么样？"

旁边几个人不怀好意地揶揄："还是妙妙会玩啊！"

宁璃听到这儿，也笑了："就这？"

她说着，把书包从肩上拿了下来，拎在手里。

那几个人看宁璃这样，都忍不住嘲笑起来："哟，小妹妹，你这什么意思？想跟我们动手？你这小身板，怕是不行吧？"

宁璃微微笑起来："误会了，我没打算和你们打。"

她回头，冲着胡同尽头喊了一声："看够了？"

几人一愣。

随后，就看到几个男生从后面拐了出来。

"哈哈哈！璃姐，难得看一场好戏，就不能让我们多看会儿？"

这几个男生穿着潮流，但和那几个围堵宁璃的不一样，一看就知道是家境很好的那种公子哥。

尤其走在最前面的那个，穿着黑色长裤、牛仔外套，身形挺拔劲瘦，银灰色短发凌乱地垂落，隐约可见俊朗眉眼。

走过来的时候，浑身上下都透着股放荡不羁的野劲儿。

他笑着来到宁璃身边，后面几个男生也都争先恐后地跟宁璃打招呼。

"璃姐！"

"璃姐！"

"璃姐姐！"

季抒一脚踹了过去："好好说话！一天不挨打不舒服？"

被踹的男生险险避开："哎哟！我这不是太久没见璃姐了嘛！"

宁璃顿了下："倒也不用这么热情。"

旁边几人笑开。

这……什么情况？

"宁璃，你还叫了人？"被叫妙妙的女生震惊地开口。

这几个人不是道上混的，可长眼睛的都看得出来他们非富即贵。一旦招惹了……

不是说宁璃刚转来云州，没什么背景吗？

这算怎么回事？！

季抒撸了把头发，歪着脑袋看了过去，开玩笑道："做一百个俯卧撑吧？"

他虽然在看那女生，但这话显然是在问宁璃。

宁璃走到旁边，把书包放在旁边的台阶上，坐了上去："不用了。"

孙慧慧找来那几个人是彻底蒙了。

中间那男生火气一下上来了："你是什么东西，知道老子是谁吗？！"

季抒瞟了他一眼："我怕脏了璃姐的耳朵，所以你还是不要说了。当然，如果你真的很想说，我也可以不辞辛苦送你去派出所一趟。"他嘴角露出一抹笑，又痞又坏，"整个云州的派出所，你喜欢哪个，随你挑。"

这话一出，几个人才意识到他的身份或许比他们想象的还要惊人。

一直没出声的那个女生忽然捂住了嘴："你是……季家季抒？！"

第 九 章

拍 得 不 错

· · ·

季抒看了一眼时间："你们还有三分钟。"

没否认，那就是了！

这下，几人的脸色变得前所未有地难看。

一百个俯卧撑？

季抒不是他们能招惹得起的。

"还有十秒。"宁璃突然开始倒数，"十、九——"

最先认出季抒的女生率先趴了下来，一边做俯卧撑一边喊道："季少、宁璃，对不起！"

"七。"

有一个带头的，后面的也就很快跟上了。几个人接连趴下，一边做俯卧撑，一边道歉。

"三。

"二。

"一。"

宁璃倒数完，几个人才终于停下，他们做了不到二十个俯卧撑就已经狼狈万分。真要他们做一百个俯卧撑简直是要了命了，季抒到底只是开玩笑，不可能真要他们做够一百个才罢休。

宁璃走过去，把那女生的手机拿了过来。

那女生犹豫了下，没敢夺回。

宁璃点开她录的那段，又把自己的手机点开，录屏。

结束后，她把手机还回去，嘴角轻挑："拍得不错。"

几个人完全不懂宁璃为什么会这么说。

那样的一段录像，对她而言有什么好可存？

但季抒他们就在旁边，这几人也不敢再对宁璃放肆。

傻子都看得出来，这些背景不凡的少爷们，都是唯宁璃马首是瞻。她无须亲自动手，只要说句话，这些少爷就都能为她出动！

这个宁璃……到底是怎么混的？！

此时最为后悔的就是那个妙妙和中间为首的男生，顶着通红的脸，心中只剩恐惧。早知道宁璃和季抒等人认识，他们是绝对不会来这招惹宁璃的啊！

可惜现在，说什么都迟了。

宁璃走过去，把背包重新拎起。

一个瘦高的男生笑容殷切地凑过来："璃姐姐，我帮你拎包啊！这种事怎么能您亲自来呢？我来我来！"

说着就伸出手要去接宁璃的背包。

宁璃身子一侧，绕开了他的手："不用，我自己背着就行。"

季抒哈哈大笑："璃姐的包，也是随便什么人都能帮忙拎的？"

他转了转车钥匙。

"璃姐，那咱们走吧？车就在那边停着呢！"

宁璃点点头，又回头冲着妙妙那几个人说了句："哦，对了，帮我跟请你们来的那位说一声，我谢谢她这份礼。另外，让她跟一起的人说一声，我今天晚上有事，晚点儿回去，让她——不用等了。"

几人的脸色都是微微一变。

听宁璃这意思，她早就知道是谁了？

但宁璃没再理会他们，转身和季抒几个人走了。

几个挺拔高挑的少年在她身后乖乖地跟着，热切地说着什么。

"璃姐，季抒不厚道啊！你都来云州这么久了，居然今天才第一次请你过去？"

"就是！我们之前想喊你都被他拦下来了，今天必须不能放过他！"

"璃姐姐，你好狠的心，嘤——"

"喊你们干什么？成天一个个就知道耽误璃姐学习！知道这次期中考试璃姐是全市第一名吗？你，你，还有你，知道'第一'两个字是怎么写的吗？"

"那看见璃姐不就知道了吗？嘿嘿！"

一行人的身影消失在拐角，应该是从另一个胡同出去了。

直到再听不到他们的脚步声和说话声，趴在地上的几个人才回过神来。

妙妙率先站起身来，回头冲着中间的男生气急败坏道："老娘这次算是被你们害惨了！"

那可是季抒！单单是他一个，就已经够麻烦的了，更不用说还有旁边那几个。不用想也知道，这次他们算是彻底得罪季抒他们了！

剩下的一个女生和另外两个男生的脸色也很不好。

"毅哥，不是说这次过来，就是帮你妹妹教训个二中的普通学生吗？这也叫普通学生？"

那他们干脆都别混了！

被叫"毅哥"的男生阴沉着脸。他在这附近也算有点儿名气，时不时就有人过来请他"帮忙"。

这次是前段时间刚认的妹妹第一次开口，他想也没想就答应了，谁知道踢到这么一块铁板。

"都别说了，这次算我连累了你们，我跟你们说声——"

"毅哥，你说有什么用？这事归根到底，得怪你那个妹妹吧？"妙妙把手上折断的美甲片扯了下来，冷笑着道，"还是让她，还有她那个同学，一起过来道歉吧！"

季抒这天没开他的超跑，因为人多，就换了辆黑色 SUV。

他开车，宁璃上了副驾驶座，剩下的几个男生一窝蜂挤到了后排。

季抒启动车子，随口问道："对了，璃姐，那几个人为什么找你麻烦啊？"

不是说最近璃姐都在好好学习的吗？怎么也会招惹上这种混社会的？

宁璃摸了摸下巴："可能是闲的吧。"

后排一个男生"啧"了声："那还真是够没眼色的，闲了自己在家抠脚不就行了？偏偏上赶着被教训。不过，璃姐，他们话说得那么难听，你居然忍住了没动手？"

当然，她要是肯动，那几个人的下场只会更惨，绝不只是做俯卧撑了事了。

宁璃笑了笑："不值。"

上次之所以亲自和孟江动手，是因为之前就有恩怨，至于这天这几个……还真不值当。

后排几个男生哄笑起来。

他们几个和季抒的关系都不错，也都是玩赛车的。

之所以和宁璃认识，还是因为季抒。

在见识过宁璃的机械修理技术后，季抒心服口服，但这事被几个兄弟知道了，纷纷嘲笑他无能，说什么都要见识见识，到底是何方神圣，能让季抒低头。

于是，一群人约着一起去了临城，要和宁璃比一比对车的了解。

结果——全输。

从那之后，几个人就自动把宁璃当成老大了。

不过因为他们并不全是云州人，所以宁璃来了这两个月，他们一直没什么时间见。这天过来凑一起，纯粹是为了庆祝季抒签约 LY。

惊喜的是宁璃也来了。

"看不出来，二中的好学生们，居然也会用这种手段对付人啊。"

季抒其实已经猜到了内情，只是还不能确定背后那人到底是谁，侧头看了她一眼："那今天这事，真的就这么算了？后面的人……"

宁璃晃了晃手机："哪能呢？不过今天是专程过来帮你庆祝的，这些事你就不用管了，回头我自己处理就行。"

听她这么说，季抒嘴角挑起一抹笑，眉眼张扬："好！"

复印店，孙慧慧把笔记本还给叶瓷："好了，谢谢你啊，小瓷。"

"不客气。"

程湘湘催促道："小瓷，咱们该走了吧？"

本来是很简单的一件事，结果中间孙慧慧非要抓着其中几个不太清晰的地方，拉着叶瓷问，这都耽误好一会儿了。

叶瓷看向孙慧慧。

孙慧慧不动声色地看了一眼手机。

本来说好事情办妥了以后就给她发消息的，但不知道为什么，到现在都没动静。不过算算时间，应该也差不多足够了吧？

她收起手机，点点头："正好这段顺路，我们一起吧？"

几人走出复印店。

此时学校附近的人流量已经少了许多。

孙慧慧一边走，一边往旁边看去，似是在找寻着什么。尤其是经过路边狭窄的胡同口时，她都会有意无意地朝着里面看一眼。

但接连路过了两个，都没看到什么人。

她皱了皱眉。

奇怪，那几个人一早就过来学校附近等着了，宁璃应该走不远才对啊。可这里怎么半点儿动静都没有？

"孙慧慧，你找什么呢？"程湘湘忽然问道。

"啊？哦，没什么。"孙慧慧立刻回神，掩饰性地笑了笑，只是这笑容怎么看都有些不自然。

程湘湘回头，轻轻地撇了撇嘴。

她现在对孙慧慧也挺烦的，要不是因为叶瓷，她才懒得再和孙慧慧说话。

正在这时，孙慧慧的手机振动了一下。她心中一喜，立刻拿出来看了一眼。然而看到那条消息后，却瞬间僵住。

"孙慧慧！宁璃你也敢去招惹，你疯了吧？！我这次被你害惨了！"

孙慧慧停下脚步，看着这行字，整个人都蒙了。

不是，这什么意思？

之前不都还聊得好好的？

什么叫宁璃不能招惹？

她本想打电话过去，想起旁边还站着叶瓷和程湘湘，又改为回消息："怎么了？是不是出什么问题了？！"

那女生隔了好一会儿才回："反正你自求多福吧！还有，告诉叶瓷，宁璃今天晚上有事，就不用等她了。从今以后，有什么事别再找我了！"

孙慧慧终于意识到事情不对，连忙发消息回过去："到底怎么了？"

屏幕上出现一个红色感叹号。

那女生竟然直接把她拉黑了。

孙慧慧的心猛地一沉。肯定是出事了，可是……问题到底出在哪里？

叶瓷二人走出几步，发现孙慧慧没有跟上，齐齐回头看向她。

瞧着她脸色有些发白，叶瓷愣了愣："慧慧，怎么了？"

孙慧慧攥紧手机，尽量让自己的声音听起来平静："没事，就是……宁璃刚才好像有事先走了，让你不要等她了。"

"宁璃？"程湘湘嘲讽出声，"你还和她有联系呢？"

她还以为，经历过上次的事，孙慧慧该和宁璃老死不相往来了。

孙慧慧知道她误会了，可现在也不好解释什么，只抿紧了唇瓣，一言不发。她现在心里乱得很，总觉得情况已经脱离了掌控。

叶瓷目光闪了闪："我知道了，那我就先走了。你也早点儿回去休息吧！"

孙慧慧心不在焉地点点头。

随后，三人在岔路口各自分开。

"二小姐。"

邹华在车里等了好一会儿，看叶瓷她们迟迟没有回来，生怕又出了什么事，干脆下车往学校这边来了。刚走出一段距离，就看到了迎面而来的叶瓷。

他心里松了口气："您今天晚了点儿，是有事耽误了吗？"

叶瓷朝着他身后的车里看了一眼："宁璃姐没回来过？"

"没有。"

那就是出了学校，直接走的？

她笑了笑。

"邹叔叔，不好意思啊，我刚才陪着同学去复印东西了，就让宁璃姐先过来跟您说一声。但她好像临时有事走了，就没来得及跟您说。"

邹华帮她拉开车门，听到这儿，眼中闪过一抹鄙夷："宁小姐向来随心。"

这就是十八线小城出来的教养，他早在当初接宁璃回云州的时候，就已经见识过了。

既然已经答应了叶瓷，起码过来交代一下吧？结果又是不吭不响地走了，连面都没露。

不过，宁璃连夜不归宿的事都做得出来，这天的事也算不得什么。

叶瓷抱着书包坐在了后排，似是没听出来邹华嘲讽的语气，笑道："那我们先回去吧，别让爸爸妈妈等急了。"

叶瓷很快回到叶家，刚一进门，就看到客厅的茶几上，放着几个礼物盒子。其中一个放着汽车模型的已经被拆开，正被叶晟拿在手里玩。

叶瓷有些惊讶。

这个模型价值不菲，叶晟早就想要了，但家里一直没答应给他，这天这是怎么了？

叶明和苏媛也在。

叶明还喝了酒，看起来心情很好的样子。

"爸爸、妈妈，今天是有什么值得庆祝的事情吗？"叶瓷走过去问。

苏媛迎上来，帮她把书包收起，眉眼带笑："可不是嘛，你爸爸今天拿下了一个项目，给你们几个都买了礼物。"

叶瓷发现她手上多了一枚红宝石戒指，显然也是叶明送的。

虽说叶明平常也很大方，但像这天这样的次数并不多，可见他是真的很高兴。

"是上次说的那个清河桥吗？"

"对。"叶明坐在沙发上，推过来一个礼物盒，"小瓷，这是给你的，你看看喜欢吗？"

叶瓷打开，发现是一对钻石耳坠。

她羞涩又温婉地笑起来："谢谢爸爸。"

叶明哈哈一笑。

这天他的心情实在是好。

按照他们原本的竞标价格，是不足以拿下清河桥的。

不过好在他的人有能力，打听到了季家的价格。他们就又临时修改了方案，最终强势压了季家一头！

本来他们和季家算是平分秋色，但拿下这清河桥后，用不了多久，他们肯定就能越过季家了。

就算和程家比还差一线，但总归是好事。

苏媛朝着门外看了一眼："宁璃呢？"

叶瓷轻轻地"啊"了一声："我忘了说了。放学之后宁璃姐说有事，就没和我一起回来。大概会晚一些到家吧。"

苏媛脸上的笑意淡了几分。

其实宁璃不是第一次做这种事，甚至她现在也懒得管那么多了。但这天叶明也在，她脸上就有些挂不住了。

叶晟头也没抬地说道："说不定她今天晚上又不回来了呢！"

苏媛皱起眉："小晟！"

叶明摆摆手："算了，宁璃这个孩子……比较独立，等会儿她回来你叮嘱她两句就是。另外，旁边那个是给她准备的，你也一起给她吧。"

不管心里怎么想，面子总是要做足的。

苏媛压下火，应了一声："嗯。"

燃点。

宁璃一下车，就听到一道熟悉的声音传来："宁璃！"

她扭头看去，见顾思洋正站在店门口冲她打招呼，他手里还举着个手机。

宁璃走过去："你也在？"

"对啊！"顾思洋看了一眼手机，还是没人接，干脆收了起来，笑呵呵地看向宁璃，"季抒今天不是签约了吗？我也来凑凑热闹。"

宁璃微微挑眉："那他们知道你……"

顾思洋冲她挤了挤眼："没。我们是上次在小松山赛车场认识的。"

宁璃瞬间明了。

顾思洋这天并不是以 LY 老板的身份来的，季抒几人应该只当他也是个玩车的普通小少爷。

季抒几人也走了过来，目光在二人身上转了转，问："璃姐，你们认识？"

顾思洋率先开口："璃姐嘛，如雷贯耳！上次碰巧见过一次。"

宁璃知道他不想暴露身份，便配合地点点头："见过。"

季抒乐了："那敢情好啊！本来我还担心来了陌生人，璃姐你会不自在呢。既然大家都认识，那就一起？"

他和顾思洋也是刚认识不久，同样的赛车狂热爱好者，虽然顾思洋开车技术不怎么样，不过认识了倒是很聊得来。

宁璃点头表示同意。

燃点是季抒几个人合开的，两层，装修风格用的是废土风。

这个点，酒吧里人还挺多，一楼中间的舞台上有一支乐队正在演出，一片热闹。

季抒带着宁璃他们上了二楼，隔着栏杆能看到楼下的场景，不过要清净不少。

宁璃在沙发上坐下，单独占据一个位子，其他几个人在旁边的沙发上挤作一团。

季抒和顾思洋距离她最近，各自在她左右旁边坐着。

季抒点了酒，又给宁璃点了杯冰柠檬水。吧台小哥又专门送来一个果盘，单独放在了宁璃身前："这可是璃姐专享，谁也不能抢啊！"

顾思洋在旁边看得叹为观止。

他知道宁璃和季抒的关系不错，却没想到她在这的待遇这么好。

最近他也和他们陆续比了几场，有过不少接触，这些人放在外面，一个个全是脾气不怎么样的刺头少爷，结果到了宁璃这儿，都成了小绵羊一样的。

但他上次见宁璃，感觉她明明就很乖巧安静啊！

"哎，你们这么拘着做什么？"顾思洋大咧咧地靠坐在沙发上，"今天都是自己人，自己人啊！都吃好喝好！"

季抒几人眼神诡异地看了他一眼。也不知道这到底是谁的店。

顾思洋完全没在意，偏了偏头，看向宁璃："哎，宁璃，今天周五，你怎么有时间过来？"

季抒开了一瓶酒，"砰"的一声放下，挑着眉笑得得意："还能因为什么？当然是因为今天是本少爷的大日子！璃姐可是专门来帮我庆祝的！"

他举着那瓶酒，冲着宁璃敬酒："璃姐，这次可真是要谢谢你了！"

之前要不是宁璃劝阻，他肯定已经签了 FN 了，哪里还有 LY 的事？

FN 是不错，但各方面综合来讲，他还是更喜欢 LY。

还好，还好，当初听了璃姐的话。

宁璃端起玻璃杯，与他的酒瓶轻轻一碰。

"季抒，"她看着眼前意气风发的少年，嘴角弯起，"恭喜。"

命运的轨道，从某一刻开始，就已经发生了偏转。

季抒眉眼得意："我干了！璃姐你随意！"

说完，竟真的一口气把那一瓶酒都灌了。

周围几人开始起哄。

"季抒！一瓶可是不够啊！你签了 LY，今天璃姐又亲自来捧场，怎么也得把这些都干了吧？"

"就是！兄弟几个可就你出息了啊！"

"璃姐不能喝，但璃姐能看你喝，是不是璃姐？"

旁边几个人都眼巴巴地看向宁璃，竟像是在征询她的意见一般。

顾思洋瞧着更稀奇了："话说，你们喝多少，还得宁璃来定呢？"

也太不爷儿们了，怎么跟小孩儿一样的？

几个人幽幽地望了他一眼。这位盛城来的憨憨，是真的没有半点儿眼力见啊……

宁璃嘴角带着笑："今天季抒高兴，你们随意就是。不过，沾酒的三天内一律不准碰车。"

几个人听到前面还一脸兴奋，听到后面一句顿时蔫菜。

"三天？璃姐，三天都够鸟在车顶筑巢了！"

"我代谢快，一天行不行？要不……两天？"

"璃姐姐——"

宁璃眼帘微抬，目光静静地从几人身上扫过。

几人顿时齐齐闭嘴，战术后仰。

"咯，三天我看也行。"

"正好前段时间熬夜，趁这机会睡三天！谢谢啊，璃姐！"

"璃姐姐——你真好！"

季抒歪着头，一只手拿着起子开酒，陆续将剩下的都开了，嗤笑："瞧你们那点儿出息！三天？"

宁璃扭头看他。

季抒当即正襟危坐："我已经喊我们家司机过来了，接下来一星期都他来帮我开。"

几个男生立刻冲上来。

"呸！不要脸！"

顾思洋啧啧称奇。

他觉得这天晚上见到的宁璃，和上次见到的不太一样。具体的说不出来，但就是……

他拎起一瓶酒，一口气灌了一半。

昏暗的灯光落在宁璃身上，她靠着沙发，一只手拿着玻璃杯，嘴角噙着几分淡笑，自带几分懒散意味。

顾思洋感觉喉咙好似烧了起来，他偏头看向宁璃，脑子里忽然闪过一个念头。

——宁璃这模样气质，怎么好像……有点眼熟？

像谁呢……

像……

他放在桌上的手机忽然振动起来。

屏幕上亮起一个名字。

他随意地扫了一眼，当即恍然。

——陆淮与！

她这个样子，真的和陆淮与莫名有些相似啊！

他拿起手机，手指抵在唇上，连忙招呼季抒几个人："安静、安静！我接个电话！"

季抒几人配合地放低了声音。

一个男生小声地调侃："哟，看不出来，顾少爷这年纪轻轻的，就有人查岗了啊？"

"滚滚滚！"顾思洋嫌弃得不得了，"这是我'财神爷'的电话！都小声点儿！今晚我请了！"

能让顾思洋称为"财神爷"的，怕是没几个。

季抒几人交换了个眼神，都安静下来。

宁璃抿了口柠檬水，然后就听见顾思洋殷切热情地冲着电话那头喊了一声："陆二少！"

宁璃一口水呛了出来。

"咯咯——咯——咯咯咯！"宁璃咳嗽起来。

顾思洋连忙问道："哎，宁璃，你没事吧？"

宁璃涨红了脸，指着他的手机。

——这电话还通着呢！你乱喊什么？！

顾思洋没有领会她的意思，看到她的动作，咧嘴一笑："啊，你问这个？这是陆二少的电话！"

宁璃内心：我听见了！

陆淮与一顿，看了一眼腕表——九点五十分。

这是下了晚自习，没回家，跑出去玩了？

他缓缓地开口："宁璃现在在你那儿？"

顾思洋坦诚地点头："对啊！刚她也不知道怎么呛住了……"

"在酒吧？"

背景嘈杂的声音还是听得挺清楚的。

"嗯，朋友的店。今天季抒不是签了 LY 嘛，大家就说一起来庆祝庆祝。宁璃也一起来了。"

在顾思洋的概念里，陆淮与是宁璃的二哥，不是亲哥胜似亲哥。

人家哥哥都这么问了，他当然是要如实回答的。

陆淮与沉默良久，笑了："哦？这么开心？"

顾思洋隐隐觉得有点儿冷，但还是没心没肺地来了一句："嘿嘿，还行吧！接到二少的电话就更开心了！"

他刚才打了一个，陆淮与没接，他谨记着自家小叔的叮嘱：如果第一次打电话，陆淮与没有接，千万不要打第二个。

于是他就干脆放弃了。

没想到陆淮与这么快就回过来了。

季抒几个人也手忙脚乱地凑过来，递纸的递纸，擦桌子的擦桌子。

"璃姐，你没事吧？怎么突然呛住了？"

"璃姐你还好吧？"

"璃姐姐——"

陆淮与听得清清楚楚。

他站起身，顺便拿起了旁边的外套，搭在臂弯，往外走去："让宁璃接电话。"

顾思洋应了一声，把手机递过来："宁璃，二少找你！"

宁璃想死的心都有了。

她莫名有种直觉，接了这个电话，她可能会死。但是不接，等待她的可能是生不如死。

她深吸口气，硬着头皮把手机接过去，放在了耳边："喂，二哥？"

陆淮与的声音听起来散漫清淡，说出来的话却是直接而干脆："报位置。"

宁璃瞬间就猜到了他的打算，连忙道："二哥，我只是来这坐坐，马上就走了，你不用来的——"

陆淮与轻笑了声："不用，好玩就多玩会儿。什么酒吧这么有意思，正好我也去见识见识。"

宁璃："真的不……"

说到一半，她就听出来陆淮与似乎已经在下楼梯了。

她无奈地扶额。

陆淮与要做什么，谁也拦不住。就算她不说，他也有无数办法能以最快的速度找过来。

坦白从宽，抗拒从严。宁璃心中默念，终于还是老老实实报了位置。

陆淮与"嗯"了声："在那儿等我。"

"哦。"宁璃挂了电话，将手机还给顾思洋。

顾思洋一看，他和二少还没说完呢，怎么就挂了？

不过……

他看向宁璃："二少要过来？"

宁璃没什么表情地看了他一眼。

这反应已经说明一切。

顾思洋还挺高兴。

"听说二少以前在盛城，几乎从不出入这种地方，今天这么干脆就过来了……宁璃，你二哥对你可以啊！"

旁边几个人，除了季抒，都只是听过陆淮与的名字，但没见过真人的。

"二少？陆家的那位？"

"就是他。"

季抒同情地看了宁璃一眼。

他是见过那两个人在一起相处时候的模式的。

陆淮与，一个连璃姐的作业都要盯着写的神一样的存在。他这天知道璃姐私自跑来了酒吧，会是个什么心情和反应，想想都让人觉得害怕。

季抒思量了好一会儿，试探性地问道："璃姐，要不咱们去门口迎接？"

这样起码能表表态不是？

宁璃一言难尽地看了他一眼。

顾思洋终于也察觉到了什么，宁璃好像有点儿怕陆淮与啊？

啊，也是，哪家家长知道自家小孩儿跑去酒吧，估计都不会高兴。

怪不得宁璃突然这么紧张。

他宽慰道："没事，没事，宁璃，你看你来了也没做什么嘛！连一滴酒都没碰过不是？"

宁璃面无表情地开口："你可以先把你手边的几个空瓶扔了，这样看起来就更有可信度了。"

顾思洋："这也不全是我喝的啊……"

他忍不住嘟囔了一句："我十六岁就去我爸的酒窖偷了三瓶酒喝，最后他也没拿我怎么样嘛！"

无非就是被揍了一顿。

但宁璃和自己又不一样，难道陆淮与还会打她？

宁璃有点儿烦，拿着背包起身："你们自己玩吧，我先下去等着。"

季抒的办法虽然愚钝，但或许有用。

几个人连忙表态。

"那我们跟你一起啊！璃姐？还能帮你做证不是？"

宁璃本想拒绝，想起刚才几个人说话已经都被陆淮与听见，无奈地叹气："随便吧。"

说完，她往楼下走去。

宁璃几人在门前站了大概十分钟，陆淮与就到了。

他从出租车上下来，一眼看到了宁璃。

还有她身后的一、二、三……六个男生。

他盯着他们看了一眼，笑了。

宁璃在看到陆淮与身影的一瞬间，就不自觉地挺直了背。

站在旁边的顾思洋感觉到这一点，忍了忍，没忍住，小声地问道："宁璃，你怎么这么怕你二哥？"

陆淮与不是一向对宁璃很好的吗？

偶尔犯个错，他也不会拿宁璃如何吧？

再说，宁璃真的就是坐那儿喝了一杯柠檬水而已啊，这满满的心虚是什么鬼？

宁璃没搭理他。

因为陆淮与已经从马路对面过来了。

他出来得似乎有些匆忙，夜色浓郁，却依旧不掩他的清冷矜贵。周围的一切都像是淡去了颜色，唯独他，格外鲜明。

宁璃的手不自觉地捏住了校服袖子。

她被全校通报批评的时候，也没这种感觉。

实在是……

陆淮与一步步走来，每一步都像是踩在了她的心脏之上。越是靠近，越是紧绷。

终于，陆淮与在她身前站定。

宁璃先喊了声："二哥。"

后面齐刷刷地跟着喊——

"二哥！"

"二哥！"

"二哥哥！"

宁璃："……"她从来没有这么后悔过……

陆淮与视线从几个人身上淡淡地扫过。

微风拂来，酒气弥散。

季抒几人明显是喝了酒的。也是，这天对他而言，的确意义重大。

陆淮与轻轻颔首，算是打了招呼，最后看向了宁璃："怎么出来了？"

宁璃咳嗽一声："本来就打算要走了。"

陆淮与的神色带着几分兴味："这地方看着挺有意思的，不请我一起进去？"

季抒下意识就要让开。但看了一眼守在门前，一动不动的宁璃，他到底忍住了。

宁璃摇头："没意思，我觉得很无聊，二哥也不用进去了。"

季抒几人纷纷感到膝盖宛如中了一箭。

要是陆淮与不在，听见这话他们肯定是要找宁璃讨个说法的，但现在……

也不知道为什么，陆淮与随意往那儿一站，浑身上下就带着股莫名的气势。不只是宁璃，连他们也觉得……好像有那么点儿危险的样子。

于是一个个安静如鹌鹑。

陆淮与似是有些可惜："哦？是吗？那下了晚自习的这一个小时十五分钟，岂不是浪费了？"

宁璃发现陆淮与这天真是斤斤计较。但她理亏在先，又被抓个正着，只能认栽。

"二哥，我想回去了。"宁璃只能搬出这一招。

陆淮与垂眸看着身前的小姑娘。她仰着脸，眼中带着点紧张，巴巴的，像是在撒娇。

"你送我回去吧？"

嗯，还真是在撒娇。陆淮与眉梢微挑。

犯错了的时候，她才会这么乖。偏偏又太聪明，知道如何让他不能开口拒绝。

她的这点儿小心思，怕是全用到他身上了。而他，别无选择。

他静默片刻，终于轻轻地颔首："走吧。"

他抬手，宁璃乖乖把背包拿下来递过去。

她拿出手机："那我叫个车？"

陆淮与淡淡地道："不用，走一会儿散散酒气。"

宁璃一噎，默默把手机塞了回去。

陆淮与又看向季抒几人："阿璃我先带走了，你们继续。"

季抒反应最快："好的，二少！那你们路上慢点啊！"

顾思洋张了张嘴："哎？二少，我正好顺路，要不我跟你们——嗷！"

季抒一脚踩在他的脚背上，笑呵呵地把他拉到了身后："顾小少爷，刚才还剩下几瓶没喝呢，你可不能跑啊！"

顾思洋睁大眼：我什么时候欠了你们酒？大家不都是随便喝喝的吗？

季抒使了个眼色，后面几个人连拉带扯地把顾思洋拽了回去。

"走了，走了！顾小少爷不能赖账啊！"

季抒冲着他们喊了一声："就按顾小少爷之前说的，今晚都记在他的账上！"

一群人热烈地应了声。

顾思洋的声音被淹没，眨眼间就被拖走了。

季抒冲着陆淮与一笑："那璃姐就交给二少了！"

说完，又默默给宁璃递了个"保重"的眼神。

陆淮与这才带着宁璃离开。

看着两个人渐渐远去的背影，季抒双手合十，在心里默默为宁璃祈祷：璃姐，上天保佑你。

直到彻底看不到他们了，季抒才转身回去了。

刚一上二楼，就被几个人一窝蜂地围了上来。

"刚那就是陆淮与？太牛了吧！我第一次看璃姐这么听话！"

"我也是，我也是！认识璃姐这么久，我才知道她还有怕的人！"

"啧，今天真是开了眼了，什么叫一物降一物？瞧瞧！这就是！"

季抒哼了声："想那么多！先祈祷一下二少不会把带璃姐进酒吧这笔账算在你们头上吧！"

宁璃跟陆淮与并肩而行。

气氛过于安静，以至于宁璃觉得空气都紧绷了起来。

过了好一会儿，陆淮与才问道："酒醒了吗？"

宁璃抿了抿唇："二哥，我真的没喝酒。"

陆淮与忽然站定，扭头看了过来。

宁璃下意识跟着停下。

他目光幽深，像是有什么在涌动。

下一刻，他忽然抬手，扣住了她的后脑勺，按向自己，同时弯腰俯首——二人之间的距离迅速缩小！

宁璃猛然睁大了眼睛，心脏像是被什么紧紧攥住。

陆淮与微微偏过头去，高挺的鼻梁与她的鼻尖偏错开，轻轻蹭过。他垂着眼，在她唇边轻轻地嗅了嗅，音色低沉微哑："我检查检查。"

唇瓣相距，不过分毫之差。

他温热有力的手捧着她的后脑勺，是温柔而不容逃避的力道。

她能看到他英挺的鼻梁，垂下的睫毛，说话的时候，清冽的雪松气息散落，呼吸相闻。这样的距离、这样的姿态，实在是像极了……

只要他稍稍偏错，便会碰到她的唇。

男人身上的热气传来，令她耳尖滚烫。

她怔在原地，整个人都像是被定住了般。

分明是没有喝酒的，但这一瞬，竟恍惚有了微醺的错觉。

似乎过了很久，又似乎只是转瞬。

陆淮与的目光落在她饱满柔软的唇上许久，眼底几许挣扎，终于低沉一笑，慵懒地开口："嗯，好像是没喝。"

说完，他终于直起身，松开手。

他嘴角微挑，眼角眉梢噙着几分漫不经心的笑："还算乖啊。"

字字句句，敲打在耳膜。

宁璃听见心脏失重落下的声音。好像有什么危险的变化正在不受控制地发生，而她不甚明了。

她本能地想要逃避、阻拦，却无力如此，只能清晰地听着那一声声的心跳，越发急促。好像……好像……要从胸口跃出一般。

陆淮与偏头打量着她，忽然抬手贴在她的额头："不舒服？"

他的手背带着微凉的温度，宁璃却觉得他碰过的地方，都像是有火焰燃烧起来了一般。

她退后半步："没有。"

陆淮与看着落空的手，眉梢微挑，视线落在她通红的耳尖。他见好就收，笑着收回手："那就好，走吧，送你回去。"

景悦墅院。

出租车在门前停下。

"二哥，那我先走了。"宁璃说着，就要下车。

正闭着眼睛休息的陆淮与忽然睁开眼："等等。"

宁璃动作一顿。

陆淮与把背包递过来，轻笑："没喝酒，东西也能落下？"

宁璃一窘，立刻接过背包："谢谢二哥。"

说完，她便推开车门下车，朝着叶家别墅走去。瞧着背影，带着点儿落荒而逃的意味。

陆淮与看了会儿，才收回目光，轻轻地吐出一口气。

差一点儿……

小孩子犯错难免，可最后这受折磨的总是他。

还真是……

有的教呢。

离开了陆淮与，夜晚凉风拂面，总算让宁璃渐渐恢复了冷静。她一点点放慢步伐，脑海中却不断重复着刚才的画面。

其实这不是他们第一次离得这样近。

上次在云鼎风华，他的主卧，几乎比这更甚。

可那时候陆淮与喝了酒，脑子不清醒，自然不能算数。

但这天……他眼底清明，再理智明白不过。靠近的时候，她甚至能听到他有力的心跳声。

她抬头向前看去。

这个时间，叶家别墅依旧灯火通明。

对了，这天对叶明以及整个叶家而言，都是一个值得庆祝的好日子吧？

她做了个深呼吸，将心头那些纷乱的想法压下，抬脚上前。

"宁小姐回来了？"

宁璃刚一进去，就碰见了赵姨。

赵姨脸上带着欢喜的笑，当然，这肯定不是因为见到了宁璃。

叶明这天高兴，也格外大方，赵姨他们也跟着沾了光。

听到声音，苏媛从二楼走了下来："怎么这么晚才回来？"

宁璃淡淡地道："有点儿事。"

苏媛也没指望会从她这问出什么来，不过就是例行一问表示表示，加上这天有喜事，她也不想再因为宁璃闹不开心。

于是，她没有追问，只道："茶几上是你叶叔叔专门送你的礼物，你拿上去吧。"

宁璃顺着看了过去，茶几上还有一些凌乱的礼物包装。

叶明显然是给叶家每个人都买了礼物。

这么高兴，看来清河桥的项目，是进展得很顺利了。

宁璃嘴角弯起一抹弧度，而后竟真的走过去，将那四四方方的礼盒拿在了手里。

"那就谢谢叶叔叔了。"

她送了叶家这么一份大礼，收点儿报酬，大家也算礼尚往来了。

苏媛有些意外。她还以为宁璃会和以前一样抗拒。

其他的也就算了，但这是叶明送的，宁璃要还是拒绝，难免会让苏媛也跟着难做。本来因为宁璃的到来，苏媛在叶明那里已经是矮了一头，如果宁璃再驳叶明的面子，那……

苏媛甚至已经准备了一堆说辞，打算无论如何，都要让宁璃接受。

没想到这次宁璃这么好说话，苏媛到了嗓子眼儿的一堆道理瞬间没了用武之地，不过总归是省了不少麻烦。

她神色稍缓："你叶叔叔这会儿已经休息了，就不用你亲自过去道谢了。

你也上去吧。"

直到宁璃的身影消失在楼梯拐角，苏媛才松了口气。

赵姨眼中闪过一丝鄙夷。

之前各种不听管教，任性妄为，现在还不是见了礼物就收下。终究是个没见过什么世面的小市民罢了。

宁璃回到房间，连拆都没拆，就随手把叶明买的那份礼物扔到了书桌抽屉里。

她下意识地看了一眼镜子，目光不自觉地落在了嘴角。

陆淮与呼吸和低沉微哑的声音，再次浮现于脑海。

她立刻移开了视线。强迫自己冷静下来后，她拿出手机，又摸出一个U盘。

几分钟后，她把U盘收起。

孙慧慧一回到家，就钻到了自己房间，拿着手机打电话。

然后她就发现，自己的手机号也被那女生拉黑了。

不安的感觉越发强烈。她急得在自己房间团团转。

这到底怎么回事？

思来想去，她终于还是给叶瓷发了消息："小瓷，你到家了吗？"

刚刚洗漱完正在擦头发的叶瓷看到这消息，眼中闪过一抹沉思。

孙慧慧是看到她坐上自家司机的车走的，都过去这么久了，才来问这个，未免太奇怪。孙慧慧要问的，显然不是自己。

"嗯，我已经到啦。"

孙慧慧犹豫了好一会儿，才鼓足勇气继续问："那……宁璃也回去了吗？"

叶瓷了然："回了呀，大概十分钟之前吧。怎么了？"

"没什么，随便问问。毕竟那么晚，她一个人走的话，也挺危险的……"

"谢谢你的关心啊，不过宁璃姐那边没什么事的。"

孙慧慧握紧手机。

这岂不是说明，宁璃还是好好的？

可……怎么会这样？

不是说去了好几个人的吗？怎么宁璃好端端地回了叶家？

忽然，她的手机响了一声，却是有人匿名给她发了一封邮件。

孙慧慧疑惑地点开，一段视频自动播放。

"还有十秒。"清淡熟悉的女声传出。

孙慧慧猛然一惊：这是宁璃的声音！

她连忙仔细看去，却发现视频画面很是昏暗，镜头好像被什么压着了一般，模模糊糊。

"十、九——"

画面上什么都看不清，却衬得宁璃的声音更加淡漠冷冽。

接着，一道闷声传来，旁边好像有人趴了下来。

孙慧慧的心脏也忍不住跟着狠狠跳了跳。

"宁璃！对不起！"因为恐惧与惊慌而格外尖锐的声音从手机里传出。

孙慧慧整个人都傻了。

这是……说好要去帮忙教训宁璃的人，竟是在一边做俯卧撑，一边给宁璃道歉？！

"七。"宁璃的语调一如既往地平静，好似并未将这放在心上，淡漠冷静得令人心惊。

再然后，镜头剧烈地晃了一下。只见拿着手机的人，还有旁边的几个，都跟着趴在了地上！

膝盖撞在地面之上的闷声，像是巨石沉沉压在了孙慧慧的心头。

二中的校服从镜头一角一闪而过，拍到了一双腿，以及半个黑色背包。但不难认出，那就是宁璃的东西！

这也就证明了，那正在倒数的人，就是宁璃无疑！

没等孙慧慧反应过来，急促而干脆的道歉声接连响起。

"对不起！"

"对不起！"

这几个人似是极害怕，听着就令人心颤。

偏偏宁璃的声音，依旧不疾不徐。

"三。"

两种声音交织在一起，矛盾而鲜明，形成巨大的压迫感。

"二。"

几个人终于停下。

宁璃这才漫不经心地念出最后一声，如同审判："一。"

视频戛然而止。

孙慧慧双腿发软，脸色惨白，一下瘫坐在了椅子上。

直到手机屏幕自动熄灭，她整个人还处在极度的混乱之中。

怎么……怎么会这样？

到底发生了什么，他们几个居然齐齐乖乖地给宁璃道歉？

这视频看来应该是其中一个人无意间拍下来的，虽然没拍到宁璃的正脸，可从那声音以及校服和背包，足以判断她的身份。

最关键的是，这视频是谁发来的？

这……这肯定不会是那几个人发的吧？毕竟太过耻辱。

那就是——宁璃？！

她这是在警告自己？！

孙慧慧身子微微颤抖。

她终于明白为何那个女生会那么说，还把她拉黑了。那几个人在宁璃那儿吃了大亏，怎么还会对她有好脸色？

她想不通，宁璃到底做了什么，才让这些人如此？

可她现在也顾不上这些了。

她现在又惊又怕，别说报复宁璃了，她只希望宁璃能就此放过她。

过了好一会儿，她又去翻看那封邮件，想找出点儿线索。可惜是匿名的，而且除此，什么都没有了。

这一整晚，孙慧慧都是在惊惧之中度过的，夜里还惊醒了好几次，耳边好像一直有人在倒数，还有或近或远的耳光声。

于是第二天，她又发烧了。

周六上午的课程，孙慧慧又请了假。

看着身后空荡荡的位子，叶瓷微微皱眉。

昨天晚上，她回了孙慧慧的那几句之后，对方就再没发消息过来了。结果这天又请假了……

"湘湘，你知道慧慧为什么没来吗？"

程湘湘随意地看了一眼："好像是请病假了吧？谁知道。"

反正她是懒得理会。

叶瓷没说话。

昨天晚上明明还好好的啊，怎么这天……

她目光微转，落在了宁璃身上。

其实她之所以问孙慧慧的情况，也是想侧面打听一下昨天的情况。没猜错的话，孙慧慧应该是对宁璃做了什么，但好像没成。

宁璃看起来和往常并无任何不同，反倒是孙慧慧请假没来……

怎么想怎么奇怪。

叶瓷翻出一张试卷。

云鼎风华。

程西钺进入别墅："陆二？陆二？"

一楼居然没人。

程西钺有些意外，朝着二楼看了一眼。

这是……还没起来？

陆淮与的作息和一般人不一样，但早上基本都是起得很早的，鲜少见到他这个点还在睡。

程西钺沿着楼梯上去，来到主卧门口，刚要敲门，房门被人从里面打开。

陆淮与黑发有些凌乱，带着几分倦意，但依旧不掩风姿。

"有事？"他的声音还带着一丝刚醒的沙哑。

程西钺正要说话，隐约嗅到主卧的空气中似乎弥漫着一股淡淡的香气。

他神色一顿："你……昨天晚上用香薰了？"

陆淮与这放了很多助眠的香薰蜡烛，但一般只有睡眠问题严重的时候才会用。

"没。"陆淮与把房门带上，隔绝了他的视线，"切了几个柠檬。"

"柠檬？"程西钺茫然，"你什么时候好这一口了？"

而且味道那么浓郁，这到底是切了几个？

这话让陆淮与脚步一停。

他挑眉轻笑了声："就最近。"

"感觉……挺甜的。"

第 十 章

处 罚

孙慧慧烧了一天一夜，直到周末晚上，烧才退了。

这两天，她一直心惊胆战，生怕再出什么事。好在，除了那个女生还是不理会她，其他一切如常。

她渐渐也就放下心来。

这件事对那几个人来说极其丢人，他们自己肯定是不会对外宣扬的。

而宁璃……那就更不会了。

她现在是全市第一，二中老师格外看重的苗子。校外惹事这个名头一旦被安上，她肯定是会受到极大影响的。

孙慧慧估计宁璃就是想警告自己一番。

只要之后自己不再主动招惹宁璃，这事应该就无声地揭过了。

但要是宁璃还敢对自己做什么，自己也可以把那段视频发出去，毁了宁璃的名声和前途！

这么想着，孙慧慧也就把这事搁置了。

周一早上六点。

孙慧慧被一连串的消息轰炸醒了。

她模模糊糊地摸出手机，发现二中高三的年级大群沸腾了，消息已经"99+"。

这么早，是出什么事了？

孙慧慧下意识点开，消息刷得很快，她越看越不对，迅速往上翻去，旋即震惊地瞪大了眼睛。

那一段视频，竟被人匿名发了出来！

和她收到的那段视频一模一样。

视频之中，没有正脸，但宁璃的名字，清清楚楚。此起彼伏的道歉声，与宁璃散漫的倒数声交错，给人带来巨大的冲击。

所有人都被惊住了。

"这是什么？我没听错吧，那人是在跟宁璃道歉？"

"你没听错，因为我也听见了。而且，好像还是好几个人跟她说对不起的……"

"太可怕了吧？宁璃这是在做什么？也太过分了吧！"

"嗨，大惊小怪什么？人家宁璃刚来的时候，不就跟人打架？现在这算不了什么咯。而且一听就知道，这种事她肯定不是第一次做了。"

"好吓人……我还以为她人挺好的，没想到……"

屏幕上飞快地刷过无数条消息。许多人都是匿名的，说什么的都有。

孙慧慧脑子完全蒙了。

不对，这视频不是她发的啊！

她是有这个想法，但那是迫不得已的时候才会做的选择。她实在是被宁璃在视频里的架势吓住了。

谁知道这一转眼……

忽然，群消息提醒管理员已经取消匿名，并且开启了全员禁言。

——这个群，是有老师在的！

这么多学生看到了，那群里的老师当然也看到了。禁言了一个群，但学生们私下的群多得很，哪里禁得完？

早就有人把视频下载，开始疯狂传播了。

不只是高三，整个二中的学生，在这个早上，几乎都看到了这段视频。

事情不断发酵，宁璃迅速成为风暴中心。

耿海帆看到那段视频的第一反应就是糟了。

哪怕没拍到宁璃的正脸，可附带的各种信息，足以判定那人就是宁璃！

上次她在学校动手，闹得沸沸扬扬，可好歹那是有前因后果的，而且说到底，她那个只算是威胁，并未有什么实质性的伤害。

可这次不一样。体罚、逼迫对方道歉，性质恶劣，这是无论如何都抵赖不掉的！

而且，这视频来得太过突然，等大家反应过来的时候，已经彻底传开了！

耿海帆的手机几乎被校领导打爆。

更棘手的是，这天周一，宁璃是要做国旗下演讲的！就在七点！

这要怎么办？

耿海帆又迅速给宁璃打了电话："宁璃，那段视频到底是怎么回事？"

宁璃刚收拾好背包，正准备赶往学校。

她顿了下："耿老师，抱歉，给您和学校添麻烦了。"

耿海帆没想到宁璃居然真的这么干脆地承认了。他揉了揉眉心："你跟老师说实话，这事是不是还有什么内情？"

宁璃转学过来两个月了，平常一直表现挺好的。他实在是很难把视频中的宁璃，和他所认识的宁璃联系在一起。

听出他的保护之意，宁璃嘴角微弯："耿老师，今天国旗下演讲，我会当着全校师生的面，对这件事进行检讨。"

"什么？"耿海帆先是一愣，随即意识到，这或许是目前最好的解决办法。

"这事既然是我做的，就该我当。"宁璃道，"希望学校给我这个机会。"

眼看宁璃认错态度诚恳，且现在的确急需她给出一个交代，耿海帆最终还是同意了。

"那好吧！等你来学校再说，这事现在影响很大，校领导也很是重视，你……你多做点儿准备。"

"我知道的，谢谢耿老师。"

宁璃挂了电话，背着包出门，正好碰到叶瓷。

"宁璃姐……"叶瓷眉头轻蹙，神色担忧地走了过来，欲言又止的模样，"你……你还好吗？"

她的手里还拿着手机，显然也已经看到了那段视频。

实际上，最开始看到那段视频的时候，叶瓷也是吃了一惊。再联想到最近孙慧慧的异常，她很快就将这件事情猜得八九不离十。

上次被宁璃关在储物间一晚上，孙慧慧气不过，就去外面找了几个人来，想给宁璃一个教训。结果教训没给成，最后反倒被宁璃碾压。

难怪孙慧慧是那个反应了。

震惊之后，叶瓷心中反而生出一股窃喜来。

这次涉及校外斗殴，一个不小心就是劝退。二中校风极严，这次的事情又闹得这么大，肯定是要公开公正严肃处理的。就算宁璃考第一，也照样逃不过！

叶瓷谨慎地打量着宁璃的神色，想要从她脸上窥探出一丝半点儿的恐惧紧张或担忧。

然而，没有。

宁璃的模样，看起来和往常并无不同。

"我这不是好好的吗？"宁璃挑眉反问。

叶瓷一噎。

难道宁璃还不知道视频的事？

"宁璃姐，你看年级群了吗？那个视频……"

"什么视频？"苏嫒正好过来，便问了一句。

叶瓷立刻收声，摇头："没……没什么……"

苏嫒皱起眉。

叶瓷和宁璃这样子，怎么看怎么不对。

"到底怎么回事？"她的目光落到叶瓷拿着的手机上，"拿来我看看。"

"这……"叶瓷咬了咬唇，神色纠结，飞快地看了宁璃一眼。

便是傻子也看得出来这是和宁璃有关了。

"就这个。"宁璃似是有些不耐烦，直接将自己的手机拿出来，几下就点开了那段视频。

苏媛看过去，瞬间就愣住了。

叶瓷更甚。

她难以置信地看着宁璃。

这是在做什么？难道宁璃觉得这是什么值得骄傲的事情吗？！居然还这么直接地亮出来给人看？

视频放完，宁璃淡淡地扫了叶瓷一眼，似笑非笑："我都放完了，你那手机可以不用藏着了。"

叶瓷瞬间感觉整个人都像是被扒光了一样。

宁璃似乎总是能轻而易举地窥探到她内心深处最隐秘的想法，让她的一切心思和手段，看起来都像是小丑一般可笑。

她的脸色不太好看。

而苏媛更是脸色铁青，浑身都在颤抖。

"你！我把你送到二中，不是让你去做这种事的！宁璃！你到底能不能别再给我添麻烦了？！"

宁璃想起刚才耿海帆小心翼翼地问的那句"这件事是不是有其他内情"，再看着面前情绪几乎爆发的苏媛，笑了。

"放心，这事我会自己解决，不会劳烦你。"

苏媛抬高了声音："你自己解决？你能怎么解决？！"

出了这样的事，二中怎么可能还会容忍宁璃继续在学校待着？！

别人要怎么看宁璃，怎么看自己？！

自己怎么就生出来这样一个女儿？！

宁璃全程没有露脸，不过就是倒数了十个数而已。可视频里面透出来的冷厉漠然，又怎么是寻常十八岁少女能有的？

叶瓷连忙过来劝架："妈妈，你先别生气，说不定这里面有误会呢——"

"误会？"苏媛简直要气笑了，指着宁璃："什么样的误会？"

宁璃偏了偏头："您要真是对我这么关心，那……要不一起去趟学校？"

苏媛气得说不出话来。

亏她还以为，宁璃最近的态度终于开始软化，并且学会听话了。

谁知道内里还是这个样！

"好，好！你不是说你自己解决吗？那我就看看，你怎么解决！这次的这件事，叶家不会帮你！学校给你什么处分，你就受着！要是被开除了，你就转回临城！"苏媛说完转身就走。

"妈妈！"叶瓷喊了一声，苏媛没有应。

她犹豫了下，还是看向宁璃："宁璃姐，这……你打算怎么办啊？"

宁璃看了她一眼："等到了学校，不就什么都知道了吗？"

这个周一的早晨，二中格外热闹。

临近七点，所有人都陆续往操场而去。

众人三五成群，或高声或低声地议论着什么，还有不少人的神色充满好奇和激动。

"那视频你们看了吗？高三（一）班的宁璃可真行啊！"

"以前说她在临城的时候就经常打架，现在一看果然是这样。百闻不如一见，那架势，还真是……不敢惹，不敢惹咯！"

"不过那视频到底是谁爆出来的？还偏偏选在这个时候？我听说今天宁璃还要做国旗下演讲的——"

"演讲？这个时候，怕是不合适吧？学校那边能同意？"

"我看是悬……也不知道学校这次会给什么处分？劝退也说不准吧？这可是全市第一，真放走了学校能舍得？"

"舍不得又怎样？她自己有错在先，能怪谁？"

众人依次列队。

整个操场上，从左到右，陆续按照高一、高二、高三的顺序排列。每个年级十二个班，女生在前，男生在后。

高三（一）班是火箭班，本来就够引人注意的了，这次出了宁璃的事，站在这更是备受瞩目。

不少人不断往（一）班这边看来。

何晓晨站在队伍中，满心焦虑。她看到那视频之后，就立刻给宁璃发了消息，但宁璃只说让她别担心。

怎么可能真的不担心？

"叶瓷，宁璃不是跟你一起来的吗？怎么没看到她？"站在叶瓷前面的女生小声地问道。

叶瓷轻声道："宁璃姐去办公室了。"

周围几个人暗暗地交换视线。

也是哦，都这样了，肯定是要去趟办公室的。就是不知道学校打算怎么处理……

队伍末尾，隔壁班的几个男生也在笑着调侃。

"要我说，咱们这位新校花，漂亮是漂亮，就是这脾气不太好。这么凶，谁受得了？"

"之前远远看见一眼，我还觉得她长得挺清纯干净的，没想到啊……嘿，我倒是挺好奇，以前她在临城是个什么样？"

"话说回来，这种妹子才带劲——"

那男生正说着，肩膀忽然被人撞了一下。他惊愕地扭头，刚要破口骂人，迎上一双冷淡至极的眼。

裴颂。

"裴……裴哥？"那男生咬了下舌头。

不知道为什么，总觉得裴颂这样子有点儿危险……

任谦跟在后面，笑嘻嘻地问："你们说，一对多，宁璃是怎么让他们乖乖跪下道歉的？"

几个男生瞬间哑然。

这……

任谦拍了拍那男生的肩膀，"啧"了声："作为和宁璃只隔了一个座位的热心同学，我不得不诚心提醒一句，兄弟，宁璃——您几位好像还真不太配得上哈！"

"你——"

那几个男生的脸色顿时难看起来。

然而还没来得及动作，就看到任谦后面又跟过来几个男生。看样子，竟都对宁璃颇为保护。

任谦退后半步，笑容灿烂："你们好像还不太清楚情况。我们班呢，不少人都沐浴过宁大学霸的光辉。所以……麻烦，说话注意点。"

真打起来，谁赢谁输还不好说呢。

那几个男生当然不敢和（一）班的硬杠。

学校会偏袒谁还用问？

其中一个哼了声："有这个时间，你们还是祈祷祈祷宁大学霸能继续留在二中吧！"

宁璃到了二中，没去教室，而是先去了耿海帆的办公室。

耿海帆已经说动学校，给她一个自我检讨的机会。

事到如今，也没其他办法了。

音乐响起，升旗仪式正式开始。

宁璃朝着操场走去。

她一出现在操场入口，就立刻引起了不少人的注意。

"那不是宁璃吗？！"

"她这是还要继续上台演讲？没搞错吧？"

"真牛……我要是她，这会儿估计连学校都不好意思来了。"

"人家能以一敌多，还能面不改色地让人道歉，这点儿小场面算什么？哈哈！"

人群骚动起来。

看戏者有之，担忧者有之，好奇者有之。

几个校领导看着宁璃，也是神色严肃。

宁璃置若罔闻，在演讲台旁边不远处站定。看样子，竟是真的还要上去的。

孙慧慧站在前排，距离宁璃还挺近。她的双腿不自觉地发软，唇色也变得苍白。

没办法，她现在看见宁璃，就会不由自主地想起那段视频。

宁璃忽然抬眸，往这边看了一眼。她的神色很淡，看不出什么表情，而且很快就收回了视线，好像真的就是随意一瞥。

但孙慧慧心里无比确定：宁璃那一眼，就是在看她！

她这是什么意思？

当着这么多人的面，宁璃难道还真的能拿她怎么样？

听着旁边传来的窃窃私语，孙慧慧渐渐找回了一点底气。

——现在视频被爆出，犯错的是宁璃！关她什么事？

他们说得没错，这天之后，宁璃还能不能继续在二中待下去还未可知呢！

她又有什么好怕的？

孙慧慧挺直了背。

宁璃之前对她做了那么多，现在，报应总算是来了！

孙泉上了台。

"今天早晨，有人举报高三（一）班宁璃在校外体罚他人，学校对此高度关注。"

这话一出，整个操场顿时安静下来。所有人都竖起了耳朵，想知道二中校方的态度。

"这件事情节严重，性质恶劣，已经造成了非常不良的影响。学校将会本着彻查到底，整肃校风的原则，尽快对这件事做出通报和处理。现在，先由高三（一）班宁璃，做全校检讨！"

众人哗然。

原本的国旗下演讲，成了检讨。这一天一地，差距可真是够大的！

许多人看向宁璃。

任谁遇到这种事，都不会无动于衷吧？偏偏宁璃表情平静，好像对她而言，演讲和检讨，并没有什么区别。

迎着无数目光，她从孙泉的手中接过话筒，站上了演讲台。

所有人都看了过来，想看看这检讨，宁璃到底要怎么做？

不过，就算是认错了，也还是很难过学校那一关的吧？

一片紧绷的氛围中，宁璃拍了拍话筒，确定没问题后，轻轻地点了点头，然后从校服兜里拿出了手机。

孙泉等几位校领导的脸都绿了。

"宁璃这是在干什么？！照着手机念检讨？！耿海帆！这就是你说的她认错态度良好？！"

耿海帆也蒙了。

不是，之前宁璃的态度是挺好的啊，谁知道现在这——

二中明确规定不准学生带手机。但现在手机实在是太重要，所以只要学生别做得太过分，学校也就睁只眼闭只眼，不会管得太严。

哪里有宁璃这样的？！当着全校人的面把手机掏出来！拿张纸不行？！

"我，高三（一）班宁璃，检讨。"

宁璃看着手机，开始"念"。

清冷平静的声音在整个操场上空响起。

耿海帆克制住了上去把宁璃的手机抢回来的冲动。

"先……先让她念完吧！"

这半路打断不是更难看？

宁璃好像半点儿没察觉这有什么不对。她的手在手机上点了下。

"你就是宁璃吧？知道今天我们来找你是干什么吗？"一道轻佻的女声响起。

这声一出，所有人都愣住了。这……这不是宁璃的声音啊？

而且，这好像是从……

"快看大屏幕！"不知是谁忽然喊了一声。

在操场正前方，是有着一个巨大的电子显示屏的。只有举办活动的时候才会用到，其他时间基本都是闲着的。

现在，屏幕还是黑的，但那声音，就是从里面传来的！

众人纷纷抬头看去，站得比较靠后的已经克制不住好奇往前挤了。

"怎么回事？"

"那是谁在喊宁璃？"

孙泉等人全愣住了。

没等他们反应过来，宁璃的声音从中传出："想教训我？"

背景中传来一个流里流气的满是威胁的男声："你还挺聪明。"

此时，黑色的画面一晃，似是有人打开了摄像头。

宁璃出现在了画面之中。

她穿着校服，单肩背包，望向镜头，神色冷淡。

最开始的那道女声再次响起："你呢，跪下，自己扇自己十个巴掌，一边扇一边说'对不起'。完了，这事就算过了，怎么样？"

听到这儿，终于有人意识到了什么。

"等等，这声音……好像就是早上那视频里一个道歉女生的声音啊！"

不说还好，一说大家都陆续想到了这一点。

原来，是这些人先找的宁璃麻烦？！

宁璃拿着话筒："我检讨。第一，我不会给人下跪。"

整个操场瞬间鸦雀无声，空气似是凝固。

宁璃这……未免太帅了吧？！

视频中的旁边几个人起哄，似乎对下跪的提议很是赞同。

宁璃对着镜头，忽然笑了："就这？"

她一边说，一边把书包从肩上拿了下来。

几个人的嘲笑声传开："哟，小妹妹，你这什么意思？想跟我们动手？你这小身板，怕是不行吧？"

画面中的宁璃微微一笑："误会了，我没打算和你们打。"

然后，她拿着书包走到一旁的台阶上坐了下来。

演讲台上，宁璃继续淡淡地开口："我检讨。第二，在别人想约我打架的时候，我拒绝了，并且晓之以理，动之以情，终于让他们意识到了自己的错误。但后来他们说什么都要跪下道歉，我没能阻拦成功，只好改成做俯卧撑，是我的错。"

操场上安静得落针可闻。

几位校领导的脸色已经不能看了。

——晓之以理，动之以情？你要是真的想阻拦，还会在那慢悠悠地倒数十个数？

谁会信这套说辞？

可这视频也清清楚楚，是那几个人先找宁璃麻烦的。这又要怎么算？

屏幕黑了下来，似乎是播完了。

无人说话，所有人都被宁璃这一番操作惊呆了。

她这是……真敢啊！事情闹成这样，要如何收场？

然而宁璃没有下台。她侧了侧头，视线落在了高三（一）班那边。

孙慧慧立刻感觉到自己被宁璃盯上了。她浑身一僵，下意识抬头，就撞上了宁璃正望过来的眼神。

平静而凛冽。

孙慧慧的心脏狠狠地跳了跳，一股强烈的不安骤然涌上心头！

接着，一道熟悉的声音，从黑色的屏幕传出。

"不然呢？已经这样了！还能怎么办？难道让我再把宁璃骗过去一次吗？她不会信了！"

尖锐烦躁的话语在此时听来格外刺耳。

孙慧慧猛然睁大了眼睛——这是她的声音！

众人骚动起来。

"怎么回事？视频还没完？"

"不是吧？我听着这声音跟刚才的不一样啊。"

"我觉得也是，像是另外一个女生的声音。"

（一）班的人最先反应过来，齐齐看向了孙慧慧。

这不就是她？

孙慧慧脸色惨白。

"可是……你这也太吃亏了啊！反被关了一晚上不说，还差点被学校处分，再看她——"

显然有人在和孙慧慧对话。

高三（四）班，一个女生听到这一句，也是瞬间变了脸色。

旁边几个人目光怀疑地望向她。

熟悉的人，是能够直接听出这声音是谁的。

"她？她现在可风光了！全市第一！"

"成绩好的人，做什么都是对的！学校要保她、偏袒她，我能怎么办？"

"对了，小萱，我记得你之前在校外认了几个哥哥？你能不能帮我一个忙？"

被叫"小萱"的女生整个人傻在当场，浑身微微发抖。

不只是孙慧慧，这一次，连她也被拖下水了！

两个人低声商量着找人"教训"宁璃一顿，计划得还颇为周全仔细，显然是打定主意，无论如何都要将宁璃收拾一番。

这一段音频不过短短两分多钟，对孙慧慧二人而言，却是无比煎熬。

到了这个时候，谁还不明白，这一切都是由孙慧慧而起！

原来上次她就想将宁璃关到储物间，结果最后被锁的成了自己。她心怀怨恨，又找人联合校外的社会混混，要报复回来。

而宁璃，从头到尾，都只能算是被动反击罢了。

孰是孰非，还不明显吗？

宁璃将手机收起来，看着孙慧慧。

"我检讨。

"第三，上次孙慧慧同学想将我关在储物间，结果我踹开门逃出去了，非但没能满足孙慧慧同学的这个愿望，还因一时冲动，把她反锁在里面了。关于这一点，我愿意跟孙慧慧同学真诚地道歉，并且赔偿她的医药费和精神损失费。

"第四，孙慧慧同学觉得受了委屈，专门拜托了薛萱同学请人来给我'上上课'，但我还是没有领情，还单方面被人拍了早上的反击视频，给诸位老师和同学都造成了不好的影响。我保证，下次一定——"

她停顿片刻，看着孙慧慧，一字一顿地道："数得快一点。"

孙慧慧简直想冲上去把话筒从宁璃的手上夺过来！

但她只是四肢冰冷、麻木，脑子里一片空白，整个人天旋地转，动也动不了。从没有一刻，她如此清晰地意识到——她完了！

"我检讨。

"最近这段时间，我给大家带来不少麻烦。我愿意接受学校的处理，并保证端正态度，改过自新。不过，最后我还有两句话。"

宁璃看着孙慧慧，嘴角微弯，似笑非笑地道："这第一，我还是要当的。另外，这被动挨打，我也永远学不会。以后还烦请各位同学，多多包涵，多多忍耐。如果忍不了，那就多忍忍。"

"我的检讨做完了，高三（一）班，宁璃。"

教导处。

孙泉看着眼前站着的宁璃，太阳穴还在"突突"跳着。从早操结束到现在，他的情绪都还没有彻底平静下来。

"你！"他一只手背在身后，烦躁不已地来回踱步，几次想要开口，都止住了。

实在是无法言表，他教了这么多年学生，还是第一次碰见宁璃这样的！

相较而言，宁璃的神色倒是显得十分轻松。

耿海帆在旁边左看看、右看看，为难地搓脸。

孙慧慧和薛萱在隔壁办公室，还被叫家长了。毕竟宁璃的证据太真实了，又是当着全校人的面放了出来，学校肯定是要严肃处理的。

其实同学之间闹点儿小矛盾也是难以避免的，但孙慧慧这两次，实在是过分了。

第一次那件事其实就已经挺严重。但念在她是首次犯错，自己也吃了苦头，加上学校这边也有失职，最终各自妥协，对事情冷处理，就那么揭过了。

可这第二次就不一样了。联合校外不良青年，殴打同学，性质一下就变了。

孙泉想到这件事后续带来的一系列麻烦，就觉得头疼得要死！

"宁璃！有你这么做检讨的吗？！"

宁璃思虑片刻，认真道："孙老师，我觉得我还是挺有诚意的。"

一条条的，她不是都说得清清楚楚了吗？

歉也道了，错也认了，还澄清了前因后果，这不是皆大欢喜吗？

孙泉闭了闭眼。

耿海帆连忙出来打圆场："哎，孙主任，我觉得这件事，真的不能全怪宁璃啊。她这算……算是正当防卫对吧？但宁璃你也是，受了欺负，又有证据，直接拿来给学校，学校肯定是会帮你的。你这么一闹——"

那个薛萱不说，孙慧慧肯定是没办法继续在二中待下去了。

宁璃眉梢轻挑。

她要的就是这个结果。孙慧慧几次三番来她头上撒野，那她只能斩草除根了。

"我愿意承担一切后果。"宁璃道，"不管是劝退还是其他，我都接受。"

正巧进来的周翡听到这话，顿时皱起眉："劝退？谁要劝退宁璃？我不同意啊！"

他不就是昨天晚上打游戏熬通宵，第二天早上起得晚了点嘛。谁知道就错过了这么个大新闻。

一来学校，他才知道出事了。他急急忙忙赶过来，结果刚一进来就听到宁璃说劝退。

这怎么能行？！

他不赞同地看向孙泉："孙主任，不是我说，这事不该是孙慧慧来跟宁璃道歉吗？"

哪有被人欺负了，还得受害者出来认错的道理？

孙泉气得脸色发青。

他还没说什么呢，宁璃倒是把话全说了！

"我什么时候说要劝退宁璃了？！"

这次的事闹得是很大，但归根结底，问题还是在孙慧慧那边。

宁璃肯定是不至于被劝退的，再说他们也舍不得。

"但宁璃这次做得也不对！"

这是要干什么？

把二中房顶都全掀了吗？！

周翡听到这儿，一颗心放回了肚子里，表情又轻松起来："您说这个？是，宁璃是冲动了点，要不……让她写份检讨？"

孙泉现在听见"检讨"这两个字就心脏抽疼。他看着周翡，嘴唇动了动，好不容易才克制住骂人的冲动。

这次就是让宁璃去做检讨，结果闹了这么一出来！

他们现在哪里还敢再让宁璃"检讨"？

高三（一）班，整个教室一片沸腾。

"我今天算是见世面了，这全校检讨还能这么做的！"

"我就说早上那视频奇奇怪怪的，原来前面还有那么一段呢……孙慧慧有什么想不开的，这么针对宁璃，对她又没有什么好处。现在可好！"

程湘湘冷笑："宁璃手里明明有证据，却不肯交给学校，反而故意公开放出来，摆明了是要整孙慧慧呢！不得不说，她这心思也是够深的——"

何晓晨看了她一眼，笑了："程湘湘，按你这说法，那也是宁璃逼着孙慧慧对她下手，甚至从外面找人来打自己的了？"

程湘湘语塞。

何晓晨撇撇嘴，道："既然做了，就得想到会有被人知道的一天。宁璃不就是把事情真相给我们原原本本地呈现出来了嘛。这也有错？"

忽然，她像是想起了什么："对了，叶瓷，上周五晚上，孙慧慧是故意把你支走，让宁璃落单，好方便那些人对她下手的吧？"

这话一出，班里顿时安静了下来。

是啊，平常上下学，宁璃和叶瓷基本上都是一起的。如果那天叶瓷同行，说不定那群人就会放弃了。

她这……

"何晓晨，你这什么意思？那天孙慧慧要借小瓷的笔记去复印，小瓷好心帮忙罢了。至于宁璃……她怎么样，和小瓷有什么关系？"

程湘湘抬高了声音。

何晓晨摊手："我就是这么一问，没其他意思啊。那你想的是什么意思？"

程湘湘胸口憋闷。

叶瓷拉了拉她的袖子："湘湘，别说了。这次的确是挺危险的，还好宁璃姐没什么事，不然我……"

"她那么厉害，能有什么事？"程湘湘嗤了声，想起之前的那段视频，心里也莫名有点儿发虚。

她之前和宁璃正面冲突，也不过就是赛马。当时她只觉得宁璃嚣张得很，可这次……

宁璃坐在那儿，一声声倒数着的样子，实在是让人有点儿害怕。

"话说回来，难道只有我自己觉得，宁璃今天有点儿……帅吗？"林周扬忽然举手，神色隐隐透露出崇拜，"我写过那么多次检查，做了那么多次检讨，现在想想，都太废了！人家宁璃这才是——"

他竖起了大拇指，一脸叹服。

吾辈楷模！

敢和学校对着干的学生，不是没有，但二中很少。

偏偏宁璃这次，情况也特殊。说到底，人家不就是给自己做了个澄清嘛。

哎，什么时候他也能理直气壮地做检讨，而且还能让人无话可说呢？

任谦拍了拍他的肩，语重心长道："那你继续努力。"

有些人的脑回路，是真的清奇。

林周扬嘿嘿一笑："不过话说回来，学校这次会怎么处理这件事啊？"

"我哪知道？"

众人正说着，宁璃走了进来。

班里顿时安静了下来。

宁璃神色如常地回到了自己座位，翻出来一张纸，又看向林周扬："三千个字？"

林周扬瞬间懂了："大佬，您又要写检讨啊？"

宁璃点点头："一张英语卷。"

林周扬表情纠结："两张吧？"

宁璃颔首："可以。"

林周扬立刻拍板："就这么定了！"他双手接过宁璃的纸，"其实呢，应该是三张才能接的，但大佬你是回头客——"

宁璃又递过来一张语文试卷："这份是要贴在全校公告栏的，你模仿得像一点。"

语文试卷上的字，算是她写得最多的了。

林周扬："……"

宁璃好心让了一步："三张。"

林周扬咬咬牙，一口咬掉了笔盖："干！"

其他人目瞪口呆。

宁璃的处罚，就是……三千字的检讨？不是，关键她还就这么明目张胆地找人外包了？

就在这时，孙慧慧也回来了。

她低着头，但依然能看出来两只眼睛都已经红肿了。她默默走到了自己的位子，甚至没敢回头去看一眼宁璃，就开始收拾东西。

整个教室安静得落针可闻。

孙慧慧把桌上的书都收到了书包里，还有桌肚里面的一些杂物，也都装了起来。

她的同桌张了张嘴，似乎想开口问一句，但最后还是忍住了。这个情况，明眼人都知道是个什么意思了。

孙慧慧收拾完，也没说话，拿着东西走了。

她的座位就这么空了出来。

其实这个结果，本来也在大家的预料之中。

她这两次做的事都严重违规违纪，就算学校愿意网开一面，继续让她留下，二中所有学生都已经知道她做过这事情了，谁还会再和她往来？

视频被爆出的那一刻，就已经注定，她无法留在二中了。

一些人又默默地看向宁璃。

宁璃抽了本书来看，仿佛根本没把这件事放在心上。

孙慧慧来到走廊，正好撞见裴颂。

她脚步一顿："裴颂。"

裴颂站定，视线从她身上扫过，不难猜到她的处理结果。

孙慧慧脸色涨红，紧张不已。

这并非因为害羞，而是因为那些视频和那些话，裴颂肯定也看到了。就算知道裴颂不喜欢她，而她现在也要走了，可她并不想在裴颂这里留下那样的印象。

"我……我有话想跟你说……"

裴颂忽然开口，打断了她的话："我之前就告诫过你。"

孙慧慧神色惊愕："什……什么？"

裴颂看着她，镜片后的眼眸似是比以往更漠然疏冷，又添了几分锐利冰冷。

孙慧慧猛地意识到了什么。

是……是她故意弄洒奶茶，脏了宁璃英语小剧本的那一次？

对，那次裴颂就曾跟她说，让她下次换封口的奶茶。

当时她只是担心被裴颂看穿了心思，却没想太多。但现在想来，其实那就已经是裴颂的警告。只不过她自己没在意，以至于一直到了现在这一步……

孙慧慧咬了咬唇，忽然涌出满心委屈，眼泪吧嗒吧嗒地掉。

裴颂抬腿向前走去。

擦肩而过的时候，孙慧慧忽然道："你喜欢宁璃，是不是？"

裴颂一顿。

孙慧慧的眼泪掉得更多了，视线也变得模糊起来。

她捏紧书包带。

从上次看到那张机场的照片，她就隐隐猜到这一点了。尽管后来澄清他们没有早恋，但她太了解裴颂了。他对宁璃，和对其他人，就是不一样的！

要不是这样，她也不会生出后来那些心思。

"她有什么好的？"

长得好看？可漂亮的也不止她一个。

成绩好？但裴颂自己已经足够出色了啊。

"她以前应该没少打架吧？那几个人被体罚，跟她道歉，她还能那么淡定。这种人这么可怕，你——"

裴颂回头："你想太多了。另外，我的事，与你无关。"

孙慧慧的声音戛然而止。没有什么话，比这更让她难受。

她抹了一把眼泪，转身快步下楼了。

裴颂往走廊尽头的（一）班教室走去。经过后门的时候，他朝着里面看了一眼。

宁璃正坐在自己的位子上，低头看书。阳光落在她的身上，投下阴影。

他将校服拉链拉到最上面，下巴轻轻蹭过冰凉的链头。

——你喜欢宁璃，是不是？

宁璃在二中本就出名，经此一役，更是声名大噪。

宁校花不但是学霸，还是"霸王花"。以一挑五，不动一根手指头，都能让对方乖乖跪下道歉。

而这件事的另一个主角孙慧慧，在事发的当天就收拾东西离开学校了。

几天后，有消息称她转到云州德中了。

德中是私立高中，无论是教学质量还是校风校纪，和二中都不在一个水准。但她那件事闹得太大，整个云州的公立高中都不愿接纳她，最后只能拿钱托人，好一番折腾，才转到了德中。

而她到了德中的日子，过得也不是很好。

过去的第一天，她就被妙妙那几个人拽去小巷里打了。

他们几个人道歉的视频被广泛流传，让他们丢光了脸。可他们又不敢再去找宁璃的麻烦，最后只能把这些怨气都发泄到了孙慧慧的头上。

德中学生有不少也是和妙妙他们认识的。

在妙妙他们的威胁警告下，孙慧慧去了就直接被孤立了，很不好过。

至于薛萱，因为和校外的不良社会青年往来过密，被家里知道了后好一顿教训，很快也转学了，去了临市的一所不知名高中。

这两个人，自此再没有和二中这边有过任何往来，并彻底从宁璃的世界消失。

"那宁璃妹妹呢？"程西钺听得津津有味，"就只写了个三千字的检查？"

周翡躺在沙发上，玩着手机，头也不抬。

"哪里有那么简单？学校给了个警告处分，为此她还立了军令状。这周末的物理竞赛初赛，必须拿到省里前五名，得到全国决赛资格，学校才会撤销她的处分。"

程西钺"啧"了声，扭头看向陆淮与。

看他微垂着眼，神色十分平静的模样，忍不住揶揄："陆二，宁璃妹妹这么凶，你不怕？"

以前宁璃被"网暴"的时候，程西钺让她去告那些人，还费了一番口舌。那时候他还担心小姑娘脾气软、心地好，以后容易被人欺负。

但从这次的情况来看，分明是他看错眼了啊！

陆淮与眉梢微挑："这不是挺好的吗？"

程西钺一愣，就听他继续道："被欺负了，本来就是要打回去的。"

这道理他教了好几遍了，现在看来，学得还可以。不过就是……没回来告状。

想起上周五，他下巴轻抬。

应该是解决了那群人之后，宁璃才跟季抒他们一起去的燃点。估计是担心被他发现偷偷去了酒吧，才什么都没说。

周翡听到这一句，倒是极赞同。

"就是，陆二这话深得我意！那孙慧慧之前就对付过宁璃，没成，又来。这种还需要给什么面子？就得一劳永逸。"他说着，脸上露出一丝与有荣焉的骄傲来，"反正我是觉得，以后宁璃在学校能清净清净了。这样最好，省得耽误我学生的宝贵时间。"

他是一心向着宁璃的。

不只是因为成绩，也因为从第一面，他就见识到了苏媛对宁璃的态度，想也知道她在叶家是个什么待遇。

"说到这个，最近宁璃好像还帮叶瓷做了笔记，辅导她物理竞赛班的课。"周翡耸了耸肩，"也不知道叶家人是怎么跟她说的。"

叶瓷在这上面天赋有限，他之前劝了两次，叶瓷不听，他也就没再管了。本以为期中考试之后，叶瓷成绩下滑，会自我反省，知难而退。谁知道居然开始让宁璃帮忙了？

还好宁璃这边没受太大影响，不然他真是要去找叶家人好好聊一聊的。

"她现在住在叶家，估计很多事情不太方便吧？"程西钺摇头。

对宁璃而言，叶家不是个好去处。但苏媛毕竟是她母亲，要她自己搬出来，也是不太现实。

"对了，陆二，上次宁璃妹妹晚上没回家，你不就是在那个什么小区找到她的嘛。我记得，那好像是她朋友租的房子？"程西钺回想起那天的场景，有点替小姑娘心酸。

"这离家出走，连个住的地方都没有。哎，要不这样吧，回头我名下的那些，选一套租给宁璃妹妹？不用签合同，她想什么时候去就什么时候去，住到高考结束？"程大少在云州，最不缺的就是房子。

陆淮与眼睫微抬，淡淡地看了他一眼。

那房子名义上是魏松哲租的，但其实真正的住客是宁璃。

除了魏松哲和宁璃，知道这件事的，就只有陆淮与了。不过他并没打算跟程西钺解释这一点。

程西钺咳嗽一声，试图挽救一下："看在陆二你的面子上，给宁璃妹妹打一折，怎么样？"

陆淮与一只手撑额，似是在思考这件事的可行性。

忽然，别墅房门被人推开，有人走了进来。

程西钺三人此时正在一楼客厅，听到这声音，下意识回头去看。

门是密码锁，能直接进来的人，那就只能是——知道这别墅的密码！

不过因为这地方和大门那边有着一段距离，所以并不能直接看到来的人是谁。

程西钺惊了："陆二，你大哥又来了？还是你家老爷子直接杀过来了？"

知道这密码的，不就这几个？

陆淮与没理他，起身迎了过去。

周翡立刻退出游戏界面，按灭手机，从沙发上爬起来，正襟危坐。那两个不管是谁来，看到他瘫在这打游戏，肯定免不了一顿收拾啊！

他往那边张望了几眼："不可能是陆聿骁吧？他不是前不久才路过云州吗？而且当天就走了，怎么会是他？"

陆老爷子？

也不像啊……

宁璃刚推开门，就看到陆淮与走了过来。

"二哥，你没在忙吗？"宁璃有点儿诧异。

这天是周六，她来还书。

上次本来是打算和陆淮与一起吃饭的时候给他的，但那天她有点儿不在状态，就把事给忘了。

昨天她专门问了陆淮与，他说这天上午会在家，她就过来了。但因为想着他可能在忙 HG 的事，她就没按门铃，直接按密码进来了。

没想到陆淮与就在一楼。

"嗯，这会儿没事。"陆淮与来到她跟前，打开玄关的柜门，俯身取了一双拖鞋出来，"换这双吧。"

宁璃低头看了一眼，陷入沉默。

那是一双……粉白色的毛绒拖鞋。

左脚上面绣着一只小兔子，拿出来的时候，毛茸茸的兔耳朵还在一上一下地晃，右脚上……挂着一颗胡萝卜。

宁璃犹豫着开口："二哥，你这不是有一次性拖鞋的吗……不用这么麻烦吧？"

之前她来，还没见这玩意儿呢。

陆淮与这套别墅的装修风格是极简风格，颜色主要就是黑、白、灰。而他玄关的鞋柜里面，一眼扫过去，也全是冷色调。

这双粉白棉拖放在其中，实在是……不是一般地突兀。

陆淮与言简意赅："方便。"

宁璃蒙了一下。

方便？

什么方便？

她换鞋方便？

但她只是过来还书——

"宁璃妹妹？"程西钺充满惊诧的声音突然传来。

宁璃抬眸看去，见到走出来的程西钺和后面跟着的周翡，也是愣住。

"西钺哥？周老师？"

这两个人怎么也在？

她下意识看向陆淮与。之前他只说自己在家，没说他们也来了啊。

陆淮与瞧见她望过来——桃花眼微微睁圆，干净清澈得能看到他的倒影。带着点儿茫然和无措，像极了迷路的小孩儿在找大人。

乖得不得了。

他薄唇微勾，眼角眉梢染上几分笑意："他们也是临时过来的，说会儿话就走。"

专程带了项目合同过来的程大少："……"

本打算求陆淮与带他上分的周老师："……"

"这次打算换别的看吗？"陆淮与问道。

宁璃点点头。她这次过来，是打算借原文版本。

"那你跟我上楼。"陆淮与说着，转身往二楼去了。

宁璃犹豫片刻，换上了那双粉白棉拖，跟了上去。走路的时候，鞋子嗒嗒作响，兔耳朵又晃起来。

被无情抛弃的程西钺和周翡站在原地怀疑人生。

过了好一会儿，周翡才艰难地开口："话说，陆二的品位什么时候变成这样了？"

天知道他看见宁璃脚上那双毛绒兔子拖鞋的时候，受到了多大的惊吓。

程西钺瞟了他一眼，毫不留情地嗤笑："你有时间想这个，还不如想想，你跟在陆二身边混了这么多年了，他给你买过哪怕一个塑料袋吗？"

得亏没当着那两个人的面说这话，不然这天周老师可能要竖着进来，横着出去。

周翡眉心跳了跳。

这话伤害性不大，侮辱性极强！

"你还说我？你刚才不还说，没其他人知道这别墅密码的吗？宁璃是怎么进来的？"

程西钺感觉膝盖一疼。

但他这人心理素质一直很好，没多会儿就给自己做好了心理建设。算了，算了，拖鞋都送了，送别墅应该也不远了。

他一声长叹。难怪刚才他说要租房给宁璃妹妹，陆二是那个表情呢。

他也是糊涂了，居然要跟陆二抢这事去做。

"算了，宁璃妹妹要挑书，估计得一会儿呢，等着吧！"他说着，又回了客厅。

周翡往楼上看了一眼，收起手机："我听陆二刚才那意思，今天你那合同怕是谈不成了，还待这儿干吗？"

程西钺哼了一声，笑道："毁我项目，费我时间，我能让他好过？"

这天他还就赖在这儿了！

"你的时间不是多得很吗？关键他这是浪费我学生时间啊！"周翡这时候终于反应过来，"明天就是竞赛的日子了，陆二居然还让我学生亲自过来还一本书？"

他撸起袖子就要上去。

程西钺扭头看他一眼，出于最后一点兄弟情分，还是好心地提醒了一句："你这会儿上去的话，那我就先走了啊，免得溅我一身血。"

这两个人的武力值，根本没有可比性。

周翡愤愤退回几步，一屁股坐在了沙发上，拿出手机："我今天就在这儿等着了！"

宁璃跟着陆淮与上了二楼的大书房。

刚一进去，她就闻到房间内似是有着淡淡的柠檬香气。

她目光一定，发现书桌一角摆着一个切开的柠檬。没吃，只是被切开了放在那儿。就像……是专门为了闻那个气味一样。

陆淮与注意到她的视线，走到她身边，从她手里接过那本书。

宁璃收回注意力，捏住了书的边角："二哥，我知道这本书是放在哪里的，我自己去吧。"

陆淮与眉眼微敛，漫不经心地笑了笑，松开了手："行。"

宁璃往书架那边走去。她很快找到了上次取书的位置，那本原文的版本果然还在那儿。

陆淮与的视线随之落在那本书上。

宁璃道："我……看译本的时候，觉得有一些地方好像不是很清楚，想和原文的对照看看。"

陆淮与看着她，目光微动，旋即下巴轻点："也是。"

宁璃就把那本拿了下来，正在她要把译本放回去的时候，陆淮与忽然笑了声："不是要对照着看吗？你只带一本？"

宁璃心脏猛地跳了一下，又把那本拿了回来。

一顺手……居然就放回去了……

陆淮与又指向旁边："那边的书你也可以看看，跟这本的研究领域是一致的。"

宁璃点点头，又过去选了一本。

"你们明天物理竞赛？"陆淮与忽然问道。

宁璃把书收起来："对。二中是考场，所以今天上午没有补课。"

陆淮与想起刚才周翡说的话，问："紧张吗？"

宁璃摇头，垂落的马尾从纤细白皙的后颈上轻轻扫过："不紧张。"

她本就是冲着这场比赛去的，等了这么久，怎么还会紧张？

陆淮与笑了笑，他早料到她会是这个答案："那就先祝你考试顺利。周翡说，你要是考到全省前五，二中给你的处分就会撤销？"

宁璃在心中轻叹。

这件事她一直没和陆淮与说，但他想知道，实在是再简单不过了。

本来她也没打算瞒着他，甚至这几天也一直在想他会不会过问这件事。

等了一个星期，没什么动静，她还以为这事就这么过去了呢……

"对。"

陆淮与停顿片刻，忽然笑了："做得不错。"

"嗯？"宁璃一愣。

陆淮与走过来，轻轻拍了下她的头。

宁璃这才反应过来他的意思。

——被人欺负了，就打回来，会不会？

——回来告状，会不会？

宁璃感觉耳朵突然有点发热。

很多人并不赞同她这样的做法，而陆淮与，是唯一一个因为这个夸她的。

好像有什么从她心底深处涌出，逐渐充盈整颗心脏，甚至连周身也温暖起来。

陆淮与忽然往后退了半步，微微偏头打量着她。

宁璃不明所以："二哥，怎么了？"

"阿璃，你是不是……"陆淮与挑了挑眉，"长高了？"

宁璃没想到他问的是这个问题，一时愣住："没有吧？"

她最近没有量过身高了。

陆淮与往前走了一步。

两个人之间本来是正常距离，但这样猛地一贴近，宁璃便瞬间感觉到似乎有一层看不见的透明隔膜被打破。

他的手掌微微压着她的头顶，往自己身前比了比。

宁璃觉得，要是再近一点，她的鼻尖可能就要碰到他的黑衬衫了。

"好像是有点儿。"陆淮与道。

他的声音像是从头顶上传来，落在耳畔，带起说不出的酥麻感。

宁璃甚至可以感觉到他身上传来的热气。丝丝缕缕,逐渐缠紧,难以挣脱。

她下意识抬眸。从这个角度看过去,正好看到他线条流畅的下巴,以及……喉结。

他说话的时候,那一块凸起便随之上下滚动。

宁璃眨眨眼,脑海中忽然就浮现出那天视频的时候看到的场景。

有那么一瞬,她心里突然升起了一个念头:这喉结摸起来,是什么感觉?

陆淮与发现她不说话,就收回手,偏头看她,见她眼神愣愣的,忍不住笑了声,声音是难得的低沉温柔:"怎么了?"

宁璃猛然回神——

她刚刚在想什么?!

第十一章

喜欢他的

宁璃立刻退后一步，摇了摇头："没什么，就是突然想到一些事情，走神了。"

她的心脏剧烈地跳动着，血液鼓动着耳膜，一下下地敲击着。

周围的空气似乎都在这一刻被抽离。

陆淮与看她偏过头去，微微垂着头，只能瞧见她挺翘的鼻尖，和轻轻颤动的浓密卷翘的睫毛。

他的眉梢轻轻挑了下。

他就在这儿，她还在想什么想得这么入神？

"西钺哥和周老师还在下面，我们下去吧？"宁璃道。

陆淮与一只手插兜，轻轻颔首："好。"

听到楼梯上传来的脚步声，程西钺和周翡齐齐抬头看了过去。

陆淮与走在前面，宁璃背着包跟在后面。

周翡十分不满："还个书要这么久？陆二，你知不知道我学生的时间很宝贵的。"

陆淮与看了一眼腕表："很久了吗？那你们还没走？"

周翡："……"

程西钺毫不留情地嗤笑出声。

就周翡那点道行，还想跟陆二斗？

他冲着宁璃笑眯眯地招手："宁璃妹妹，我看这时间也快到中午了，不如一起吃顿饭？"

宁璃微愣："这……不用了吧？"

和这三个人一起吃？

程西钺露出了然之色："你是不是不想和周翡一起吃？理解，理解，那就咱们三个，让周翡自己走就行！"

周翡一把扔了手机："程西钺，你什么意思？"

"你还问？和老师一起吃饭，学生能吃好吗？万一宁璃妹妹消化不良了怎么办？"

周翡往后一靠，双臂打开搭在沙发上，跷起二郎腿，闲散道："你见过有本少爷这么养眼的老师？不是跟你吹，我们学校的小姑娘可都不是一般地喜欢我。"

这倒是实话。周翡极年轻，比学生们大不几岁，清秀俊朗，教学方式也自由，的确很受学生欢迎。

"哦，是吗？"

陆淮与突然脚步一顿，回头去看宁璃，嘴角噙着几分散漫的笑意。

这话显然是在问宁璃。

宁璃本来跟在他身后两个台阶，没想到陆淮与忽然停下，差点儿撞上去。

他个子很高，即便与她错开台阶，也几乎与她持平。突然这么一回头，她心头一跳，立刻握紧了楼梯扶手。

撞上那双幽深清冷的眼，她不知怎的突然有点儿心虚，又移开了视线。

"周老师在学校人气是挺高的。"

陆淮与眸子微眯，周身的温度忽然冷了几分。

周翡得意扬扬。

程西钺在心里叹了口气，默默盘算着还是先走一步的好，不然周翡横尸当场，他还得收拾烂摊子。

宁璃点点头："嗯，不只是女生，男生里也有很多喜欢周老师的。"

一个年轻洒脱又出色的老师，的确是很容易引起青春期学生的好感的。

周翡最开始去二中的时候，办公室桌上或者收上来的作业里，的确时不时会出现这种小东西。

后来他都冷处理了，学生们看他如此，也就渐渐都收了心思，不敢再那么明目张胆。

糟糕的是，这事后来被程西钺无意间知晓了，为此周翡没少被调侃。

周翡冷哼一声，道："我那也就是小孩子小打小闹，算不了什么。真要说起来，喜欢陆二的那才是——"

话没说完，周翡骤然感觉脖子一凉。他下意识扭头，就看陆淮与正似笑非笑地看着他。

周翡狠狠地咳嗽一声，把剩下的话都咽了回去。

宁璃眨眨眼。

喜欢陆淮与的……什么？

她目光微转，视线落在陆淮与的侧脸上。

他皮肤极白，眉骨到鼻梁的线条弧度堪称完美。不笑的时候眉眼清冷，似凝了微风小雪，笑的时候便如浮冰碎雪消融，又透着骨子里的慵懒矜贵。

这样的风华容貌，的确是独一无二。

她忽然想起何晓晨之前问过的那个问题：陆淮与这样的条件，到现在都没有女朋友，该不会是喜欢男人吧？！

陆淮与似是察觉到了她的视线，忽然看了过来。

瞧见宁璃望过来的微妙眼神，他眸子微眯，屈指在她额头轻弹了下："小孩儿，乱想什么？"

宁璃觉得那一下像是敲在了她心脏的某处。

她背着包，道："二哥，明天还有考试，要不我今天就先回去了？"

她觉得不能再和陆淮与待在一处了。好像有一股看不见的力量，在将她拉向某处，无法控制。

陆淮与偏头看了她几秒，倒是很痛快地答应了："好。那就等你考完再说吧。"

宁璃心里松了口气："谢谢二哥。那我就先走了。"

她依次跟程西钺和周翡告辞，就离开了别墅。

叶家。

宁璃回到卧室，把书从包里拿出来，放在桌上摆好。第二天要考试，她打算等之后有空了再看。

忽然，她的余光瞥见旁边摆着的那个玻璃瓶。里面放着一颗奶糖，还有一只小小的纸船。

她盯着看了一会儿，好像平静了些，又好像暗流涌动得更加深沉。

做了几个深呼吸后，她将脑子里那些混乱的画面压下，拿出一张试卷来。

第二天，云州二中。

全省高中生物理竞赛。

竞赛的形式是笔试加实验，分别在上下午进行。

二中是云州唯一的考点，一大早校门外就围了不少人。

黑色豪车缓缓停下。

苏媛回头问道："考试要用的东西都带好了吗？"

叶瓷浅浅一笑："都带好了。妈妈，这你都问了好几遍了。"

"那就好，等会儿上考场别紧张啊。"

苏媛这话显然是对叶瓷说的，眼风都未曾扫过旁边的宁璃。

宁璃全校检讨的事闹得沸沸扬扬，苏媛虽然知道了那并非全是宁璃的错，但还是觉得宁璃此番作为太过放肆。加上之前苏媛还对宁璃发过火，更是没有台阶可下，就一直这么僵着了。

宁璃也不介意，推门下车，朝着学校走去。

叶瓷跟在后面："宁璃姐，等等我。"

宁璃脚步未停。

叶瓷快走几步，跟了上去，小心翼翼地开口："宁璃姐，其实妈妈也是关心则乱，既然事情已经过去了，你就别和妈妈犟了……"

宁璃笑了声。

叶瓷居然以为，她这是还在和苏媛闹脾气？

要真是想劝，中间有着好几天的时间，怎么半句话没有提过？现在马上要进考场了，她倒是想起这事了。

"我没那么闲。"宁璃淡淡地回道，神情冷淡。

叶瓷眉头飞快地皱了下。

宁璃怎么好像……真的对这些都不怎么在乎的样子？

难道这几天，苏媛刻意的疏远和冷落，她真的半点儿都没放在心上？

但这怎么可能？每个人都有占有欲，叶瓷不信宁璃真的无动于衷。

叶瓷目光微闪："要不然，等考试结束，你和妈妈好好谈一谈——"

"看来你对今天的考试很有信心，都这个时候了，还有心思操心别人的事。"宁璃忽然打断了她的话，嘴角带着讥诮的弧度。

叶瓷一噎，神情有些无措："宁璃姐，我……我不是……"

"好好考吧。"宁璃看着她，"你考得好，她肯定是比看到我考得好更高兴的。"

宁璃这话太过直白，叶瓷一时间竟不知如何去接。

片刻，她才小声地说道："我……我有点儿紧张，也不知道会考成什么样呢……"

尽管她心里万般不愿承认，她也明白，自己在物理上的天赋和悟性，的确是不如宁璃的。

宁璃说这话，真的不是故意在讽刺她？

宁璃忽而弯了弯眼睛："怎么会？你最近这么努力，肯定能考得很好的。"

叶瓷蒙了。

宁璃这什么意思？

叶瓷狐疑地看了宁璃一眼，想要从她脸上找出嘲讽轻鄙之意，却发现宁璃目光沉静，好像是真心这么希望的。

她想说点什么，宁璃却已经转身朝着考场走去。

叶瓷和宁璃不在一个考场，叶瓷在原地站了一会儿，只能往另一个方向走去。

宁璃走进自己的考场。

这里有些是二中的，也有一些是其他学校的。

不少人都看了过来。一是因为她这张脸实在是太过惹眼，二是……她本人最近在云州各大高中也十分出名。

宁璃来到自己的位子坐下。

旁边还有人正在小声地议论着什么。

"那就是二中的宁璃？"

"就是她，上次期中考全市第一的那个。"

"七百四十一分……可算见到活人了。听说她在二中物理竞赛班的成绩一直也很出色，很有拿奖的希望。这是什么变态？"

"不仅仅是她，还有个裴颂，而且好像也在这个考场——哎，来了，就那个！"

身影清瘦挺拔的少年走了进来，正是裴颂。

巧合的是，他的座位就在宁璃右边。他拉开椅子，在旁边坐下。

铃声响起。

考试开始。

宁璃接过试卷，迅速扫了一遍。

她拿起笔，摒除杂念，开始做题。

同一时刻，叶瓷也拿到了试卷。

她紧张得手心都是汗。

为了这一场物理竞赛，她付出了太多，如果这次不能考出个让人满意的成绩，背地里不知道多少人要笑话她。

她深吸口气，看向第一道题。

她一愣，旋即心里便生出几分窃喜来。因为这道题，她之前做过类似的！不过就是数值变了一下，直接代入公式就能解。

顺利写完这道题，叶瓷紧张的心情得到了很大的缓解。

她看向第二题。

叶瓷发现自己运气真的很好。因为这张试卷上考到的知识点，正好是她最近复习比较多的那些。她做得很是顺利。

而这种心情，在看到第一道大题的时候，终于发生了微妙的变化。因为那道大题，她也见过！

周翡之前曾经出过一道类似的题目，但这部分她学得不是很好，所以虽然能听懂，可应用起来并不灵活。

现在，试卷上的这道题，显然是周翡那道题的衍生。

本来她遇到这种情况，基本是做不出来的。

但这道题不一样。因为宁璃之前给她的笔记本上，也专门写了这一题。

并且，宁璃当时自己在下面特意写了标注，说明了可能会出现的三种衍生题型。这就是其中一种！

或许是出于对宁璃的不服气，叶瓷对那本笔记很是用心，最近的时间几乎都花在那上面了。所以现在看到这道题，她是可以按照笔记上的解题步骤进行解答，写出答案的！

叶瓷的心脏猛烈跳了一下。

这未免……也太巧了点儿吧？

周翡对物理竞赛很有经验，能预测出要考的题型也很正常。但这衍生出来的题……却的确是从宁璃的那本笔记上学会的。

叶瓷隐隐觉得好像有哪里不对，可转念一想，又觉得是自己想太多了。

宁璃并不是第一次这么做。

实际上，在物理竞赛班的时候，周翡讲课，经常会让宁璃和裴颂写好几种解法。学得好的人，本就是能够融会贯通的。

宁璃有时候在给其他人讲题的时候，似乎也会顺便提几句可能会涉及的题目拓展。这应该就是她的学习习惯和方法。

只是这次凑巧方便了叶瓷。

叶瓷把这些心思压下。

反正对她而言是好事，她只要好好把试卷写完就好了。

一上午的时间很快过去。

上午的笔试结束，学生们交了试卷，陆续从考场出来。

叶瓷收拾好笔袋，却还有些愣愣的。

"叶瓷，你考得怎么样？"一个男生走了过来，问道。

叶瓷回神："啊？哦，我觉得……还行吧。"

"还行？那就是不错了？"那男生烦躁地摸了摸脖子，"可我怎么觉得这试卷好难！"

他也是物理竞赛班的，平常测试的成绩比叶瓷还要好一些。

但叶瓷这表情、这回答，怎么好像那试卷很简单一样？

难道是他水平不行了？

叶瓷手指蜷了蜷："其实我也觉得挺难的，但竞赛题本来就是这样，只要保证自己会写的都写对就行了。其他的……随缘吧。"

那男生冲她竖起大拇指："哎！我要有你这心态就好喽！"

参加竞赛的，谁能真的不在乎？

叶瓷没说话，心底情绪却远没有表面看起来的这么平静。

——那张试卷上，百分之八十的题，她都在宁璃的笔记上见过！

准确地说，并不是一模一样的题，只能算是高度类似。

但解题思路都是一致的。

一道两道也就算了，毕竟宁璃整理的那些题，基本也都是从周翡出的试卷上搜集来的。

可，加上她标注的那些拓展题目后……这押中的未免也太多了！

以至于做完试卷之后，叶瓷甚至一度怀疑，宁璃是不是早就见过这考卷！

物理竞赛的考试范围很广，就算是周翡，也未必能猜中所有会重点考察的知识点。然而宁璃的那本笔记，却好巧不巧，几乎囊括了所有这天考卷上的那些题！

叶瓷跟着走出考场，心里还在思量这件事。

"裴哥！"那男生冲着不远处的裴颂招了招手，"裴哥，这次的试卷你感觉怎么样？"

裴颂神情一如既往地平静："还好。"

"就知道你会这么说。"那男生无奈叹气，"我估计是不行了，拿奖的希望都寄托在你和宁璃身上咯！"

叶瓷一抬眼，就看到了正从前方走过的宁璃。

她犹豫了一瞬，当即走了过去。

"宁璃姐，"她来到宁璃跟前，嘴角带着笑，眼神中却满是试探和打量，"你这次考得应该……很好吧？"

宁璃挑眉笑了声："我哪次考得不好？"

叶瓷一噎。

宁璃这般理直气壮，倒是让她不知道要如何接了。

那么多题都撞了，宁璃显然很有问题，可她心思藏得很深，表面根本看不出什么来。

而且，如果宁璃真的早就见过考卷，又何必将那些题都透给自己？

裴颂疏冷的声音从旁边传来："很多都是周老师之前讲过的，研究透的话，不难。"

那男生长吁短叹："唉！我知道！但是说起来简单，做起来难啊。有道题我之前明明做过类似的，结果考场上死活想不起来了。"

叶瓷的心思再次动摇起来。或许……真的是她想错了？

她顿了顿，放轻了声音："宁璃姐，这次真是要谢谢你了，要不是你那本笔记，我可能很多题都做不出来呢。你……押题也太准了吧？"

宁璃似是没听出她话中深意，表情淡淡的："能考的无非就那些东西。"

叶瓷抿了抿唇。

这似乎是打探不出什么来了……

宁璃看了一眼手机："下午还有实验，我先走了。"

说完，她没再理会叶瓷，径自离开。

叶瓷拧了拧眉头。

下午的实验考试进行得很快。

宁璃提前结束考试，出了考场。

刚一出来，就看到在警戒线外等待的周翡。

"宁璃！"周翡看到她，眼睛一亮，立刻招了招手。

难得有一次，宁璃看他竟是没拿着手机在玩的。

"周老师。"宁璃走过去打了招呼。

周翡神色期待："感觉怎么样？"

他早就预料到宁璃应该很快就会出来，但她这个速度，还是超乎了他的想象。

宁璃笑起来："应该挺好的。"

周翡听她这么说，悬着的一颗心就落下了一半。

他最看好的就是宁璃和裴颂，而且这两个学生都很沉得住气。宁璃既然都这样讲了，那九成九是没问题了。

"那就好，那就好！"周翡搓了搓手，"要是考到前五，老师请你吃饭！"

说着，他一抬眼，就看到了刚走出来的裴颂，又补充道："对，还有裴颂！你们都请！"

裴颂的视线从二人身上扫过，大概已经猜到周翡在说什么。

后面跟过来的一个男生忍不住调侃："周老师，您这也太偏心了！只请宁璃和裴颂，不带我们玩？"

周翡摸了摸下巴，笑得潇洒："谁能进到全国决赛，这顿饭就请谁，够不够公平？"

他是笃定宁璃和裴颂都能做到这一点，才这么说的。

一听这话，那男生立刻缩了缩脖子："周老师，咱们全省一共就五个名额！您这不是故意为难人吗？"

宁璃和裴颂的水准，他们都是清楚的，能进的希望极大。至于其他人……省里拿奖或许是没问题，但全国决赛就悬了。

全省前五，云州二中要真能占两个，就真是非常厉害了。

他们哪里还敢想更多？

周翡道："乐观点！说不定你们这些人里面，谁超常发挥，也进去决赛了呢？"

宁璃弯了弯嘴角，看着终于从考场走出的叶瓷，喃喃道："也是，说不定，有的人运气就是那么好呢。"

考试结束，二中的校门终于被打开。

考生们陆续走出。

有不少老师和家长正在外面等着。

宁璃随着人流走出来，朝着左边走去。

叶瓷连忙问道："宁璃姐，你不回家吗？"

苏媛和邹华已经在那边等着了。

宁璃头也没回："有点儿事。"

叶瓷欲言又止。

她知道每次这种时候，肯定是无法从宁璃那问出什么来的。关于那张试卷……还是等之后再问比较好。

眼看宁璃的身影渐渐消失，她也收回视线，转身走了。

"小瓷，考得怎么样？"苏媛一看到她，就立刻迎了上来，接过她的背包，"考了一天，累坏了吧？"

叶瓷笑着摇摇头："谢谢妈妈，我不累。而且感觉……考得应该还可以。"

苏媛知道她最近为了准备这场考试一直在挑灯夜战，听她这么说，又是心疼又是骄傲："咱们家小瓷这么聪明，肯定是没问题的！今天回去妈妈给你下厨好不好？"

"好啊！"叶瓷笑着应了。

苏媛摸了摸她的头发，又抬头往她后面看了看，眉头微拧："考试不是都结束了吗？宁璃呢，怎么没出来？"

叶瓷放轻了声音："啊，宁璃姐说她还有事，就不跟我们一起回家了。"

苏媛心里其实已经猜到了但脸色还是冷了几分："那就不管她了，我们先回去。"

本来以为宁璃已经开始听话了，谁知道还是和以前一样！

叶瓷拉着她的手："妈妈，您不要生宁璃姐的气了。这次要不是她，我可能都考不好呢。"她弯起眼睛，笑得十分开心又庆幸，"您不知道，今天试卷上的好多题，宁璃姐的笔记本上都出现过呢！"

"什么？"苏媛一愣。

叶瓷点点头："是啊，好几道我们周老师都说可能不会考，但宁璃姐都押中了呢。"

考试押题，偶尔猜中几道也很正常。但如果有很多都撞了……

苏媛神色微变："你是说，之前她给你的那本？"

"对。"

"试卷上的题……上面都有？"

"有一部分吧，挺类似的。"叶瓷长舒一口气，"还好考试之前我仔细看了那笔记，不然这次可能真的考不过了。宁璃姐确实……"

苏媛缓缓皱起眉头。

因为叶瓷，她最近对竞赛的事情也很上心，知道就算是最出色的老师，也未必能押中那么多。

可宁璃是怎么回事？

叶瓷看她不说话，伸手在她眼前晃了晃："妈妈，你怎么了？"

苏媛回神，脸上重新浮现笑容："没什么，就是在想回头成绩出来，你爸爸知道了，肯定很高兴。"

叶瓷吐了吐舌头："我那不算什么，能拿个省里的奖我就很满足了。宁璃姐才是厉害。周老师说，她很可能拿到全省前五，进入全国决赛呢！"

苏媛没说话。

如果是自己考的，当然很厉害。

可……如果不是呢？

过了好一会儿，她才道："你就别管她了，反正今天考完了，回家好好庆祝，放松一下，好不好？"

叶瓷眼睛晶亮："好！"

和苑小区。

宁璃租的那套房子，就在这里。最近比较忙，她并不经常来。

上楼，进屋。

她来到里面的卧室，将窗帘拉开。

"哗啦"一声后，傍晚的阳光从窗户透进来，驱散一室孤寂。

宁璃洗了手，挽起袖子，支起画板，调和颜料。

之前答应给俞平川的那幅画，她一直还没来得及画，这天总算腾出时间。

素手执笔，腕如霜雪。

上次帮魏松哲改画，虽然动了笔，但并不算是她自己的作品。至于用铅笔在白纸上随意手绘的那几张，更是如此。

或浓郁或浅淡的颜色一点点在白色的画布之上层叠交织绽放，像是有一只无形的手，轻轻将她心里的波澜抚平。

宁璃这一画，就是三个小时。

直到外面天色完全暗了下来，前面的楼栋也陆续有灯光亮起，她才停笔。

她把颜料板和画笔放下，站起身，转了转有些酸疼的脖子。走到旁边拿起手机看了一眼，发现有好几条未读消息。

基本是来自何晓晨他们的，内容都是祝她顺利考完，不过，让她意外的是，里面居然还有顾听澜的一条。

宁璃之前没跟他提过考试时间，应该是他专程去打听了。

她一一回了。

而后，她又上下翻了翻，发现……陆淮与居然没有发消息过来，也没有短信和电话。

宁璃怔了怔。

这会儿已经将近九点，陆淮与应该已经醒了吧？

那他……应该是有事在忙吧？

她极轻地蹙了下眉头，刻意忽略掉心头的那一抹失落。

她收起手机，背起包准备离开。

临走的时候，她又看了一眼那幅画。

画并未画完，彻底完成应该还需要好几天的时间。不过之后这段时间，应该是比较清闲的。

她轻轻关上门，背着包来到电梯门口，准备下去。

电梯升上，梯门打开。

她低着头就要进去，耳边忽然传来一道熟悉的低笑："这是要去哪里？"

宁璃猛地抬头，清澈明艳的桃花眼微微睁圆："二哥？！"

陆淮与怎么来了？

"周翡说你考完就自己走了，我猜着你是来了这儿。"陆淮与说着，步出电梯。

宁璃跟着退后让开，待看到他手里拎着的盒子，又是微微一愣："二哥，这是……"

"吃饭了吗？"

她顿了一下，老实地摇头："没有。"

陆淮与抬了抬下巴："你请我进去，我请你吃饭。"

暖黄的灯光洒落，在餐桌上映出一道浅光。

宁璃看着面前依次摆开的食盒，还有点儿没反应过来。

她怎么就……和陆淮与面对面，一起吃晚饭了？

"这家店的主厨住得有点儿远，所以多等了会儿。"陆淮与说着，将木勺递了过来，"试试。"

宁璃仔细回想了一遍他这句话，眼皮跳了跳："二哥，你不会是专门又把主厨叫回去上班了吧？"

陆淮与下巴轻点："还好这些做起来不是很费功夫，不然可能真赶不上过来了。"

宁璃看着面前精致的摆盘，沉默了一瞬。

就算是外带，这样的规格也已经是极高了。

如果没看错，那道雪蛤汤熬出来就要好几个小时，他是怎么说出"不是很费功夫"这种话的？

似是猜到了她在想什么，陆淮与嘴角微弯，笑了声："我也没吃呢。"

陆二少身娇体贵，别说为一顿饭，就算是为一口茶，也是极讲究的。他会这么"折腾"，似乎也很正常。

宁璃刚才还不觉得饿，这会儿闻到饭菜的香气，才觉得胃里空空的。

她盛了一碗汤递过去。

陆淮与看着递到手边的木碗，眉梢轻挑。

宁璃道："喝汤暖胃。"

陆淮与睡眠不好，饮食不规律，多注意点总是好的。

陆淮与接过。

他睡醒的时候，已经是六点多。

本来想着宁璃这天考完，是该出来好好庆祝一下的，结果正好听周翡说她下午实验结束，就一个人走了。

没跟着回叶家，那她能去的地方，无非也就那几个。

来这一看，发现宁璃的房间果然亮着灯，他就确定了。

宁璃动作一顿，惊愕地抬眸看他："这么说，二哥你两个小时前就到了？"

陆淮与想了想："不到吧。本来觉得你应该在忙，就想等你下来再说。但眼看着过了饭点，就叫了主厨送饭过来。"

他是看到宁璃关灯了，确定她已经忙完，这才上来的。

宁璃讷讷道："那……你怎么不上来？"

陆淮与这样的人，居然会在楼下默默等上将近两个小时。

现在云州晚上已经很冷了。

陆淮与薄唇挑起一抹弧度，似笑非笑："我又没有这里的钥匙，当然只能等了。"

宁璃："……"

没有钥匙就不能上来了？这是什么道理？

"你跟我说一声，我给你开门啊。"

陆淮与漫不经心地笑道："万一你在忙呢？"

宁璃一顿。

她当时的确是在忙。那三个小时，她一直没看手机，就算是陆淮与联系她，她也不会知道。

陆淮与看她如此反应，并不意外。

宁璃租下这套房子，却并不怎么住，显然是有其他用处。他来这里两次，里面那间卧室的门就一直是锁着的。

宁璃不说，他自然也不会多问。

小姑娘总是有自己的秘密的。

而且……上次雨夜，她宁可自己独自待在这儿，蜷在沙发上一晚上，也不愿意回叶家。不难看出她对叶家的态度。

可即便如此，她短期内似乎也并没有要搬出叶家的打算。

如果她想，她其实是可以出来住的。

但她没有。

陆淮与心思通透，至此就不再多问。只是盘算着小姑娘考完就过来，八成是有事要做，这才没上来。

宁璃抿了抿唇："我没什么可忙的，而且，就是开个门，也不耽误什么。"

陆淮与笑起来："那就更不能打扰了。万一你是在补觉呢？"

宁璃挺翘的鼻尖忍不住皱了皱，小声："我又不是你，才不会总在这个点补觉。"

陆淮与靠在椅子上。

得，好心想让她好好休息休息，反倒还被将一军。大概是放松了，小爪子也懒得收了，挠来挠去的。

"看来今天考得不错？"

宁璃点点头："还可以。"

不只是她考得不错，叶瓷考得应该也很不错。

陆淮与生出几分兴味。

他早知道宁璃对物理竞赛和高考都很是看重，但这天看来，似乎比他想的还要更深刻一些。

印象中，宁璃对考第一这件事，似乎并不在意。包括上次她期中考试考了全市第一，好像也没有格外高兴的样子。

但这天这场物理竞赛结束，她整个人看起来却都像是轻快了不少。

他吃得比她快，不一会儿就停了筷子，往四周看了一眼。

宁璃这房子，租来显然不是为了住，厨房甚至连个锅都没有。

也正因如此，他才专程带了饭上来。要是他不来，她估计也不会把这事放在心上。

不过她吃饭的时候总是很乖。

过了会儿，宁璃也停筷。

看着桌上的食盒，她轻咳一声，站起身："二哥，这些我来收拾吧。"

这显然并不是一次性的外带食盒，看起来颇为简约精致。

陆淮与专门来投喂，她已经很不好意思了。

陆淮与摇头："不用，放着我来就是。"

说着，他就要起身。

宁璃抢先一步，态度十分坚决："还是我来吧！"

吃人家的，还要让人家洗碗，这未免也太——

说着，不等陆淮与动作，宁璃就率先带着食盒冲向了厨房。

陆淮与看着她的背影，忍不住笑了声。

然而等了一会儿，厨房那边还是一片安静。

他心下觉得有点奇怪，正打算过去看看，就见宁璃沿着墙，一步步挪了出来。

陆淮与问道："怎么了？"

宁璃沉默了一下："二哥，对不起，我忘了我这没有洗碗的东西……"

是了，上次来的时候，这里好像连个床都没有。那，没有洗碗的东西，似乎也……很正常？

陆淮与垂眸看了看，见宁璃的神色是难得的窘迫，脸颊绯红一片。

她的皮肤是极细腻清透的瓷白色，在灯光下看起来，更如皑皑白雪。马尾垂落，几缕落在纤细白皙的脖颈，乌黑与皎白相互映衬，便成了清丽不可触碰的模样。

偏偏那一抹绯红，平添几分暧昧人间色。睫毛轻颤，像是在他心底卷起风来。

陆淮与不动声色地移开视线："那就不用管了，等会儿我带回——"

忽然，他目光一凝。

宁璃察觉到他的视线，抬头看他，奇怪地问道："二哥，怎么了？"

陆淮与抬手，指了指自己的右耳侧："你这好像沾了东西？"

宁璃微愣，抬手摸了下。

陆淮与偏了偏手指："往后点的位置。"

宁璃又摸了下，还是没感觉。她把马尾拨开，侧了侧头："是这儿吗？"

那一抹雪白猝不及防地撞入陆淮与的视线。

她的肩颈线条本就极漂亮，如此一歪头，细白的脖颈便完完整整地暴露在他的视野之中。如此娇软、无辜、可欺。

陆淮与凤眸幽深，嘴角弯了一下。

宁璃的手指在耳侧摸了一会儿，纤细的手指也娇娇软软，指甲泛着淡淡的粉。

陆淮与扣住她的肩，把她往前带了几步，将她的身子转过去。

墙上挂着一面镜子。

他抬了抬下巴："自己看。"

宁璃往前凑了凑，这才勉强看到右耳侧那边，的确是沾上了一抹颜料。

大概是她刚才不小心弄上的。但正面看不那么容易发现，所以她之前一直没看到。

"啊，是这啊。"她摸了一下，转身去卫生间，"那我去洗一下。"

说着，她转身去了隔壁。

陆淮与单腿微屈，靠在墙上，有点燥热。

水声响起。

宁璃洗了会儿，很快就出来了。大概是因为留的时间不长，并不是很难清洗。

她来到陆淮与跟前，微微侧身，把耳边的碎发撩起："二哥，好了吗？"

好像耳朵后面也有点，她自己是不太能看见的。

陆淮与垂眸看了一眼。

她的半张小脸都湿了，碎发濡湿了一部分，凌乱地贴在她白皙的肌肤之上。小巧细嫩的耳垂被搓得发红，缀着冰冷晶莹的水珠，轻轻晃动着。

"吧嗒"轻响，那小小的一颗，就在她的颈窝细碎绽放。

也像有烟火，在他心底某处猛地点燃，星火燎原。

陆淮与别开眼，喉结滚动了一下，声音微哑："好了。"

晚风从阳台吹来，几滴秋雨飘落，带来一丝凉意。

宁璃往那边看了一眼："下雨了？"

云州的秋天总是多雨，一场秋雨一场寒。再过一段就要入冬了。

她走过去把阳台的推拉门锁好。

她远了些，身上那股清甜绵软的气息随之也消散了些。陆淮与微微仰头，抬手扯了扯衬衫领口。

宁璃回头看见，有点儿奇怪："二哥，你很热吗？"

她还觉得房间里挺凉的。

陆淮与"嗯"了声："有点儿。"

他朝着窗外看了一眼："你要回去吗？"

宁璃点点头，换上了校服，拉好拉链："回。"

外面小雨，并不耽误。本来她这天过来，也没打算过夜。

陆淮与颔首："我送你。"

雨夜的云州，街道两旁的梧桐树落叶遍地。细雨飘落在车窗，使得视线变得模糊。

宁璃看了会儿，收回目光，看向坐在身侧的陆淮与。他从上车就闭上眼睛休息了，也没跟她怎么说话。大约是之前在楼下等了将近两个小时累了？

想到这，宁璃心里生出点儿小小的愧疚。

"二哥。"她轻声开口。

陆淮与眼睫微动，睁开眼睛，看了过来。

车内光线很暗，窗外的路灯接连路过，那张清俊完美的容颜上光影交错，目光浓稠，令人难以捉摸。

宁璃把手递过来："这个给你。"

陆淮与垂眸，一枚钥匙静静躺在她的手心。

这是她那套房子的钥匙。

他眉梢微挑："这个，给我？"

宁璃点点头。反正她的东西主要都放在最里面的主卧，大门的钥匙给陆淮与一把也没关系。

陆淮与笑起来："确定了？这么信得过我？"

"二哥不是也把云鼎风华的密码告诉我了吗？"

那套市中心的独栋别墅，不知道能买多少套她那个三室一厅了。

何况她那还是租的。

"二哥不嫌亏就行。"

陆淮与看着她。

小姑娘桃花眼清亮明澈，眼底是对他全然的信任。

他觉得还是有必要提醒一下，让小姑娘提升提升警戒心："阿璃，难道没人跟你说过，那么容易相信别人，是很容易被骗的吗？"

宁璃眨眨眼："那……二哥会骗我吗？"

陆淮与似笑非笑："那可不一定。"

宁璃的眉头极轻地皱了下，没料到陆淮与会接这样的话来。

那他是不想要这钥匙了？还是……

她手指微微收拢，作势想要收回。

但收到一半，又忽然顿住，继而重新递了过来。

陆淮与看着她如此坚持的模样，眼底掠过一抹诧异。

之前说没钥匙的那句话，其实不过是一句调侃。他很清楚那套房子对宁璃而言，绝对不只是一个暂时的落脚点那么简单。

所以，虽然他很想再靠近一步，但终究还是停在界限之外。

她想做什么，都随她。如果她不想被人知道，那他就不知道。

他没想到，宁璃居然真的会把钥匙给他。

陆淮与的目光落在她的手上："给我，可就不准后悔了。"

宁璃点头。

陆淮与有点儿无奈地揉了揉眉心，低笑了声："你这样，以后被别人拐了，还帮人数钱呢。"

宁璃顿了顿，小声地道："二哥不是别人。"

她欠陆淮与太多人情，一把钥匙本也不算什么。

何况，以陆淮与的身家，把她卖了都不够他零花的，他才不会图谋她那点儿小财产。

陆淮与望着她，目光微动。

半晌后，他笑了。

小姑娘觉悟还挺高，没白养。

"行。"他伸手，拿过那把钥匙，指尖从她掌心轻轻地蹭过，带起微妙的酥痒滚烫，转瞬即逝，"你给我了，那就是我的了。"

叶家。

宁璃回来的时候已经是晚上十一点多。

赵姨等人似乎已经习惯她如此，只打了招呼，就没多问了。

别墅内一片安静。

宁璃上了二楼。

刚到走廊，就看到叶瓷卧室的门微微开着一条缝。她走过去，余光一瞥，就看到苏媛正站在叶瓷床前，俯身帮叶瓷掖好被子。

苏媛穿着睡衣，披着羊绒围巾，应该是已经睡下，又起来了。

宁璃淡淡地看着，嘴角挑起一抹极浅的弧度，眼角眉梢却是一片冷然。

苏媛对叶瓷，的确算得上是关怀备至。毕竟是从六岁开始就一日日养在身边的，衣食住行样样操心，哪里能没有感情？

算起来，苏媛和叶瓷在一起的日夜，其实比和宁璃在一起的时间还要多出很多。

也难怪，人的心总是偏的。

从前看到类似这样的场景，宁璃便总以为，只要她足够乖巧听话，满足苏媛的期待和希望，自己也会得到和叶瓷一样的待遇。

但后来她才明白，一个人的时间、精力和爱意，都是有限的。

那些东西，苏媛已经给了叶瓷和叶晟，就再没有多余的给她了。

从一开始，就不该幻想。

她转身往自己的房间走去。

然而刚走出两步，苏媛就听到动静，往这边看了过来。

她直起身，轻手轻脚地退出叶瓷的房间，把房门带上，拢了拢披巾，这才出声："宁璃，你等等。"

宁璃脚步一顿，回头。

她的神色一如既往地平静淡漠。

苏媛每每看到她这样，心里就不舒服。她这来来回回，真把叶家当酒店了不成？

"你——"苏媛刚开口，想起叶瓷已经睡下，便又压下了声音，"你今天考得怎么样？"

这么晚，突然来问这个问题，宁璃可不会觉得她真的是在关心自己的竞赛成绩。

看着苏媛那带着点儿审视与怀疑的眼神，宁璃心下已经猜到了点儿什么，当即点了点头："挺好的。"

苏媛一愣。

宁璃平常很少会用这种语气说成绩的事，可见这次她是真的考得很好？

"你……我听小瓷说，这次竞赛的试卷上，有好几道题都在你的笔记上见过？"

宁璃淡淡地笑开。

几道？

看来叶瓷这次告状，还颇有保留呢？

"好像是吧。怎么了？"

苏媛越想越觉得古怪。

　　"没什么，就是……好像有点儿太巧了吧？宁璃，你跟妈妈说实话，物理竞赛的考卷，你之前有没有见过？"

第 十 二 章

/

类 似 拥 抱

· · ·

——你之前有没有见过？

这话无异于直接问宁璃——你是不是作弊了。

尽管苏媛的声音很轻，可这句话，是再冰冷沉重不过的质疑和指责！

宁璃似是听到了什么笑话般，反问："这次是全省竞赛，我上哪里去提前看那份试卷？"

苏媛问出那句话，其实也觉得不太妥当。就算宁璃有这个心思，似乎也没有这个能力能提前拿到考题。

但怎么就那么巧，撞了那么多题？

听叶瓷说，他们物理竞赛班做过的题目和试卷是非常多的，宁璃给她的那本笔记，一共也就写了不到二十道题。但里面大部分都考到了！

也怪不得苏媛会心生怀疑。

"那你的笔记……"

"难道叶瓷没说，那笔记上的题虽然少，但每道题我都专门做了拓展吗？"宁璃忽而意味不明地笑了声，"再说，这样一来，她应该也能考一个不错的成绩了。如此不是正好吗？"

苏媛眉头微凝，一时间竟不知宁璃说这话到底是什么意思。

宁璃是真的希望叶瓷考得好？还是……

宁璃却似乎已经懒得继续在这件事上纠缠，转身走了。

苏媛动了动嘴唇，想再问点儿什么，却又觉得不知从何问起。

大概……真的是她想太多了？

宁璃回到房间，想起什么，打开了电脑。她导出之前记录的数据，做了简单的处理。

但这些还不够。

宁璃坐在椅子上，昏暗的房间内，只有电脑屏幕的荧光映在她脸上。

她单手托腮，似在沉思。

其实她很想去借陆淮与的那台望远镜，但可能有点儿麻烦。而且云州这边，目前也还没有能承接这个计算量的实验室。

估计还是得抽空去一趟盛城。

想到这儿，宁璃有点烦躁地揉了揉头发。

想了好一会儿，她终于关机睡觉。

物理竞赛算是告一段落，所有物理竞赛班的学生都松了口气。

成绩会在一个星期后公布，所以中间这几天，是他们为数不多能放松的时间。

考得最好的那一批，很快就要准备全国竞赛，那是一场更为熬心熬力的竞争。而那些考得一般的，就得收心为高考做准备了。

宁璃这几天过得尤为放松，中间还专门抽时间去把那幅画完成了，打算周日给俞平川送过去。

所有人都看得出来，宁璃最近很清闲。

周五下午，宁璃再次请了假。

程湘湘看了一眼那空荡荡的座位，嗤笑道："这物理竞赛的成绩还没出来呢，不知道的，还以为她已经拿了西京大学的保送名额。"

不就是搞个竞赛嘛，有什么可嚣张的？能不能成还两说呢！

周围几个同学听见这话，暗暗地交换个眼神，都没接话。

其实就算宁璃不搞竞赛，靠着高考，上西京大学也绝对是没问题的。人跟人真是没得比。

叶瓷正在写数学笔记，听到这话，笔一顿："我觉得宁璃姐应该能考得很好。"

程湘湘不想谈宁璃："那小瓷你肯定也没问题吧？"

她这几天看叶瓷的状态很是微妙。好像是高兴，又好像是紧张。

其他人考完都不像她这样，也不知道是怎么了。

叶瓷摇摇头："这个……怕是不好说。"

周翡在考试完的第二天，就已经出了答案，让他们各自对照，研判自己的分数。

叶瓷其实大概能猜到自己的分数。但其他人的，她就不清楚了。

所以她现在也不知道自己到底能拿到个什么样的名次。

和苑小区。

宁璃在主卧，从下午画到晚上，总算是完成了最后一笔。她站起身，盯着那幅画看了会儿，轻轻地吐出一口气。

接下来只要简单处理一下，送去给俞平川就可以了。

她走出房间，路过墙上挂着的镜子时，不自觉地停下，仔细看了看。

自从上次被陆淮与看到耳侧的颜料，她就很小心了。她会画画的事，陆淮与肯定是猜到了，但一直也没多问过。

而陆淮与——

她忽然想起被他夹在那本书中的手绘。

那应该是出自陆淮与之手？

也不知道上面到底画的什么，他这么宝贝着……

宁璃摇摇头，把这些杂乱的念头压下。

周日早上十一点。

宁璃带着画，打车去了俞平川的住处。

出租车停在小区门口，宁璃下了车，朝着熟悉的楼栋走去。

手机响起来，是魏松哲的电话。

宁璃接通："有事？"

自从在"华清杯"拿到金奖，得到西京大学的保送名额，魏松哲就开始遵循宁璃的吩咐，好好学习天天向上。

算起来，二人也是有段时间没怎么联系了。

魏松哲笑嘻嘻道："璃姐，璃姐，我听说你最近总请假啊？是不是在忙画呢？"

七中和二中挨得很近，想打探什么消息，实在是再简单不过。对于魏松哲而言，尤其如此。

听他这话音，宁璃已经知道了他的心思，也就坦荡直接地应了声："嗯。"

"噢！"魏松哲激动不已，"璃姐，你终于舍得动笔了！呜呜呜！给我看看，给我看看！"

"可能不太方便。"宁璃拒绝得干脆，"我快到俞老师家了。"

魏松哲听见自己的小心脏"吧嗒"摔在地上，裂了。

"璃姐，你这是直接画好就给俞老师送过去了？不是，你怎么之前半点儿消息都不透露的？起码给我瞄一眼啊！不行！我现在就过去！"

宁璃看了一眼时间，好心提醒："快到吃午饭的点了吧？"

魏松哲的声音戛然而止。

片刻，他慎重道："璃姐，我想清楚了，这毕竟是你这半年来的第一幅画，还是先请俞老师看吧，我晚一些没关系的！"

虽然他的确很想看宁璃的画，但他更珍惜自己的小命。

宁璃背着画，上了三楼，抬手敲门。

"你要这么想，那就——"宁璃一句话还没说完，房门被人从里面打开。

一张熟悉的清俊容颜，出现在门后。

宁璃的心脏狠狠一跳！

陆淮与，他怎么在这？！

陆淮与见到是她，似乎也有些意外。他的目光落在她背着的画上，眉梢轻扬："阿璃？"

"你的画我已经帮忙带到了，等会儿就给俞老师。"宁璃声音平稳地打着电话。

那端的魏松哲蒙了一瞬："什么？"

"对。你那边结束之后，就尽快过来吧，俞老师一般吃完午饭会休息，到时候应该能帮你看看。"宁璃点点头，"俞老师的亲自指点，很难得。"

魏松哲持续掉线中："哈？"

"就这样，我先挂了。"宁璃掐断了电话，抬眼冲陆淮与打招呼，"二哥，你怎么在俞老师家？"

俞平川住在这儿，知道的人不少，但有资格亲自登门拜访的，其实并不多。

陆淮与道："正好有点儿事来请教，我也是刚来。你这是……帮人带的画吗？"

宁璃面不改色："对，魏松哲，你应该有印象。"

是有印象。

和她一起打架斗殴闹到了派出所，还帮她租了房子的人，他当然记得。

哦，对，好像还拿了"华清杯"的金奖。

那他送画过来，给身为云州画协主席的俞平川看，似乎也很正常。

陆淮与抬手："给我吧。"

宁璃犹豫了一瞬，就将画板递了过去。

陆淮与感受了一下分量，笑："也不嫌沉？"

这幅画足有她半人高，她居然就这么背着来了。

宁璃进屋，含糊地应了一声："还好。以前在公园帮人画素描的时候，也会一次背很多东西过去。"

陆淮与动作一顿。

"是不是阿璃来了？"俞平川听到动静，也从书房走了出来。

看到宁璃，他顿时高兴地笑起来。

"俞老师，"宁璃指了指那幅画，"魏松哲的画，先让我帮忙带过来了，他说等会儿就到。"

俞平川愣怔了一瞬，很快反应过来："我就说，这都快中午了，怎么还没到呢！那就先放那儿吧，吃完饭再看。"

陆淮与就将那幅画放到了书房，并未拆开。

宁璃的心这才稍稍放松了些。

俞平川笑呵呵道："阿璃，你难得来一趟，今天说什么你也得在这吃顿饭啊！"

宁璃左右看了看："林叔呢？"

“今天画协那边有点儿事，他去忙了，中午不回来。”

俞平川说着，就要往厨房去。

宁璃的视线扫向冰箱，试探性问道：“俞老师，要不然咱们还是出去吃吧？今天周日，您应该还没得及去采买——”

俞平川打开冰箱，各种蔬菜肉类塞得满满当当。

他笑呵呵道：“本来的确是吃完了，不过小林这两天比较忙，昨天就专门跑了一趟超市。你想吃什么，我给你做？”

宁璃感觉眼角跳了跳。

上次鱼汤的味道，仿佛还在舌尖盘绕。

俞平川又冲着陆淮与道：“对了，淮与也在，你以前还没试过我的手艺吧？今天可一定要尝尝！”

陆淮与看了一眼手机，笑道：“谢谢俞老，但今天怕是来不及，之前和朋友约了中午的饭局。”

俞平川颇为遗憾：“啊，这样啊……真是可惜。那只能下次了。”

宁璃不由得在心里默默羡慕了一下陆淮与。

“二哥，那你这就要走了？”

陆淮与颔首。

他本来也要走了，没想到正好遇到宁璃过来。

“那——”宁璃正要说点儿什么，余光一瞥，就看到俞平川已经开始从冰箱里掏东西了。

她眼皮一跳，立刻快步奔了过去。

“俞老师，上次来就是您亲自下厨，这次换我吧？正好您也好长时间没吃过我做的饭了是不是？”

陆淮与拧动了一半的门把手忽然一停。

俞平川有点儿纠结。

他想给宁璃做饭，但也确实很怀念宁璃做的饭菜的味道：“那……”

宁璃趁热打铁，将他手里的半只鸡和一袋菜都夺了过来：“您去歇着吧，我来就行，很快的。”

俞平川被她推出了厨房。

“咔嗒”一声，陆淮与又把门锁上，转身回来。

宁璃正在暗自庆幸，看到他，有点儿意外：“二哥，你不是要走了吗？”

陆淮与晃了晃手机，神色一哂：“被‘放鸽子’了。”

有人敢放陆淮与的“鸽子”？

宁璃反应了一下。

"那，要不你也留——"

"行。"陆淮与应了声，又十分流畅自然地将外套放了回去。

宁璃："……"

俞平川也很高兴，带着点儿炫耀："那敢情好。淮与，阿璃熬汤的手艺一绝，你今天有口福了！"

陆淮与嘴角微弯："是吗？那一定得试试了。"

说着，他长腿一迈，朝着厨房走来。

他一边走，一边挽起袖子，露出修长有力的手臂。

宁璃一愣："二哥？"

"天下没有白吃的午餐，我来给你打下手，不嫌弃吧？"陆淮与挑眉。

宁璃看着他手腕上那只镶嵌了祖母绿翡翠的腕表，心中一叹。

这么昂贵的一双手，这么矜贵的一位爷，哪里是她能嫌弃的？

陆淮与注意到她的视线，便顺手将表带解开，随意把腕表放到了旁边的桌上。

宁璃想起上次还欠了他一顿早饭："那你帮我把这些洗了就行。"

宁璃说着，递过去一个菜篮。

陆淮与上前一步接过。

俞平川这套房子很有些年头了，不算大，厨房尤其小，还是个封闭式的。

宁璃一个人站着还好，陆淮与一进来，这空间瞬间就显得拥挤了很多，甚至有些转不过身。

她看了看，正打算让陆淮与出去，她自己处理就好，就看他已经来到水槽位，打开了水龙头。

俞平川在外面踱步，看着站在一起的两个人，还是有点儿跃跃欲试："阿璃，要不我也来帮忙打打下手？"

宁璃面无表情道："俞老师，您家的厨房好像不允许。"

俞平川："哦。"

陆淮与似乎已经看出了什么，回头看俞平川去客厅了，这才稍稍往宁璃那边凑了凑，压低了声音低笑："这么怕俞老做饭？"

宁璃心中轻哼："你是没这个福分了。"

陆淮与似乎也不介意被揶揄："其实我还真是挺好奇的。"

不过，换成她的话，倒是更好。

宁璃一顿，转而准备去处理食材。

陆淮与忽然道："等等。"

没等她回神，陆淮与已经上前半步，微微俯身，手臂从她腰侧环绕而过。

陆淮与微偏着头，宁璃一抬眼，就能看到他高挺的鼻梁和线条流畅的下巴。他清冷的眉眼间，似是化开一抹极淡的雪色，透着难得的温和纵容。

旋即，她腰间一紧。

修长而指节分明的手指轻轻环绕翻转，便在她的后腰上打了个结。

陆淮与退后，打量了一圈，眼角噙了几分笑意："好了。"

宁璃低头，就看到身上多了……一件围裙。

其实从头到尾他都没有碰到她，不过是衣料产生了片刻的摩挲。但不知为何，她还是觉得好像……太近了。

她稍微退后了半步，但这厨房实在是太拥挤，几乎退无可退。

她微微垂了头："谢谢二哥。"

陆淮与的视线从她腰间掠过。

原本她这天穿了一件很宽松的白色卫衣，如今乍然一个收腰，顿时勾勒出少女纤细柔韧的腰身。

清艳无双，纤秾合度。

陆淮与回想了一下刚才的场景，觉得她好像……又瘦了点。

他兜里的手机忽然响了起来。

宁璃看了一眼："二哥，你的电话？"

陆淮与拿出来淡淡地看了一眼，很快掐断。

"骚扰电话。"

同一时刻，魏松哲苦大仇深地盯着面前的手机，内心纠结不已。

璃姐刚才说什么？让他去俞老师家？

这个时间？

过分了吧？！

还有那幅画——

他摸了摸下巴。

很少看到璃姐这么心虚的模样，这是撞上谁了？

算了，算了，还是再等等。

另一边，顾思洋再次拨号。

"您拨打的电话正在通话中，请稍后再拨——"

他挠挠头："怎么回事？陆二少忽然这么忙的吗？电话都不接？"

顾听澜正巧经过，听到这话，脚步一顿，朝着顾思洋看去。

院子里停着车，顾思洋坐在驾驶座上，一脸茫然地看着手机。

顾听澜走过去，敲了敲车窗。

顾思洋按下车窗，看了过来："小叔？"

顾听澜看了一眼他的手机："最近你好像和陆淮与联系得挺频繁的？"

顾思洋嘿嘿一笑："是有点儿小业务，本来说我去接他，今天见面详谈的，但他一直没接电话。"

顾思洋现在也不知道陆淮与在哪里，所以只能在车里干等着。

顾听澜神色了然："哦，这是放你'鸽子'了吧？"

顾思洋："怎么可能？！"

好端端的，自己什么也没做，陆淮与做什么要放他"鸽子"？！

顾听澜翻出手机，给陆淮与打了个电话。

没人接。

他挂了电话："哦，他应该顺便还把你拉黑了。"

顾思洋："……"

顾听澜拉开副驾驶座车门："正好你闲着，就先送我一趟吧。"

突然被征用的顾思洋："……"

他咬了咬牙，非常有骨气地反抗："小叔，我来云州可不是专程给你当司机的！"

顾听澜靠在椅背上，闭眼："你这样的我也看不上，就临时用一下。"

顾思洋："……"

一脚油门，车子飞出。

还好顾听澜不是第一次坐他的车，倒也基本习惯了。

"忘了问，之前你去找宁璃签约的事怎么样了？"

顾思洋本来还憋着火，听他提起这个，又忍不住得意地挑眉："我都亲自去了，那肯定没问题啊！她已经答应明年高考结束，正式考虑签约LY了！"

正式考虑。

这是还留着相当宽的余地呢，偏偏顾思洋乐得跟什么一样。

顾听澜也懒得打击他。

顾家家大业大，顾思洋搞赛车，一开始一直不被同意。最近几年有了点儿成绩，他爸才睁只眼闭只眼，但始终也不算特别支持。

顾听澜能问这一句，对顾思洋而言，已经算是极大的关怀了。

"怎么？小叔，你现在也对这个有兴趣了？"顾思洋嘿嘿一笑，"有投资意向吗？"

他自己是不缺钱的，LY也是。

但谁会嫌钱多？

再说，要是能拉顾听澜一起入伙，以后在家里，他们也算是统一战线了。老爸舍得训自己，却是不舍得训小叔的。

顾听澜干脆道："没有。"

他在自己的专业领域做得好好的，没心思去掺和顾思洋的事。

顾思洋轻哼。

"不过，如果你要和宁璃签约，合同先给我看。"

顾思洋诧异："啊？为什么？小叔，我们 LY 虽然小门小户，但也是有专业的法务部的好吧！"

"就是这样我才要看，谁知道你们这些当老板的都是怎么坑人的？"顾听澜的语气淡定。

顾思洋："……"

——您说这些话之前，能先把名下的家族信托基金都捐了吗？

他好像有一个假小叔。

"哦，或许也用不着。"顾听澜忽然想到什么，笑了声。

有陆淮与在，谁能坑得了宁璃？

一个小时后，宁璃停火。

餐桌上，四菜一汤。

西芹虾仁、椒盐排骨、栗子烧山药、沙茶肥牛和松茸鸡汤。浓郁的饭香弥漫开来。

俞平川坐在主位，宁璃和陆淮与相对而坐。

俞平川大为感动："说起来，已经差不多一年没试过阿璃的手艺了啊！淮与，快坐下试试！"他说着，给陆淮与盛了碗汤，递过去，"可不是人人都有这口福的咯！"

陆淮与的视线落在那碗汤上："谢谢俞老。"

宁璃也同时看了过去，目光微动："俞老师，说起来这顿饭大部分功劳都是我的，您这第一碗汤，怎么不是给我呢？"

俞平川哈哈一笑："淮与是客人，你还跟他争这个？"

陆淮与挑眉，把那碗汤送到了宁璃手边。

宁璃弯起眼睛冲他一笑："谢谢二哥。那我也给你盛一碗。"

说着，她又盛了一碗送回去。

汤水清亮，除了两片松茸，并无一块鸡肉。

俞平川并未注意。

陆淮与垂眸看了一眼，挑眉。

他在吃上面，的确极其挑剔。鸡汤里面熬煮出来的肉，他向来是不动的。知道这些的人，却极少。

他抬头，看了宁璃一眼。

俞平川笑呵呵地催促："淮与，快试试！"

陆淮与用勺子喝了口汤。

俞平川看着他，十分期待地问道："我们阿璃的厨艺很可以吧？"

陆淮与轻轻颔首，嘴角噙了笑："我们阿璃这么厉害啊。"

男人的声音低沉慵懒，像有人轻轻拨动大提琴，轻易就能撩动人心。

宁璃双手捧着碗，微垂着眼，耳尖莫名酥痒。

俞平川听他这么夸宁璃，欢喜又骄傲，一时间倒是也没注意到他的措辞。

"阿璃，你之前物理竞赛的事情怎么样了？"

俞平川有段时间没见宁璃了，本来是想问问她那幅画的，但陆淮与在这，不太方便，就问起其他的事情来。

宁璃道："明天周一就出成绩了。"

俞平川点点头："对了，我听说你们这个，如果考得好的话，还要去盛城集训？"

闻言，陆淮与眼帘微抬。

宁璃颔首："全省前五会在寒假被统一送到盛城参加训练，时间是两个星期，三月初就是全国决赛。"

"两个星期？"俞平川来了兴趣，"正好那时候我也回盛城，不如你就住我那里？"

宁璃无奈一笑，提醒道："俞老师，省里的成绩还没出来呢，我还不一定会去。而且，那个集训是全封闭的，不会住在外面。"

"哦，这样啊……"俞平川很是遗憾，"还说正好能带你——"

他的声音忽然顿住。

"算了算了，那就等你搞完竞赛再说。"

看样子，竟是半点儿不担心宁璃考不上。

宁璃忽然道："对了，刚才看您冰箱里的好多水果好像不太新鲜了，我就帮您清理了一下。"

俞平川心里"咯噔"一下。

糟了！他的苹果、龙眼、哈密瓜！

俞平川的手微微颤抖："可那是昨天才买的，应该不会不新鲜吧……"

"哦，昨天就一下买了那么多？"宁璃笑了笑，"看来您最近的摄入量不少。"

俞平川立刻正襟危坐。

"没有的事！都是小林，是小林自己买的！他就喜欢一次买这么多，我都说了他好几次了！他这——"

"那我回头跟林叔说一声，这些东西还是一次少买一点，不然太浪费了。"宁璃咬了一口虾仁，"毕竟您也不能吃，林叔自己一个人哪里吃得完，是吧？"

俞平川："你说得对！回头必须得批评他！"

陆淮与在旁边看着，觉得颇有意思。

俞平川在业界声望极高，看似脾性温和，但其实性情纯粹，骨子里是颇为清高之人。拉帮结派、人情往来这些俗事，他向来是没什么兴趣的。不知多少人想攀他的关系，最后都被毫不留情地拒之门外。

也正因如此，那些人就算知道他的住处，也不敢擅自登门。

陆淮与和俞平川也认识很多年了，还从未见过他对谁，如同对宁璃一般。心心念念要为宁璃下厨，三句话不离夸她，她管他，他也都乖乖听。

这场面要是让那些被俞平川甩过无数冷脸的人看到，怕是要惊掉下巴。

之前俞平川说，他和宁璃是在临城认识的。

老人家对小孩子，总是多宽和与亲近的。可他对宁璃这……确实和旁人不一样。

陆淮与笑道："俞老，宁璃的话，看来比王岩老师还管用啊。"

王岩是俞平川唯一的关门弟子，二人关系也是亲如父子。但即便如此，王岩的劝说，都未必有宁璃的一半管用。

俞平川哼了声："提他干什么？他能跟阿璃比？"

陆淮与的视线在二人身上徘徊几圈，似是无意般笑着调侃："不知道的，还以为宁璃是您新收的徒弟呢。"

宁璃动作一顿。

俞平川猛地呛了一下，连连摆手："你……你怎么会这么想？"

陆淮与看他否认得干脆，轻轻地挑眉："我之前看阿璃好像也对画画很有兴趣，您竟是没考虑过这事吗？"

俞平川噎了一下："你看过阿璃的画？"

说着，他飞快地瞄了宁璃一眼。

"那倒没有。"陆淮与摇头。

俞平川心下松了口气。

宁璃笑笑："俞老师眼光很挑剔的，想当他的徒弟，可没那么容易。"

这倒是实话。这些年来想跟着俞平川学画的人太多了，但除了王岩，他的确没收过其他人。

陆淮与的手机亮起来。

他看了一眼，是顾听澜的电话。正好这顿饭吃得差不多了，便接了电话："喂？"

对面传来顾思洋幽怨万分的声音："陆二少，咱们有什么不能好好说的，你为什么把我拉黑了？"

陆淮与眉眼不动，看了一眼腕表："嗯，好。我很快过去。"

顾思洋疑惑地看了一眼手机屏幕上的名字："不是，等下，你——"

陆淮与挂了电话。

顾思洋一脸茫然：这到底是发生什么事了？！

顾听澜把手机从他手里拿过来："看来他那边的正事是忙完了，你现在可以去之前你们约好的地方了。这通电话，就当司机费了。"

说着，他推门下车。

顾思洋一个人在风中凌乱。

不是，云州这一个个的，怎么都这么难伺候？！

"二哥，你要走了？"宁璃问道。

陆淮与颔首。

俞平川道："阿璃，你去送送淮与。这些我来收拾。"

他这房子虽然旧，但配备的东西挺齐全，还有洗碗机，所以费不了什么功夫。

宁璃应了声，跟着一起起身。

陆淮与拿上外套，搭在臂弯。宁璃跟他后面下了楼。

到了楼下，陆淮与站定，侧头看了她一眼："行了，不用送了，外面挺冷的。"

宁璃就乖乖地挥手："二哥再见。"

陆淮与看着她，忽然抬手在她额头轻轻地敲了下："饭做得不错。不过……"他微微俯身，略微压低了声音，却还是掩不住笑意，"下次不用这么麻烦。你做的，我都喜欢吃。"

没等宁璃反应过来，他就已经收回手，转身走了。

男人颀长挺拔的身影渐渐远去。

宁璃揉了揉额头，这才后知后觉地涌上一丝懊恼。

帮陆淮与换那一碗汤的时候，她真的什么也没想，下意识就那么做了。她以为自己够不动声色了，谁知道还是被陆淮与看出来了。

那时候不觉得，现在回想起来，怎么好像……

"璃姐！"魏松哲的声音忽然传来。他一边走，一边不断回头看，"璃姐，我刚刚好像看到你二哥了？"

"不是好像。"宁璃回过神来，将那些心思压下，"就是他。"

魏松哲愣了一瞬，立刻明白了什么："刚才……刚才就是因为他——"

宁璃没说话，转身上楼："来都来了，上去看看吧。"

这就是默认了。

魏松哲这才算是明白了，嘿嘿一笑："我就说呢！能治得住璃姐你的可没几个，也就你这位二哥——"

宁璃静静地看了他一眼。

魏松哲立刻捂住嘴。

啧，明明是实话，怎么还说不得了？

他跟着宁璃上楼，一边走一边问："他刚刚才走，那你们是一起在俞老师家吃的饭？"

"嗯。"

"嘶——是俞老师亲自下厨的吧？那璃姐你们还好吗？"魏松哲问出这一句，脸上已经添了几分同情。

宁璃淡淡地道："是我做的饭。"

魏松哲瞬间惊了："什么？！"

早知道这样，他就该早点来的啊！

宁璃瞥了他一眼："不要搞得好像你吃过一样。"

"可是我闻过啊！"

魏松哲欲哭无泪。

说话间，二人已经来到三楼。

魏松哲只能自我安慰，虽然错过了璃姐的饭，但好歹还有璃姐的画可以看！

下午四点，宁璃和魏松哲一起离开了俞平川的家。

魏松哲看了宁璃好几眼，期期艾艾地问道："璃姐，这幅画你真的不考虑出手啊？"

宁璃点点头。

对她而言，这幅画是不一样的。

魏松哲看她态度坚决，知道自己是劝不动了，只好遗憾万分地叹了口气："唉，要是那个买家见了，肯定很喜欢。说不定愿意出好几倍的价格。"

宁璃的绘画技巧好像又比以前进步了很多，更重要的是，整体的水准也有了极其明显的提升。

刚才俞平川看见她那幅画，笑得眼睛都不见了。

还说不准备在云州画协展出，而要直接带到盛城。

宁璃道："有这个时间，你还是想想怎么提高一下考试成绩吧。"

提到这个，魏松哲还挺骄傲："璃姐，你不能看不起人啊，我期中考试可是考出了这两年来的最高分啊！"

"期中考试是全市统考，试卷简单，说明不了什么。"

"打扰了。"

魏松哲这才想起眼前这个是考了七百四十一的变态。

他就不该接这句话！

顾思洋被陆二少放了"鸽子"，颇有怨念。

而在用顾听澜的手机打过电话，确定自己就是被拉黑了以后，这种怨念更是达到了巅峰。

顾小少爷坐在自己车里思考人生。

这一场约，还要不要去？

去吧，也太没面子了；不去吧，损失挺大。

正在他无比纠结的时候，接到了陆淮与的电话。

思来想去，还是接了。

一分钟后，顾小少爷的表情就从满脸怨念，变成了满脸兴奋。

"好的！我马上来！"

他一边拉安全带，一边忍不住问："二少肯让出这么大的利，真是难得啊！不过其实我也就等了那么一小会儿，您这么大方，真是太客气了吧？"

陆淮与声音懒散，噙着笑："值得。"

顾思洋感动得热泪盈眶。

原来在陆二少的眼里，自己的时间这么宝贵！

"二少，您今天这是遇上什么事了，这么高兴？"

陆淮与挑眉："这么明显？"

"对啊！"顾思洋嘿嘿一笑，"到底是什么？说不定我也能碰上？"

陆淮与轻笑，无情地拒绝："那可能有点儿难。"

周一。

这天是物理竞赛成绩公布的日子，一大早，（一）班的氛围就莫名添了几分紧张。毕竟参加物理竞赛的高三生，基本都是他们班的。

几个人正凑在一起讨论着什么。

"说了吗？成绩到底什么时候出来？"

"不知道，但肯定快了。这种都是先通知学校，学校再公开的。我刚看周老师正在办公室打电话，不知道结果怎么样。"

"我只求一个省二等奖，实在不行，省三等奖也行啊！好歹给我高考加点儿分。高考一分，干掉千人啊！"

"哎，也就咱们这些菜鸟在这紧张，看看人家宁璃和裴颂，半点儿不慌张的。"

何晓晨从试卷里抬起头，看向宁璃，就见她正在看一本足有两厘米厚的课外书。

她之前无意间瞄过两眼，全是德文，还有一些天体行星的彩印图片，以及大串的数据。

宁璃说之前已经看过中文译本，现在也就是对一些小细节进行对照和确认，所以看起来并不是很困难。

何晓晨听了，也只能懵懵懂懂地点头。

反正她是看不懂的。

"宁璃，你真的不紧张啊？"她小声地问道。

宁璃翻过一页，头也没抬："考都考过了，有什么紧张的？"

何晓晨双眼冒星星。

呜！

瞧瞧！

这才是真正的大佬啊！

宁璃终于扭头看了过来："怎么了？"

何晓晨捂着胸口，深吸口气："没什么，被帅了一脸罢了，我已经习惯了！"

"宁璃，"耿海帆忽然出现在教室门口，笑呵呵地冲着宁璃招手，"来办公室一趟。"

众人一静，旋即齐齐看向宁璃。

这场景，再清楚不过！

宁璃肯定是拿奖了！而且看这架势，绝对是一等奖没跑了！

"裴颂，你也来。"耿海帆脸上的笑容非常灿烂，是个人都看出苗头了。

宁璃把书收起来，起身走了过去。

裴颂在她身后几步，出了教室。

不少人暗暗地交换视线。

虽然早就猜到可能会是这个结果，但真正发生的时候，还是让很多人受到了不小的冲击。

"看来这次咱们二中要出两个杀入全国决赛的了！"有人感叹。

要知道，全省一共就五个全国决赛的名额，他们这一下就出了两个，比例已经是相当惊人了。

耿海帆看向两个人的眼神满是欢喜和欣赏。

但他并未立刻带着二人离开，反而又看向了教室，扫了一圈，似乎在找人。

"叶瓷呢？"

大家都是一愣。这个时候，找叶瓷干什么？

"耿老师，您找我？"叶瓷正好从卫生间回来，看到耿海帆，还有他旁边站着的宁璃和裴颂，也愣住了。

耿海帆冲她招招手："叶瓷，你这次考得很不错啊！"

旁边就是宁璃和裴颂，这两个是物理竞赛班公认的大佬中的大佬。而现在，耿海帆当着他们的面，夸叶瓷考得不错。

那得是……有多不错？

不说教室里的学生，连叶瓷自己都愣了一瞬。

她不由自主地看向宁璃。

其实出考场之后，她就知道自己考得应该还可以，但现在这情况……

耿海帆道："你也一起来办公室。"

叶瓷只好应了。

三人跟着耿海帆离开。

直到他们的身影彻底消失，（一）班瞬间喧闹起来。

"这怎么回事？叶瓷居然也跟着一起去办公室了？"

"宁璃和裴颂也就罢了，喊叶瓷是为什么？"

林周扬收回视线，听见这话顿时不高兴，拍了那男生的后脑勺一下："还能是怎么？没听见老班亲口说的，叶瓷考得不错吗？那肯定是出了好成绩了呗！"

说着，他脸上又荡漾起得意的笑容来，好像比他考得好还高兴。

被拍的男生捂着脑袋回头，一脸纠结："可是……叶瓷跟他们根本不是一个水平线的啊……"

他也是物理竞赛班的，对这里面的情况了解得比较清楚。别说是和宁璃、裴颂比了，就连他都比叶瓷成绩好。

她那顶多就算是个中下游。顶了天，能在省里拿个奖的水准。

现在这——

"那老班还把他们一起叫走了？"

林周扬就听不得有人说叶瓷不好，尤其是这个时候："我看叶瓷最近努力得很，考好也很正常吧？再说，还不许人家超常发挥一下了？"

物理竞赛班当然不是努力就能上的，竞赛这种事情，也不是努力就能拿奖的。这种领域的顶尖竞争，最后比的，其实永远是天赋。

林周扬自己其实也知道这个道理，所以最后补上了那半句。

那男生无言以对，只能寻求任谦的帮忙："谦子，你说，这竞赛，只靠运气也能考好？"

任谦是搞数学竞赛的，肯定比林周扬懂这些。

林周扬不满地皱眉："她那可不算只靠运气吧？人家用功的时候，你是没瞧见？"

任谦想了会儿，笑眯眯地耸肩一笑："就是，能考得和宁璃、裴哥一个水准，怎么可能只靠运气？人家肯定是有实力的啊。"

这天的物理办公室格外热闹。

不只是物理组的老师，还有孙泉等几位校领导也在。

耿海帆一带人进来，办公室的众人就齐齐看了过来。大家脸上都带着笑，十分欢喜的样子。

"来了？"

叶瓷跟在后面，还有点儿没反应过来。

她在二中一直算是优等生，所以老师们对她的态度始终是很好的。但像这天这样殷切欣赏的模样……她还是第一次见。

孙泉的表情是前所未有的慈祥："你们三个，这次可真是给我们二中争光了啊！"

他的视线从宁璃和裴颂身上扫过，最终落在叶瓷身上，感叹道："之前我只知道，宁璃和裴颂是好苗子，但没想到，叶瓷你也这么出色啊！全省第五名！"

叶瓷的脑子瞬间蒙了。

全省……第五？！

她？！

她怀疑自己听错了，迟疑着开口："孙老师，您刚才说，我是……全省第五？"

看她一脸难以置信的样子，孙泉笑着道："不错，就是你！刚才已经和那边的老师反复确认过了，不会出错的！"

其实他们也理解叶瓷的反应，毕竟他们刚开始听到这消息的时候，第一个想法也怀疑是不是重名了。

之前他们一直以为，只有宁璃和裴颂有希望考到这个名次，没想到叶瓷给了他们这么大的一个惊喜。

裴颂目光微动，视线在叶瓷身上停留了几秒。

他们同在物理竞赛班，一起上了这么长时间的课，进行了这么多次的考试，对彼此的水准都是很了解的。

他也是没料到，叶瓷居然能考出这个名次来。

叶瓷先是震惊，而后才慢慢回过神来，心中生出难以抑制的欢喜。

全省第五，这是什么概念？！

高考加分，顶尖荣誉！

这段时间以来，她被这一场物理竞赛搞得焦头烂额，没想到最后居然能换来这样的结果。前面经历的那些辛苦和压力，总算是值了！

她的嘴角翘起来，露出一抹惊喜的笑容，仿佛也因为这个消息变得欢喜无措起来："我……我也没想到……"

周翡懒洋洋地靠坐在椅子上，忽然道："叶瓷，那天出考场的时候，倒是没听你提起，原来你做得这么顺手啊。"

叶瓷感觉心脏跳漏了一拍，下意识看向周翡，就撞上他正巧看过来的眼神。

和其他老师的热闹高兴不同，周翡清俊的脸上虽然带着笑，眼神之中却是一片冷静，甚至还带着几分审视。

叶瓷莫名心虚了一下，但转念又觉得自己没必要如此。

她当然清楚，自己能考出这个成绩，就是因为那张试卷上的题目，绝大部分她都在宁璃的那个笔记本上见到过。

如果没有那个笔记本，她估计连其中的一半都做不出来。

但——那又如何？她没偷没抢，那张试卷就是她自己做出来的，那这全省第五的荣誉，她当然也担得起！

甚至连那本笔记，也是宁璃自己给她的。

就算是他们觉得有问题，要去查，那第一个被查的，也应该是宁璃！

这么一想，叶瓷心底那点儿心虚顿时烟消云散。反正比赛已经结束了，成绩也出来了，该属于她的，都会是她的！

"说起来，还都得谢谢宁璃姐……"她说着，看向宁璃，不动声色地打量着宁璃的神色。

本以为这件事会让宁璃十分不快，但是，没有。

宁璃从进来到现在，表情始终十分平静淡然，就连听到叶瓷考到全省第五，也没有什么波动。

好像……毫不在意一般。

似是察觉到了叶瓷的视线，宁璃忽然看了过来。她的眼眸清亮明澈，像是能看透一切。

旋即，宁璃嘴角弯起了一抹极浅的弧度："恭喜了。"

叶瓷觉得宁璃这话说得言不由衷。哪有人看到自己的对手考出了好成绩，还能真心实意道贺的？

估计也就是表面装作潇洒，这会儿心里指不定多难受呢。

想到这，叶瓷笑起来："宁璃姐肯定考得更好吧？"

这么多老师都在，喊了他们三个人过来，第一个说的却是叶瓷。

那宁璃和裴颂，估计是不如她——

"确实。"周翡忽然开口。

提起宁璃，他脸上的笑容明显真切了许多。他一字一板地道："全省第一。当然没有比这更好的成绩了。"

叶瓷的笑容顿时僵在脸上。

全省第一？！

宁璃？！

"另外，裴颂考得也很好，只比宁璃低了一分，全省第二。"

提起这两个人，周翡脸上才添了几分与有荣焉的骄傲。

这么出色的学生，都是他带出来的，他当然高兴。

孙泉等人也是不得不服。

周翡极年轻，来二中当老师也才没多长时间，但他就是教得好。

一开始听说让他带物理竞赛班的时候，还有很多人反对，尤其是一些颇有经验的老教师，很是看不上。

但校长坚持，他们也就只能照办。

结果全省第一、第二、第五，都出自他们学校！

要知道，全省有多少高中？一起参加物理竞赛的学生又有多少？

一共五个名额，他们就占了三个。这样的战绩，不知道要让其他学校羡慕成什么样了。

单单是这一次，就足够二中和周翡吹上数年的。要不然学校这次怎么会这么高兴呢？

叶瓷的脸色红白交错。

她现在才后知后觉，老师们之所以第一个说她，是因为他们对她的成绩是最为惊讶的。

而宁璃和裴颂，本就是这次物理竞赛的种子选手，拿到这样的成绩，充其量就是个"正常发挥"。

在老师们的眼里，她和他们，还是不一样的。

再想起宁璃刚才说的那句"恭喜"，叶瓷更是感觉脸皮火辣辣。她一个全省第一，对自己说"恭喜"，还不是故意的？

"那……那太好了，爸爸妈妈知道了，一定会很高兴的。"叶瓷想了好一会儿，才接了这么一句。

宁璃眉梢轻挑。

苏媛和叶明高兴不高兴不好说，她只看出来，叶瓷反正是不怎么高兴。

孙泉等人并未注意到这些微妙的情绪转变。在他们看来，这次全省的物理竞赛，他们可以说是大获全胜。

"对，这好消息回去记得跟家里人都说一声。另外，你们也得为全国决赛做准备了。"耿海帆提醒道。

这句话终于拉回了叶瓷的思绪。

她愣怔地抬头："决赛？"

"对。"周翡一只手轻轻敲着桌子，"之前和你们提过的吧？这次考到全省前五的学生，将会作为省里的代表，参加明年三月初的全国总决赛。"

"到时候，你们几个所代表的，可就不只是二中，也不只是云州，而是全省了。"

提到这个，几位老师的神色也认真起来。

叶瓷心里隐隐觉得有点儿不对，却又说不出是哪里不对。

周翡道："省赛的证书很快就会送到你们手上，喜报明天就会正式张贴出来。不过，之后的全国赛，才是你们接下来要关注的重点。如果最后能拿奖，提前签约保送那几所高校，那是最好了。"

一番话说得叶瓷又心动起来。

她是想上西京大学的，但以她上次的期中考试成绩来看，怕是有些困难。

这次省赛她拿了第五，高考能加不少分，固然很好，但终究是没有签约保送来得稳当。要是能在最后的决赛上拿到奖……

她认真地点头："谢谢周老师，我们一定会努力的。"

周翡看了她一眼，颔首算是回应。

其实直到现在，他对叶瓷的成绩，都是持怀疑态度的。但没有证据的事，他不会乱说。

"另外，寒假的时候，需要你们抽出两个星期去盛城参加集训，这个没问题吧？"

宁璃和裴颂都摇了摇头："没问题。"

他们是早就有这个准备的。

叶瓷愣了一会儿。她之前哪里想过自己能考出这个名次，寒假集训的事，她根本想都没想过。

但听周翡这么说，她也连忙表态："没问题的，周老师。"

周翡满意地点头："那就行。你们先回去吧，这段时间先调整好状态准备期末考就是。后续的学习内容和进度，我会重新帮你们安排。"

"谢谢周老师。"

三人先后离开办公室。

叶瓷用手机给叶明和苏媛发了消息，这才快走几步，跟上宁璃："宁璃姐，我刚才已经把消息告诉爸爸妈妈了，他们都很高兴，说想这周六晚上办一场庆功宴，你觉得怎么样？"

宁璃的嘴角似是噙了笑。

消息已经发出去了，要办庆功宴的决定也已经做了，现在才来问她，不觉得有点晚吗？

不过，她并不是很介意。

"挺好的。"

叶瓷眨眨眼："那宁璃姐，到时候你……也会去的吧？"

上次苏媛的生日宴，闹得不太愉快，他们现在都有心理阴影了。谁知道这次庆功宴，宁璃会不会愿意配合。

宁璃淡淡地扫了她一眼，似笑非笑："放心，这是好事，我当然也会去。"

以叶家人的脾性，叶瓷考了全省第五，他们是绝对会大办特办，恨不得昭告天下的。

这样也好。

越隆重、越盛大，越好。

看宁璃的神色不似作伪，叶瓷这才稍稍放下心来。

转而一想，却又生出几分不屑，宁璃怎么可能真的对此毫不在意？

有了这次的成绩，她也能在妈妈那争回点儿关注了吧？

办庆功宴，宁璃这个全省第一，也能好好地出一场风头了。

"好，那我就这么跟他们回啦。"叶瓷说着，又拿出手机，渐渐就落在了后面。

宁璃继续往（一）班的教室走去。

此时，高三教学楼这边已经继续上课。走廊里除了他们，并无其他人。

忽然，走在前面的裴颂放慢了脚步，侧头看向刚巧赶上的宁璃。

他们这时已经来到了（一）班教室的后门，前后门都是关着的。

教室里的人看不到外面走廊的场景。

裴颂站定，看向宁璃。

少年身姿清瘦挺拔，神色一如既往地疏淡，薄薄镜片后目光清冷又缥缈，像雾，极轻地落在她身上。

"宁璃，恭喜。"他道。

宁璃抬眸，笑了声："同喜。"

裴颂只比她低一分，也已经是极好的成绩。

有风拂来，吹动她略微凌乱的额发，越发衬得皮肤瓷白细腻。她桃花眼微微弯起，似是盛了清浅的光，莹莹闪烁。

裴颂几乎能听到心脏有力跃动的声音。越是想忽略，越是清晰可闻。

他垂下眼帘，转身向前走去。

他人高腿长，几步就拉开了和宁璃之间的距离。

来到教室前门，他抬手敲门。

这节是英语课。孔柔知道他们是去做什么了，没多问就笑着让他们进去了。

裴颂和宁璃前后错开两步，依次回到自己的位子。

叶瓷很快也回来了。

这三人一出现，顿时引起了教室里所有学生的注意。

何晓晨难掩好奇，小声地问道："宁璃，是不是成绩出来了？怎么样，怎么样？"

宁璃点点头："还行。"

这消息很快就会公开，没什么隐瞒的必要。

何晓晨激动不已："是不是一等奖？肯定是的吧？！你有没有进全国决赛啊？"

"进了。"宁璃道。

"我就知道！"何晓晨双眼放光，"那岂不是证明你考了全省前五？！我的妈——"

"第一。"宁璃把书拿出来，翻到了之前看的那一页。

何晓晨倒抽一口冷气。

——大佬，您能不能不要用这么淡定的表情说出这种惊悚的话来，很刺激人的好不好？！

成为大佬的同桌已经有段时间了，何晓晨自认已经身经百战，再遇到什么事都可以淡定地接受。

但她果然还是太天真。

宁大美人没有最变态，只有更变态。

"那……那……那裴颂呢？他也——"

"第二。"

何晓晨往裴颂那边瞄了一眼。

唉，上天总是这么不公平，给了他们这么好看的一张脸，还给了这么一颗聪明的脑袋！

不过——

"那叶瓷是怎么回事？她怎么也跟着你们去了？"

宁璃头也没抬："她是第五。"

何晓晨花了相当一会儿工夫才消化了这句话。

叶瓷，物理竞赛全省第五？！

真的不是改卷老师眼花了？

叶瓷的物理还没自己好吧，这全省第五是怎么来的？

何晓晨百思不得其解，最后只能吐出一句："那她以前，还挺深藏不露的哈。"

宁璃嘴角极轻地弯了下："是吧？"

没等到第二天喜报的正式张贴，整个云州二中高三的学生就都已经知道了这个惊人的消息。

宁璃、裴颂，以及叶瓷，分别在刚刚结束的全省物理竞赛中，考出了第一、第二和第五的成绩！

宁璃和裴颂超神已经是公认的事实，大家除了感叹一句"变态"，默默仰望，好像也没其他能做的了。

可……叶瓷是怎么回事？

"全省第五？叶瓷这成绩真的没问题吗？"

"学校都确认了，那肯定没问题吧？这种事绝对是不会搞错的。"

"可我听物理竞赛班的人说，之前的测试，她的成绩都很一般啊，有时候老师让她上去解题，她好像也很容易卡壳。这种……能考全省第五？"

"说不定人家以前就是低调呢？你看宁璃不也是吗？都说她以前在临城就是中下游的成绩，来了咱们这儿，不就一路'开挂'？估计叶瓷也是呗。"

"叶瓷可不像这种人啊，她不是向来尽量做到最好吗？何必故意装作学不会？”

“你们说，她会不会是作弊——啊！”

下午的体育课上，几个女生凑在一起小声地议论着什么。

其中一个女生刚说完，后脑勺就忽然被什么撞了一下。

她疼得叫了一声，连忙回头："谁啊？！"

前方不远处，程湘湘正一只手拿着羽毛球拍，神色不善地朝着这边看来。刚才她就是用羽毛球打了那个女生。

而她旁边，还站着叶瓷。

几个女生面面相觑，顿时不说话了。

程湘湘冷声道："你刚才在胡说八道些什么呢？"

无论是程湘湘，还是叶瓷，家世背景都不是一般学生能招惹的。所以那几个女生很快就偃旗息鼓了："没……没说什么。"

程湘湘握着球拍就要过去："怎么，敢说不敢认？"

叶瓷一把拉住了她："算了，湘湘，我们走吧。"

程湘湘气不过："但她们凭空诬赖你！"

叶瓷看了那几个女生一眼："清者自清。"

其中一个女生上前一步，小声地道："叶瓷，对不起啊，我们不是那个意思。"

叶瓷脸上没什么表情，拉着程湘湘走了。在这种地方闹开，还是因为这种事，只会更丢人。

走出好一段，程湘湘还在生气："小瓷，你都不生气的吗？凭什么宁璃考得好就是实力，你考得好，她们就觉得有问题？"

叶瓷摇摇头，深吸口气，压下心里的火，勉强地笑了笑："没必要跟她们计较这些。"

本来她是很高兴的，可她没想到，学校里竟然会出现这种论调。这种事情，一旦有一个人议论，不管是真是假，很快就会传开。

她真是没料到，这次她考得这么好，非但没得到众人的羡慕和钦佩，反而招来了一堆的怀疑。

她原本的好心情烟消云散，胸口一阵憋闷。要不是周围还有很多人在看着，她差点儿就要忍不住发火了。

“也是。这种人就是嫉妒你，看不惯你比她们出色罢了！”程湘湘挽住她的胳膊，"没事，学校都承认你的成绩了；她们也就能嘴上说说。反正最后高考加分的是你啊！"

她说着，又回头看了一眼："对了，你们之后还有全国决赛的吧？到时候你再拿个奖回来，狠狠打她们的脸！"

不提这个还好，一提这个，叶瓷心里就"咯噔"一下。

自从知道还要代表省里去参加全国决赛，她的心里就像是压了一块石头般，沉重无比。现在程湘湘这话，更是令她难受。

她抿了抿唇，才极浅地笑了下："嗯。"

宁璃坐在看台，看着操场上一片热闹。

忽然，兜里的手机振动起来。

她拿出来看了看，是陆淮与的消息："这次想要什么糖？"

第十三章

你家二哥啊

宁璃想了会儿："榛子果仁巧克力。"

陆淮与很快回了："又上课偷偷玩手机？"

宁璃轻哼了声："体育课。"

陆淮与那边没回了。

过了大概半分钟，正当宁璃打算收起手机的时候，他的电话打过来了。

宁璃左右看了看，看台上只坐着零星的十几个学生，而且是各自分散开的，离她比较远，她就接了："喂，二哥？"

慵懒散漫的声音从听筒传来："考得这么好，只要一颗巧克力糖？你这个小朋友，也太容易满足了吧？"

宁璃用脚尖轻轻地踢着看台地面："我觉得挺好的。"

她没有什么缺的，陆淮与的糖对她而言已经足够。

"这周六有时间吗？"

"大概没有。"

"你有事？"陆淮与有点儿意外，宁璃刚刚结束省里的物理竞赛，现在又出了这样的成绩，按理说这星期该是比较清闲的。

宁璃"嗯"了声，抬眼向前看去，正好见到不远处，程湘湘和叶瓷从操场走过，看起来应该是刚刚打完羽毛球。

程湘湘说着什么，脸上闪过一丝鄙夷之色。叶瓷轻轻地笑了一下，不过看起来和"高兴"两个字毫无关系。

"周六叶家要办庆功宴。"宁璃道。

陆淮与是何等心思通透之人，只听这句，便已经猜到了大概："给叶瓷办的？"

宁璃道："我也去。"

陆淮与一哂。

以叶家人的行事作风，当然也会让宁璃过去。毕竟她现在是叶家名义上的养女。

叶明好面子，不管心里是否接受宁璃，场面上都会做到滴水不漏，让人挑不出错来。但，这场庆功宴，归根到底，还是给叶瓷办的。

宁璃考了全省第一，但在叶家人，以及云州很多上层圈子的人看来，还是不如叶瓷这个全省第五的。

毕竟叶瓷才是叶家真正的千金。

而宁璃，从头到尾，都只是一个游离于这个圈子之外的外人。

陆淮与忽而轻笑了声："你去的话，应该有人会不高兴吧？"

叶瓷争强好胜，极好脸面，从小到大都是众星捧月。现在处处被宁璃压一头，能高兴到哪里去？

宁璃弯了弯嘴角："可能吧。不过他们邀请我的诚意，好像还是挺足的。"

尤其是叶瓷。

她当然是不愿意被宁璃抢了风头的，但也正因如此，她才更要请宁璃过去。她要让宁璃明白，这场庆功宴的主人，到底是谁。

全省第一又怎么样？

宁璃的出身，从一开始就已经决定，她永远不可能和自己站在一个高度。

"那就还是要去了？"陆淮与已经猜到了宁璃的心思，这一声问得也散漫，"还是在金盛？"

金盛是叶家的产业，上次苏媛的生日宴，也是在那办的。

宁璃应了声："嗯。所以可能没办法赴二哥的约了。"

陆淮与笑了声："无妨。那你好好玩，糖，下次见面给你。"

宁璃的嘴角扬起一抹小小的弧度："好。"

"宁璃！"何晓晨从看台楼梯上来，一边走一边打招呼，"我找你半天啦！裴颂他们在打篮球呢！你不去——"

宁璃扭头，指了指手机。

何晓晨这才注意到她竟然是在打电话，连忙压低了声音，双手合十："啊，不好意思，不好意思！我不知道你在打电话！不过这谁的电话啊？比看班长他们打比赛还……"

"打比赛？"清冷低沉的男人声音传来，尾音微微上扬，便带了几分懒散笑意。

何晓晨的声音戛然而止，整个人呆愣在原地。

这是什么神仙音色，她人都要没了！啊啊啊！

宁璃咳嗽一声："二哥，我同桌找我，那我就先挂了。"

陆淮与"嗯"了声："打篮球是挺好看的，去看吧。"

宁璃看了一眼手机。

这话怎么听着……好像哪里不太对的样子？

何晓晨震惊了。

"宁……宁大美人，这……这……这是你……你……你家二哥的电……电话？！"

刚说出这句话，何晓晨就立刻捂住了嘴。

啊呀，太激动，一不小心居然喊出了私心里对宁璃的别称，太丢人了！

陆淮与忽然笑了声。

纵然他一个字都没说，这一声低笑落在耳畔，突然就让宁璃耳尖烧红。

不知道是因为那句"宁大美人"，还是其他。

她莫名生出几分窘迫："我同桌就是这个性格，比较活泼的，二哥你——"

"上次你请了冰激凌的那个？"

宁璃心中轻叹口气。

陆淮与这种人，实在是太聪明。很多事，只要他想知道，他就一定能知道。

"对，就是她。"

何晓晨站在一旁发蒙。等下，这两位绝色好像在讨论她？！

冰激凌？是她上次吃的那个吗？！

陆淮与语调轻缓："没事，你这同桌挺有意思的。"

小朋友安静内敛，有什么事也都放在心里，多个活泼点的朋友，挺好。

宁璃松口气："那二哥，没事的话我先挂了？"

挂了电话，宁璃收起手机。

"呜！"何晓晨忽然呜咽了一声。

宁璃吓了一跳，扭头去看，就见何晓晨满脸悲痛："啊啊啊！那是你二哥！啊啊啊！人长得那么帅也就算了，声音还那么好听！最关键的是，他跟你说话好温柔！啊啊啊！呜呜呜——我刚才的'河东狮吼'是不是被帅哥听见了？"

何晓晨懊恼得想要挠墙，觉得整个人都不好了。本来还想找个机会给帅哥留下个好印象的！现在全完了！啊啊啊！

宁璃："还好吧，二哥是不会在意这些的……"

何晓晨一把拉住她的手，巴巴地问道："刚才你们是不是说到冰激凌了？你二哥为什么连这个也知道啊？"

宁璃诚实道："那天你发朋友圈，我点开的时候，他正好看到了。"

何晓晨：谢谢。

也就是说，她那条矫揉造作的朋友圈，被"神仙"看见了。

她都能想象到这种"高岭之花"见到这种尘世俗物的表情！

她不配！

宁璃轻轻地拍了她一下："没事吧？"

何晓晨捂着胸口，艰难地开口："没事，我很坚强的！呜呜呜！"

何晓晨发誓，以后宁大美人再打电话，自己绝对不会在她挂电话之前，多吐一个字了！

宁璃轻咳一声，安慰道："二哥说你挺有意思的。"

何晓晨眼泪汪汪："我看笑话的时候，也觉得都挺有意思的。"

宁璃："……"

何晓晨内心悲痛。"仙女璃"又怎么会懂他们这些凡人的痛？

宁璃看向操场："你不是说裴颂他们打球吗？要不去看看？"

何晓晨被打击得彻底蔫了，连这个也没什么兴趣了："没意思。我还是回去做题吧！"

勤奋好学的形象，必须树立起来。身为宁璃的同桌，她怎么能这么玩物丧志？！

宁璃本来对看球赛也没很强的意愿，听她这么说，也就没再提了："那我跟你一起吧。"

何晓晨总算是感受到了来自同桌的温暖："呜呜，宁璃，你真好！"

两个人往教学楼走去。

体育课还没结束，但（一）班的教室里，已经有好几个人回来了。

有些比较勤奋努力的学生，会将所有的时间都用来看书做题，体育课后面管得比较松散的时候，他们就会自己回去教室。

宁璃二人进班的时候，就发现除了惯常待在教室的那几个，叶瓷居然也已经在自己位置上坐着了。

她的桌上摊着一本物理资料。看起来，似乎在很用功地学着。

何晓晨看到这一幕，忍不住小声地道："真是稀奇啊，叶瓷居然会在上体育课的时候提前回来？"

二中的体育课，是同一年级同时进行的。

十二个班级的所有学生重新整合，男女分开，再按兴趣报名，进入不同的班级。有男女子篮球、足球、跆拳道、乒乓球、羽毛球等等。

叶瓷是女子羽毛球班的。

她长得漂亮，身材也好，打羽毛球比赛的时候，往往都会吸引来不少人围观。而她自己显然也很享受这个过程。

这还是第一次，她居然提前走了。

也怪不得何晓晨这么惊讶。

宁璃的视线落在叶瓷的那本书上——《全国高中生物理竞赛经典选题》。

何晓晨也看到了："啧，物理竞赛全省第五就是不一样哈，现在连资料都只看这些了。"

叶瓷拿奖的消息传开以后，学校里就陆续有各种各样怀疑的声音出现。

物理竞赛班的人虽然不多，可都是尖子中的尖子，个个都是带着点儿傲气的。宁璃和裴颂拿奖，他们没话说，可叶瓷是怎么回事？

她是个什么水准，在过去这将近两个月时间的共同学习里，他们是清楚的。就这样，她考了全省第五？

谁心里不犯嘀咕？

一传十、十传百。

学校里对成绩是最为敏感的，尤其是这物理竞赛，得奖了还能高考加分。也怪不得大家这次都这么在意了。

宁璃微微一笑："很快就是全国决赛了，当然是要好好准备的。"

第二天，物理竞赛的喜报就贴了出来。

宁璃、裴颂，以及叶瓷的照片，也一起贴在了公告栏。

四周围了不少人。

"全省第一……我是真服气。啥也不说了，希望宁学霸下次能保佑我物理及格！"

"这是证件照？这是证件照？宁璃这张照片美得太过分了吧？！真的没修图？"

"我之前体育课隔了十米见过她一次，真的好看。这张照片不如真人。"

"真的？那这也太……这三个人凑一起，算得上是咱们二中的颜值巅峰了吧？"

"哎，宁璃和裴颂我是没意见，但叶瓷……多少差点意思吧？"

叶瓷当然也是很漂亮的，不然也不能当了二中这么久的校花。

但人和人就怕比较。她这张照片单独看，确实清纯秀丽，但和宁璃的摆在一起，瞬间就显得寡淡了很多。

颜值这种东西，从来是最直观的。

"我倒是不在乎谁好看，我只想知道，叶瓷到底是怎么考的？"

"你管人家怎么考的？全省竞赛监管那么严，当然是凭实力考的。"

"嘻，是不是凭实力，全国赛不就知道了？"

自习。

一个女生坐到了叶瓷身后的位子，轻轻地拍了拍她的肩膀。

这位子自从孙慧慧转学，就一直是空着的。

"叶瓷，这道题怎么写的，你能不能给我讲讲？"那女生小声地问着，递过来一张试卷，指着上面的一道题。

叶瓷回头看了一眼："好。"

她接过试卷，开始看题，才发现这是一道物理能量守恒计算题。

看完之后，叶瓷的脸色有点儿难看。因为这道题，她不会。

"我算算。"

她拿着试卷转过身，开始在草稿纸上演算。

五分钟后，她还是没算出来。

后面的女生忍不住问道："叶瓷？"

叶瓷心下有点儿焦躁起来："快了。"

那女生就又等了五分钟。

眼看着叶瓷一直在写着什么，可迟迟没有写出来答案，那女生终于看出了点儿什么，试探地问道："叶瓷，你也不会的话，我去问问班长吧？"

"什么题啊，这么难吗？"旁边一个男生也凑了过来，直接将那张试卷抽走了。

他看了一眼，思考了大概十几秒的样子，拿起笔迅速算起来。

叶瓷直觉不好。

那男生却很快就算了出来，把纸递了过去："答案是不是这个？"

那女生惊喜地点点头："你是怎么算的？"

"很简单啊，这三个公式串一下……"那男生讲解得很快，也很简洁。

"啊，原来是这样……"那女生恍然，对他道了谢，又看了叶瓷一眼，"好像也没那么难啊。"

那男生也是搞物理竞赛的，拿了个省二等奖，随意道："物理竞赛班的题有的比这个难多了。"

叶瓷如芒在背，握笔的手指节泛白。

学校里的风言风语，叶瓷当然是知道的。几天下来，有意无意的，她都不知道听了多少了。

但人家没当着她的面指责她作弊，她也不能突然跳出来为自己辩白。那只会显得更蠢，也更心虚。

于是，叶瓷只能选择视而不见。

可这心里有多憋屈，只有她自己知道。就如同现在，她知道他们心里是怎么想她的，可她什么也不能说。

那女生离开了。

叶瓷犹豫了好一会儿，拿出手机。

宁璃从陆淮那拿来的书已经看了一半，看这本的确是比看译文版本的时候舒服了很多。

她翻过一页，忽然目光一凝。这一页上，印着一张星云图。

这本书本就是涉及天体物理领域的，有这种图并不奇怪。但重点是，这张图下面，有着一行小字。

272

8.17。

似乎是一个日期。

更重要的是，这个字迹，似乎是出自陆淮与之手。不过看起来，应该是很久之前写的了。

这是他的书，他看过，并且在上面写点什么，其实是再正常不过的事。

但其实，陆淮与看书极少会留下什么痕迹。

她之前去他的大书房时，也曾顺手翻过一些。看得出来，有些书他看得比较多，有的比较少，但大多他应该都是看过的。

然而无一例外，那些书全部干干净净的，扉页上甚至连名字都不会有。

于是，这一个数字，就显得特别起来。

8.17。

宁璃忽然想起，云鼎风华的密码，似乎就是这个。当初她没太在意，但现在看来，这个数字对他而言，是很重要的。

但……这又代表着什么？

宁璃陷入沉思。

"宁璃姐？"叶瓷的声音忽然传来，打破了宁璃的深思。

宁璃抬头看去，顺手把书合上。叶瓷正站在她的座位旁边。

宁璃淡淡地问道："有事？"

叶瓷的视线飞快地从宁璃压在手下的书上扫过，挺厚的一本书，封面上印着德文。那是宁璃的课外读物，而且好像又换了。

宁璃时不时会带一些这样的书来看，叶瓷也没太注意过猜测对方是用来随便打发时间的。

叶瓷很快收回目光，道："宁璃姐，妈妈说要帮你买衣服，想让我先帮你挑一挑，你看你什么时候方便？"

这指的当然不是那些日常衣物。

叶家在云州地位不低，时常需要出席一些正式场合，各式礼服都是要准备着的。

宁璃虽然是养女，但现在毕竟也住在叶家，算是半个叶家人。

这些东西，苏媛本来之前就应该操心准备的。但宁璃脾气倔强，不服管教，苏媛连和她心平气和地说话都很难做到，就更不用提这些事了。

上次程家老爷子七十大寿，因为时间紧迫，苏媛就打算先让宁璃借叶瓷的来穿，但被宁璃拒绝了。

苏媛心里生气，加上宁璃在寿宴上闹了一场，令叶家和戴家关系变僵，她就更是把这件事忘到了脑后。

这周六叶家要在金盛办庆功宴，他们请了不少云州名流，总不能还让宁璃穿着校服就过去。所以苏媛才开始忙活起来了。

"没时间。"宁璃道。

叶瓷皱了皱眉头。

宁璃手下面现在还压着一本闲书呢，有时间看这些，没时间去选衣服？

分明还是故意的。

叶瓷顿了顿，温声道："宁璃姐，你可能对这些不太了解，这次的庆功宴，规模不比上次程爷爷的寿宴，所以不需要那么麻烦的高定。各大品牌每个季度都会专门出一些相应场合配穿的礼服，穿那个就可以的。"

"要不我先把一些牌子这个季度的目录册发给你看看，你选好了再和妈妈商量？或者，我帮你选一些和你比较搭的？比如 GML 和 Esya，都是不错的。这样一来，也不会浪费你太多时间。"

听起来，真是好贴心。

"不用。"宁璃道，"这些小事就不麻烦你了，我自己会解决的。"

叶瓷咬了咬唇。

就算不是高定，这些品牌出的基础款小裙子，也基本都在五位数，甚至六位数。宁璃那样的出身，哪里拿得出这么多钱来买？

她说这些是小事，还说自己会解决，哪里来的底气？

上次她那一身，好像就是陆淮与帮忙买的，难道这次——

叶瓷的声音更轻，试探地问道："宁璃姐，就算是这些，其实也是不便宜的。不过，咱们家也不缺这点钱，难道这次你还要请陆二少帮忙吗？这好像……不太合适吧？"

周围几个同学往这边看了过来。

宁璃的衣服，都是请别人帮忙买的？

宁璃有点想笑。

叶瓷这不但想管她，还想管陆淮与了？

也不知道是谁给她的自信和底气。

宁璃往椅背上一靠，眼帘微抬，看了叶瓷一眼，似笑非笑："这话你该去和他说。"

叶瓷脸色发白。

她连陆淮与的联系方式都没有，怎么去和他说？

再说，陆淮与上次直接清场 HG 一整层，就为给宁璃挑礼服，是个人都看得出来他对宁璃的偏袒了。

他还有什么事是做不出来的？

"宁璃姐，我不是这个意思，我……这次庆功宴，其实主要就是为你办的，你就当是给爸爸妈妈一个面子吧，好不好？"

这到底是给谁办的，她们都心知肚明。

宁璃笑了："叶瓷，你这话说得，我就有点不明白了。我不是已经答应赴宴了吗？而且，我也说了，其他事情我会自己看着办的。我好像从头到尾，都没有不给谁面子吧？"

"当然，如果叶叔叔他们信不过我这些话，担心我去了丢人，我不去也是可以的。"

宁璃说得云淡风轻，眉眼之间一片冷然。

这样的话，估计也就她能如此直白而干脆地说出来了。

周围不少人都听见了，惊叹之余，全部选择了沉默。不得不说，宁璃真是一如既往地帅啊……

但经过之前全校检讨事件，他们的免疫力已经大大提升，甚至还觉得这次宁璃说的好像没什么问题。

叶瓷眉头飞快地皱了下。

宁璃不去，这怎么能行？

叶瓷第五，宁璃第一。到时候只有叶瓷去，宁璃却不在，旁人会怎么说？

"没有，没有，宁璃姐，你别不高兴，我……我只是想着你对这些也不是很熟，就想帮你挑一挑……那要是这样的话，我去和妈妈说一声就好。"

这是宁璃自己不要的，而不是他们不给。到时候闹出什么笑话，也怪不到他们头上了。

宁璃把书收起来，换了张物理试卷。

叶瓷余光瞥见，心里越发不舒服，很快走了。

何晓晨凑过来，有点儿担心地道："宁璃，那些裙子好像很贵啊。"

宁璃的出身，他们多少都是听过的。如果不要叶家帮忙，只靠她自己的话，肯定买不起那种衣服啊。

何晓晨想想都知道，这次叶瓷考了全省第五，叶家会搞出多大的阵仗来。

那到时候宁璃……

"好像是吧。"宁璃想了想刚才叶瓷提到的几个牌子。

那个价格她是能承受的，但……她不是很喜欢。

何晓晨双手托腮，十分忧愁："那怎么办？明明你考得比她好啊……"

不说偏宠，叶家对这两个女儿，可能连一视同仁都做不到。

"啊，要是你可以穿 G&O 家的小裙子就好了！他们家的都好好看！但就是太贵了！"

何晓晨对这些本来不是很感冒，但最近因为唐薇成了 G&O 的品牌大使，她也就跟着恶补了不少时尚圈的知识。

宁璃放在桌肚里的手机振动了一下。

她拿出来看了一眼，是一条来自 G&O 的转账信息。

这是她和乔西签订合同之后，她正式收到的第一笔结算。其中包括了她在 G&O 全球设计比赛中拿到的奖金，"花与月"系列的设计费用，以及相关的销售抽成。

"花与月"系列一共是十二套。

像这种顶奢高定，是全球限量的，很多人拿着钱排队都不一定有资格买，所以成交数非常有限。

但好在乔西很有诚意，每一单的抽成给得不少。

看着账户上多出来的那几个零，宁璃认真地点点头。

"他们家品牌溢价是有点儿严重。"

云州机场。

刚刚走出机场的乔西猛地打了个喷嚏。

"云州怎么比盛城还冷？"他喃喃自语，揉了揉鼻子。

周围不少人都在看他。

挺拔的身高，优越的头身比，精致完美如雕塑般的容颜，皆令他轻而易举地成为人群中的焦点。

一头柔软的栗色头发随风而动，微微遮住那天蓝色的眼眸，"妖孽"又漂亮。

"先生，您是要去哪里？需要帮忙吗？"

一个打扮时尚的年轻女人走了过来。当看清乔西的面容，她的脸上不自觉地浮上了一抹绯红。

刚才远远瞧着，就觉得这男人很帅，没想到近看更是一绝，竟是极漂亮的混血。

乔西的视线从对方身上扫过，笑了起来。

他本来就生得好，这一笑更是风流天成，颠倒众生。

"谢谢，不过不用了。"

那女人登时失望，但还是保持优雅地挥手再见。

看着她逐渐走远的摇曳生姿的身影，乔西遗憾地耸了耸肩。

如果他这是出来度假，说不定会答应这个邀约，可惜，他这趟过来，是有正事要做的。他这个人，私生活和工作向来分得很开。

他原地左右看了看，按照指示牌往外走去，很快就看到外面停着的一辆车。

一个穿着黑色职业装的女人看到他，快步迎了上来："乔西先生，欢迎。"

乔西看着她，笑了起来："文绮？"

文绮一愣，没想到这位千金万贵的集团太子爷，居然知道她的名字。但她专业素养极高，很快便露出一抹亲和而热忱的笑容。

"是我，想不到您的中文这么好。"

乔西这趟过来得十分突然。

他们是在他上飞机之前，才接到了这个消息。

整个云州 G&O 的区域经理和店长紧急开会，最后派了文绮过来。因为她曾经在国外留过学，方便和"太子爷"沟通交流。

现在看来是多虑了。

不过这也不能怪他们，毕竟 G&O 的店面遍布全球，乔西会亲自去的，只是极少的一部分。

云州这边虽然也算不错，但和盛城这种地方还是没得比的。

乔西跟着文绮上了车。他这趟来得突然，也没带什么东西，方便得很。

车子启动。

文绮递过来一份文件："乔西先生，这是云州 G&O 三家店面的——"

"不看。"乔西懒懒地靠在椅背上，干脆地拒绝。

文绮一愣。

不看？

"那我给您放起来，明天——"

"明天也不看。"乔西摇头。

文绮一开始还以为他是旅途奔波劳累，才不想看，但现在看，好像不是。

"太子爷"这趟过来，似乎并不是临时考察云州业绩来的。

"那您……"

"今晚休息，明天逛逛云州。"乔西道。

他这趟过来，其实是来找宁璃的，另外也想看看，到底是什么样的地方，能养出这样的天才来。

文绮把东西都收起来，轻轻颔首："好的，已经给您订了酒店的总统套房，一切安排都听您的。"

周六晚。

金盛酒店。

一楼宴会厅，觥筹交错，很是热闹。

叶家千金在全省物理竞赛拿了奖，叶家特地请来了不少云州名流。

"叶家对叶瓷还真是宠得很啊，一场庆功宴也办得这么隆重。"

"全省第五，也怪不得人家这样。而且我听说，这次叶家拿奖的，是两位小姐。前段时间接回来的那个，叫宁璃吧？好像是考了全省第一？"

一个女人笑起来。

"这场庆功宴是叶家办的，可她——姓宁啊。"

这是叶家的酒店。这场庆功宴到底是在为谁庆贺，众人心照不宣。

说到底，宁璃不过是苏媛和前夫生的女儿，和叶家是没有半点儿关系的。

"也是。这么说起来，叶家对她还真是不错了啊。要是换成她以前的家庭，这样的场地，怕是连租都租不起吧？"

"其实第一和第五的差距也没那么大，最起码，可没这姓氏的差距大呢。"

"说的也是。前不久叶家才拿下了清河桥的项目，保守估计，他们起码也能赚到这个数。"

说话的人比了个个数，脸上带着几分羡慕嫉妒："听说季家和他们的竞标价格极其接近，只差了那么一点儿，就这么错过了，真是可惜。"

"哎，人来了——"

宴会厅大门打开。

叶明率先走了进来，依次和众人打了招呼。看得出来，他这天的心情很好。

清河桥的项目进展得很是顺利，叶瓷在物理竞赛中考了全省第五，也难怪他如此。

这天晚上庆功宴的规模并不是很大，一共就请了不到三十人，都是云州颇有身份，且和叶家关系不错的世家名流。

二楼。

叶瓷这天晚上做了一番精心的装扮。

她身着一袭及踝的海蓝色长裙，头发绾起，发间别了一枚钻石发卡。只化了极淡的妆，看起来温婉清秀。

她走出房间，敲了敲隔壁的门："宁璃姐，时间快到了，我们走吧？"

下午的时候，宁璃说有事出去了，晚上会自己来酒店，算算时间也差不多了。

片刻后，房门被人从里面打开。

宁璃出现在门后。

叶瓷表情一凝。

宁璃这天穿的一款白色无袖小礼服裙，长度刚到膝盖，露出匀停漂亮的小腿。柔软光泽的长发垂落下来，尾端卷起小小的弧度。

她没有化妆，皮肤却依旧瓷白清透至极，衬得一双桃花眼格外清澈干净。是极清纯的模样，眉眼间又带着几分疏冷，便越发清冷不可触碰。

即便是叶瓷，也不得不承认，这张脸的确无可挑剔。

她扯了扯有些僵硬的嘴角，压下心头疯狂涌上的嫉妒，笑道："宁璃姐，你这身好漂亮，我之前怎么好像没见过？"

各个品牌的款式她基本上都看过，宁璃这身……难道是买的杂牌？

但这看起来又不太像……

宁璃上前一步，关上门。

随着她的走动，裙摆边缘绣着的暗纹若隐若现，是极温柔的，如同月光般的光泽。

叶瓷看了一眼，忽然心头一跳。那上面绣着的暗花，好像是……G&O？

宁璃这套的确是从 G&O 那边拿的。

准确地说，是之前乔西给她寄的。

身为 G&O 的太子爷，乔西本人也会参与产品的设计和发布，不过他大多数时间是提意见的那个。只偶尔来了兴趣，才会自己亲自做一些设计。

但那些是不对外发售的，只是乔西自己留着欣赏和收藏。为此，他还有专门的一条生产线。

上次宁璃走的时候，提了一句礼服的事，他就直接寄过来好几个箱子。

宁璃就都放在了租的房子里。这件就是下午去拿的。

正当叶瓷惊疑不定的时候，苏媛的声音忽然传了过来："小瓷、宁璃，该走了。"

叶瓷回头看见苏媛，提着裙子走了过去。

"妈妈，久等了吧？"她顺手挽住了苏媛，靠得很近。

宁璃落后一步，神色淡淡的，跟着下楼。

"孙叔叔好。

"柳阿姨，好久没见您了。"

在场的这些都算是熟人，苏媛带着叶瓷一一和他们打过招呼。

他们对待叶瓷的态度显然也都很是亲切。

"小瓷真是越来越漂亮了啊！"

"岂止是漂亮，小瓷这次全省物理竞赛，可是拿了第五呢！苏媛，真是羡慕你们啊，有小瓷这么出色的女儿。我们家那个，除了打游戏，什么都不会，跟小瓷比真是差远了。"

这些虽然是场面话，但苏媛还是很受用。

她拉着叶瓷的手，满脸笑容："哪里？都是小瓷自己努力。你们不知道，为了这次的竞赛，小瓷可是天天挑灯夜战，我让她早点儿睡，说了好多次，她都不听，非要学透了才肯休息。"

叶瓷轻轻拉了她一下："妈，哪有那么夸张？我这次就是运气比较好，正好考到了复习的那些。而且，宁璃姐考得比我还好呢。"

提到宁璃，四周安静了一瞬。

实际上宁璃是和叶瓷她们一起来的，但是进来之后，众人有意无意地将她忽略了，只一直和苏媛与叶瓷说着话。

仿佛都忘了，宁璃考得是比叶瓷还要好的。

周围这些热闹、庆贺和欢笑，皆与宁璃无关。

"说起来，季家人怎么没来？"有人打破沉默，"我打个电话。"

片刻后，她挂了电话，表情微妙。

苏媛问道："怎么了？是不是路上耽误了？"

那女人神色古怪。

"不是。是他们今天晚上……不来了。"

"不来了？"苏媛皱眉。

就算是为了清河桥的项目，也不至于如此吧？

季家的度量什么时候这么——

"季夫人说，今天晚上赴陆二少的约去了。"

众人都是一惊。

"陆二少？陆淮与？"

"他来云州不是向来深居简出的吗？那么多人想登门拜访都被拒了。这次怎么……"

那女人捏着手机，也是一脸不解。

"我也不知道，只听说，陆二少今天晚上好像也在开庆功宴，就在对面的酒店。"

话音刚落，宁璃的手机振动了一下。

"来拿你的糖。"

来自——陆淮与。

下方附带了一个地址。

宁璃轻轻地眨了眨眼。

"好端端的，陆二少忽然办什么庆功宴？也没听他最近在云州有什么动

280

静啊。"

"这谁知道？反正季先生和季夫人已经过去了。听那意思，好像去的还不止他们……"

几人低声议论起来。

苏媛皱起眉。

此时，叶明也走了过来："怎么了？在聊什么？"

苏媛回头看向他，轻声把情况说了一下。

叶明脸上的笑容有了片刻的凝滞。

叶瓷迟疑着开口："但……季叔叔他们之前不是已经答应了吗？"

庆功宴的邀请函两天前就已经送了出去，季家人也明确说过会来。现在这是临时反悔了？！

这就有些过了吧？

刚才打电话的女人插嘴道："听说是下午的时候，陆二少临时发的邀请。所以——"

所以，是陆淮与故意半路拦人。

叶瓷的手缓缓收紧，唇瓣紧抿。

季家如此作为，实在是半点面子没有给叶家留。

叶明深吸口气："我去打个电话。"

说着，他走到一旁，拿出手机给季文渊打电话。

叶瓷看向苏媛："妈妈……"

苏媛轻轻拍了拍她的手安慰。

剩下的几个女人面面相觑，都没说话。

事情到了这一步，还有什么可说的？

叶家的邀请是很重要，但能比得过陆淮与？

这位在盛城也极负盛名的爷，来了云州将近一年，一直十分低调。不知多少人想攀关系，却连见一面都难。

这是他第一次以私人身份公开宴请，谁不想抓住这个机会，去凑凑这个热闹？

相较而言，叶家这场为叶瓷举办的庆功宴，实在是不值一提。就算为此惹得叶家不快，季家估计也是不怎么在意的。

因为根本——没得比。

不一会儿，叶明打完电话过来了："小瓷，你季叔叔说临时有点儿事，这次来不了了，等改天跟你——"

话没说完，他的手机又响起来。他看了一眼，走到一旁接了。

叶瓷眉心微凝拧。

刚才她看到了，那一通电话是程柏青打的。这个时候，季家不来了，那程家的电话……

她心中涌上一丝不安。

很快，叶明回来，脸色有些冷硬："你程叔叔他们……也不来了。"

四周一片死寂。

到了这个地步，谁还猜不出是个什么情况？

陆淮与亲自出面，把原本要过来参加这场庆功宴的人给截了。他还偏偏选在晚宴开始之前，而且地点就在金盛对面。

叶家这天晚上的安排他不可能不知道。这么做，显然就是故意的！

可他为什么要这么做？

苏媛走到叶明身前，心中担忧又焦急："这到底怎么回事？难道是我们得罪他了？"

叶明也是烦躁不已："我怎么知道？"

他和陆淮与说过的话都不超过十句，哪里有机会得罪他？

至于项目什么的，那就更不可能了。双方没有任何业务往来，且叶家和陆氏集团比起来，体量太小，根本就没有竞争力可言。

所以叶明想不通。

云州顶级豪门，程家、季家与叶家三足鼎立。

而现在，叶家办庆功宴，程家和季家都没有来，几乎是相当于把叶家的脸面扯下来扔在地上，还狠狠地踩了几脚。

叶明忽然想起了什么，看了一圈四周。

这个时间点，按理说人应该都到了，可实际上来的人，却比名单上的要少许多。

苏媛的手机也响起来。

接完电话，她的脸色更加难看："于夫人他们也不来了。"

不来了，是去了哪里，再清楚不过。

消息很快在整个宴会厅传开，气氛变得微妙。

叶家请了将近三十个人，而其中的一半，都被陆淮与请到对面。剩下的一半，倒不是陆淮与给叶家留面子，而是——实在是不够格被他请。

一场本来应该热热闹闹的庆功宴，眼下变得不上不下，十分尴尬。

宁璃转身往外面走去。

苏媛立刻道："宁璃，你去哪里？"

宁璃淡淡地道："我去拿东西。"

苏媛眉头皱得更紧。

这个时候，宁璃突然要去拿什么东西？她好像也没落下什么啊？

但很快，她就发现宁璃并不是上楼去的，而是往门外去的。

苏媛上前几步，拦住了宁璃的去路，语调不耐烦："什么东西这么重要，非得现在拿？"

好好的一场庆功宴，现在成了这个状况，苏媛的心情糟糕至极。这个时候，宁璃不好好地在旁边待着，还要去拿什么东西，是半点儿眼色都没有吗？

"庆功宴马上就开始了，你等会儿再去。"

不管怎样，这宴会还是要继续的，不然传出去岂不是更难听？

宁璃微微眯起眸子："是很重要。"

她说着，绕过苏媛就要离开。

苏媛一脸不可思议。

她知道宁璃脾气倔，又不听话，但她没想到，当着这么多人的面，宁璃居然也半点儿情面不给她留。

她一把抓住宁璃的手腕："宁璃！这毕竟是给你和小瓷办的庆功宴！"

宁璃回头，垂眸看了一眼苏媛握在自己腕间的手。

曾经她有多希望这个人拉住她的手，现在就有多厌恶这个人的触碰。

"麻烦放开，我有事。"

苏媛正在气头上，哪里会听宁璃的话。

这天叶家已经够丢人的了，要是现在宁璃再当众闹起来，那更是……

宁璃微微拧起眉头。

正当她在想着要如何做的时候，一道低沉慵懒的声音忽然从身后传来："抱歉。"

整个宴会厅忽然安静下来，所有人都循着这声音看去。

挺拔清俊的年轻男人出现在了宴会厅大门外。黑西装、黑衬衫，只随意地往那一站，便能轻易吸引所有人的目光。

陆淮与。

所有人都蒙了，陆淮与居然来了这？！

他不是——

叶明率先反应过来，当即快步上前："陆二少——"

"抱歉，打扰了你们的宴会，但是——"陆淮与打断他的话，嘴角噙笑，哪怕是说着"抱歉"，语调也是矜贵疏冷的。

叶明脚步一顿。

陆淮与看了一眼腕表，这才直直望向厅内的宁璃，挑眉轻笑："阿璃，怎么这么慢？大家都等急了。"

大厅之内陷入死一般的寂静。

陆淮与这话信息量太大，一时间实在是让人难以反应过来。

阿璃？

他喊的是……宁璃？

大家都等急了……什么意思？！

一瞬间，一个荒唐的猜想浮现在众人心头。

终于，有人震惊万分地看向宁璃。

难道陆淮与这天晚上特意在对面举办的庆功宴，是为宁璃办的？！

苏媛也呆住了，看看陆淮与，又看看宁璃，好一会儿说不出话。

陆淮与的目光落在了苏媛的手上，眸底似是覆了一层寒霜。

"叶夫人，"他语调清冷地开口，"我是来接宁璃的，麻烦行个方便。"

对上那双冷冽至极的眼眸，苏媛心里一颤，就下意识地松开了手。

宁璃抬脚朝着陆淮与走去。

画面似乎定格，空气也似是凝固。唯有一步步向前的宁璃，成了唯一摇曳的景致。

陆淮与看向她。

她这天难得穿了一身纯白色的短款礼服裙，微卷的长发柔顺地垂落而下，脖颈纤细修长，腰身不盈一握，小腿到脚踝的线条流畅漂亮。

走来的时候，裙摆轻轻摇晃，几乎令人心神迷乱。

他目光微深。

"二哥。"

宁璃来到他身前站定，微微仰脸看他。小脸瓷白清透，眉眼精致，眸中似有波光潋滟。

陆淮与目光深深地看着她，旋即薄唇微挑："阿璃，恭喜。"

这是宁璃这天晚上听到的第一声"恭喜"。

她心头微动。

下一刻，陆淮与拉过她的手腕，正是刚才苏媛碰过的位置。

温热有力的手掌轻而易举地将她纤细白皙的手腕包裹。他的手上略带薄茧，触碰的时候，带着一丝粗粝的摩挲感。

宁璃心脏像是被什么攥紧。

正当两个人准备离开的时候，叶瓷忽然开口："陆二少。"

陆淮与脚步一顿，侧头看去，神色清淡。

叶瓷喉咙有些发干，但还是鼓足了勇气，说道："您今天晚上是要请宁璃姐当女伴吗？但是……但是今晚这场庆功宴，是专门为宁璃姐和我办的，宁璃姐现在离开的话，只怕是不合适——"

"哦，是吗？"陆淮与笑了声，"那真是不巧，今天晚上，对面的庆功宴，主角也是阿璃。她要是不去，好像也不合适。"

叶瓷的脸色瞬间变得苍白。

刚才听陆淮与说那番话的时候，她还抱着一丝希望，觉得或许是猜错了。

他是什么身份？怎么会为了一个毫不相干的宁璃如此大费周章？

要知道，他来云州将近一年，极少出席这样的场合，而以他的名义举办的宴会，更是一场都没有。可现在，就为了宁璃，就为了她考了全省第一，他摆出了这么大的阵仗？

陆淮与环视一圈，从旁边侍者的托盘上拿了一杯香槟，遥遥一敬，语调是一贯的散漫："人我带走，就不打扰诸位了，祝大家今晚尽兴。"

说完，他将那杯香槟一饮而尽，放下杯子，侧头看向宁璃，低笑道："现在，可以跟我走了吧？"

二人的身影很快消失在大门之外，只留下宴会厅内的众人面面相觑。

场面尴尬至极。

虽然大家心里都明白，这场庆功宴主要就是为叶瓷办的，宁璃不过是个陪衬。可现在宁璃走了，却是让大家更难做。

原本应该来这儿的人，现在都去了对面，等着为宁璃庆贺。而他们剩下的这些，说得难听点，就是没被陆淮与看在眼里的。

不少人甚至开始在心里暗暗懊悔，自己怎么没收到对面的邀请函？

叶家怎么能跟陆淮与比？这两个场子，是个人都知道该去哪个！

就连一向喜怒不形于色的叶明，现在都有些绷不住了，神色格外阴沉。

这场庆功宴，到底要不要继续开？

开，最重要的那些人都没来；不开，剩下的这一场残局又要如何收拾？！

苏媛来到叶瓷身边，轻声安慰："小瓷，你……"

叶瓷微垂着头，眼角隐隐发红。

看到她这样，苏媛一噎，剩下的话也不知道要如何说出口了。

叶瓷抬起头，勉强一笑："妈妈，我没事。咱们继续吧？"

宁璃跟着陆淮与出了宴会厅，往酒店外走去。

她侧眸看了陆淮与好几眼。

刚才他喝了一杯香槟，不知道有没有问题。

虽然那香槟的度数不高，可陆淮与的酒量，她上次算是见识过了，现在实在是不得不考虑。

陆淮与忍不住笑起来："偷看什么呢？就这么好看？"

宁璃脸一红，这才发现自己这样好像是有点儿容易引人误会。

"没偷看。"她小声地道。

陆淮与忽然站定。

宁璃一愣，就感觉陆淮与松开了手，而后脱下身上的西装外套。

下一秒，尚且带着他体温的衣服就披到了她肩上。

没等她回神，就忽然感觉他的手落在了她的手上。

旋即，轻轻地包裹住。

宁璃的睫毛轻轻地颤动了一下。

下一秒，有什么东西被塞到了她的手心。

她微愣。

陆淮与已经松开手。

"本来想等你过去再给你的，但你一直没到，只能我过来了。"

宁璃摊开手，是一颗金色锡箔包裹的球形榛子果仁巧克力糖。

她压下心中的微澜："谢谢二哥。"

在这之前，陆淮与从未提过要办庆功宴的事，所以就连她也被惊喜到了。

"走吧，程叔他们在等着了。"

陆淮与帮她把西装外套拢了拢。

宁璃本就清瘦纤细，这件衣服披在她身上，更是显得她整个人都小了一圈般。

云州已经快入冬了，晚上的时候尤其寒凉，穿得这样少，在酒店里没什么，但出来还是很冷的。

宁璃点点头，这才跟着他出了金盛大门。

酒店就在金盛对面，规模等级比金盛更高，是整个云州的地标建筑。

陆淮与带着宁璃到了门口，立刻有人上前迎接。

"二少，宁小姐。"

陆淮与轻轻颔首，又侧头看宁璃："冷吗？"

宁璃摇摇头。

外面气温的确很低，但两家酒店中间就隔了一条路，走过来用不了多长时间，所以还好。

"宁璃妹妹，你可算来了。"程西钺正从前面走来，笑着调侃，"我还说陆二去接你，居然花了这么长时间，不知道的，还以为你被他拐跑了呢。"

陆淮与淡淡地看了他一眼："乱说什么？叶家今天有喜事，既然去了，祝贺两句总是要的。"

程西钺摸了摸下巴。

听听，这是人话？

——难道不是您亲自出面，半路把叶家一半的宾客都请了过来？还专门就在金盛对面设宴，明目张胆地打人家的脸？

还祝贺两句？叶明没被气出心梗都是好的。

得罪陆淮与，下场很惨，但这天他才知道，得罪宁璃，下场更惨。

以陆淮与的心思手段，太知道怎么才能让叶家人难受了。

这天这两场庆功宴，怕是第二天就要在整个云州传开。叶家脸面丢光，不知道要被多少人嘲笑。

宁璃道："西钺哥，不好意思，因为我让你们久等了。"

程西钺哈哈一笑："跟你开玩笑呢！今天这可是你的场子，大家都等着见你呢！走，让他们都瞧瞧，物理竞赛全省第一是什么样的！"

九楼，贵宾宴会厅。

宁璃随着陆淮与和程西钺进去，果然看到不少熟悉的面容。

除了程家程柏青，季文渊和季夫人，还有其他一些在云州颇有身份和名望之人。人不是特别多，但都是极有分量的存在。

陆淮与走在前面："让诸位久等了。"

众人连忙应声。

这位陆二少，平时想见想等都没有门路，眼下他亲自宴请，实在是难得，就算是等上那么一会儿又有什么要紧的？

除了程西钺几人，剩下的大部分人来的时候，其实都不清楚他这晚办这场庆功宴的目的。

直到陆淮与离席，然后带了个小姑娘过来。

毕竟还是有消息灵通之人的，所以在陆淮与去接人的这段时间里，大家已经知晓了情况。

——原来陆二少今晚的庆功宴是为了宁璃办的。

——宁璃是谁？叶家前段时间接回来的养女？

——他们是什么关系，陆二少对她这么上心？

最后这个问题，才是他们最关心的。

然后就有人想起来，上次程家老爷子七十大寿，陆淮与为个小姑娘动了手，那小姑娘好像就是宁璃。

十分耐人寻味的一点是：此时此刻，对面的金盛，叶家正在为叶瓷办庆功宴。

明眼人都看得出来，陆淮与这晚就是特地为宁璃撑腰来了。

不少目光落在宁璃身上，带着好奇和探究。

"璃姐。"季抒率先走了过来。

他性格张扬不羁，不像其他人一般拘谨客气，加上他也清楚，这天这场庆功宴，就是陆淮与特意为宁璃办的，就更是放得开了。

叶家不给她的，总有人愿意给。

"璃姐，你不够意思啊，之前都没跟我说这事。要不是正好听见我爸妈提起，今天我可是就错过了。"

原本季父季母是要去金盛的，还说要带他去。他才懒得去和叶家人打交道，当场拒绝了。

谁知道要出门的时候，才听说临时改了，说要去赴陆二少的约。

季抒也算和陆淮与打过几次交道了，当下就去问了程西钺，发现猜的果然没错，这边是宁璃的场。

他当下就上了车，跟季父季母一起来了。

宁璃有点儿无奈地笑笑："这事之前我也不知道。"

"什么？"

季抒更意外，但看宁璃神色诚挚，就知道她说的是真的。

他捋了把头发，半晌，笑了起来。

这么说起来，陆二少还真是……

"二少，这位就是宁璃吧？"季文渊夫妻也走了过来，看向宁璃的眼神十分温和，"听季抒提了好几次了，上次在程家只匆匆见了一面，没想到这么出色。"

程家寿宴那时，很多人都是第一次见宁璃，但那时候围绕她的话题，总离不开她的出身。至于她本人到底是什么样的，几乎无人关心。

而现在不同了。

物理竞赛全省第一，期中考试全市第一的成绩，足以令所有人改变对宁璃的看法。

加上，还有她身旁站着的陆淮与。

不过，季家父母对宁璃态度这么亲和，还有另外一层原因。

——季抒现在不玩摩托了，好像就是因为宁璃。

男孩子喜欢这些无可厚非，但在他们看来，实在是危险，为此不知道说了季抒多少次，他总不听。

结果因为宁璃改了。

所以他们心里对宁璃的印象一直很好。

这天一细看，更喜欢了。

成绩没得说，人也长得漂亮，气质干净，很难得。

"我们家季抒当初的成绩要是有你的一半好，也不至于让我们那么操心了。"季夫人说起这事，看向宁璃的眼神就满是欣赏和羡慕，"以后常来家里玩啊！"

旁边不少人看到这一幕，皆是惊住。

怎么除了陆淮与，宁璃和季家的关系，好像也很不错？！

宁璃正要开口，就听身旁的陆淮与笑道："改日我一定带阿璃亲自登门拜访。"

第十四章

家里管得严

. . .

宁璃："……"

季夫人好像是只邀请了她吧？

陆淮与这话，怎么莫名其妙就变成他们一起了？

季夫人的眼神在陆淮与和宁璃身上徘徊了一圈，笑容更深："那咱们就说好了啊。"

季抒在旁边，听得也是有点蒙。

他和璃姐相熟，他爸妈是知道的，宁璃就算是以他朋友的名义来家里做客，也是很正常的。可现在怎么就变成陆淮与带着人去了？

季文渊看宁璃也很喜欢。

原本他们和叶家的关系就很一般，上次清河桥的项目又被叶家以微弱优势抢了，他对叶家就更不感冒了。

这次答应去，纯粹就是做做表面功夫。

于是陆淮与这边的邀请函一到，他立刻就改道了。

宁璃现在虽然住在叶家，是叶家名义上的养女，但叶家对她如何，大家都看得出来。

她不姓叶，大家也不会把她当叶家人来看。

小姑娘身世可怜，还成长得这么出色，的确是不容易。自家儿子简直跟人家没得比。

也怪不得陆淮与和程西钺他们都对她这么维护了。看着乖乖巧巧的，确实招人疼。

程柏青也走了过来，脸上带着笑："宁璃，听说你们之后还要参加全国决赛？全省一共就五个名额？"

宁璃点头。

程柏青竖起大拇指："你这可是比湘湘厉害多了。"

程西钺嗤笑："爸，程湘湘那成绩，能应付完高考就不错了，这竞赛，她怕是连边儿也摸不到，何必提呢？"

程柏青瞪了他一眼。哪里有这么说自己堂妹的？！

可惜程柏青也清楚程西钺说的是实话，实在是无可辩驳。何况，程西钺算是程家年轻一辈中最出色的那个了，他也的确有资格说这话。

程西钺无所畏惧。

他爸看重兄弟感情，连带着对程湘湘等人一直十分宽和。

他可不会。

程湘湘被惯坏了，任性妄为，训斥几次，还总是不知悔改。后来他就懒得理会了。

她爹妈把她教成那个样，也不怪别人。

几家人在这边相谈甚欢，看得周围不少人都开始怀疑人生了。

"怎么回事？我看季家和程家，好像对宁璃的态度都很好啊？"

"还能怎么？陆淮与这么护着，这不是很正常吗？"

"我觉得不太像啊……他们好像本来就对宁璃挺亲近的……"

"不是说她出身很一般吗？这又是……"

侍者送上香槟。

陆淮与帮宁璃拿了一杯。

宁璃看了一眼，只有她的这杯是果汁。显然是陆淮与之前就吩咐好了的。

又有人过来寒暄。

"陆二少今天兴致这么好？"

陆淮与嘴角微弯："主要是宁璃考得好。"

那男人很有眼色，立刻笑着跟宁璃道贺。

宁璃的成绩是很好，但陆淮与在学业上的出色也是出了名的。就算是他自己考成这样，他可能都不会搞得这么隆重。不难看出对宁璃的看重。

后面陆续有人过来，言语间也是三句不离夸赞。

宁璃这天可不是以叶家养女的身份站在这儿的。

陆淮与一直在她旁边，护得不能更明显。

"你先休息会儿，我等会儿回来。"陆淮与微微俯身说道。

宁璃点点头。

她很清楚，这场毕竟是陆淮与设的宴，这些人也都是看在陆淮与的面子上来的。他们真正的目的，其实还是在陆淮与。

不管怎样，他总是要去应酬一下的。

眼看陆淮与要走，她忽然想起自己身上还披着陆淮与的衣服，作势就要拿下来。

"二哥，你的外套——"

陆淮与的目光落在她的身上。

西装外套她已经拿下一半，露出少女漂亮流畅的肩颈线，皮肤细腻清透像是能发光一般。

他目光微微一凝，旋即笑了声："披着吧，挺冷的。"

宁璃动作一顿。

冷？

酒店的暖风开得挺足的啊。

但撞上陆淮与的眼神，她默默将喉间的话咽了回去："哦。"

陆淮与看她又披上了衣服，这才满意地点点头，准备离开。

"对了——"宁璃又忽然想起了什么，上前半步。

陆淮与侧过身来："怎么了？"

这会儿其他人都已经各自散开，只有他们站在这儿，距离有些近。

陆淮与垂眸，正巧看到她绽开的裙摆轻轻从他的衣服上擦过。

但她似乎并未意识到这些，只微微仰着脸，带着点儿犹豫地开口："二哥，你……少喝点。"

陆淮与这天这一场庆功宴，是为了她开的。不然，以他在云州这么久以来的作风，绝不会如此。

所以她心中是领情的。

如果陆淮与这天晚上还因为这个喝醉了，那她就更……

想想上次他醉酒时的样子，宁璃觉得，还是得劝一下。

陆淮与偏头看着她，片刻，笑了："行。"

陆淮与走了过去，很快有人迎上来敬酒。

他把酒杯放下，婉拒："不好意思，今天不喝酒。"

对面的人一脸意外。

"听闻二少海量，今天这是——"

"别误会。"陆淮与挑眉低笑，"家里管得严。我以茶代酒。"

这话令对方有些意外。

陆家背景深厚，陆淮与本人更是盛城出了名地清傲矜贵。他做什么不做什么，全凭自己喜好。

听说连陆老爷子都不太能管得了他，毕竟陆淮与的确是难得地出色。久而久之，陆老爷子也就睁只眼闭只眼，随他去了。

眼下他却说，家里管得严？

陆老爷子远在千里之外，还能管这个？

但陆淮与说不喝酒，那就没人敢劝他酒。何况这天过来，也不是为了喝酒的。

对方很快笑着应了，换了话题聊起来。

宁璃自己在旁边的沙发上坐了下来。

季抒转了一圈觉得无趣，也过来了。

"璃姐，我过段时间要去盛城了。"

季抒拉过一张椅子，在她旁边坐下。

宁璃想了想："LY 的训练要开始了？"

季抒勾唇一笑，提起这个眉眼间满是兴奋："对！"

签约之后，他就算正式加入 LY 了。日常训练和备赛等等，也要逐渐提上日程了。

季抒跃跃欲试："可惜璃姐你不能一起去。"

这是季抒唯一感到遗憾的地方。

宁璃瞥了他一眼："这样你就能随时随地有人帮忙修车了？"

季抒被戳穿心思，顿时不干了："哪能啊？璃姐！我是这种人吗？"

宁璃认真地点头："是。"

季抒："……"

不行，还是得表表忠心。

"璃姐，我发誓，我真的没有这想——行吧，就一点点儿，真的真的就那么一点点儿。"他伸出两根手指头比画了一下，"再说，我这不是怕去了那边，就没人指导我了吗？"

宁璃抿了口果汁："LY 在这方面是非常专业的，你倒是不用多担心。"

季抒很有天分，又满腔热忱，出成绩是早晚的事。他这个人，注定属于赛道。

季抒耸肩，"嘿"了一声。

这点他不否认，但——那些人是不是比宁璃更出色，他现在可不敢说。

"璃姐，你不去实在是太可惜了。"

宁璃没说话。

顾思洋来找她的事，季抒并不知道。

所以她打算在高考后考虑这件事的消息，季抒也还不知情。现在还没必要告诉他，等时机到了，事情确定了，再说不迟。

季抒跷起一条腿，看向宴会厅内，感叹了一声："话说回来，璃姐，陆二少对你真是没得说啊。"

宁璃心中微动。

季抒抬了抬下巴："他来了云州这么久，头一次设宴，还是为了你。这种程度，就算是亲哥也未必做得到吧？"

别说亲哥，宁璃的亲生母亲，现在还在对面的金盛陪着叶瓷呢。

他说着，忍不住笑着调侃："你说他到底是怎么想的，这还真把你当自家小孩儿了啊？"

宁璃把杯子放下，不轻不重的一声。

季抒瞧见了，又想起上次酒吧的事。

"哎，对了，璃姐，上次你们回去，没什么事吧？"

宁璃神色淡淡的："没有。"

季抒摸着下巴点头："我就说，虽然去酒吧是不太好，但你也没喝酒不是？哎，陆二少这管得还挺严。你看我爸妈，就不怎么管我。我不也好好的？"

宁璃看了他一眼："他们那是不管吗？是管不了吧。"

季抒这脾性野得很，越管越叛逆。也就是季父季母顺着他，不然谁也不知道他还能干出些什么事来。

季抒咳嗽一声。

"璃姐，你这样就不对了。你听话，你不能要求大家跟你一样听话啊，这多难为人。不过吧，陆二少还真是……估计一般人还真不敢跟他犟。"

陆淮与身上带着股说不出的气势，只往那儿一站，就莫名让人心生敬畏。

哎，这么一想，也是可以理解璃姐的嘛！

宁璃忽然起身。

季抒愣住："璃姐，怎么了？"

宁璃表情淡然："这里有点儿闷，我去吹吹风。"

季抒刚想说"一起"，看到宁璃的神色，又把话咽了回去："外面那么冷，你别待太久啊。"

宁璃"嗯"了声，抬脚离开。

酒店临江而立，穿过宴会厅，便是一个巨大的露台。

站在这儿，可以看到一条江蜿蜒而过。江两岸，各种建筑林立，灯火通明，璀璨明亮。

凉风拂来，让宁璃清醒了许多。她拢了拢身上的西装外套。

季抒的话不断在耳边回响，让她心头生出说不出的烦闷。

她当然知道陆淮与这天晚上是特意为她出头撑腰的。

不是不欣喜的。

可是……

她伸手在西装兜里摸了几下，拿出那颗巧克力糖果。心里好像有褶皱被抚平，可金箔包裹，有些硌手，又像堆起了更多的波澜。

她侧头看了一眼，不远处的小几上放着未曾被人动过的香槟。

她走过去，端起一杯。

微甜，只泛着极淡的酒味，度数应该不高，还挺好喝的。她很快把这杯喝完了。她喉间微热，还带着点辣，脸颊有点儿烧热。

她站了一会儿，把外套脱了，本来想放下的，想了想又抱在了怀里。

风吹来，她又觉得这酒味好像有点儿重。

她犹豫了下，微微低头，鼻尖凑在西服上，轻轻地嗅了嗅。

清冽雪松的气息。

是陆淮与的气味。

"宁？"一道熟悉的声音传来。

宁璃回头。

来人正是乔西。

他这晚穿了件白衬衣，从左肩到腰线的位置带着华丽的刺绣，像极了不小心在白纸上打翻了颜料盘，处处透着张扬。

裁剪得当的西裤勾勒出一双修长的大长腿，衬衫一半掖起，一半随意垂落，彰显出完美的身材比例。

这样的衣服穿在别人身上或许会显得浮夸，但在他这儿，却是将那一身洒脱随性表现得淋漓尽致。

他的五官极其立体，晚风拂动他栗色的发，将那双湛蓝色的双眸微微遮掩，便让他的神情越发显得温柔多情起来。

宁璃没想到会在这儿见到乔西："你怎么来了？"

他现在不是应该在盛城或者已经出国了吗。

"花与月"系列大获成功，发布会圆满结束，按照乔西的性子，这会儿该给自己放假了才对。怎么会出现在云州？

乔西迈着大长腿走过来，在她身前两步站定，并未立刻回答她的问题，反而先是上下打量了她一圈，眼中露出惊艳与满意之色。

他不过是在自己的房间待得无聊，偶然听说楼下陆家二少正在办庆功宴，就下来看看。

陆淮与这个名字，对他可算是如雷贯耳。

没想到一来，就先遇到了宁璃。

更惊喜的是，宁璃这晚身上穿的礼服，就是之前他寄过来的其中一件。

当初他在为她选衣服的时候，就觉得她穿上应该极漂亮，这天亲眼见到，才发现比想象中的更令人惊叹。

"你今晚真美。"乔西由衷地赞叹，"没有人比你更适合 G&O。"

他是混血，从小在国外长大，从不吝啬自己的赞美。更不用说他生性浪漫多情，天生有一张极会哄人开心的嘴。

所以对于这句夸奖，宁璃很淡定。

"G&O 的确适合我。"她道。

乔西微怔，旋即忍不住鼓掌笑起来。

她这话乍然一听没什么问题，只是将他的话稍稍做了点儿变动，但意思完全变了。不是她配G&O，而是G&O配她。

乔西退后半步，又端详了宁璃几眼。

换个人来说这句话，乔西定然嗤之以鼻，但这话从宁璃嘴里说出来，配上这一身的气质，的确让人无可辩驳。

乔西的视线落在她怀中抱着的衣服上。这显然是一件男人的西装外套。

"不知道是谁的运气这么好，能把衣服留给你？"

露台风冷，她若只穿着那件礼服裙肯定不行。但以他对宁璃的了解，知道她能接受这人的衣服，他们关系必定不简单。

宁璃懒得理会他。

乔西回头看了一眼。

这里的露台和贵宾宴会厅是连着的，如果没猜错，宁璃应该也是从那边过来的。

但——

那不是陆淮与的庆功宴吗？

她又怎么会在？

宁璃注意到他的视线，有些怀疑地问道："你也是来参加这场宴会的？"

不应该吧？

陆淮与和乔西似乎并没有什么私人交集，按理说这一场，不可能会专门请乔西来。

何况，如果真是请了，乔西不该现在才出现。

"当然不是。"乔西笑起来，"我这趟可是为了你而来的。"

"陆二少最近有打算回盛吗？"一个中年男人小心地问道。

陆淮与淡笑："暂时没有这个打算。"

旁边几人暗暗地交换眼神。

陆淮与在云州待了挺长时间了，听说推掉了大部分的应酬和工作，只留了极少的一部分亲自处理。就连HG的高层，一星期都未必能见他一次。

但现在听这意思，还要继续待一段时间？

那男人还想再问点儿什么，陆淮与眼帘微抬，就看到露台那边，宁璃身边多了个男人。

虽然隔着一段距离，还有半扇落地窗，不太能看清那男人的面容，但那人站在宁璃身前，身子半靠栏杆的亲昵姿态，却是丝毫不掩。

陆淮与神色一顿。

"失陪一下。"

他将酒杯放下，朝着那边走去。

除了工作内容，宁璃对乔西的话向来只信十分之一。

所以听到乔西的话，她内心也没什么波动，只淡淡地道："是吗？"

乔西面露失望，摊手："你不信？我可是认真的。"

宁璃正要开口，就听到身后传来陆淮与的声音。

"阿璃。"

她回头，就见刚才还在宴会厅中的陆淮与已经来到了这边。

身后厅中的水晶吊灯光芒璀璨，他背着光而来，清冷完美的面容半明半暗，看不清楚目光。

晚风鼓动他的衬衫，勾勒出完美结实的线条。分明是极惑人的姿容，偏偏冷清如天上月，矜贵禁欲，不可触碰。

宁璃就这样看着，莫名觉得喉间的那股灼烧辣意更明显了些。

她低头看向自己的双手。只是刚才喝了一杯，她便没再碰了啊。这酒的后劲，好像还有点儿大。

"阿——璃？"乔西弯起眼睛。

原来他们都是这样喊她的中文名字的。听起来真不错。

然而话音刚落，他便感觉到一股危险冷漠的目光落在了自己身上。

乔西是极敏锐的，当即就意识到什么，缓缓站直了身子，饶有兴致地看向陆淮与。

"二哥。"宁璃喊了一声，"你不是在忙吗？怎么过来了？"

陆淮与来到宁璃身边，看她竟是把外套脱了抱在怀里，目光微凝。

"不忙，倒是你，不冷吗？"

宁璃摇头："不冷的。"

靠近些，她说话的时候，便有淡淡的酒气在空气中弥散开来。

陆淮与眯起眸子："你喝酒了？"

宁璃指了指旁边的杯子："就一杯。"

陆淮与顺着她指的方向看去，小几上放着几杯倒好了的香槟，其中一个玻璃杯是空了的。他俯身端起一杯，轻嗅了下。

这酒味道类似果酒，但其实度数很高。她居然喝了这个？

他把酒放下，看向宁璃。

她的脸颊微微泛红，好像有点儿上脸，不过桃花眼清冽干净，看起来影响不大。

298

"不准喝了。"他道。

说着，又把衣服从宁璃怀中拎出来，重新帮她披上。

宁璃就站在那儿乖乖任他动作。

她似乎也有点儿心虚，只微微低着头，小声地应了："哦。"

她说完，又想起季挣的话，便又莫名吐出一句："其实不多的。"

陆淮与动作微顿，将西服收拢得更紧了些，声音里又添了几分低沉："那也不准喝了。"

宁璃就不说话了，低头看着脚尖。

陆淮与没打算现在和她计较这件事，转身看向了乔西。

乔西率先伸出手，笑道："陆先生，久仰。"

陆淮与的目光从他的手上淡淡地扫过，没动。

"乔西先生不远千里从盛城赶来，不会就是为了和我说这句话的吧？"

在此之前，二人没有任何私下的交集。这其实算是他们第一次正式见面。

不过，乔西常年出现在各种娱乐花边绯闻的版面，这张辨识度极高的混血脸，实在是让人想不认识都难。

相较而言，陆淮与极其低调。

乔西之所以能直接认出他，实在是陆淮与这张堪称绝色的脸和这一身的矜贵气质，真找不出第二个了。

另外，这里面还有另外一层原因。

"哪里？我是为别人而来的。不过，能遇到陆先生，也算这趟行程的意外之喜了。"乔西笑着，说得很是诚挚。

他的眼神在二人身上扫了扫。

"你们——认识？"

陆淮与淡笑："这场庆功宴本就是为阿璃办的。"

乔西微愣。

他当然看得出陆淮与和宁璃关系不一般，可也没想到居然是这么回事。

"不知道乔西先生也在，故而未曾邀请。原本碰巧遇上，是该请乔西先生喝一杯的，不过——"陆淮与看了一眼时间，"宴会已经进展过半，很快就结束了。还是下次吧。"

乔西："……"

他发誓，陆淮与从一开始就没打算让他留下！

他耸了耸肩，倒也不是很在意地笑了："可以。不过陆先生的确是该请我喝一杯的。"

陆淮与眉梢微挑，随后，就听乔西叹了口气，十分遗憾地道："毕竟我上上上个女朋友，就是因为你和我分手的，临走还砸了我三瓶威士忌。"

陆淮与的目光冷了下来。

宁璃抬头，看了看乔西，又看向陆淮与。

这……还有这一层呢？

陆淮与的声音冷然："乔西先生，饭可以乱吃，话不要乱讲。"

"露露？好像是叫这个名字吧？"乔西有些烦恼地皱起眉，"也是盛城的，姓余，很漂亮。本来我们好好的，那天她喝完酒，忽然就哭了，说暗恋你三年了，跟我在一起后发现还是忘不了你。"

"然后我们就分手了。"

乔西耸肩。

其实他这个人，对这些事情看得很开，喜欢就在一起，不喜欢就分开，没什么好纠缠或留恋的。但这件事，真是给他造成了很严重的心理阴影。

太挫败了。身为G&O"太子爷"，乔西这么多年顺风顺水，还从来没在女人身上栽过跟头，这算是第一个。

后来他虽然跟这个女朋友潇洒地拜拜了，但她在他面前，抱着酒瓶哭着念的那个名字，他真是一辈子都忘不了。

陆淮与。

要不是因为这，他也不会专门下楼来凑这个热闹。

不过……

亲眼见了陆淮与真人以后，他终于释怀了那么一点点儿。输给这样的男人，好像也不是很冤。

"不认识。"陆淮与神色冰冷，"对于这件事，我表示遗憾，但乔西先生的个人感情，我没兴趣知道。我等会儿还要送阿璃回家，就不奉陪了。"

说完，他拉着宁璃的手腕往回走。

乔西没想到这男人说走就走，也是愣了。

"哎？可是宁——"

他刚要追过去，宁璃忽然回头看了他一眼。

乔西的脚步瞬间停住，若有所思。

宁璃之前一直坚持对自己的身份保密，现在看来，居然连陆淮与都不知道吗？

他想起刚才陆淮与看向自己的那危险至极的目光，不由得摸着下巴笑了起来。

当初他那位前前前女友，喝醉了之后，一边哭诉自己对陆淮与的喜欢，一边痛骂陆淮与不解风情拒人于千里之外。

她苦追了那么多年，他连多一眼都不看。当时她还诅咒，这样绝情的男人，活该一辈子打光棍。

现在看来，这一条好像是有点儿难了。

不过，似乎也没有好到哪里去。

因为这天晚上的陆淮与，实在是和他那位前前前女友嘴里的陆二少，全然不同。

有点意思啊……

陆淮与注意到宁璃回头看了一眼，周身气息更冷。

客观来说，乔西的确是长了一张能颠倒众生的脸。加上丰厚的身家，以及出了名的体贴大方、温柔多情，实在是很容易讨女人喜欢。

他当然是有这个资本的。

"刚才聊得很高兴？"他淡淡地问道。

宁璃回过头来，觉得陆淮与的声音有些冷淡，以为他还在为她喝酒的事情生气。

"没有，就是随便聊了两句。"她轻声道。

陆淮与看她一眼。

她柔软的头发披在肩上，瓷白细腻的小脸上泛着一丝绯红，从这个角度看去，能看到她浓密卷翘的睫毛，它们轻轻颤动的时候，总能轻易撩拨人心。

明珠光芒灿烂，便总会吸引来无数目光。

他忽然生出了一丝后悔。

该好好藏起来的。

"你现在的心思，还是该都放在学习上。"

宁璃微愣。她不一直是这样做的吗？

陆淮与这话……

"哦。"她应了声，总感觉陆淮与对乔西的态度，好像不是很友好。

片刻，她迟疑着问道："二哥，你……是不是因为他刚才说前女友的事不开心啊？"

陆淮与一顿："是前前前女友。"

这还看不出乔西是个什么人吗？

"另外，他说的人，我不认识，也不记得。"他的声音冷淡漠然。

宁璃垂眸。

也是。

喜欢陆淮与的那么多，他怎么会个个记得？

她揉了揉有些发涨的头："二哥，我想回去了。"

陆淮与担心她可能是喝了那杯酒，又在露台吹了风，这才有些不舒服，当下便同意了。

"你先去隔壁等我，我很快过去。"

宁璃点头："好。"

宁璃一个人去到了隔壁的小厅。

周围安安静静的。

她觉得有点儿困，就在沙发上歪着身子，想靠着休息会儿。

不知过了多久，有脚步声传来。

她睁开眼，就看到陆淮与正站在她身前。

他微微俯身，声音低沉温柔："阿璃，我来接你，我们走吧。"

她扬起脸，眼神怔怔的。

"陆淮与。"她没有喊二哥。

陆淮与和那边打完招呼就过来了，一进来就看见宁璃歪在沙发上。听见她这一声，他一顿，觉得她的状态有点儿不太对。

他微微蹙眉，伸手摸向她的额头。

宁璃忽然握住了他的手，怔怔地看着他，眼眶和鼻尖都是红红的，小声地道："你怎么才来啊？"

陆淮与身子一僵。

她把脸埋在他的手心，满是依赖，又带着委屈："你怎么，才来啊？"

她柔软的脸颊紧紧贴着他的手，说话的时候，呼吸的热气洒落在掌心。她的声音很轻，带着一点鼻音，娇软又酸涩。

陆淮与目光深深。

他从未见过这样的宁璃。

好像藏了太多太久的委屈，终于撕开了一道小小的口子。每一个字，都带着毫不掩饰的对他的依赖。

好像……他真的让她等了很久很久。

他在她面前屈膝蹲下，捧起她的脸。

凑近的时候，她身上的酒气更浓郁了些。

这是……喝醉了？

陆淮与心里也像是被什么狠狠地揉了一下，动作越发温柔，声音低沉轻缓，哄道："对不起，我来晚了。"

宁璃又把脸在他手上蹭了蹭，像小猫一样，眼底好像有什么要涌出。

她轻轻吸了吸鼻子，靠他靠得更近。清冽雪松的气息从他身上传来，是能让她安心的气味。

"没关系。"她喃喃，"你带我走吧。"

陆淮与点点头，正要起身，宁璃忽然动了。

她抬起手，轻轻地搭在了他的肩膀上。

细白如葱的手柔弱无骨，落在他的肩上，只隔了一层衬衣。他甚至能清晰地感受到她手上的温度。

下一刻，宁璃靠近，乖乖地把头埋在了他的颈窝。

陆淮与浑身僵住，脑海之中难得有了一瞬间的空白。

现在，她就在他身前，靠在他身上。他能感受到她轻缓的呼吸，温热的脸颊，甚至柔软的发。

少女身上甜软的香气混合着酒气，几乎令人迷醉。

这晚除了在金盛的那杯香槟，他再未碰过酒。但此刻，他却觉得微醺，浑身热气上涌，又燥又热。

想起她喃喃的话语，胸口又似是被什么堵住。又闷又疼。

"陆二，该走了吧？车已经——"程西钺一边说着话，一边朝着这边走来。

然而他刚刚来到门口，一只脚跨过门槛，就被眼前的一幕惊住。他眼中闪过一丝震惊之色，声音戛然而止。

陆淮与的眉头飞快地皱了一下，一把将滑落了一半的西服外套重新披在了宁璃身上，旋即侧头朝着这边看了一眼。

目光冷然。

"马上。"程西钺身体比脑子反应更快，一把将房门关上。

"西钺，怎么还不走？"程柏青正好走了过来，奇怪地看了一眼紧闭的房门。

程西钺迅速调整了神色，回道："哦，陆二刚才喝了点儿酒，我送他和宁璃妹妹回去。"

他也不是第一次当陆淮与的司机了，程柏青不以为意，并未看出什么不对，点了点头："那行，你们路上小心点。我先回去了。"

"知道。"

程柏青很快离开。

直到他的身影消失在走廊，程西钺才猛然回过神来。不对啊，陆淮与刚刚那是在做什么？！

他是不是把宁璃妹妹抱在怀里了？！

程西钺倒抽一口冷气。

这男人是疯了吗？宁璃妹妹才刚成年呢！

再喜欢，这也不能不当人吧？

程西钺思来想去，本着不能眼睁睁看着兄弟滑落罪恶的深渊的信念，咬牙抬手敲门。

这天就算得罪陆淮与，他也必须出这个面！

然而他的手刚刚抬起，尚未来得及落下，房门就被人从里面打开了。

陆淮与将宁璃打横抱起，走了出来。

她身上还穿着陆淮与的外套，整个人被裹得严严实实的，只露出一张小脸，靠在陆淮与的胸膛上。

程西钺的手悬在半空，十分尴尬。

陆淮与眼神极淡地看了他一眼。

程西钺在想什么，他太清楚了。

"她喝醉了。"

程西钺轻声咳嗽了一下，眼神在宁璃的脸上扫了扫，发现她的脸朝着陆淮与，似乎的确是闭着眼的。

"哦，哦，原来是宁璃妹妹喝醉了……等下，她是什么时候喝的酒？"

从最初的震惊中回过神来，程西钺才发现陆淮与这句话信息量太大。不对啊，陆淮与之前专门吩咐过，是给她准备的果汁啊，怎么……

"她自己在露台喝了杯香槟。"

那香槟的度数本来就高，加上她酒量不好，就直接成这样了。

程西钺这才明了，长舒一口气。

原来如此，原来如此。

看来他是白担心了。他就说，陆二这人也不能做出这种欺负人的事来。

"宾客都已经走得差不多了，我送你们回去？"

陆淮与颔首。

程西钺开车从酒店的地下停车场离开，往叶家的方向驶去。

天已经完全黑了，路边霓虹闪烁。

车内十分安静。

程西钺看了看后视镜，宁璃正安安静静地窝在陆淮与怀里，大半张小脸被遮住，只一头柔软黑亮的头发垂落。

看起来，似乎是已经睡着了。

想起刚才的情形，他有点儿无奈地开口："这酒的后劲这么大？"

陆淮与一路抱着她到了停车场，结果要上车的时候，陆淮与本打算把她

304

放下，她却紧紧抓着他的衬衫，怎么都不肯松手。

没办法，陆淮与只能继续把人抱着。她这才老实了，乖巧安静地靠在他怀里。

整个过程看得程西钺十分无语。

他现在总算是知道之前看见的那一幕是怎么回事了。不是陆淮与有问题，是宁璃妹妹有问题啊！

陆淮与垂眸看向怀中的人。

她闭着眼，呼吸均匀，是真的睡了过去。两只小手还下意识般地紧紧抓着他胸前的衣衫，额头轻抵他坚韧平实的胸膛。

她挺翘的鼻尖还微微泛着红，瞧着很是委屈的模样。哪怕是睡梦中，黛眉也轻轻蹙着。

陆淮与轻轻拍了拍她的肩，抱得更紧了些。

宁璃的脸在他胸膛上轻轻地蹭了蹭，似乎是确认了什么，眉眼渐渐舒展开来。

陆淮与喉结滚动了下，深吸口气，看向窗外。

"以后不要让她随便喝酒。"他道。

只是一杯，就醉成了这样，要是喝得再多点，真不知道会是什么后果了。

程西钺无语地看了他一眼："难道我还能天天看着宁璃妹妹？她今天就在你眼皮子底下喝了酒，你自己没看好怪谁？"

陆淮与眉头微拧，却也没有反驳。

说起来，的确是他疏忽了。把人带来，只一会儿没看着，她就自己跑去喝酒了。

他是真的没想到宁璃的酒量居然这么差。但更没想到的是，她喝醉了以后，居然是这个样子。

他想起了什么，忽然问道："乔西怎么来了云州？"

程西钺已经知道了乔西也在酒店的消息，而且他好像还和宁璃妹妹聊了几句。

听着陆淮与语气不善，程西钺莫名觉得有点儿冷。

"这我怎么知道？他这人向来想做什么做什么。"

乔西爱玩是出了名的。但云州应该是没什么东西能吸引他的，他怎么忽然来了这儿？

程西钺琢磨了一会儿："他们上次那发布会开得挺成功的，估计是心情好，就到处转了吧？"

这谁猜得准？

"哦，说起来，宁璃妹妹今天晚上穿的礼服，好像就是 G&O 的。"

程西钺对这些虽然有些兴趣，但对 G&O 的女装线并不是十分清楚，所以并不知道宁璃身上这件，其实并没有对外发售。

陆淮与目光清冷。这一点程西钺当然看出来了。

或许也正是因为这一点，乔西才会过去找宁璃攀谈。

程西钺不知道当时的具体情形，自然不清楚陆淮与此时的心境。在他看来，这就是一个小小的巧合罢了，没什么可在意的，重要的还是宁璃妹妹。

他叹了口气："话说回来，宁璃妹妹应该没什么事吧？"

他总觉得，好像有哪里不对。

"她喝醉了……这么黏人的吗？"

准确地说，其实是黏陆淮与。

刚才程西钺喊过她几次，她都没什么反应，陆淮与低声哄两句，她倒是听话得很。

但程西钺不太敢说这话。

陆淮与没回答他的问题。

车内重新安静下来。

叶瓷这晚败兴而归。

她只觉得这么多年来，从没有如这天一般丢脸！

庆功宴后来虽然强撑着办完了，但气氛一直十分微妙。

众人表面上说说笑笑，好像什么都没发生过，可叶瓷清楚，回去之后，他们还不知道会怎么嘲笑她！

将近一半的宾客临时改道，去了对面的酒店，参加陆淮与为宁璃举办的庆功宴。

这就是在赤裸裸地打叶家的脸！

不只是叶瓷，叶明和苏媛也是憋了一肚子的火。

好不容易叶瓷拿到了物理竞赛全省第五的成绩，他们本来是打算好好庆祝一番的，谁知道会闹这么一出笑话！

一家人回到叶家，皆是神色不悦。

叶瓷一进家门，第一反应就是看宁璃回来了没有。

——没有。

叶明沉着脸上了楼，懒得过问。

苏媛气得胸口疼，知道宁璃这次是惹了叶明，更是烦躁，只得强忍着跟过去劝说。

叶瓷回了卧室，想给宁璃打电话，却又觉得十分丢脸。

她来到飘窗边。从这里可以清楚地看到院子里的场景，如果宁璃回来，她可以第一时间知道。

时间缓缓流逝，叶瓷等得越发焦躁起来。就在她拿起手机的一瞬间，车灯照亮前路。

接着，一辆车停在了大门之外。

叶瓷打开窗户，往外面看去。

她认识，那是程西铖的车。那宁璃肯定就在里面了。

她咬了咬唇。

"宁璃妹妹，咱们到了。"程西铖停车，回头喊了一声。

宁璃没动。

陆淮与就轻轻地拍了拍她："阿璃，醒醒。"

宁璃缓缓睁开眼睛。

陆淮与道："你该回去了。"

宁璃下意识朝着车窗外看去——是一扇熟悉的雕花楠木大门。

她眼瞳微缩，旋即蜷起身子，望向陆淮与。

她睁着眼，眼角泛着红，紧紧抓着他的衣衫，声音微哑："陆淮与，你不带我回家吗？"

陆淮与看得清楚，她看向叶家大门的时候，带着浑身的抗拒。她微微仰脸，就那样看着他，眼底带着一丝极深的不安，好像生怕他会把她丢下一般。

陆淮与甚至能感觉到她紧紧攥着他衣衫的手在微微颤抖。

他把人抱得更紧："好，我带你回家。"

说着，他抬眸看向程西铖："回云鼎风华。"

程西铖还没反应过来，听到这话惊了，左右为难。

"陆二，这……这不合适吧？宁璃妹妹喝醉了，脑子不清醒，难道你也跟着一起？"

宁璃现在是住在叶家的，上次她偷偷离家出走，深夜大雨，她不愿回叶家，在陆淮与那儿借宿一晚也没什么。

可现在她喝醉了，最好还是把她送回叶家，再让她跟着陆淮与回去算怎么回事？

何况他们现在都已经到了叶家门口了啊！

"还是让叶家人出来接吧？"

宁璃靠在陆淮与怀里，似是听到了程西铖的话。她微微低着头，一言不发，手指微微收紧，将他的衬衫攥出褶皱。

陆淮与的声音冷了几分："回去。"

语调冷冽，不容拒绝。

程西钺知道他主意已定，是无论如何都改不了了，只能答应。

"好吧，那我等会儿给他们打个电话。"

他说着，又往后视镜看了一眼。

其实他也觉得宁璃妹妹现在的状态好像不太对。

叶家都做了什么，她竟是这么抗拒，说什么也要跟着陆淮与走？

陆淮与轻轻将她的脸抚到怀里，声音极轻地哄道："好了，睡吧。"

宁璃轻轻地点头，终于又闭上了眼睛。

叶瓷在窗边看着。

可等了好一会儿，也没见宁璃从那辆车上下来。

她不由得皱起眉。

车已经停在门前了，迟迟不出是怎么回事？

难道……陆淮与也在车上？

是了，这天晚上他甚至特地为宁璃办了庆功宴，送她回来再正常不过。

想到这，叶瓷心里便涌上一股火来。

说起来，宁璃和陆淮与什么关系也没有，这一场庆功宴，根本师出无名。

但那人是陆淮与，他要做什么，又何须看别人脸色？

从季家和程家的态度，就不难看出一二。

这天过后，这件事传开，叶瓷指不定要被多少人笑话。

叶瓷烦躁地将飘窗上的玩偶都扔到了地上，又重新看向那辆车。

就算是告别，需要说这么久吗？！

正当她犹豫着是不是要下去的时候，却见那辆车居然又开走了。

叶瓷怔住，仔细看了几眼，发现门前路上没有半道人影。

——宁璃根本没下来！

居然……就这样走了？！

叶瓷难以置信，反应过来后，转身匆匆下了楼。

赵姨看到她如此匆忙，连忙问道："二小姐，这是怎么了？"

叶瓷皱着眉，一边往外走，一边问道："宁璃姐没回来？"

赵姨奇怪道："没有啊。"

叶瓷心一沉，停住了脚步。

明明车都已经停在大门外了，宁璃居然没有下来。那她是要去哪里？

这时候去追，已经没有任何意义了。

赵姨看她这样，便道："二小姐别担心了，她也不是第一次晚归了。"

叶瓷走到一旁，犹豫了会儿，直接给宁璃打电话。

宁璃放在西装里的手机振动起来。

陆淮与看了一眼，眸子微眯，接了。

"喂。"男人清冷低沉的声音从话筒中传来。

叶瓷一怔，而后迅速反应过来，这是陆淮与的声音。

怎么是他接了电话？

叶瓷喉咙发紧，小心翼翼地开口："陆二少？宁璃姐在你旁边吗？这么晚了，她还没回来，我有点儿担——"

"她在我这儿。"陆淮与打断她的话，言辞直接，"今天晚上她住我那儿，不回叶家了。"

叶瓷微微睁大了眼睛。

宁璃要跟着陆淮与回去？

可……

"陆二少，这真是太打扰了，而且家里人都在等宁璃姐回来，要不……要不你让宁璃姐接电话……"

"她睡了，不方便。"

车子经过一个减速带，稍微颠簸了一下。

陆淮与胳膊收紧了些，又扶着宁璃的头按到怀里。

叶瓷几乎不敢相信自己的耳朵。

宁璃居然就这样睡在了车里，而且，就在陆淮与旁边！

"你们不用等了。"

叶瓷脑子一片混乱。

如果一开始宁璃就不打算回来，那刚才的车是怎么回事？再说，她放着叶家不回，偏偏去陆淮与那儿，又是抱的什么心思？

"那——"

没等她继续，陆淮与已经挂了电话。

该说的都说了，他也懒得和叶瓷多言。

想起方才宁璃望向叶家大门时候的神色，陆淮与眉眼间似是蕴了冰雪。

程西钺也察觉到了这一点，唇瓣动了动，还是没说话。经验告诉他，这种时候的陆淮与，最好还是不要招惹。

因为顾及着宁璃，程西钺开得不快，半个小时后才到云鼎风华。

宁璃还没有醒。

陆淮与抱着人下了车。

程西钺从车窗探出头："陆二，宁璃妹妹真的没事吧？你看着点儿啊。"

陆淮与用外套把宁璃裹得更紧了些。

程西钺顿时觉得自己是白操心。就陆淮与这宝贝的劲儿，还用自己在这废话？

"你也折腾一天了，早点休息。"程西钺说完，这才开车离开。

陆淮与抱着人回了别墅，来到一楼客卧。

还是宁璃上次睡的那一间。

他打开门，来到床边，把宁璃放下。

她的身体陷入柔软的床垫，外套滑落，温暖的床头灯光落在她圆润白皙的肩头。柔软顺滑的头发有些凌乱地在枕头上铺展开来。

陆淮与只看了一眼，便别开视线，拉过被子，把她盖得严严实实，只露出一张小脸。

宁璃睫毛动了动，模模糊糊地睁开眼睛："水……"

陆淮与去厨房温了水，刚端着杯子回到门口，就见宁璃已经自己踢掉鞋子，光着脚走了出来。

他眉头微皱。

别墅的地暖还没有开，木质地板是很凉的，她居然就这么跑出来了。

他走过去。

"脚不冷吗？"

宁璃看到他，像是终于松了口气般，嘴角扬起小小的弧度。她走过来，牵住了他的手，摇头，轻声道："不冷啊。"

陆淮与确认，宁璃是真的醉得不轻了。

他深吸口气："回床上躺好睡觉。"

说着，他拉着宁璃回到床边。

宁璃坐下，眼神又落到他手中的水杯上。

陆淮与把杯子递过去。

宁璃没有接。她直接捧着陆淮与的手，就着杯子喝了。

陆淮与垂眸看着她头顶小小的发旋，目光微深。

宁璃喝完，终于往后退开了些，殷红饱满的唇瓣上一片润泽。

陆淮与向来觉得自己的忍耐力是极好的，但现在他才发现，似乎还是高估了自己。

他把水杯放到床头柜上，又从旁边的衣柜里拿出了一套纯棉的粉蓝色睡衣。

女款。

他把衣服放到宁璃手边："这是新的，你好好睡一觉。"

宁璃抱着睡衣点点头。

陆淮与转身准备离开，然而刚刚走出一步，衣袖就被人拉住。

他回头，宁璃正看着他，似是有些紧张地问："你去哪里？"

陆淮与盯着她看了会儿，缓缓吐出一口气："我就在隔壁，门开着，你有事可以喊我。"

宁璃似乎这才安心了。

然后她忽然捧起手里的睡衣："可是，这个要怎么换？"

陆淮与的神色有了一瞬间的凝滞。

宁璃的手在后颈摸了几下，但一直没摸到拉链。她有点儿烦闷，越是着急越是做不成，眼角沁了湿意，泛着淡淡绯红，委屈得不行。

陆淮与忽然靠近，握住了她的手。

房间内只亮着一盏床头灯，昏黄的暖光模糊地映亮一角，投映出两道重叠的身影。

宁璃坐在床边，陆淮与在她身前单膝蹲下，温热有力的手掌轻易将她焦躁乱摸的小手包裹起来。

他拉过她的手，落在她纤细得不可思议的腰侧，声音低沉暗哑："这儿。"

这件礼服的拉链是在右边腰侧，因为做成了暗线，所以十分隐蔽。

宁璃的手指抓了两下，终于触碰到一个冰凉而质地坚硬的东西。她松了口气，眼睛里似有星芒闪烁，晃得人心神摇曳。

她的手作势就要往下拉，被陆淮与一把按住。

宁璃疑惑地抬眼看他："陆淮与。"

她眉头轻轻地皱了下，不太懂他为什么不让她动。

"我穿这个，不舒服。"

陆淮与喉结滚了滚，觉得体内好像有什么叫嚣着要挣脱束缚。

他浑身紧绷："我知道。"

他现在，也很不舒服。

"等我出去你再换。"他说着，带上了几分命令般的语气，"关上门才可以换，知道吗？"

宁璃怔怔地点头。

陆淮与这才起身。

他正要把门带上，就听宁璃道："不要锁门啊。"

陆淮与动作一顿，就留了一条缝。他背过身靠在墙边，微微仰头。

拉链拉开的声音从屋内传来。

陆淮与浑身一僵。

接着，是窸窸窣窣的换衣服的声音。

他扯开了衬衫最上面的两颗扣子，闭上眼，前所未有地狼狈。

不知道过了多久，里面的动静终于消停下来。

"陆淮与？"宁璃小声地喊了句。

陆淮与没动："我在。"

宁璃那边渐渐安静下来。

过了几分钟，她又喊了一声："陆淮与？"

陆淮与靠在墙上，轻轻地合上眼："我在。"

不知道过了多久，宁璃终于沉沉睡去，彻底安静。

陆淮与长腿微屈，睁开眼睛，看向前方。

没有开灯，只能看到别墅内影影绰绰的轮廓。

手机振动了一下，他拿出来，是程西钺的消息。

"宁璃妹妹睡了吗？"

他回："睡了。"

程西钺总算松了口气。

宁璃妹妹喝醉了，这耍酒疯的方式还挺……别致。

不过总归是好了。

"那你也早点睡吧。"

因为庆功宴的事，陆淮与下午没休息，估计这会儿挺难受。

陆淮与盯着那一行字，片刻，轻嗤了声。

这样，怎么睡？

宁璃这一觉睡得很沉。

她是被渴醒的。

她迷迷糊糊地睁开眼，坐起身，扭头看到床头柜上有水杯，就直接拿来喝了。温热的水灌入，瞬间让她清醒了许多。

她动作一顿，看向水杯。

精致简约的玻璃杯。

不是她的。

余光一瞥，被子有点熟悉。

这不是叶家。

她僵硬地抬头，环顾四周。

这里是……陆淮与的家？！

这不就是她上次睡过的那个房间嘛！

一丝不安涌上心头，宁璃忽然意识到了什么，猛地低头看向身上。

粉蓝色的女式睡衣！

她的大脑瞬间一片空白。

昨天晚上……都发生了些什么？！

她怎么会来到了云鼎风华？！

她看了一眼手机，已经是周日早上九点了。

她真的在这儿睡了一晚上？

可这些都不是最关键的。

——她的睡衣，是谁给她换的？！

她迅速掀被起身，往外面走去。刚来到门口，就差点儿直接撞到一个人怀里。

陆淮与扶住她的肩膀："醒了？"

宁璃抬头："二哥？"

陆淮与目光微动。

宁璃艰难地开口："我……我怎么在这？！"

陆淮与听着，眼睛危险地眯起，半响，笑了。

"你不记得了？"